À N'IMPORTE QUEL PRIX

UN ROMAN DE LA SERIE DEJOUER LE SYSTEME

Brenna Aubrey

Traduit par Suzanne Voogd

SILVER GRIFFON ASSOCIATES
ORANGE, CA, USA

Titre original: At Any Price
Traduit de l'anglais par Suzanne Voogd
Relecture par Valérie Dubar

Conception graphique de la couverture © Sarah Hansen, Okay Creations

ISBN 978-1-940951-25-6
Silver Griffon Associates
P.O. Box 7383
Orange, CA, USA 92863

Pour Jeff, mon roc

Remerciements

Je suis très reconnaissante envers une multitude d'amis et de famille sans qui ce livre n'aurait jamais pu naître : Tessa Dare, Kate McKinley, Sabrina Darby, Leanna S., Courtney Milan, Carey Baldwin, Martha Trachtenberg et Sarah Hansen.

Je remercie également Courtney Miller-Callihan, Tammy Falkner, H.M. Ward, Monica Murphy, Leigh Lavalle, Marie Hall, Abby Zidle, les membres de la section OCC-RWA des Romance Writers of America, les Romance Divas et le groupe Facebook de NAAU.

Enfin et surtout, un énorme merci à ma famille. Merci, maman, de toujours m'encourager à développer mon talent et à ne jamais abandonner mes rêves. Pour mes frères et sœurs, juste 'parce que'. Pour mon merveilleux mari, qui se sacrifie quotidiennement pour le bien de mon art. Et pour mes deux petits gars qui comprennent – en général – qu'ils ne doivent pas faire trop de bruit lorsque maman est à l'étage et que la porte est fermée. xoxox

“ Manifeste d'une vierge ” — Posté sur le blog de *Geekette*.

Je pense choquer la plupart d'entre vous en affirmant qu'à l'âge presque impensable de vingt-deux ans, je possède toujours un hymen intact. Non, je ne répondrai pas aux questions demandant pourquoi. Oui, je suis hétérosexuelle. NON, je ne veux pas sortir avec toi.

Au cours de l'histoire, une vérité générale a été établie selon laquelle une femme a une valeur personnelle plus élevée si elle est restée 'pure' jusqu'au mariage. Ce principe se retrouve dans toutes les cultures.

Dans certains pays, cette valeur est plus que morale ou philosophique : elle est monétaire. En Inde, par exemple, le mari s'attend à payer la famille de la mariée en échange de la pureté de celle-ci.

Autrefois en Europe, la famille d'une mariée rassemblait une somme qui s'appelait une dot, afin qu'elle puisse trouver un mari convenable. De l'argent et des propriétés changeaient de mains entre les patriarches de familles puissantes. Et pour tout cela, une femme perdait sa virginité le soir du mariage, qu'elle aime son nouveau mari ou pas... généralement pas.

Le sexe avec une vierge était si précieux au Japon qu'un homme riche pouvait 'sponsoriser' une jeune geisha apprentie, nommée maiko. *Toute son éducation et son entraînement avec une tutrice geisha étaient payés, ses dépenses de tous les jours et de nombreux cadeaux étaient fournis par cet homme. Et en retour de cette dépense énorme ? L'homme obtenait le droit du* mizuage, *le rituel au cours duquel il obtenait le privilège de prendre sa virginité. Il ne devait plus la revoir ensuite. Ces dépenses étaient donc pour une seule nuit.*

Cependant, les vierges n'étaient pas seulement troquées auprès d'hommes puissants et riches, mais elles étaient également précieuses pour les dieux anciens de toutes les cultures. Les sacrifices aux dieux de vierges représentaient l'offrande ultime en échange de ce dont les hommes – rarement les femmes – avaient besoin. Dans la Grèce antique légendaire, la déesse Artémis offensée exigea le sacrifice d'une vierge pour paiement d'une insulte qu'Agamemnon lui avait faite. Les Grecs avaient désespérément besoin de vent pour voguer jusqu'à Troie afin d'y faire la guerre, mais la déesse l'empêchait. La fille d'Agamemnon, Iphigénie, et sa mère, Clytemnestre, furent trompées de sorte qu'elles apparaissent à l'autel sacrificiel avec la promesse de son mariage imminent au héros Achille. À la place, Iphigénie fut tuée et les vents se mirent tout de suite à souffler. Et les héros précédemment encalminés reprirent la mer, à peine troublés.

Le prix ultime de tous ces exemples est la virginité de la femme et dans la plupart des cas, la femme en question n'a pas vraiment profité du fait d'être restée pure.

Je demande donc si à notre époque une femme peut modifier ce schéma et profiter de sa propre pureté ? Je me trouve dans la situation inhabituelle de pouvoir le découvrir.

J'ai décidé de dénoncer les crimes et les fardeaux que mes sœurs ont dû supporter depuis la nuit des temps. Et je propose ainsi un nouveau paradigme, dans lequel une femme peut vendre sa pureté et profiter des bénéfices.

Le droit à ma virginité sera cédé au plus offrant.

Chapitre Un

J'avais rafraichi la page internet au moins cinq fois au cours de la dernière heure, des minutes interminables s'écoulant entre chaque clic. Le Manifeste était désormais réel et il était sur le point de changer notablement mon avenir.

Je me laissai aller sur ma chaise, incrédule, à bout de souffle. C'était définitif. Un parfait inconnu venait de s'engager à payer trois quarts d'un million de dollars en échange de ma virginité.

J'écarquillai les yeux en regardant la somme suivie de tous ces zéros, parvenant à peine à respirer. Ma bouche était aussi sèche que le désert du Mojave, mais je ne pensais pas avoir suffisamment de force dans mes jambes pour me lever et attraper un verre d'eau glacée.

Je penchai la tête en arrière et je regardai le plafond lorsque mon téléphone sonna. Sans même regarder le numéro, je savais qui c'était.

— Salut, Heath, soufflai-je.

— Bon, ta vente aux enchères insensée est terminée et on dirait que quelqu'un veut te payer une fortune hallucinante pour te mettre dans son lit. Es-tu prête à abandonner ce plan débile maintenant ?

J'inspirai profondément et j'expirai lentement en souhaitant que mon cœur arrête de battre comme si je venais de piquer un sprint.

— Bien sûr que non.

Il soupira.

— Ouais, c'est ce que je me disais. Mais je ne vais pas arrêter d'essayer, Mia, tu le sais.

Je grimaçai.

— Et tu ne me fais presque jamais changer d'avis, tu le sais.

Il poussa un juron.

— Il s'agit du jeu de dégonfle le plus long et le plus cher auquel j'ai jamais joué, dit-il.

— Je te l'ai dit, je ne vais pas faire marche arrière. Je suis fermement plantée sur mes pieds.

Il rit.

— Ce n'est pas la seule chose qui sera bien ferme.

Je poussai un cri outré en me redressant.

— Tais-toi ! Tu as promis de ne pas me provoquer sur ce terrain.

— Très bien. Mais nous allons faire ça à ma façon ou pas du tout, exactement comme nous l'avons dit. Je ne déconne pas, je te retirerai mon soutien.

Je soupirai.

— Ouais, ouais. Pas besoin de le répéter. J'ai compris.

— Arrête de lever tes grands yeux au ciel. Je ne suis pas ravi de devoir fouiller dans toutes ces conneries et trouver quel pervers a regardé tes photos sur le site.

Mon estomac se noua à ces mots et je ne dis rien pendant un long moment. C'était vraiment de la folie et chaque fois que je parvenais à calmer la panique qui rôdait aux abords de ma conscience, autre chose la déclenchait et elle atteignait de nouveaux sommets.

— Tu ne m'aides pas, dis-je en luttant pour cacher mon irritation.

— Qui a tout mis en place, hein ? Je suis un objecteur de conscience à ton 'nouveau paradigme' insensé, oui, mais je ne vais pas te laisser tomber.

Soulagée, je toussai, souhaitant désespérément changer de sujet avant qu'il retombe dans un autre discours sur le potentiel autodestructeur de mes actes.

— D'accord, alors... l'étape suivante ?

Il s'éclaircit la gorge.

— J'évalue les trois enchérisseurs principaux d'après tes critères très importants. Si ce sont des tocards, je passe aux trois suivants, etc. jusqu'à tomber sur quelqu'un qui n'est pas un vieux pervers, s'il s'avère qu'il y a bien autre chose que de vieux pervers sur cette liste.

— D'accord, tu as cette liste de critères quelque part, n'est-ce pas ?

Je grimaçai en imaginant le monticule de papiers et de bazar sur son bureau. Cela faisait sans doute des semaines qu'il ne l'avait pas vu.

— Bon sang, Mia. Je n'ai pas besoin de ta fichue liste. Je me souviens de tout. Il ne doit pas être marié. Il doit fournir des analyses complètes pour éliminer toute MST. Euh...

— Tu vois ? Tu ne te souviens même pas de la moitié.

Je marquai une pause avant de poursuivre.

— Trouve la liste et range ton foutu bureau de temps en temps.

Je l'entendis fouiller parmi les papiers à l'autre bout.

— Elle est juste ici sous le tas de...

— Merde ?

— Je me souviens d'un autre critère : casier judiciaire ?

— Oui... et, quoi d'autre ?

— Ah ! La voilà. Tu vois, je t'avais bien dit que j'allais la trouver juste sous le tas de mes notes sur Minecraft. Voyons voir… analyses, état civil, bla-bla, OK… preuve que l'argent soit mis de côté sur un compte offshore.

— Et enfin… ?

— Une *très* grosse ?

Je levai les yeux au ciel. C'était typique de sa part d'affirmer que la taille comptait.

— Tout le monde ne pense pas comme toi.

— Ben oui, ce serait l'un de mes critères… et alors ? Le dernier est un accord des deux parties stipulant qu'il n'y aura aucun contact entre vous une fois que les termes du contrat auront été remplis.

Je me laissai aller contre le dossier de ma chaise.

— Très bien. Je suis entre de bonnes mains, alors.

— C'est mon travail de m'assurer que tu *seras* entre de bonnes mains.

Mon estomac se noua encore.

— C'est le plan.

— J'ai déjà envoyé des mails aux principaux enchérisseurs.

Je levai les sourcils. C'était rapide. Ce n'était pas son genre d'être aussi efficace. Heath, mon meilleur ami depuis la quatrième et mon grand frère adoptif, même s'il n'avait que six mois de plus, était toujours aussi protecteur. Il avait piqué une crise quand je lui avais montré l'article du Manifeste d'une vierge sur le point de paraître sur mon blog.

Heureusement, il s'était calmé et il avait exigé de contrôler le résultat. C'était le compromis que j'avais dû accepter en échange de son aide et je savais que je pouvais lui faire confiance. À vrai dire, Heath était le seul homme sur cette planète en qui j'avais confiance.

On se dit au revoir et je fermai mon ordinateur portable d'un clic déterminé. J'étais certaine que les lecteurs de mon blog allaient demander un récapitulatif des résultats des enchères dès le lendemain. Toute la situation était devenue presque virale dans la communauté en ligne des gameurs et même au-delà : *Huffington Post*, Jezebel, même Twitter. Je fermai les yeux en redoutant l'idée d'écrire cet article. Les lecteurs voudraient des réponses et je n'en avais pas. Pas encore, du moins.

Malgré tout, il y avait eu des plaintes ces dernières semaines parce que les enchères avaient empiété sur mes articles réguliers. Après tout, c'était un blog sur les jeux vidéo, bon sang !

Pendant la pagaille des enchères, la plupart de mes lecteurs masculins avaient apparemment conclu que je valais un huit ou plus. À mon avis, j'étais plutôt un six. Mais les gameurs n'étaient pas très exigeants en ce qui concernait les femmes de notre communauté. Les conditions principales étaient qu'une femme respire et qu'elle ait des seins d'une taille raisonnable. En tant que gameuse, si vous colliez l'étiquette de votre prénom sur votre décolleté à la Comic Con, il était probable qu'aucun d'entre eux ne vous regarde jamais dans les yeux.

Les mains tremblantes, je passai les heures suivantes dans une sorte de brouillard. Je préparai du thé de la petite boîte de pekoe orange, mon thé préféré. Je m'accordais ce luxe parce que c'était une occasion spéciale et je me promis de réutiliser le sachet au petit-déjeuner le lendemain. Ces derniers temps, j'étais obligée de mettre en place de telles mesures d'économie. L'argent de ma bourse avait disparu et mes frais étaient à peine couverts par les publicités sur mon blog et mon travail à temps partiel d'aide-soignante à l'hôpital.

L'idée des enchères venait de cette nécessité, malgré les idéaux du Manifeste d'une vierge. Je l'avais sincèrement posté pour ouvrir le débat sur la récupération de la très vieille tradition de tirer un bénéfice de la pureté d'une femme. Oui, je voulais faire une déclaration au sujet de la valeur de ma virginité utilisée pour mon propre bénéfice. Je croyais fermement en ces idéaux, mais ma première motivation était l'argent, la sécurité financière. Après avoir utilisé la plus grande partie de l'argent de mon prêt pour aider ma mère avec ses frais médicaux, je n'avais plus d'économies pour l'école de médecine.

Ma seule option était de risquer tout mon avenir en l'écrasant sous le poids de terribles crédits étudiants. Souhaitais-je vraiment sortir diplômée de l'École de Médecine avec des dettes énormes puis travailler trois ans en interne et ajouter des études spécialisées en oncologie par-dessus tout cela ?

Je glissai un glaçon dans ma tasse de thé brûlant et je le bus à petites gorgées en ouvrant mes manuels d'études pour le concours d'entrée en école de médecine (MCAT) avec la même sensation déprimante qui accompagnait dernièrement mes séances de révisions. J'avais commencé cette année en espérant fortement qu'une nouvelle tentative au concours améliore mon score épouvantable de l'année précédente. Mais à mesure que le temps passait, il était de plus en plus difficile d'être optimiste.

Le test était dans un peu plus de trois mois et il restait tant de choses à revoir. J'inspirai profondément et je me mis au travail en regardant les thèmes de la semaine : les hydrocarbures et les composés contenant de l'oxygène. Je regardai l'horloge. Je devais rejoindre Jon à la bibliothèque pour réviser davantage ce soir-là.

Le groupe de révisions avait lieu le lendemain et comme d'habitude, je voulais avoir de l'avance. Si je n'arrivais pas à cette séance en étant particulièrement bien préparée, j'avais toujours l'impression de me ridiculiser.

Je me mis donc au travail.

****

Cette nuit-là, je rejoignis Jon à la bibliothèque de l'université dans notre isoloir habituel. J'étais véritablement ravie d'avoir autre chose en tête que mes inquiétudes au sujet des enchères.

— Alors ? dit Jon lorsque je m'installai sur ma chaise habituelle.

Je fronçai les sourcils.

— Quoi ?

— Peux-tu venir ?

Il me regarda avec ses yeux bleus suppliants.

Jon et moi nous étions rencontrés au cours de l'année précédente à l'université Chapman. Il avait été transféré depuis l'une des prestigieuses universités de l'Ivy League. Je n'avais jamais su la véritable raison de sa venue. Ce n'était pas comme s'il économisait de l'argent en venant à Chapman, car cette université privée avait un coût élevé.

Mes études de premier cycle avaient été payées par une bourse académique et j'avais travaillé particulièrement dur pour finir toutes mes matières en trois ans et demi au lieu des quatre habituelles, ainsi ce dernier semestre était entièrement dédié au travail et aux révisions. Si je n'améliorais pas mon score MCAT, tout ceci aurait été pour rien et j'allais devoir chercher autre chose à faire avec ma licence en biologie.

À cause de mon mauvais score au test, j'étais obligée de travailler pendant une année de césure imprévue, car aucune école de médecine n'aurait regardé ma candidature avec un score en dessous de vingt, même si ma moyenne était très bonne. J'allais devoir attendre une note plus élevée pour postuler. Ainsi, j'utilisai ce temps pour voir le bon côté des choses. Je ne pouvais nier avoir besoin de temps pour rassembler des économies. Je jetai un regard très envieux de l'autre côté de la table où était assis mon partenaire de révisions. Jon n'avait aucun souci financier et il se destinait tout droit à l'école de médecine après son diplôme l'année suivante.

En voyant mon regard vide, il poussa un grand soupir.

— As-tu encore oublié de recharger ton téléphone ?

J'attrapai mon téléphone dans le sac. Il était complètement déchargé. Je lui offris un sourire en coin et je haussai les épaules.

— Je n'envoie pas tellement de textos. Je te l'ai déjà dit.

Il passa une main dans ses cheveux blonds ondulés.

— Mia, tu dois entrer dans le vingt et unième siècle. Tout d'abord, il n'y a que les personnes âgées qui ont de tels téléphones, dit-il en faisant un geste méprisant de la main.

Je rapprochai mon téléphone de moi avec un soudain sentiment protecteur et une affection déplacée. Quel était le problème avec un téléphone prépayé ? Et, allais-je oser lui dire que la raison pour laquelle je n'avais pas reçu son texto n'était pas que j'avais oublié de charger le téléphone, mais parce que je n'avais plus de forfait et que je n'avais pas d'argent pour en acheter plus ?

Il savait que j'étais une typique étudiante sans un rond. Il ne savait simplement pas à quel point, car je ne l'avais jamais invité chez moi. Un seul coup d'œil à mon studio minable et il connaîtrait instantanément l'état de mes finances.

Je n'avais jamais fait venir d'homme chez moi, en dehors de Heath, mais même lui considérait mon studio aménagé avec dédain. Nous avions été colocataires jusqu'à l'année précédente, lorsque son petit-ami et lui avaient décidé d'emménager ensemble. À cause de mes contraintes financières, j'avais dû trouver moins cher, bien moins cher, et j'étais donc dans un studio situé au-dessus d'un garage de l'une de ces jolies maisons de style Craftsman. Malheureusement, il faisait plus chaud qu'en enfer en été et plus froid que dans un congélateur – si c'était possible en Californie du Sud – en hiver.

— Alors, que me demandais-tu ?

Redoutant la réponse, ma gorge se serra. *S'il te plaît, ne me redemande pas de sortir avec toi. S'il te plaît, ne recommence pas.* J'en avais assez de lui dire non. Il était plus persévérant que la plupart des garçons. Je passai une longue mèche de cheveux bruns derrière mon oreille et je le regardai, dans l'expectative.

— Il y a ce dîner…

Il s'arrêta lorsque j'inspirai profondément en lui jetant un coup d'œil. Il reprit lorsque je ne dis rien.

— C'est une soirée de bienfaisance. Mes parents y participent chaque année et ils ont demandé si je voulais bien m'y rendre, car ils ne peuvent pas descendre cette fois.

— Quand ?

— La semaine prochaine.

— Tenue ?

— De soirée.

— Je ne participe pas à ce genre de soirée.

Sans parler du fait que je n'avais rien à mettre qui ressemble de près ou de loin à une tenue de soirée.

— Allez, Mia, souffla-t-il en grognant. Ce n'est pas comme si je te demandais de m'épouser.

Mon dos se raidit et une boule de tension se serra entre mes omoplates. J'essayai de me sentir flattée par son attirance évidente, mais je trouvais vraiment que c'était plutôt une gêne qui nous empêchait de réviser.

— Je suis désolée. Ne le prends pas personnellement, s'il te plaît. C'est juste que je ne sors avec personne.

Il secoua la tête en poussant un soupir.

— Et tu ne trouveras jamais personne si le seul type avec lequel tu traînes est gay.

Je respirai par le nez et je soufflai par la bouche. Je savais qu'il ne me voulait pas de mal. Il s'entendait bien avec Heath. En fait, il avait même dit que Heath pouvait le battre facilement. Le commentaire était un peu stupide, car Heath pouvait battre la plupart des hommes et j'étais contente de l'avoir de mon côté.

— Qu'est-ce qui te fait croire que j'ai envie de trouver quelqu'un ?

Jon s'appuya contre le dossier de sa chaise en fronçant les sourcils. C'était un bon partenaire de révisions et quelqu'un de gentil, sinon je ne serais pas là. Mais il devenait fatigant et je savais que je devais lui faire abandonner ses illusions, ou alors chercher un nouveau partenaire de révisions.

Il se décomposa et je ne pus réprimer une grimace de regret. Je n'avais pas cherché à le blesser, alors je me dis que j'allais quand même faire un petit geste.

— Que dirais-tu d'aller boire un coup pour fêter ça après le test ?

Ses yeux s'illuminèrent. Il était vraiment beau. C'était un type avec lequel je pouvais imaginer sortir, si je fréquentais les hommes. Mais je venais de traverser toutes mes études de premier cycle sans jamais sortir avec qui que ce soit. Nous sortions en groupe et on m'avait invitée à sortir une ou deux fois avant que tout le monde sache que je n'étais pas là pour sociabiliser.

En outre, passer presque tout mon temps libre à jouer à des jeux vidéo en ligne et à bricoler sur mon blog avait tendance à tuer toute vie sociale. Et la mienne était morte des années auparavant.

— D'accord.

Il sourit et il ramassa une de ses fiches créées à l'ordinateur.

— Nomme tous les composants contenant de l'oxygène qui sont aussi des dérivés acides.

J'inspirai profondément en espérant que cette petite concession à la douceur n'allait pas me retomber dessus. Puis je répondis à sa question.

***

La première sonnerie du téléphone fut incluse dans mon rêve. J'étais sur le point de découper un cadavre lors de ma première année en Anatomie Dégoûtante dans une classe d'une école de médecine quelconque. J'avais posé mon scalpel sur la peau, prête à découper les tissus sous-cutanés, comme c'était écrit dans mes livres sur la dissection des cadavres, et le corps se mit à sonner comme un téléphone.

Je fus arrachée à mon rêve à la deuxième sonnerie, tellement groggy que j'arrivais à peine à savoir où j'étais.

Je vérifiai l'identité du correspondant et je fouillai à la recherche du combiné.

— Maman, soufflai-je en attrapant le réveil.

Il était sept heures trente. Pourquoi insistait-elle toujours pour appeler si tôt ?

— Tu dormais ?

Je m'éclaircis la gorge.

— Non.

— Menteuse, dit-elle. Il faut que tu commences à t'entraîner à te lever tôt. Les médecins ne se lèvent pas tard.

— Les apprentis médecins doivent se lever tard quand ils ont passé la moitié de la nuit à étudier.

Elle soupira.

— Eh bien, ce n'est pas bon non plus. Si tu finis par t'épuiser avant que l'examen arrive, tu ne vaudras rien dès la première question.

Je levai les yeux au ciel en laissant retomber ma tête sur le lit. *Ouais, je me sens tellement mieux, maman. Merci.* Je calai ma tête contre l'oreiller chaud.

— Pourquoi appelles-tu en cette belle matinée ?

— Je veux savoir si tu as besoin d'argent, dit-elle d'un ton léger.

Je serrai les dents et je sentis ma mâchoire gonfler sous mes joues. De ma voix la plus légère je dis :

— Non. Tout va très bien…

— Hier soir, quand tu n'étais pas chez toi, j'ai essayé de t'appeler sur ton portable.

Merde. Elle avait eu l'enregistrement qui disait que le téléphone n'était plus en service.

— Oh, j'ai dû oublier de payer pour avoir plus de forfait.

— Emilia Kimberly Strong.

— Ça va, maman. Je vais être payée vendredi.

L'irritation monta le long de ma colonne comme une colonie de fourmis cherchant un pique-nique. Comme si elle avait le droit de se fâcher quand je lui mentais alors qu'elle m'avait menti pour commencer ! J'avais vu le défaut de paiement du crédit la dernière fois que j'étais rentrée à la maison. Le deuxième avertissement, le troisième. Les pénalités de retard.

Elle arrivait à peine à se maintenir à flot avec le ranch. Pendant toute mon enfance, elle n'avait jamais contracté aucun emprunt. Elle avait acheté le ranch en une seule fois quand j'étais bébé avec l'argent que le donneur de sperme biologique – le terme pas très affectueux dont j'affublais le mâle qui m'avait engendré – lui avait donné pour qu'elle s'en aille et qu'elle fasse naître son bébé ailleurs.

— Mia, tu me le dirais si tu avais besoin de quoi que ce soit, n'est-ce pas ?

Maman, tu me le dirais si tu étais sur le point de te faire jeter de la banque, n'est-ce pas ? J'eus envie de répondre ainsi, mais comme d'habitude, je n'avais pas le courage d'aborder le sujet.

Le ranch, croisement entre un ranch éducatif et un B&B de thème western, était le gagne-pain de ma mère. Mais elle n'avait pas pu le faire fonctionner correctement depuis le diagnostic de son cancer et le traitement. Elle avait donc été obligée de prendre un crédit afin de l'aider à payer ses frais médicaux.

Je parvins à refaire ma voix faussement enjouée.

— Bien sûr, bien sûr. Je t'aime !

— Nous n'avons même pas encore parlé... que...

Et c'est alors que j'entendis le double appel s'enclencher. Je vérifiai le numéro. Merci, Heath ! Si j'avais pu passer à travers le fil du téléphone et l'embrasser, je l'aurais fait. J'adorais ce type.

— Maman, Heath m'appelle et je crois que c'est assez important. Puis-je te rappeler ?

— Je te rappellerai. C'est un appel longue distance.

— D'accord. Demain, peut-être ?

— Passe-lui le bonjour et dis-lui que j'attends toujours qu'il monte me voir avec toi la prochaine fois.

— Bien sûr, d'accord. Je t'aime, maman.

Je pris l'appel en attente, je respirai un grand coup et je m'assis.

— Mon vieux.

— Poupée.

— Qu'est-ce qu'il y a ?

— J'ai limité le choix à deux types. Je vais les rencontrer tous les deux dans les jours qui viennent.

— Ils habitent dans la région ?

— En fait, l'un d'entre eux habite assez près d'ici. L'autre habite dans l'est, mais il prend l'avion ce jeudi pour les affaires. Je pourrai le voir à ce moment-là.

Mon cœur se mit à battre en vitesse lumière.

— D'accord. Comment… comment sont-ils ?

— Le plus jeune n'a que soixante-deux ans…

Je me raidis.

— *Quoi ?*

— Je rigole.

Je me rassis, soulagée. J'aurais dû le savoir.

— Crétin.

— Le troisième type n'était pas loin. Presque cinquante ans. Il y avait d'autres critères qui ne correspondaient pas non plus. Le plus jeune n'a que quelques années de plus que moi. L'autre a la trentaine. Assez appétissant. Je m'occuperais bien de son cas, mais tu sais que j'aime les blonds.

Le plus jeune n'était donc pas blond.

— Que peux-tu me dire d'autre ?

— Riches comme Crésus, bien sûr. Tous les deux très intéressés, particulièrement après avoir reçu les photos de ton visage.

Je levai les yeux au ciel. En dehors de ses autres talents techniques nombreux – Heath concevait et créait des sites internet pour son travail –, son passe-temps préféré était la photographie numérique. Et il était très doué. C'était lui qui avait insisté, lorsque j'avais imaginé ce plan insensé, pour que je m'habille en bikini. Un bikini que j'avais acheté à Anthropologie et que j'avais fini par retourner au magasin parce qu'il était bien trop cher pour moi. Il avait pris des photos de moi sur les rochers de la jetée à la plage de Corona del Mar.

Les photos qu'il avait postées sur le site des enchères étaient coupées au niveau du cou. Je suppose que j'avais une jolie silhouette même si mes seins étaient assez petits. J'étais plutôt grande, ce qui me donnait de longues jambes. Malgré tout, j'avais été assez certaine que mon absence d'améliorations chirurgicales ou de faux bronzage allait affecter les résultats des enchères. Apparemment, ce ne fut pas le cas.

Même si je savais qu'il était temps de me lancer et de m'en débarrasser, ce n'était pas simplement une question de donner ma virginité au type souhaitant payer le plus. J'avais mis en place un plan méticuleux. Tout d'abord, il allait devoir se soumettre à une sélection très exigeante de mon 'videur'.

— Oui, je vais devoir trouver une façon de m'approprier celui qui ne t'obtient pas.

Je ris.

— Fais-moi savoir comment tu feras ça. D'un autre côté, peut-être pas. Je préfère ne pas le savoir.

— Je vais rencontrer le type californien demain au déjeuner à Irvine. Quand j'aurai rencontré le New-Yorkais, je te recontacte. Je leur ai demandé à tous les deux de me fournir leurs antécédents médicaux et je dois faire quelques vérifications.

— Tout ça me paraît bien.

— Mia, je dois te le répéter : ce n'est pas encore trop tard pour annuler. Une fois que l'argent aura changé de mains et que les plans seront faits, le marché sera conclu. Mais tu as encore la liberté de tout laisser tomber et de rester complètement anonyme. Je veux dire, ce n'est pas quelque chose de facile. Tu n'as encore jamais eu d'expérience sexuelle et tu as l'intention de le faire avec un total inconnu...

— Heath...

— Je veux dire, j'ai pris soin d'inclure dans le texte des enchères qu'il te faudra peut-être une période pour apprendre à connaître l'autre. Peut-être quelques rendez-vous d'abord afin que tout ne soit pas trop... soudain ?

Je secouai la tête, essayant de refouler la frustration montante. Nous en avions déjà parlé, plusieurs fois.

— Je t'ai déjà dit que je préférais ne pas le connaître. Je veux simplement m'en débarrasser aussi vite que possible. Ce n'est pas un acte romantique pour moi, juste un peu de peau. Il n'y a aucun attachement émotionnel. Il est grand temps que je la perde. De cette façon, je pourrais avancer dans la vie avec un beau compte en banque bien rempli.

Il y eut un long silence à l'autre bout de la ligne. Je me redressai et je fermai les yeux en pensant à ma mère. Elle allait bientôt avoir besoin d'un autre vaccin contre les mélanomes et ils étaient très coûteux, particulièrement quand on ne possédait pas d'assurance médicale. Elle allait sûrement refuser de le prendre et choisir de payer le crédit. La colère contre notre impuissance brûlait toujours au fond de moi.

— Je t'ai dit que je n'allais pas reculer.

— D'accord. Je me sentais simplement obligé de le répéter.

— Encore. Et encore.

— Exactement. Maintenant, je vais te poser une autre question qui va t'irriter.

Je me préparai mentalement, mais je ne dis rien.

— Que penses-tu que ta psy dirait au sujet de tout ceci ?

Je levai un sourcil.

— Ça fait des années que je n'ai pas vu Dr Marbrow.

Elle non plus, je ne pouvais plus la payer.

— Elle m'a laissé partir. M'a déclarée complètement guérie.

— D'accooord.

— Tu penses que je suis folle ?

Il soupira.

— Je pense qu'il faut beaucoup de temps pour se remettre de ce que tu as vécu.

Je déglutis. Six ans ne lui suffisaient pas ? Dans ce cas, combien de temps fallait-il ? Dix ans ? Quinze ?

— Je suis une femme forte, soufflai-je.

— Carrément, oui. Je dis juste…

— D'accord, tu as atteint ta limite du discours moralisateur pour aujourd'hui. C'est fini. Je te parle à la fin de la semaine. Il faut que je me prépare à travailler.

— Tu te connectes ce soir ? demanda-t-il.

— C'est notre soirée jeu vidéo habituelle. Tu sais que je suis toujours là.

— Des nouvelles de Fallen ?

Heath faisait référence à un membre régulier de notre groupe par son nom dans le jeu, FallenOne, comme nous le faisions tous, car il ne nous avait jamais donné son prénom. Cela faisait plus d'un an que nous jouions ensemble avec une autre bonne amie du Canada, et Fallen n'avait pas participé à nos soirées régulières depuis presque deux mois.

— Je ne suis pas certaine de ce qu'il se passe dans sa vie personnelle en ce moment.

— Il ne te l'a pas dit ? Vous deux, vous parlez de tout.

— Plus maintenant, dis-je à regret.

Je savais que Fallen lisait mon blog. Il s'était violemment opposé au Manifeste. Nous avions passé la moitié de la nuit sur le tchat du jeu à nous disputer à ce sujet. Était-il fâché contre moi à cause des enchères ? L'idée de perdre des amis à cause de cela ne me faisait pas plaisir, j'espérais donc que ce ne soit pas le cas.

Après l'appel téléphonique, je sautai du lit et je me douchai, puis j'enfilai mes vêtements d'hôpital et je partis au travail. J'essayai de garder la tête à ce que je faisais et non pas aux problèmes soulevés par Heath... et au résultat final des enchères. Avec un peu de chance, tout serait réglé avant que je doive repasser mon MCAT. C'était en tout cas ce que j'espérais.

CHAPITRE DEUX

JE TRAVERSAI LA SEMAINE SUIVANTE COMME UNE AUTOMATE, subissant le train-train du travail, de mon blog, des choses que j'avais à faire. Je me sentais au bord de quelque chose, quelque chose de grand. Mais je ne voulais pas voir la situation de cette façon. Il fallait que ce soit plus petit que moi. Il fallait que ce soit un moment insignifiant dans le cours de ma vie. Ce serait bientôt terminé et je passerais alors au reste de mon existence.

Mais je ne pus m'empêcher de me demander avec quel genre de personne j'allais finir. Si j'avais de la chance, je le trouverais au moins attirant. Peut-être serait-il doux et gentil. Il n'avait pas besoin d'être fabuleux, car je n'étais pas en position de juger, étant donné mon manque d'expérience.

Des idées de ce genre me traversèrent l'esprit et je me surpris quelques fois à fantasmer au sujet de cet homme mystère, sursautant chaque fois que le téléphone sonnait alors que j'attendais des nouvelles de Heath. Ainsi, lorsque le téléphone sonna enfin, je fus sans surprise encore une fois au lit. C'était pour une sieste rapide après le travail de nuit aux urgences.

— Quoi ? marmonnai-je dans le combiné, dormant encore à moitié.

— Tu dormais ? me parvint la voix amusée de Heath.

— Mm. J'ai travaillé cette nuit. Ce matin.

— Ah, d'accord. Eh ben… lève-toi et fais tourner la cafetière parce que j'ai ton gagnant et il veut te rencontrer cet après-midi.

Je grognai.

— Il peut attendre. Je suis à moitié morte, Heath. On ne peut pas faire ça demain ? C'est mon jour de congé et j'ai besoin d'être prévenue à l'avance, je n'ai pas fait de lessive depuis…

— Impossible, poupée. Il prend un vol pour la côte est très tôt demain matin. Il ne reviendra pas avant la fin de la semaine.

— Heath…

— Allez. J'ai réservé une salle de conférence privée au Westin South Coast Plaza.

Je me souvins que mon unique jupe sérieuse – une jupe droite de femme d'affaires – se trouvait au fond du panier de linge propre, froissée à en être méconnaissable.

— Je dois repasser ma jupe et mon fer à repasser est cassé.

— Je t'apporte mon fer en venant te chercher.

— Je n'ai pas non plus de table à repasser.

— Alors, utilise la table, bon sang. Écoute, je ne suis pas là pour résoudre tes problèmes de femme hétérosexuelle des pays industrialisés. Lève-toi, maquille-toi et bouge-toi.

Je soupirai puis je raccrochai, le cœur battant. Je me rendis compte qu'il ne m'avait pas dit qui il avait sélectionné.

Je suivis ses instructions, je me levai, je me douchai et je me coiffai. Cédant à l'inévitable, je finis par m'attacher les cheveux en queue de cheval, car ils ne voulurent pas coopérer. Mon maquillage était devenu acceptable et j'étais en chemisier blanc ajusté à la taille et en culotte lorsque Heath arriva. Il n'avait pas son fer à repasser.

— Qu'est-ce que t'as foutu, Heath ?

— Je n'ai pas réussi à le trouver. Je crois que ce stupide petit crétin me l'a volé quand il a fait ses bagages et qu'il est parti.

Il faisait référence à la fin récente de sa relation de deux ans. La séparation n'avait pas été en bons termes et Heath soignait toujours son cœur brisé.

Je lui jetai un regard incrédule.

— Qui volerait un fer à repasser ?

— Un petit con gâté comme Brian, voilà qui.

Je soupirai et je regardai ma jupe pathétique.

— Pourquoi ne l'accrocherais-tu pas dans la douche en faisant couler l'eau chaude ? demanda-t-il.

— Tu veux que ma jupe prenne une douche ?

— La vapeur enlèvera une partie des plis. Le sèche-cheveux fonctionne aussi.

— Eh bien, je n'ai pas de sèche-cheveux, alors il faudra que la vapeur suffise. Tu crois que ça fonctionnera ?

— Pas du tout, mais cela ne coûte rien d'essayer.

Je fis couler la douche jusqu'à ce que l'eau devienne froide, ce qui ne prenait pas longtemps dans mon petit studio. Depuis que je vivais ici, j'étais devenue la reine de la douche rapide. Lorsque j'enlevai la jupe du cintre et que j'essayai de lisser le tissu humide, il refusa de coopérer.

Quand je fus habillée, je quittai la salle de bains. Heath grimaça et fit tourner son doigt, me faisant signe de tourner sur moi-même.

J'obéis.

— C'est si terrible ?

Il haussa les épaules.

— Pas besoin d'un expert de la mode pour voir que ta jupe ne va pas du tout.

Je poussai un soupir.

— Combien de temps reste-t-il ? Il faut peut-être passer au magasin emprunter une jupe ?

Il sortit son téléphone, le regarda et secoua la tête.

— Tu y vas comme ça. De toute façon, il ne paie pas une fortune pour coucher avec la jupe, heureusement pour toi.

Je lui jetai un regard noir.

— Que tu peux m'énerver, parfois !

— Je sais.

Il haussa les épaules, indiqua la porte du menton et sortit. Je le suivis dans un magnifique après-midi de printemps.

Quand nous fûmes installés dans sa Jeep Wrangler bleue, Heath se dirigea jusqu'à l'autoroute la plus proche en passant par des rues résidentielles paisibles bordées de jacarandas violets et de faux poivriers bruissants. Sur le boulevard plus large, des palmiers immenses que l'on voyait partout en Californie du Sud frissonnaient dans la brise océanique.

— Alors, qui est ce type ? lui demandai-je lorsque nous filâmes sur l'autoroute 55.

— Tu le découvriras assez vite. Il s'appelle Drake.

Il me jeta un regard comme si je devais savoir qui c'était.

— Adam Drake.

— Et de quel type riche s'agit-il ?

— De celui qui vit par ici. Newport Beach, bien sûr. Comme tous les riches.

Je ricanai.

— Et tu as dit qu'il était jeune ?

— Un peu plus vieux que nous. Vingt-six ans.

— Alors comment est-il devenu si riche ? Fonds fiduciaire ? Entreprise de papa ?

— Non, en fait il a fait fortune tout seul.

Je fus surprise par cette information.

— Comment est-ce possible à son âge ?

— Il développe des logiciels... de jeux vidéo.

Ma bouche s'ouvrit de surprise. Je ne manquai pas de remarquer le sens de l'ironie de Heath.

— Je vois pourquoi tu l'as choisi. A-t-il créé quelque chose que je connais ?

Heath haussa les épaules.

— Peut-être.

Je lui jetai un regard appuyé.

— Tes vérifications ont-elles été très poussées ?

— Oh, je pense le connaître comme un frère maintenant. Nous nous sommes parlé lundi pendant trois heures. Puis nous avons encore longuement discuté au téléphone mercredi. J'étais déjà presque amoureux de lui avant même de rencontrer Monsieur New York.

Je ricanai encore bruyamment.

— Ouais, ne fais pas ça tout à l'heure. Il pourrait tout laisser tomber en t'entendant rire comme un porcelet.

Je lui frappai l'épaule du dos de la main et il sourit.

Moins d'une demi-heure plus tard, nous nous installâmes sur des chaises en cuir noir à une table de conférence en verre et chrome. Nous étions entourés d'un décor en granite qui respirait la modernité et la fortune. J'étais souvent passée à côté de cet hôtel en voiture, mais je n'y étais jamais entrée. Je n'avais jamais espéré avoir l'occasion de rester dans un si bel endroit.

Je tapotai mes mains sur les genoux, frappant contre ma peau nue. Heath m'arrêta une fois en posant sa grande main sur les miennes, mais je recommençai dès l'instant où il la retira.

— Tu me rends dingue en faisant ça.

Je lui jetai un regard. Il allait devoir supporter mon angoisse.

— Sommes-nous vraiment arrivés avec tant d'avance ?

— Non, il est en retard.

— S'il est si pressé de me rencontrer aujourd'hui, ne devrait-il pas arriver à l'heure ?

— Il remonte la 405. Après quinze heures, c'est comme un parking. Il est sans doute coincé dans les embouteillages.

Je soufflai.

— Il ne peut pas prendre la voie réservée aux limousines et aux voitures de luxe, ou quoi ?

Avant même que je puisse finir ma phrase, deux hommes s'approchèrent de la porte en verre dépoli de la salle de conférence. L'un d'entre eux se pencha en avant pour ouvrir la porte. C'était le plus grand des deux et ses cheveux bruns étaient coupés court. L'autre homme, eh bien, je le remarquai à peine quand mon regard se verrouilla dans les yeux d'obsidienne du premier homme.

Heath et moi sautâmes sur nos pieds. Mon pouls accéléra jusqu'à un rythme presque fatal, menaçant une hypertension aiguë. Le premier type avec les yeux sombres était le magnat informatique, j'aurais pu parier toutes mes maigres possessions. Il hésita dans l'entrée une fois qu'il me vit entièrement, et j'eus le souffle coupé lorsque je regardai son visage d'une beauté stupéfiante.

Il faisait environ un mètre quatre-vingt-trois et il portait un costume de luxe, du genre à avoir un gilet sous la veste qui semblait avoir été taillée pour lui, moulant sa taille svelte et ses hanches minces. Le costume était si beau sur lui que je savais qu'il devait être d'un couturier, même si j'étais la première à avouer ne rien savoir au sujet des couturiers ou des marques.

Il était bien bâti, mais pas imposant. Son pantalon collait à ses cuisses musclées, sa veste s'étirait sur des épaules solides, mais pas trop larges. Son costume était gris métallique avec une chemise et une cravate légèrement plus sombres. La pince à cravate en argent refléta la lumière et mes yeux se posèrent dessus, puis retournèrent sur son visage. Il avait la virilité taillée au biseau d'un dieu de marbre. Entièrement fait d'angles et de belles lignes nettes et puissantes.

J'eus l'impression que mon cœur allait entrer en fibrillation ou, comme le dirait quelqu'un d'autre qu'un étudiant en médecine, se mettre à palpiter. Je n'avais jamais été si fortement affectée par un homme. Particulièrement un homme que je voyais pour la première fois. Ses yeux sombres croisèrent les miens et ma poitrine fut sur le point d'exploser. Il s'arrêta, fronçant les sourcils. Pendant qu'il me dévisageait de la tête aux pieds, je respirais à pleins poumons, car j'avais presque oublié de respirer pendant ce coup de tonnerre initial.

Merde. Ce fut le moment précis où je me rendis compte que je m'étais attiré des ennuis.

Drake ne me quitta pas du regard, pas avant de s'arrêter de l'autre côté de la table de conférence. Il bougeait comme un chat, comme un prédateur élégant.

Heath se pencha en avant en tendant la main et Drake finit par détourner son regard de moi afin de lui serrer la main, un sourire arrogant sur les lèvres.

— C'est bon de te revoir, Bowman, dit-il d'une voix claire et grave qui accéléra encore mon pouls.

Sa voix était une caresse, une main douce, mais ferme qui glissa le long de ma colonne vertébrale pour s'installer en un poing serré juste à la base. Tous mes sens s'éveillèrent et ma conscience de ce qui m'entourait s'intensifia. Respiration accélérée. Augmentation de la chaleur corporelle perçue. Pouls rapide. Des signes classiques de l'excitation sexuelle.

La puissance de la sensation faillit me faire tomber à la renverse. Était-ce *moi* ? Moi ? Qui m'était demandée pendant au moins un an si je n'étais pas lesbienne, car je n'étais attirée par aucun des hommes que je rencontrais ?

Son regard revint sur moi lorsque Heath posa la main sur mon épaule.

— Voici notre blogueuse semi-célèbre, Geekette.

Drake inclina le menton de façon attirante en semblant m'examiner. Je me mordis la lèvre, chaque nerf se tendant en moi. C'était incroyable de voir à quel point la réaction du corps lors de l'excitation était proche de celle de la peur. Et à ce moment-là, j'aurais eu du mal à les distinguer.

Drake m'indiqua une chaise pendant qu'il s'assit. Je me laissai lentement couler sur ma chaise, le cuir collant à l'arrière de mes genoux en sueur. Je regardai l'homme qui l'accompagnait pour la première fois, me rendant soudain compte que je ne lui avais pas même accordé une pensée ou un regard jusque-là. Il était plus âgé avec une calvitie naissante, du ventre et il semblait avoir la cinquantaine. Il portait une mallette, c'était apparemment un avocat. Lorsque je me retournai vers Drake, l'intensité de son regard faillit me faire sursauter. Ses yeux lancèrent des pointes à travers moi, comme des fléchettes glaciales. Je soutins son regard, mais je déglutis une boule dans ma gorge de la taille d'une pastèque et j'essayai d'ignorer mon pouls qui battait dans mes tempes.

Heath se mit à feuilleter une pile de papiers sur la table devant lui et Drake dévia le regard pour voir ce que faisait Heath. Je finis par me souvenir de respirer à ce moment exact, par coïncidence, bien sûr.

Heath sortit le papier qu'il cherchait et Drake se tourna vers moi.

— Alors, dois-je t'appeler Geekette ou puis-je savoir ton nom ?

Je m'éclaircis la gorge et j'agitai mes mains sur mes genoux.

— Je m'appelle Mia.

Il leva les sourcils.

— Mia ?

Je luttai contre l'envie de m'agiter, serrant les mains sur mes genoux nus. Il regarda vers le bas, comme s'il observait mes mains à travers la table en verre.

— Emilia. Mais tout le monde m'appelle Mia.

Un petit sourire dansa sur ses lèvres lorsqu'il releva la tête et qu'il me regarda dans les yeux.

— Je ne suis pas tout le monde.

Ses yeux descendirent jusqu'à mon col prude – mais pas plus bas, il fallait le noter – avant de remonter.

— *Emilia.*

Je serrai les poings. Essayait-il volontairement de me provoquer avec cette attitude arrogante ? Car si ce n'était pas intentionnel, c'était *très* mauvais signe.

Drake s'éclaircit la gorge et jeta un regard appuyé sur la pile de papiers de Heath.

— Discutons des détails du contrat. Est-ce seulement la pénétration d'un organe par un autre ou bien des spécificités ont-elles été établies ? Qu'en est-il de se toucher ? De s'embrasser ? Combien de fois ? Des choses coquines ?

Je restai bouche bée. Je ne pus m'en empêcher. Je le scrutai et il sembla détecter mon examen alors même qu'il regardait Heath. Les coins de sa bouche sensuelle remontèrent. C'est alors que je me rendis compte que c'était bien délibéré. Jouait-il un rôle ?

Je me tournai vers Heath qui semblait avoir du mal à retenir son rire. Il regardait Drake d'un air étrange.

— Cela fait beaucoup de choses à détailler. Et c'est un endroit étrange pour le faire.

Drake haussa les épaules et reporta son regard sur moi.

— Et si nous commencions simplement par les interdits, dans ce cas ?

J'échangeai un regard avec Heath, qui hocha la tête et se retourna vers Drake.

— J'en connais un dont nous pouvons parler tout de suite. Il n'y aura pas de fellation.

Drake se pencha en avant.

— Pardon ?

Je croisai les bras avec force, brûlant déjà de ressentiment.

— Tu l'as entendu correctement. Pas de suçage de bite.

Oui, je l'avais dit. S'il pouvait être délibérément provocateur, pourquoi pas moi ?

Ses yeux noirs revinrent vers moi, légèrement amusés, toujours insupportablement effrontés.

— Prends-tu la pilule ? demanda-t-il brutalement.

J'écarquillai les yeux. Il était vraiment plus fort que moi dans le domaine de l'odieux.

L'avocat de Drake lui jeta un regard surpris en fronçant les sourcils, manifestement étonné par son comportement. Bon, au moins c'était un signe qu'il n'agissait pas ainsi d'habitude. Cela ne l'excusait en rien, cependant.

— Tout est détaillé dans les termes des enchères, Monsieur Drake. Oui, j'utiliserai la pilule, mais il y aura également des préservatifs...

Je m'arrêtai lorsque son beau visage se fendit d'un sourire condescendant.

— Si je dois payer une fortune pour le privilège de sentir ta peau virginale tremblante, je crois ne pas avoir besoin de dire que je m'attends à le faire sans barrière.

Je m'appuyai contre le dossier de ma chaise en serrant les dents avec tant de force que j'en eus mal à la tête. Il soutint mon regard, un air de défi dans ses yeux d'ébène. Il était peut-être la plus belle créature qu'il m'ait été donné de voir, mais c'était aussi un trou du cul.

Il inclina la tête vers moi, étonné.

— Pourquoi est-ce un problème ? Si nous sommes tous deux déclarés sains par un médecin...

Je desserrai la mâchoire juste assez longtemps pour répondre.

— Un avis médical récent n'est pas suffisant pour moi. J'exigerai le célibat pendant au moins les six mois précédents, alors...

— Dans ce cas, aucun problème.

J'en doutais fortement. J'ouvris la bouche pour le traiter de menteur lorsque Heath se pencha en avant et posa la main sur la table devant moi.

L'avocat de Drake s'éclaircit la gorge en me jetant un regard vide avant de se tourner vers Drake.

— Nous pourrons régler ces détails plus tard lors de la médiation. Monsieur Drake a un avion à prendre plus tard dans la journée.

Le regard de Drake alterna entre Heath et moi. Je vis qu'il essayait d'évaluer notre relation. Ce n'était pas la première fois que quelqu'un nous regardait tous les deux de cette manière hésitante et interrogative. Heath n'était pas du tout visiblement homosexuel. Il n'était pas extravagant ou flamboyant. Son comportement et ses maniérismes étaient très masculins, alors il déclenchait rarement le 'gaydar' des gens.

Mon regard retourna vers Drake, attiré par lui comme une flamme aspirée par un vent chaud et sec. J'en voulais à la chaleur sur mes joues. Je ne rougissais pas d'habitude. Presque jamais, en fait. Mais cet homme faisait remonter mon côté irlandais, comme aimait à le dire ma mère. Et le pire, c'était que plus il m'irritait, plus il semblait amusé.

Drake jeta un coup d'œil à Heath, puis à son avocat.

— Messieurs, voulez-vous bien nous excuser un instant ? Vous pouvez attendre juste de l'autre côté de la porte.

Puis, presque comme une pensée après coup, il me regarda.

— Si, bien sûr, cela convient à la dame ?

Mon visage s'enflamma davantage et je serrai les mains sur mes genoux.

— Très bien, dis-je en me demandant si le New-Yorkais trentenaire était toujours intéressé par le marché. Il ne pouvait pas être plus offensant que ce crétin.

Heath me regarda pour confirmation et je hochai la tête. Il me tapota l'épaule et les deux hommes sortirent en nous laissant face à face à la table, à nous observer.

Drake finit par s'éclaircir la gorge et il posa les mains sur la table devant lui, entrelaçant ses doigts et baissant les yeux.

— Je suis désolé si mon franc-parler vous a offensé. Je supposais qu'une femme qui se vendait ainsi ne serait pas gênée par la franchise.

Je ris.

— Ah bon, c'était ça ? Je pensais simplement que vous étiez un trou du cul.

Lorsqu'il sourit, l'arrogance avait disparu et une fossette délicieuse apparut au coin de sa bouche. J'eus envie de lécher cette fossette, de connaître chaque nuance de son goût. Je m'agitai sur mon siège, furieuse contre moi-même. Pourquoi ne pouvais-je contrôler ces pensées insensées ?

— Monsieur Drake, vous ne me laissez pas la meilleure impression de vous-même...

Je m'interrompis en entendant son rire sec.

— Est-ce nécessaire ? Je pensais que mon compte bancaire s'en chargeait.

La colère se mit à bouillir et mes muscles se raidirent. J'inspirai longuement avant de souffler.

— Je ne suis pas une prostituée et je vous remercierai de ne pas me traiter comme telle.

— Vous vous êtes vendue. Vous ne vous considérez peut-être pas ainsi, mais clairement...

Ses yeux me dévisagèrent à nouveau de la tête aux pieds.

Je secouai la tête. Je ne comprenais pas pourquoi il me provoquait ainsi. Il était très beau, mais chaque fois qu'il ouvrait la bouche, j'avais de plus en plus de mal à m'imaginer au lit avec lui.

— Une nuit dans ma vie et un morceau de peau déchiré ne constituent pas de la prostitution.

Son regard sombre s'intensifia, comme si un regard long et déterminé pouvait briser mes défenses. Je reculai.

— Le sexe pour de l'argent, c'est de la prostitution.

Je haussai les épaules, décidée à ne pas le laisser voir qu'il m'irritait.

— Je préfère ne pas donner d'étiquette. Une nuit de ma vie ne me définit pas.

Ses lèvres généreuses et sexy formèrent un sourire.

— Beaucoup de choses peuvent se produire en une nuit.

Je ne pus détourner le regard, malgré mon envie de le faire. Mon cœur battait très fort, le pouls lançant des battements réguliers dans mes veines, mais ma tête me disait que je devais faire dégager ce crétin. Il y avait beaucoup de choses que j'acceptais de faire pour presque un million de dollars. Supporter cet abruti arrogant n'en faisait peut-être pas partie.

Il me regarda avec un air analytique que j'aurais pu avoir en étudiant des plaquettes au microscope.

— Il faut une étrange sorte de moralité pour se préserver aussi longtemps, puis vendre cet avantage au plus offrant.

Je serrai la mâchoire. Il m'était de plus en plus difficile de cacher mon énervement.

— Vous n'avez pas payé pour entrer dans ma *tête*, Monsieur Drake.

Je poussai la pile de papiers de Heath vers lui afin de cacher mon malaise.

— Voilà les petites lettres, tout ce à quoi j'ai pu penser.

Il y jeta un coup d'œil avant de regarder ailleurs, presque avec ennui.

— Évidemment, je ne vais pas lire tout cela maintenant. Et bien sûr, j'aurais d'autres clauses à ajouter. Ainsi qu'un accord de non-divulgation.

Je fronçai les sourcils. Personne ne m'avait parlé d'accord de non-divulgation.

— Vous savez que je suis une blogueuse, n'est-ce pas ?

— Bien sûr. Mais en dehors de votre Manifeste, vous parlez exclusivement de jeux vidéo, pas de votre vie sexuelle. Ce document est assez standard, avec quelques phrases supplémentaires au sujet de notre situation particulière.

Il poussa une unique feuille de papier vers moi. Je l'examinai. Elle semblait effectivement standard, et elle mentionnait spécifiquement le fait que je ne pouvais pas parler de notre nuit ensemble sur mon blog. Mais j'avais l'intention de mentionner que cela avait eu lieu. Après tout, j'avais une crédibilité à maintenir.

En reniflant d'un air ennuyé, je demandai un stylo, surprise qu'il me tende un machin en plastique à deux dollars au lieu d'un stylo de riche prétentieux plaqué or ou platine qui hurlait : 'Regardez-moi, je suis tellement riche'. Je griffonnai rapidement ma signature sur le formulaire.

Quand je le poussai vers lui, je dis :

— Il me faudra une copie.

Il se pencha et il signa également le papier, ce qui me permit de l'admirer discrètement pendant quelques secondes. Il était vraiment incroyablement beau. Mon cœur n'avait pas arrêté de battre ce tempo de ska ridicule depuis qu'il était entré dans la pièce.

— Bien sûr, murmura-t-il en sortant un Smartphone brillant plaqué de chrome de la poche de sa poitrine afin de photographier le document.

Après un instant, il tapota des commandes et il me regarda.

— Heath Bowman possède maintenant une copie de cet e-mail. Il pourra vous la transférer. Je vous ferai parvenir une copie papier dès que possible, si vous notez votre adresse au dos du formulaire.

Je me penchai et j'obéis, griffonnant précipitamment mon adresse.

Je me redressai, prête à lui rendre la monnaie de sa pièce pour son comportement.

— C'est dommage, vraiment, de ne pas pouvoir écrire au sujet de cette nuit. J'aurais pu donner l'impression qu'elle était incroyable, j'aurais même pu ajouter quelques 'stupéfiant' et 'monumental' pour faire bonne mesure.

Un sourire apparut sur sa bouche sexy lorsqu'il rangea son stylo dans sa veste.

— Oh, nos rencontres seront tout cela et bien plus.

Je secouai la tête en cachant encore une fois ma surprise à ses paroles.

— C'est une seule nuit, Monsieur Drake. Il faut des parenthèses autour du 's' de 'rencontres'.

Son regard ne pouvait être interprété que comme suffisant.

— *Des rencontres…* pas besoin de parenthèses.

Mon cœur frappait violemment contre mes côtes. Pourquoi son arrogance m'excitait-elle ? Je voulus gifler cet air suffisant de son beau visage.

Son regard descendit effrontément vers mon décolleté et mes seins, s'y attardant. Mes tétons pointèrent, réagissant automatiquement, et je sus qu'il pouvait le voir sans baisser la tête. Je maudis le fait d'avoir choisi de porter un chemisier blanc fin.

Ses yeux retournèrent vers les miens et cette fois son visage se fendit d'un sourire enfantin.

— Ça va être amusant.

Gênée, je croisai les bras sur ma poitrine, couvrant mes seins traîtres. Je cherchai une réplique cinglante, en vain.

— Je suis désolé de devoir être bref, mais je suis en route pour une réunion de travail. Nous pourrons travailler sur les détails afin d'être tous deux satisfaits. Je serai cependant joignable par mail. Ou vous pouvez m'envoyer des textos.

Je faillis tomber de soulagement en apprenant qu'il partait. Je ne pensais pas pouvoir supporter dix minutes de plus seule dans une pièce avec lui. Ce qui n'annonçait rien de bon pour notre nuit. Seuls. Nus. Dans un lit.

Une goutte de sueur glissa le long de ma tempe. Comment parvenait-il à paraître si cool et impeccable dans son costume à je ne sais combien de dollars ? Et comment parvenait-il à paraître si jeune tout en agissant comme un homme d'affaires de la trentaine ?

Je m'éclaircis la gorge.

— Mon téléphone portable ne fonctionne pas.

Son front se plissa un instant et il ouvrit la bouche, secoua la tête avant de la refermer comme s'il avait changé d'avis sur ce qu'il allait dire.

— Je n'ai que vos intérêts, votre santé et votre sécurité en tête, Emilia. Que ce soit physiquement ou légalement.

Rien d'autre ? Encore une fois, j'en doutais fortement. Mon scepticisme devait être apparent, car il recula, levant légèrement ses sourcils sombres.

— Enfin, bien sûr, j'ai mes propres attentes pour la soirée.

Je ricanai, espérant obtenir une sorte de réaction de sa part cette fois.

— Évidemment.

Mais il se contenta de froncer les sourcils en se levant. Je l'imitai et il attendit que je fasse le tour de la table avant de marcher vers la porte à côté de moi. Il se tenait si près que son veston frôla mon épaule et je crus que mon cœur allait s'arrêter à cause de la décharge électrique qui me traversa. J'attendis pendant qu'il tendit la main pour ouvrir. Je ne vis personne de l'autre côté de la porte en verre dépoli.

Mais il n'ouvrit pas. À la place, il se tourna vers moi et me coinça avec son regard sombre.

— Y a-t-il autre chose ?

Je détestai ma voix à bout de souffle. Je fis un pas en arrière pour mettre un peu d'espace entre nous, mais cela ne semblait pas changer quoi que ce soit. La tension n'en fut pas soulagée.

Puis encore ce sourire obstiné.

— Non, je ferais mieux de ne pas le demander, marmonna-t-il, presque pour lui-même.

Je me demandai ce qu'il avait en tête. Il ne bougea toujours pas. Sa main se serra sur la poignée chromée de la porte, la peau autour de ses articulations blanchit. De si près, je pouvais voir chaque trait, ses cheveux noirs brillants, ses yeux sombres, son long nez droit et sa mâchoire forte. Je déglutis et je regardai sur le côté.

— Monsieur Drake...

— Adam, dit-il doucement, mais fermement.

Puis il fit quelque chose que j'eus du mal à croire. Il posa sa main libre sous mon menton, inclinant ma tête afin de pouvoir observer mon visage. Son pouce courut le long de ma mâchoire et je me forçai à ne pas bondir en arrière. Je ne détestai pas ce contact... bien au contraire. Alors même que ma nervosité augmentait, je dus me rappeler qu'il me toucherait beaucoup plus que cela très bientôt. Je le regardai dans les yeux, parvenant à ne pas sursauter.

— Appelle-moi Adam, répéta-t-il en caressant encore une fois ma mâchoire avec son pouce. Et tutoie-moi. C'est normal, étant donné que nous nous verrons nus très bientôt.

Je restai bouche bée et je rougis. La réaction sembla l'amuser. Je savais qu'il devait s'agir d'une sorte de test pour évaluer ma réaction. Je m'en moquais. Les choses devenaient enfin réelles. Je m'écartai de lui et je levai le menton.

— Le marché n'est pas encore conclu. Je peux toujours changer d'avis, dis-je en détestant la façon dont ma voix tremblait.

Il hocha la tête.

— Tu le pourrais. Et si tu ne peux pas supporter que l'on en parle, tu devrais sans doute abandonner.

Ce n'était pas le fait qu'il en parle. C'était la façon dont il en parlait. Mais je restai silencieuse en souhaitant fortement être hors de cette pièce et à des kilomètres de là.

Il se pencha vers moi afin que nos visages ne se trouvent qu'à quelques centimètres l'un de l'autre. Je sentis son odeur propre. Mes sens se troublèrent, mon cœur tambourina.

— À la fin, après tout le jargon légal, après tous les termes techniques en latin que nous nous sommes lancés, ceci concernera deux personnes. Au lit... et probablement dans d'autres endroits. Qui baisent.

Ce type avait les capacités sociales d'un homme des cavernes. Je m'attendais à ce qu'il m'attrape par les cheveux d'une minute à l'autre et qu'il me traîne hors de la pièce avec une massue sur l'épaule. Peut-être devait-il régulièrement payer pour le sexe. Après tout, c'était un geek de l'informatique. Un geek de l'informatique canon, je devais l'admettre, mais quand même. Ces types-là posaient leurs fesses devant leurs ordinateurs pendant des heures à écrire du code. Quand avaient-ils le temps de sortir et de trouver une petite copine ?

Je décidai de lui rendre la pareille, l'examinant de la tête aux pieds, laissant traîner mon regard sur son torse, son entrejambe. Malheureusement, cela n'eut pas l'effet souhaité.

Il afficha encore ce sourire enfantin.

— Oui, nous allons nous amuser.

— Tu vas suffisamment payer pour ça.

L'amusement s'évapora de ses yeux et ils se durcirent si soudainement que le changement faillit me faire sursauter.

— Nous resterons en contact, Emilia.

Il fit un pas en arrière et ouvrit brusquement la porte, me faisant signe de passer devant lui. Le geste galant arriva trop tard pour m'impressionner.

Je me redressai et je parvins à ne pas chanceler sur mes talons, me souvenant de garder les épaules en arrière. La voix de ma mère qui me grondait au sujet de ma mauvaise posture retentit dans ma tête. Tout le temps que je passais courbée sur mon clavier à jouer à des jeux vidéo m'avait peut-être tordu le dos ?

Je me rendis compte que je ne savais toujours pas qui était ce type. Concepteur de jeux vidéo ? Multimillionnaire ? Comment un concepteur pouvait-il devenir riche ? Quelle était son histoire ? Il était vraiment jeune. J'aurais dit qu'il avait moins de vingt-six ans, pourtant il était si arrogant, si autoritaire et sûr de lui-même.

Enfin, il y avait toujours internet, où aucune question ne reste sans réponse. Au moins avais-je pu payer la facture du mois. Je ne me souciais pas du téléphone portable... mais je préférais me passer d'eau et de gaz plutôt que d'internet. Et puis ma connexion m'aidait à payer la nourriture.

J'allais rentrer chez moi et le chercher sur Google, bien sûr. Il allait sûrement y apparaître, même s'il était, comme il le prétendait, une personne très privée. Il ne pouvait pas faire signer une clause de confidentialité au monde entier.

Lorsque je croisai le regard de Heath, il se détourna de sa discussion avec l'avocat de Drake. Le nœud serré situé entre mes omoplates avait migré jusqu'à mon estomac, s'agitant et se tordant lorsque nous nous approchâmes. Drake et Heath se serrèrent à nouveau la main et nous partîmes chacun de notre côté. Je pris soin d'être hors de vue avant de serrer les poings et de parler à Heath en grinçant des dents.

— Tu déconnes, franchement ?

— Quoi ?

— Sérieusement, c'est *lui* le type que tu as choisi ? Comment as-tu pu croire que j'allais le supporter ?

Heath me jeta un regard perplexe.

— En fait, je croyais qu'il avait beaucoup de choses en commun avec toi.

— Quoi, parce qu'il crée des jeux vidéo et que j'aime jouer – un peu trop, oui, je sais – et les commenter sur mon blog ?

— Vois les choses ainsi, poupée : si tu n'aimes pas le temps que vous passez ensemble, tu pourras donner une très mauvaise critique à tous ses jeux.

— Hilarant. As-tu demandé au numéro deux de partir ou est-il toujours une option ?

Heath pinça les lèvres.

— Calme-toi. Attends un jour ou deux, d'accord ? Il a dit qu'il t'enverrait un mail. Peut-être sera-t-il plus poli.

— Il ne paie pas pour m'envoyer des mails. Je vais devoir être seule avec lui toute la nuit...

Heath secoua la tête et me jeta un regard qui signifiait 'je te l'avais bien dit'. Je poussai un soupir et je détournai la tête.

— C'est la nature de la bête, Mia. C'est ce à quoi tu t'es engagée quand tu as décidé de faire tout ça, que tu aies les idéaux du Manifeste d'une vierge ou pas. Tu as prétendu reprendre le pouvoir qui avait été volé aux femmes depuis des siècles. Trouve une façon de lui reprendre le pouvoir. Ne le laisse pas faire son loup alpha sur toi et pisser sur tous les arbres. Tu es plus forte que ça.

— Et l'autre type ? C'est un loup alpha aussi ?

— Ma chérie, ce sont des millionnaires. Ce sont tous des loups alpha. Pour ce que ça vaut, son comportement avec toi a été très différent de ce que j'ai vu quand nous nous sommes parlé les deux autres fois. Peut-être est-ce juste une façade qu'il utilise avec les femmes. Cela expliquerait pourquoi il participe à ce... comment l'appelles-tu déjà ? Ce 'nouveau paradigme'.

Le nœud dans mon estomac se tordit encore.

— C'est mauvais signe, s'il ne sait pas se comporter avec une femme. Comment puis-je savoir si je serai en sécurité ? Et s'il aimait tous ces trucs sadomasochistes ?

— Tout est dans la paperasse. Pas de fétichisme. Pas de bondage. Rien d'inhabituel. Tu es vierge, bon sang, ce n'est pas comme si tout cela te plairait. Il le sait. C'est lui qui voulait inclure tout cela dans le texte de l'accord, il répétait que c'était important de te protéger.

Je me souvins de ce qu'il avait dit quand nous étions seuls. Son seul intérêt était d'assurer ma sécurité, physiquement comme légalement. Était-ce une sorte de coup monté ? Était-il en réalité un flic agissant sous couverture ? Heath aurait-il pu le découvrir ?

Nous nous étions organisés afin que toute la transaction prenne place à l'étranger, dans des pays où le sexe en échange d'argent était légal. Le serveur internet était basé au Brésil, les enchères gérées par l'intermédiaire du contact de Heath là-bas. L'acte en lui-même devait avoir lieu dans un pays légalement favorable.

Il n'y aurait pas de transfert d'espèces d'une main à l'autre. Des comptes bancaires à l'étranger allaient effectuer le transfert. Heath avait fait ouvrir un compte dans les îles Caïman pour moi par un ami banquier gay. Cela me donnait l'impression d'être très mystérieuse et clandestine. Drake en avait un lui aussi, sans doute déjà longtemps avant cette transaction. Et l'argent serait rapidement déposé dans un compte bloqué avant que le transfert soit effectué.

La seule chose qui était marginalement illégale, c'était notre rencontre sur le territoire américain pour préciser les détails du marché. Toutefois, ma fierté par rapport au caractère soigné du marché commençait à s'estomper en face de Drake et sa personnalité de crétin alpha. Quand Heath et moi nous montâmes dans la voiture au retour, je lui jetai un regard discret, mais je restai silencieuse pendant le reste du trajet.

Il me fallait réfléchir à une décision. Je devais en apprendre davantage sur qui était vraiment Adam Drake. Mais au-delà de ça, la réalité de mes idéaux venait de me frapper au visage et il fallait que je voie si j'avais le courage de continuer ce plan. Étant donné la façon dont mes nerfs faisaient des nœuds, j'en doutais.

CHAPITRE TROIS

JE LE CHERCHAI SUR GOOGLE A LA MINUTE OU JE RENTRAI A LA maison et que je mis en route mon ordinateur. Je lus une brève note Wikipédia sur lui et je passai l'heure suivante bouche bée en lisant article après article. J'en savais beaucoup plus à son sujet, mais j'avais également des tonnes de questions supplémentaires.

Quelque part au fond de mon esprit, j'avais pensé que le nom d'Adam Drake me disait quelque chose. Vaguement, mais quelque chose. Adam Drake était le fondateur et le PDG de Draco Multimedia Entertainment, la maison-mère de l'un des jeux de rôle en ligne massivement multijoueur – ou MMORPG – les plus aboutis et les plus populaires, Dragon Epoch. J'y jouais quotidiennement et j'en parlais de façon régulière sur mon blog. En fait, je devais relater les dernières actualités sur DE au cours de la semaine.

Ma gorge se serra. Je vis des photos, des revues de presse, des critiques, des interviews. Des photos de lui dans des panels au Comic-Con de San Diego. C'était une sorte de génie de la programmation et il avait développé un programme d'intelligence artificielle unique au sein d'un jeu nommé Mission Accomplie avant même de sortir du lycée. Il avait vendu le programme à Sony à l'âge de dix-sept ans. Pour 3,2 millions de dollars.

Millionnaire à l'âge de dix-sept ans grâce à son propre travail.

À partir de là, cela empirait. Il s'était inscrit au California Institute of Technology, mais il avait abandonné au bout d'un an et il créa Draco Multimedia dans un entrepôt à Irvine. Finalement, cette entreprise fit construire son propre campus dans la même ville. Ils produisirent plusieurs jeux dont la culmination était en ce moment Dragon Epoch, un environnement de fantasy fonctionnant par abonnement. Des millions de joueurs du monde entier payaient pour le privilège d'y jouer. Moi y compris.

Maintenant, je savais exactement ce que Heath avait voulu dire quand il avait affirmé que Drake et moi avions des choses en commun. Sa propre admiration de gameur avec des étoiles dans les yeux s'était-elle mise en travers du chemin ? Si j'étais une gameuse hardcore, Heath était pire. Il était celui qui m'avait entraînée dans toute cette histoire de jeux vidéo.

Je commençai à douter du jugement de Heath. Il avait sans doute joué au fan geek pendant les 'multiples entrevues' durant lesquelles Drake et lui avaient parlé des heures en personne et au téléphone.

Je me préparai une théière et je regardai l'horloge. Il me restait encore plusieurs heures avant le travail, je n'avais aucun désir d'étudier et j'avais des tonnes d'articles à écrire sur mon blog : au moins trois critiques, une interview et quelques coups de projecteur.

Et aussi mon rapport hebdomadaire sur Dragon Epoch. Je me demandai comment rester complètement neutre, comme si je ne savais pas qu'il le lisait.

D'un autre côté, même si mon blog était assez populaire dans la communauté des gameurs, je ne pensais pas qu'un jeune génie et PDG avait le temps de lire régulièrement les merdes que j'écrivais. Son jeu était beaucoup plus profond que les commentaires triviaux que j'écrivais dessus. Il avait sans doute été alerté au sujet des enchères par un de ses sous-fifres. Peut-être même avait-il jeté un coup d'œil au blog une fois qu'il avait gagné.

J'avais critiqué son jeu partout sur mon blog. J'adorais y jouer et je le trouvai profondément immersif et amusant, mais, comme presque tous les jeux de rôle de fantasy de l'industrie, il était rempli de misogynie. Après tout, les entreprises savaient qui étaient leurs clients principaux : de jeunes types en manque entre quinze et vingt-cinq ans, souffrants à la fac et dans toutes les situations de gêne sociale. Pourquoi ne pas créer des avatars féminins et des personnages non joueurs qui étaient tous souples, sensuels et très peu vêtus ? Tout pour vendre plus d'abonnements au jeu...

Les objections étaient essentiellement bénignes et sarcastiques. Je faisais des commentaires cinglants du genre 'Allez, les garçons, imaginez-vous votre demi-elfe soigneuse locale partir se balader au bord de l'eau pour récolter des herbes dans son bikini en cotte de mailles ? J'espère qu'elle se sera épilée à la Brésilienne avant d'enfiler cette chose, sinon ouille.'

Je recevais parfois des insultes, mais en général mes sarcasmes amusaient les lecteurs masculins et je recevais beaucoup de 'bravo, bien dit' de la part de mes lectrices.

Je me demandais si Drake avait un jour vu mes articles. Je me demandais si Drake lui-même était misogyne. Son comportement de l'après-midi ne m'avait pas conduit à penser autre chose.

Perturbée et distraite, j'avais le choix de commencer une de mes deux activités préférées quand j'avais la tête trop pleine :

courir ou jouer. Avec un soupir et en appuyant sur le bouton de l'ordinateur, je choisis la plus facile... une fois que j'eus retiré cette horrible jupe et enfilé mon pantalon de yoga qui pardonnait tout. Il fallait que j'arrive à penser à autre chose que l'étrange rencontre de l'après-midi et me connecter à Dragon Epoch était la meilleure façon de le faire.

J'étais prête à aller massacrer une horde de monstres lorsque ma liste de notifications s'éclaira.

Votre ami FallenOne est en ligne.

Je fus surprise, et agréablement. Cela faisait des semaines qu'il ne s'était pas connecté. Un sentiment que je ne pus décrire vibra dans ma poitrine : un désir, une excitation.

Avant que je puisse démarrer le tchat, la fenêtre s'afficha.

**FallenOne vous dit : Salut.*

**Vous dites à FallenOne : Salut étranger ! Où étais-tu tout ce temps ?*

**FallenOne vous dit : Je ne me suis pas connecté depuis une éternité. La fac me met K.O.*

**Vous dites à FallenOne : Ça devrait être bientôt fini, non ? Je suis contente de ne pas avoir cours ce semestre.*

** FallenOne vous dit : Chanceuse. Il fallait que je me connecte pour me détendre. Tu veux aller tuer des trucs ?*

** Vous dites à FallenOne : Toujours. Tu seras là pour notre soirée jeux régulière ? Tu manques aussi à Fragged.*

Fragged était le nom du barbare mercenaire de Heath. J'attendis. Fallen ne répondit pas pendant quelques minutes et je me demandai ce qu'il se passait.

Fallen et moi étions amis, tout comme avec Heath et notre autre amie, une fille du Canada qui utilisait le nom de personnage de Persephone, depuis plus d'un an. Fallen n'avait jamais voulu rejoindre notre guilde, mais il jouait régulièrement avec nous, même s'il n'utilisait jamais le tchat vocal du jeu et qu'il envoyait seulement des messages écrits. Il semblait timide et réticent à sortir de sa coquille. Malgré tout, nous avions plaisanté ensemble et passé des heures à LOLer et à glousser pour n'importe quoi. Pendant un moment, j'avais vraiment cru avoir une sorte de béguin pour lui. Parfois, j'en ressentais encore les effets alors même que ma pensée logique rejetait cela comme étant ridicule. Je ne savais presque rien de sa vraie vie, sauf qu'il vivait sur la côte est quelque part et qu'il était à la fac. Je ne risquais rien. On ne pouvait pas tomber amoureux de quelqu'un par l'intermédiaire d'un jeu vidéo et de longues conversations par messagerie instantanée, n'est-ce pas ?

Mais j'avais alors lancé les enchères. Nous nous étions disputés à ce sujet et il avait disparu. Il était encore distant, hésitant. Je ne savais pas du tout quelle université il fréquentait ni quel était son véritable nom, il était timide à ce point. J'aurais pu considérer ces deux événements, mes enchères et sa disparition, comme une coïncidence, s'il n'y avait pas eu la conversation suivante :

** FallenOne vous dit : Tu maintiens ton histoire d'enchères ?*
Je grimaçai.
** Vous dites à FallenOne : Oui.*

** FallenOne vous dit : Je sais que ce ne sont pas mes affaires, mais est-ce vraiment une bonne idée ? Tu as traversé beaucoup d'épreuves au cours de l'année passée avec ta mère malade et ce gros concours. Peut-être n'est-ce pas le moment de faire quelque chose d'aussi drastique ?*

Je soupirai. Pourquoi les types ne comprenaient-ils pas que pour une femme de mon âge, être vierge était plus un fardeau qu'autre chose ? Je voulais m'en débarrasser. Pourquoi ne pas en profiter financièrement ?

** Vous dites à FallenOne : Tout le monde doit la perdre un jour. Pourquoi ne pas le faire un bon coup ?*
** FallenOne vous dit : Le jeu de mots était volontaire, j'espère ?*

Je ris. Cela ressemblait plus au Fallen que je connaissais. Nous bavardâmes quelques minutes de plus avant de voyager vers la même zone de jeu : l'endroit où étaient situés nos personnages, dans les Grottes Brumeuses, dans le but d'aller chasser les méchants ensemble. On ne dit pas grand-chose de plus sur les enchères ou nos vies personnelles après ça. Fallen ne promit pas de se reconnecter pour notre soirée jeux régulière et je me rendis compte avec beaucoup de tristesse que cela pouvait bien être la fin de notre relation régulière dans le jeu.

Notre amie mutuelle, Perséphone, allait être déçue. Elle avait essayé de jouer à l'entremetteuse avec Fallen et moi pendant des mois et elle n'avait pas été très discrète. Et moi, et bien, je ne savais pas trop ce que je ressentais. J'étais plus perdue que d'habitude, je suppose.

Au bout de quelques heures, plusieurs centaines de morts vivants dégoulinants et quelques récompenses de quêtes, Fallen décida de se déconnecter. Je continuai, une forme de procrastination et de fuite de toutes les choses que j'aurais dû faire et penser. La question de Drake, Monsieur le PDG du jeu que j'aimais tant, et son arrogance me trottaient encore dans la tête. Tuer les monstres ne m'aidait pas alors je décidai d'aller courir plus tard dans la soirée.

Je ne le fis jamais, car moins d'une demi-heure après la déconnexion de Fallen, ma porte sortit presque de ses gonds sous les coups de poing. J'aurais reconnu cette façon de frapper à minuit au milieu d'un cyclone. Je me levai avec un sourire et j'ouvris la porte.

Mes deux meilleures amies – en dehors de Heath, bien sûr – se tenaient côte à côte sur le palier. Je souris à Alex, la fille de ma propriétaire, qui avait de longs cheveux bruns tirés en arrière en queue de cheval. Elle avait une très belle peau olive et elle portait un tee-shirt moulant avec un nœud papillon imprimé dessus et la devise '*Les nœuds pap', c'est cool*' sur sa poitrine ample.

Jenna, sa meilleure amie et colocataire, avec les cheveux les plus blonds que j'aie pu voir sur une personne étant sortie de l'enfance, complétés par une mèche violet vif, s'agitait à côté d'elle.

— Mot de passe ? demandai-je.

Les deux filles se regardèrent et chantèrent en chœur :

— J'ai l'intention de mal me comporter.

Je souris en entendant notre réplique préférée du capitaine Mal Reynolds de *Firefly*.

Jenna se faufila dans la pièce, passant devant Alex. Elle tenait un Tupperware qui faisait du bruit et elle dit :

— Pouvons-nous entrer ?

Comme elle était déjà entrée dans l'appartement de toute façon, je fis un pas de côté avec un soupir exagéré. Alex attrapa mon bras et me secoua d'un air dramatique en écarquillant ses yeux marron.

— Nous faisons un marathon *Doctor Who* chez moi demain soir. Il faut que tu viennes. Il y aura un jeu à boire. On boit de la tequila chaque fois que le Docteur utilise son tournevis sonique. Et de la bière toutes les fois où il dit 'je suis le Docteur'.

Je ris. J'adorais *Doctor Who*, mais je savais ne pas être d'attaque. Pas cette semaine.

— J'ai mon groupe de révisions…

Alex tapa du pied et le bruit résonna à l'étage au-dessous, qui était le plafond du garage de sa mère.

— Allez, Mia ! Il y aura des garçons mignons. Des garçons mignons qui adorent *Doctor Who*.

Je ricanai.

— Oui, et ils seront encore plus mignons après quelques verres.

Jenna secoua encore une fois sa boîte et elle fit du bruit lorsqu'elle se laissa tomber sur mon canapé à moitié cassé : le tissu était déchiré et collé avec du gros scotch.

— D'accord, alors tu n'aimes pas faire la fête. On a compris. Ça fait des mois que nous te le demandons. Mais dis-moi au moins que tu viendras à mon jeu de Donjons et Dragons samedi prochain.

Je gémis intérieurement. Pas ça, pas encore.

— Je suis désolée, je dois travailler samedi prochain.

Elle leva ses sourcils pâles, presque invisibles, et fit sauter le couvercle de sa boîte en plastique.

— Tu penses être une gameuse, à taper sur ton clavier, penchée au-dessus de ton écran ? Tu n'as pas vraiment joué avant d'avoir utilisé ceci, dit-elle en ouvrant sa main afin de montrer quelques morceaux de plastique en trois dimensions de toutes tailles et couleurs. Certains avaient des formes de pyramide, d'autres étaient des sphères à plusieurs facettes. Certains brillaient comme des joyaux dans le soleil de fin d'après-midi. Tous étaient couverts de nombres blancs.

— Cette minuscule pyramide est jolie, admis-je.

Son visage se décomposa. Apparemment, je lui avais déplu.

— Ceci est un D-quatre. Un dé à quatre faces. Il est parfaitement équilibré pour me permettre un jet aléatoire à chaque fois.

— Euh. D'accord.

Elle sortit un chiffon et se mit à polir les formes.

— Tu n'utilises pas des choses aussi cool pour tes jeux vidéo.

Je soupirai.

— Je suis désolée. Je promets de venir bientôt. Mais je suis tellement stressée par ce concours que j'arrive à peine à penser à autre chose qu'à étudier et travailler pour manger et me garder en vie afin de pouvoir continuer à stresser à cause de ce fichu concours.

Parce que j'avais échoué l'année précédente. Je m'étais plantée de façon si abyssale que cet échec pendait au-dessus de moi comme l'épée de Damoclès. J'étais paralysée de peur à l'idée de le repasser et d'échouer encore, au point d'en être physiquement malade. À la place, j'étudiais et j'étudiais et je repoussais le moment de le passer. Le concours était proposé chaque mois et tout, absolument tout ce que j'avais prévu pour mon avenir reposait sur ce foutu test. Je n'avais pas encore trouvé la confiance, ou le courage, de réessayer.

Mais si je ne le faisais pas, je ne serais jamais médecin.

Comme les études et les examens étaient en général assez faciles pour moi, j'avais cru que le MCAT serait pareil. Comme j'avais eu tort. J'avalai une boule de peur glacée bloquée dans ma gorge, essayant de ne pas y penser.

Alex se laissa tomber à côté de Jenna et tripota les dés dans la boîte en évitant mon regard.

— Nous comprenons.

Mais il était facile d'entendre qu'elle était blessée.

Je soupirai en m'asseyant sur la chaise pliante en métal en face d'elle. J'avais des meubles tellement à la mode... Ce n'était pas fameux, même pour une chambre universitaire.

— Je suis désolée. Vraiment.

Alex leva la tête, les yeux durs.

— J'ai dit que nous comprenons.

Jenna posa une main sur son bras.

— Alejandra, calme-toi s'il te plaît. Je suis certaine qu'elle traînera avec nous quand le concours sera passé.

Je secouai la tête.

— Et vous deux, vous n'avez pas vos examens de fin d'année bientôt ? Pourquoi n'étudiez-vous pas ?

Elles étaient à la California State University à Fullerton, qui avait un emploi du temps légèrement différent de ma fac, Chapman University. Alex s'éclaircit la gorge.

— Parce que je suis en majeure de communication et qu'elle a de si bonnes notes qu'elle n'a pas besoin de passer la majorité de ses examens finaux, parce que c'est une putain d'intello, dit-elle en montrant Jenna du pouce.

Jenna leva la tête et malgré ces reproches, je voyais une réelle empathie dans ses yeux bleu clair. Elle était magnifique, vraiment, comme l'enfant d'une déesse nordique et d'Alexander Skarsgård.

— C'est bon, Mia, vraiment. Si tu as besoin d'aide pour étudier ou quoi que ce soit, fais-le-moi savoir. Je pourrais t'aider en posant des questions. Je n'y connais pas grand-chose en biologie, mais je sais qu'il existe quelques questions de physique dans le concours et comme c'est ma majeure...

Je soupirai en passant une main dans mes cheveux et en la posant sur mon front.

— Je suis la pire des amies.

— Non. Tu es juste stressée et si tu continues, tu vas échouer parce que tu seras trop énervée pour te concentrer.

Je me frottai les tempes avec les pouces, sentant le début d'un mal de tête causé par le stress. Cette journée ! Elle me paraissait interminable, entre le manque de sommeil après mon travail de nuit, les préparations précipitées, la rencontre inattendue avec un trou du cul prétentieux, mais très sexy, l'étrange séance de jeux vidéo avec Fallen, et maintenant *ça*.

Alex se leva du canapé et vint s'accroupir à côté de ma chaise.

— *Pobrecita,* murmura-t-elle en espagnol, signifiant 'ma pauvre'.

Elle passa un bras autour de mes épaules en disant :

— Je suis désolée.

Je soupirai encore et je posai ma tête sur son épaule. Elle m'invita alors à venir manger au rez-de-chaussée avec sa mère et on dévora ses merveilleuses enchiladas.

— Laisse Jen et moi faire, dit Alex. Nous te trouverons un geek canon et puis tu ne pourras plus refuser nos fêtes.

Je souris et je déglutis, la gorge soudain serrée. J'avais rencontré un geek canon un peu plus tôt dans la journée et je ne l'appréciais pas beaucoup.

Chapitre Quatre

AU COURS DES JOURS SUIVANTS, JE ME DEMANDAI SANS cesse si c'était une bonne décision de continuer comme prévu. J'étais mal à l'aise de me forcer à faire mon rapport DE hebdomadaire. Cette semaine, j'avais fait un commentaire monotone et neutre au sujet de quelques-unes des quêtes les plus ringardes du jeu. Qu'allais-je faire la semaine suivante et celle d'après ? Et une fois que Drake et moi aurions couché ensemble ? M'inquiéterais-je toujours qu'il surveille mon blog ?

Je pouvais choisir de supprimer mon rapport DE régulier de mon blog. Les lecteurs allaient protester. Je recevais de nombreuses visites, des citations dans d'autres blogs et des commentaires sur cette rubrique. Mon blog était mon gagne-pain. Il me rapportait plus d'argent grâce aux publicités que je n'en gagnais avec le travail à l'hôpital. Avec un peu de chance, cela allait continuer à payer le loyer tout au long de mes études en École de Médecine.

Alors, après avoir ruminé plusieurs jours, je pris une décision. Et tout en repoussant le moment d'appeler Heath, je me connectai au jeu et je le trouvai dedans.

Vous dites à Fragged : Hé, salut. Qu'est-que tu fais ?

**Fragged vous dit : Je tue des trolls dans les Golden Mountains. Cette nouvelle chaîne de quêtes cachées me rend fou. Viens m'aider, j'ai besoin de ton enchanteresse. Ils n'arrêtent pas de m'assommer.*

J'obéis avec un soupir, faisant courir mon personnage jusqu'au portail magique le plus proche afin de le conduire à l'endroit où Heath se frayait infatigablement un chemin à travers des morceaux de troll pour trouver un petit indice lié au dernier mystère du jeu.

** Vous dites à Fragged : Toi et tous les autres qui jouent au jeu. Tu n'as pas essayé d'extraire le secret auprès de Drake, hein ?*

** Fragged vous dit : Non. De toute façon, je pense qu'il ne m'aurait rien dit.*

** Vous dites à Fragged : Tu en es sûr ? Tu as vraiment discuté avec lui pendant longtemps.*

Mon personnage se trouvait presque au même endroit que Fragged dans le jeu, au pied des Golden Mountains, lorsqu'elle se fit attaquer par un gobelin des montagnes agressif.

** Fragged vous dit : Où es-tu ? Je suis enfoncé jusqu'au cul dans des entrailles de troll.*

** Vous dites à Fragged : Je me bats. Un gobelin m'a sauté dessus. Je serais là dans une minute. Oh, et au fait, j'ai besoin que tu contactes le type numéro deux des enchères. Cela ne va pas fonctionner avec Drake.*

J'étais en train d'achever le gobelin des montagnes, mon personnage n'ayant plus que la moitié de sa vie, lorsqu'il répondit.

** Fragged vous dit : Euh. Quoi ?*

** Vous dites à Fragged : Contente-toi de le faire. Je suis presque là... merde ! Un autre gobelin ! Viens m'aider. Il a des amis et il ne me reste plus que la moitié de ma vie.*

Je regardai la barre rouge de la santé de mon personnage se réduire. J'appuyai sur des touches à gauche et à droite, attendant que son mercenaire apparaisse avec son épée puissante afin de se mettre entre les méchants et moi. Nous autres lanceurs de sorts, nous parlions des grands guerriers musclés en matière de 'boucliers de viande' parce qu'ils se plaçaient entre les monstres et nous pendant que nous les visions avec nos sorts.

** Fragged vous dit : Je suis en route. Je ne suis pas du tout d'accord avec toi, d'ailleurs. Si tu veux aller jusqu'au bout, alors D est le meilleur choix. Et nous ne devrions sans doute pas en parler dans son putain de jeu.*

Fragged arriva pour sauver mes fesses quand il ne me restait plus qu'un tout petit peu de vie. Je reculai, je bus une potion de soin et je lançai mon sort de plus haut niveau, 'Éblouissement' pour pétrifier le gobelin et ses amis. Ils se balancèrent d'avant en arrière avec des étoiles devant les yeux pendant que le mercenaire barbare de Heath les écrasait l'un après l'autre.

— Prends ça, crétin ! murmurai-je à haute voix.

Je me retournai vers mon clavier, écrivant rapidement mon message suivant à Heath.

** Vous dites à Fragged : Alors, pourquoi n'es-tu pas d'accord pour annuler avec lui et choisir l'autre type ?*

J'achevai le deuxième gobelin par un éclair, puis je jetai un sort de soin à Fragged, à qui il ne restait plus que le tiers de sa vie.

**Fragged vous dit : Parce que D est le meilleur choix, et de loin.*

Je grinçai des dents, frustrée.

** Vous dites à Fragged : Dis-tu ça parce que c'est dans mon intérêt, ou parce que tu as des étoiles DE dans les yeux ? Tu es accro au jeu et je sais que c'est à ça que tu as passé des heures à discuter avec lui, à essayer de lui arracher des secrets du jeu.*
**Fragged vous dit : WTF.*

Son personnage se tourna vers le mien et fit un geste impoli. En réponse, je fis un doigt à l'écran, même si je savais qu'il ne pouvait pas le voir.

** Vous dites à Fragged : Très intelligent.*
** Fragged vous dit : Je ne suis pas très intelligent quand je suis énervé. Si tu penses ne serait-ce qu'une minute que je fais passer mes propres intérêts avant les tiens, alors comment peux-tu dire que je suis ton ami, Mia ?*
** Vous dites à Fragged : Je ne le pensais pas. Je suis désolée. J'étais en colère. Drake m'a énervé et ça ne va pas fonctionner.*

** Fragged vous dit : Arrête d'utiliser son nom, bon sang. Soit tu utilises une abréviation, soit tu m'appelles au téléphone, et ne m'insultes pas.*

Avec un grand soupir, j'attrapai le téléphone et je l'appelai. Il décrocha et sans me saluer, il dit :

— D'accord, j'ai compris. Il s'est comporté avec autant d'agressivité qu'un étalon mustang. Je ne sais pas du tout pourquoi il a fait ça, mais je t'assure qu'il est un bien meilleur choix que New York et je campe sur mes positions. Maintenant, dépêche-toi de ramener tes fesses. Je vais mettre une éternité à tuer ces trolls sans ton aide.

— Heath…

— Non, Mia. Si tu veux annuler avec Drake, tu devras le lui dire toi-même. Je vais t'envoyer son adresse mail. Tu lui fais savoir ce que tu as décidé.

Je me raidis.

— Très bien. Je le ferai. Je ne peux pas parler de son entreprise et de ses produits dans mon blog si j'ai eu une relation personnelle avec lui. Ça ne serait pas correct.

Heath ricana.

— Non, sois au moins honnête avec toi-même. Il t'a fait mourir de peur parce que tu n'as jamais été aussi attirée par un type que tu viens de rencontrer.

— Quooooiii ?

J'étais toute seule, pourtant mes joues se mirent à chauffer, tout mon corps brûla et je commençai à transpirer.

Cela tombait bien que je doive me concentrer sur l'assassinat de troll et le sauvetage des petites fesses puantes du barbare mercenaire en pagne, sinon je serais morte de honte.

— Nous sommes meilleurs amis depuis la quatrième. À l'époque où tu t'intéressais encore aux garçons, avant que cet enculé te perturbe, je savais toujours qui te plaisait. Cela fait six ans que tu es sortie avec ce petit connard et tu n'as pas regardé un seul type depuis. Pendant notre petite réunion, tu rougissais et tu respirais comme si tu venais de courir un marathon. Drake t'a excité et ça te fait mourir de peur.

Je serrai le poing sur la table et mon tee-shirt commença à coller sur mes côtes. Son personnage n'avait plus beaucoup de vie. Je préparai mon sort de portail pour sortir de la zone et échapper au combat. J'avais l'intention de lui dire que j'avais accidentellement frappé le mauvais bouton au lieu de le soigner.

— Tu ne sais pas du tout ce qu'il se passe dans ma tête, alors arrête d'essayer de le deviner.

— Poupée, quand tu m'as demandé mon aide avec ces enchères, tu m'as donné le droit d'exprimer mon opinion. Mon travail dans cette aventure est terminé. Arrête de piailler parce que tu perds le contrôle.

Je fis disparaître l'avant-dernier troll avec un enchantement fatal. Il n'avait qu'à combattre le dernier tout seul, avec le peu de vie qu'il lui restait.

— Je ne suis pas en train de perdre le contrôle.

— Alors, admets que tu désires Drake.

J'inspirai profondément.

— Ce serait un conflit d'intérêts.

— Soin, s'il te plaît ? Et ce n'est pas ce que je t'ai demandé.

Mon doigt traîna au-dessus du bouton de soin, mais je n'appuyai pas.

— Es-tu si déterminé à m'humilier ? Oui, je crois qu'il est canon. D'accord ? Mais ce n'était jamais une condition.

Maintenant, si je lui envoie un mail et que je lui dis qu'il a perdu son occasion, mettras-tu les choses en place avec le New-Yorkais ?

Il y eut un long silence au bout de la ligne.

— Je vais l'envisager. Un sort de soin n'importe quand au cours de ce siècle serait fantastique.

— Bois une potion, grognai-je.

Puis je me dégonflai et je lui lançai un petit sort de soin, juste assez pour lui faire croire qu'il pouvait s'en sortir avant de l'abandonner par le portail.

— Mia, je pense vraiment que tu devrais avoir une longue et dure réflexion au sujet de Drake.

Et puis il eut son rire typique de petit garçon.

— Ha. Tu as vu ce que j'ai fait ? J'ai dit 'longue et dure'.

— Peux-tu m'entendre mourir de rire de ce côté ?

Je lançai mon sort de portail et je disparus.

Dix secondes plus tard, Fragged apparut à côté de moi sous forme de fantôme. Le troll l'avait achevé.

— Et maintenant, qui est-ce qui rigole, hein ? gloussai-je.

— J'avais oublié à quel point tu deviens méchante quand j'ai raison et que tu as tort. Va écrire ton mail, alors. Je ne joue pas avec toi quand tu es dans une de tes humeurs. Mais sache que je pense que tu fais une grosse erreur.

Je ravalai ma frustration, soulagée de l'avoir apparemment convaincu.

— Oui, oui. C'est noté.

Après avoir raccroché, je m'installai et j'écrivis.

Cher M. Drake,

J'apprécie l'intérêt que vous avez porté à mes enchères et votre volonté de payer une somme considérable. Mais depuis notre réunion, j'ai eu du temps pour réfléchir à la chose et j'ai l'impression que nous ne serions pas compatibles dans cette entreprise. J'ai clairement vu lors de notre rencontre que vous n'avez pas envie de me mettre à l'aise. Cela n'a jamais été une condition requise et je sais que vous me le ferez sans doute remarquer dans votre réponse, mais lorsque les plans se sont concrétisés, j'ai décidé que j'avais besoin d'une personne acceptant de faire ce genre d'effort supplémentaire. En outre, je ne pense pas que nous travaillerions bien ensemble et même si ce n'est que pour un bref moment, je crois malgré tout qu'il est dans mon intérêt de choisir une personne de la deuxième ou troisième place aux enchères. Je vous souhaite une bonne journée et je vous remercie encore pour l'opportunité de vous avoir rencontré.
Cordialement,
Mia Strong

Je retins ma respiration et j'appuyai sur 'envoyer' avant de m'adosser à ma chaise en fixant le curseur clignotant sur l'écran blanc. Après quelques instants tendus, je repris mon souffle en me rendant compte que j'étais lâche. Heath avait raison. Je n'avais jamais été affectée à ce point par un homme depuis… eh bien, jamais, en fait. Je ne savais pas du tout pourquoi c'était le cas, mais au plus profond de la sensation froide en moi se trouvait un noyau glacé de peur et d'excitation. Cela me desséchait la gorge, rendait mes mains moites. Je les essuyai sur mon jean et je me levai, ne voulant pas m'attarder sur la chose.

Je m'occupai alors en rangeant l'appartement entre l'écriture d'articles du blog et la préparation d'encore plus de thé. Quand je revins après avoir passé l'aspirateur, ce qui ne représentait qu'une petite pause, car je n'avais qu'une seule pièce dans mon studio, je vis l'indicateur de 'nouveau message' clignoter pour attirer mon attention.

Je cliquai dessus et je remarquai l'adresse de retour : adrake@dracomultimedia.com. Ce n'était pas celle à laquelle je l'avais envoyé qui était un compte Gmail générique.

Je l'ouvris et il était très court.

Bonjour Mia,
J'aimerais reparler avec toi. Dès que possible.
Adam

J'envoyai immédiatement ma réponse.

M. Drake —
Ma décision est prise.
Mia Strong

Je m'occupai ensuite des fenêtres, assez surprise par mon désir de nettoyer. Cela faisait des mois que je n'avais pas fait un tel ménage. Je détestais cela, mais j'avais découvert que depuis que j'avais envoyé le premier e-mail, je devenais folle à rester assise à ne rien faire ou même à écrire des articles pour mon blog.

Après avoir terminé les fenêtres, j'enfilai mon short et mes chaussures pour courir, j'attachai mes cheveux longs en queue de cheval et je décidai de brûler mon énergie excessive par une course de cinq kilomètres.

J'allais sortir lorsque quelqu'un frappa à la porte. Je l'ouvris et je sursautai.

L'ouverture de mon studio était bloquée par toute la beauté masculine d'Adam Drake. En chair et en os. Il portait un jean, une chemise noire à manches courtes décontractées et des lunettes d'aviateur design. Il était appuyé contre l'encadrement de la porte d'une main et je ne pus arracher mon regard à son biceps ferme. Il me parut encore plus délicieux que le jour où je l'avais rencontré à l'hôtel.

— Euh, fut tout ce que je dis.

Comment savait-il que je vivais ici ? Quelque chose me revint en mémoire : une adresse griffonnée précipitamment à l'arrière de l'accord de non-divulgation que j'avais signé. Mon cœur entama son staccato furieux. Je le sentais dans ma gorge, dans mes poignets.

Je ne pouvais voir ses yeux, mais il sourit. Un sourire sincère cette fois, pas un de ces sourires sarcastiques à la con.

— Salut. Puis-je entrer ?

J'hésitai. Mon appartement était propre, mais très humble. Ce type avait sans doute une villa au bord de l'eau quelque part, je supposai Balboa Island. Elle valait sûrement cinq ou six millions, probablement plus. Il avait peut-être son bateau en cale et vivait dans la même rue que la maison légendaire de feu John Wayne. Sa chambre à coucher était sans doute plus grande que tout mon studio.

— Ne t'inquiète pas, Mia. Je veux simplement parler.

Il était très différent de l'homme des cavernes que j'avais rencontré la semaine précédente. Je soutins son regard à travers ses lunettes noires, puis il les retira, les plia et les rangea dans la poche de sa chemise. La montre en or sur son poignet solide refléta la lumière du soleil. Je clignai des yeux et sans parvenir à croire ce que je faisais, je fis un pas en arrière et je le laissai entrer en croisant les bras.

— Ce n'est pas vraiment le bon moment, murmurai-je.

— Oui, je vois que tu es sur le point d'aller courir.

Je fronçai les sourcils. Comment l'avait-il su ? D'accord, je portais des vêtements de sport, mais comment savait-il que je n'allais pas à la salle de gym par exemple ? Puis je me souvins avoir dit que je pratiquais la course sur mon blog. Peut-être l'avait-il lu ?

Il entra lentement, bougeant comme s'il avait peur de m'effrayer. Il regarda autour de lui, le visage neutre, mais je ne pus m'empêcher d'avoir honte lorsque son regard se posa sur mon vieil ordinateur brinquebalant. J'avais au moins pu échanger mon vieil écran cathodique pour un écran plat plus récent lorsque Heath avait renouvelé son système informatique et qu'il m'avait donné le sien. Mais c'était toujours une source d'embarras, particulièrement pour une geek accro aux jeux vidéo comme moi.

J'enfonçai mes doigts dans mes bras croisés. Je m'agitai, mal à l'aise.

— Que faites-vous ici, Monsieur Drake ?

Il me regarda dans les yeux, toujours avec ce regard studieux.

— J'aimerais savoir pourquoi tu as changé d'avis.

Je pinçai les lèvres et je courbai les épaules, m'attendant à subir ses arguments.

— Je ne crois pas être obligée de fournir cette réponse, mais par bonté de cœur je dirais que c'est Heath qui t'a choisi, pas moi. Je change la décision de Heath, pas la mienne. Je vais cependant aller jusqu'au bout, mais avec une personne différente.

Son visage resta complètement neutre, mais il y avait un air spéculatif dans ses yeux.

— À cause de notre conversation de jeudi dernier ?

J'écarquillai les yeux.

— Non. Je n'ai pas été terriblement impressionnée par cette conversation, mais ce n'est pas ça.

Il fronça les sourcils.

— Ne mériterais-je pas de savoir pourquoi, en ce cas ?

Je me balançai d'une jambe sur l'autre en regardant le sol.

— À cause de qui tu es.

Il hocha la tête comme s'il s'attendait à la réponse.

— Oui, je me suis demandé à quel moment cela ferait surface. J'ai été surpris qu'il n'y ait pas de discussion à ce sujet lors de notre rencontre et je n'ai compris que Bowman ne t'avait rien dit qu'après la réunion. Ce n'était pas mon choix de ne pas te le faire savoir.

Je m'éclaircis la gorge, soudain gênée.

— Heath Bowman est mon ami le plus proche. Je ne crois pas qu'il ait eu de mauvaises intentions. Il voit simplement cette histoire de jeux vidéo comme quelque chose que nous avons en commun. Mais c'est un conflit d'intérêts.

Il hocha la tête, mais il ne dit rien et il y eut un long moment de silence. Mon estomac grogna bruyamment, me rappelant que je n'avais pas encore mangé.

Il sourit.

— Pouvons-nous aller manger quelque chose ? Moi aussi, j'ai assez faim.

Nous marchâmes jusqu'à la sandwicherie au bout de la rue. C'était un petit snack-bar avec des tables en terrasse à l'avant, sous un abri en lattes de bois. Par un jour de printemps au début du mois de mai, c'était l'endroit parfait pour s'asseoir. Nous commandâmes nos sandwiches avant d'attendre qu'ils nous soient apportés dehors.

Mon cœur avait recommencé ses étranges palpitations irrégulières et lorsque je déglutis, ce fut avec une excitation froide dans la gorge. Bon sang... juste parce que j'étais assise à table avec lui ? Ce type était un vrai danger pour mes sens. Qu'y avait-il chez lui afin que je me sente tendue à ce point ?

Je m'éclaircis la gorge et je commençai.

— Je ne crois pas que tu le sais, mais mon blog est mon gagne-pain.

— Je connais ton blog, Emilia. Cela fait un moment.

Je m'adossai brusquement contre ma chaise. Le froid du métal passa à travers mon tee-shirt.

— Vraiment ?

Il sourit.

— Pourquoi es-tu surprise ? C'est normal, étant donné le domaine dans lequel je travaille et le fait que ton blog est l'un des meilleurs dans l'analyse des jeux vidéo.

Je le regardai d'un air sceptique.

— Merci pour le compliment, mais ce n'est pas vrai. GameShopper. GeekWorld. Toutes ces plates-formes aux auteurs multiples me dépassent de loin en contenu et en nombre de vues.

— Mais ils font souvent référence à toi.

Je secouai la tête.

— Je n'arrive pas à croire que tu lises les blogs.

Il rit.

— Je suis une personne normale, comme tout le monde.

— Mais tu es occupé à faire le PDG et à concevoir le jeu et tout.

— J'étais un architecte du jeu autrefois et je m'intéresse activement à mon produit. Je cherche toujours des façons de l'améliorer. Ce qui me préoccupe dernièrement, c'est de plaire à une catégorie de la population avec laquelle nous semblons avoir du mal.

Je savais comment il allait répondre avant de poser la question, mais il fallait que je la pose quand même.

— Quelle catégorie ?

— Les femmes, de seize à vingt-quatre ans.

C'était à mon tour de faire un sourire sarcastique.

— Ah, je comprends. Je suis donc une source de recherche pour toi ?

Il rit.

— Non, mais ton blog, oui.

Je hochai la tête.

— C'est réconfortant de savoir que tous mes commentaires sarcastiques se font remarquer par les gens qui comptent. Peut-être pourras-tu prendre en considération un ou deux de mes commentaires, un jour.

Il inclina la tête en m'examinant.

— Je crois que tu as de nombreuses idées intéressantes à faire valoir auprès de la communauté de jeux vidéo depuis le point de vue d'une jeune femme. Nous avons besoin que davantage de gameuses lèvent la voix et disent ce qu'elles veulent.

— Très bien. Tu comprends donc pourquoi je mets un terme à ceci.

Il secoua la tête.

— C'est une inquiétude infondée.

— Mais si je critique ton jeu et que toi et moi nous… comment ne peux-tu pas le voir comme un conflit ?

— Parce qu'il y a des façons de le gérer auxquelles tu n'as pas pensé.

Je serrai la mâchoire.

— Ah bon, vraiment ? Comme quoi ?

Il regarda sur le côté en réfléchissant.

— Tu pourrais temporairement faire une pause avec la rubrique DE et trouver autre chose pendant quelques mois. Ou bien tu pourrais inviter un blogueur à te remplacer.

Je ris.

— Suggères-tu vraiment que je laisse tomber la publicité gratuite de ton jeu ? Je n'arrive pas à en croire mes oreilles.

Mais il avait fait germer une idée. Une de mes amies gameuses les plus proches, Katya, qui jouait en tant que Persephone, avait souhaité écrire des articles en tant qu'invitée depuis un moment. Je ne l'avais jamais rencontrée en personne, mais Heath et moi jouions régulièrement avec elle, comme avec FallenOne. Je pouvais sans doute lui confier cette tâche. C'était une fan de DE pure et dure.

Malgré tout, j'hésitai. Nos sandwiches furent livrés à notre table à ce moment-là. J'attaquai le mien, dinde et avocat dans un pain au froment, avec appétit. Je n'avais pas déjeuné et comme d'habitude, il ne restait pas grand-chose dans les placards, et il me restait encore quelques jours à attendre mon salaire.

— Je ne suis toujours pas convaincue que c'est une bonne idée.

— Alors, laisse-moi résoudre tes autres inquiétudes, dit-il en mordant dans son *po'boy* en faisant remarquer à quel point il était bon.

— Je ne crois pas que tu le puisses, dis-je entre deux bouchées.

— Essaie.

— Je ne crois pas que nous soyons compatibles.

— À quel point devons-nous être compatibles pour une seule nuit ?

Je haussai les épaules. Ce n'était pas ce que j'avais vraiment voulu dire. Ce n'était pas la compatibilité qui m'inquiétait. C'était cette tension sexuelle brûlante qui faisait crépiter l'air entre nous chaque fois que nous nous approchions l'un de l'autre. Du moins, c'était ainsi pour moi. Je ne savais pas du tout ce qu'il ressentait. Il semblait aussi calme, détaché et serein que le jour où nous nous étions rencontrés.

Je m'éclaircis la gorge et je me penchai en avant, posant les coudes sur la table devant moi.

— Monsieur Drake, il est très important pour moi que vous compreniez que je contrôle toute cette situation. C'était mes enchères, mon objectif, mon désir de voir la fin d'un système de valeurs archaïques qui a travaillé à l'encontre des femmes depuis des siècles et de le retourner sur la tête.

Lorsqu'il me regarda, ses yeux me traversèrent complètement, me poignardant au plus profond de moi.

— Tout cela semble très noble et révolutionnaire lorsque c'est présenté de cette façon. Et moi qui étais convaincu depuis tout ce temps que tu le faisais pour de l'argent.

Je reculai la tête et je l'observai. Le Manifeste ne l'avait donc pas trompé le moins du monde. Je haussai les épaules sans conviction.

— Je ne vais pas mentir. L'argent me sera utile. Je veux faire des études de médecine et je ne veux pas avoir de dettes. Certaines femmes sont serveuses dans des bars topless pour payer la fac. D'autres dansent dans des clubs de strip-tease ou vendent du sexe téléphonique par internet. Ma décision a été d'utiliser une nuit de ma vie pour changer le cours des choses, si possible.

Il n'avait pas besoin de savoir pour les factures d'hôpital et de traitement du cancer de ma mère, ou la menace pesant sur l'hypothèque du ranch. Il n'avait pas besoin de savoir que j'avais envie de vomir chaque fois que j'y pensais, de la panique qui imprégnait toutes mes pensées concernant l'argent. J'allais lui faire croire que je le faisais seulement pour moi. Je n'avais jamais affirmé être une sainte altruiste.

Il fronça les sourcils et il eut ce regard froid et étrange qu'il avait lorsqu'il m'avait renvoyé à la fin de notre première entrevue.

— Mais au bout du compte, peu importe à qui tu choisis de te soumettre, tu finiras par céder le contrôle. Tu ne seras pas en contrôle de toute cette situation pendant toute la nuit.

Je regardai ailleurs, mais j'hésitai à mordre dans mon sandwich.

— J'aimerais avoir l'impression de contrôler les choses *maintenant*.

— Et le fait que je vienne ici pour te faire changer d'avis menace cela ?

J'inclinai la tête sur le côté en réfléchissant.

— Cela dépend de ce que tu feras si tu échoues à me convaincre.

Il hésita, puis il serra la mâchoire.

— Je laisserai ma place.

Nous nous regardâmes par-dessus nos assiettes vides, ou plutôt la sienne, car il avait fini son sandwich alors qu'il me restait la moitié du mien. J'avais encore faim, mais cette moitié servirait de dîner. C'était une autre mesure de réduction des coûts que j'utilisais régulièrement. Toutes les fois où je sortais manger, je préservais exactement la moitié de mon repas pour plus tard. De cette façon, un repas en devenait deux.

Il fixa mon assiette des yeux.

— Tu n'as pas mangé grand-chose. Tu n'as pas aimé ton sandwich ?

— Il était très bon, dis-je d'une voix joyeuse en demandant à la serveuse de m'apporter une boîte pour rapporter le reste à la maison.

Il me jeta un regard noir.

— Mange le reste de ton sandwich, Emilia.

— Je le garde pour plus tard.

Je rougis, refusant d'admettre que j'étais si pauvre que cette moitié de sandwich, une boîte de céréales et un demi-carton de lait étaient à peu près tout ce que j'avais à manger jusqu'au jour de paie.

Lorsque la serveuse revint, il lui prit la boîte des mains avant qu'elle puisse me la tendre. Il commanda deux sandwiches supplémentaires, l'un d'entre eux était mon deuxième préféré ici, comme je le lui avais dit lorsque je lui avais suggéré des choses à commander.

— Pouvez-vous faire ces sandwiches à emporter ? Elle a décidé de terminer celui-ci.

Puis il se tourna et il me regarda.

— Maintenant, vas-tu le finir ?

Il ne me fallut pas plus pour me convaincre. Même si j'avais honte, je marmonnai mes remerciements autour de mes dernières bouchées. J'étais impressionnée par sa perspicacité. La plupart des hommes n'auraient pas remarqué que j'avais encore faim. Même Heath ne l'aurait sans doute pas vu. Il n'avait jamais fait aucun commentaire lorsque j'avais fait emballer mes restes.

Drake porta les sandwiches jusqu'à mon appartement en parcourant les trois pâtés de maisons en silence. Je croquai bruyamment le bonbon à la menthe que la serveuse avait laissé avec la note.

— Tu croques toujours tes bonbons durs de cette façon ?

Je lui jetai un regard et je levai les sourcils.

— Je ne suce pas, tu te souviens ?

Je fus surprise de le voir rire.

— Comment ai-je pu l'oublier ?

Il entra à nouveau, mais seulement pour poser les sandwiches sur le comptoir de la cuisine, puis il se dirigea vers la porte.

Je le suivis de près. Il se tourna vers moi avant d'ouvrir la porte. À cause de l'entrée très étroite, nous étions serrés. Mon cœur se remit à battre dans ma gorge.

Il me regarda longuement.

— Emilia, je te demande de te raviser. Le choix et le contrôle sont bien sûr dans tes mains, mais n'élimine pas la possibilité juste à cause de quelques peurs dont tu peux te passer.

Malgré ma forte réaction physique à sa présence, ma colère le défia.

— Tu crois que j'ai peur ?

Il marqua une pause, étudiant mon visage.

— Je crois qu'il y a des choses que tu ne comprends pas. Comme cet effet que nous avons l'un sur l'autre...

Ma gorge se serra. Il le ressentait donc, lui aussi. Mon cœur se mit à battre encore plus vite, comme si j'étais déjà en train de courir.

J'avais également du mal à respirer.

— J'en ai tout à fait conscience.

Il me regarda, ses yeux transperçant les miens.

— Mais le comprends-tu ?

— Je suis tout à fait capable de comprendre l'attirance sexuelle, Monsieur Drake.

— Adam, dit-il doucement en baissant les yeux et en se concentrant sur ma bouche.

Mon cœur frénétique s'arrêta de battre un instant.

— Adam.

— Pourquoi es-tu mal à l'aise en m'appelant par mon prénom ?

Je soutins son regard, soudain très consciente de notre proximité. Je pouvais le sentir, une odeur subtile, masculine, propre, comme l'océan et une trace de bonbons à la menthe dans sa respiration. Je pouvais presque sentir la chaleur et la puissance émaner de lui par vagues. Je déglutis, la gorge soudain très sèche.

— Je ne sais pas.

— Je voudrais te donner un autre sujet de réflexion.

— Lequel ?

Il se pencha plus près, approchant sa tête de la mienne. Je n'avais pas le temps de faire un pas en arrière ni, je crois, la volonté de le faire si j'en avais eu l'idée. Sa bouche rencontra la mienne en un baiser ferme et confiant.

Il ne fut pas écrasant. Ce fut la première chose qui me surprit. C'était un baiser subtil, un échange, tout doux au début, une pression chaude de ses lèvres sur les miennes. Puis il fit un pas en avant et passa un bras autour de ma taille, l'autre main se posant sur mon dos.

Il recula légèrement, juste assez pour me permettre de le suivre. Sa bouche bougea contre la mienne, la taquinant, l'ouvrant. À présent, son corps était appuyé contre le mien, sa tête baissée pour m'atteindre, car je faisais au moins douze centimètres de moins que lui.

J'ouvris alors la bouche pour lui et sa langue s'y glissa facilement. Il n'y eut rien d'hésitant dans ce baiser. Il savait exactement ce qu'il faisait. Il me disait que j'avais le contrôle, déclarait que c'était ma décision, puis il entrait comme il voulait sans faire aucune concession.

Ses mains restèrent en place. Cela me fit plaisir, bien que j'eus envie de les sentir partout : sur mes seins douloureux, sur la pulsation entre mes jambes. J'eus la chair de poule aux bras. Sa bouche explora la mienne avec certitude, en la possédant facilement. Et, à ma grande humiliation, je laissai échapper un petit gémissement du fond de la gorge.

Le bras autour de ma taille me serra plus fort lorsqu'il l'entendit, réagissant immédiatement, presque instinctivement. Il retira sa langue, comme s'il m'invitait à le suivre avec la mienne. Et je le fis, en hésitant.

J'avais déjà été embrassée, au lycée quand j'étais normale et que je sortais avec des garçons. Mais cela faisait des années maintenant et je n'avais jamais, jamais été embrassée de cette façon. Ma langue entra dans sa bouche et il fit un bruit du fond de la gorge, pas tout à fait un grognement, plutôt une sorte de souffle. Cela me donna du courage. De la confiance en moi. J'avançai ma langue, faisant passer mes mains autour de sa nuque. Nos têtes bougèrent ensemble pendant de longues minutes et j'eus l'impression de ne pas avoir respiré de toute une vie.

Tout tourbillonnait autour de moi et moi, je tourbillonnais également, délirante de désir. Comme une femme qui se noyait au milieu d'une mer agitée, réclamant désespérément un radeau de sauvetage. Cette mer, c'était Adam Drake et il m'entraînait à la dérive, me laissant échouée dans un pays étrange et oublié.

Lorsqu'il interrompit finalement le baiser, il recula si lentement que je ne sus que nos lèvres s'étaient séparées que lorsque je sentis l'air frais passer entre nous. Je vis alors qu'il était aussi affecté que moi : ses joues étaient rouges, sa respiration rapide, ses yeux sombres et ivres de désir.

Je me léchai les lèvres et je fis un pas en arrière, mais je ne le quittai pas du regard. Il m'observa un long moment, puis il sortit ses lunettes de soleil de sa poche.

Avant de parler, il toussa dans sa main, comme s'il essayait consciemment de feindre son attitude calme du début en sachant qu'il échouait.

— C'était… c'était juste autre chose à garder en tête. J'espère que tu prendras la bonne décision.

Et c'est ainsi qu'il partit, sans même attendre que je dise au revoir ou que je réponde d'une façon ou d'une autre.

Je me laissai retomber contre le mur, consciente de mes sens douloureux et éveillés. Chaque fois que je pensais à son odeur, à la sensation de sa bouche sur la mienne, un nouvel éclat de désir me coupait jusqu'à l'os.

Heureusement que j'étais déjà vêtue pour courir. J'avais prévu cinq kilomètres, mais je finis par faire le double avant même de commencer à sentir l'énergie sexuelle se dissiper. Cet homme m'avait enflammée, intoxiquée. Et pourquoi ? À cause de son visage magnifique ? Son corps solide et viril ?

À cause de sa confiance en lui ? Il avait une maturité qui dépassait son âge. Il semblait beaucoup plus expérimenté que les autres hommes de la vingtaine que je connaissais à la fac. La vie l'avait-elle transformé à ce point depuis l'époque où il était à l'université, ou avait-il toujours été ainsi ?

Des questions de ce genre me passèrent constamment en tête pendant le reste de la journée et de la nuit pendant que je travaillais. Elles me harcelèrent également pendant mon jour de congé. Je ne pouvais pas arrêter de penser à lui et j'avais envie de l'appeler et de lui demander de me rejoindre et de me faire un baiser de bonne nuit comme celui qu'il m'avait donné la veille.

Je ris à cette pensée. C'était bête. Mais je me surpris lorsque je me rendis compte à quel point j'en avais vraiment envie. Le troisième jour après Le Baiser, j'appelai Heath et je lui dis de jeter les coordonnées du New-Yorkais. Nous allions procéder comme prévu.

Malgré tout, j'éprouvai des sentiments mitigés. Des difficultés à réconcilier le comportement d'Adam Drake à la salle de conférence de l'hôtel, le jour où nous nous étions rencontrés avec l'homme qui était venu chez moi et qui m'avait acheté le déjeuner et, grâce à sa perspicacité, le dîner également. Je l'avais dit à Heath, mais j'attendis quelques jours de plus avant de prévenir Adam que j'avais décidé d'accepter. Je ne voulais pas sembler aussi empressée que je l'étais, finalement. Je ne voulais pas du tout être empressée.

Il s'agissait des affaires. Et chaque fois que je revivais le feu de ce baiser dans mon souvenir, je devais me le rappeler. *Les affaires. Les affaires, Mia. Juste les affaires.* Rien de significatif ne naîtrait jamais de cette rencontre entre nous. Elle était conçue expressément de cette façon. Une nuit d'abandon anonyme dont j'émergerais en tant que femme nouvelle, ou peut-être juste comme avant, sans ma virginité, mais avec beaucoup d'argent sur mon compte bancaire.

Mais à présent, cet homme avait mis sur le feu une tout autre casserole. Un chaudron bouillonnant et tourbillonnant de désir excitant. Ceci pouvait bien être trop dangereux, comme de fixer le soleil ou de voler trop près du feu ou...

M. Drake,

J'ai décidé de procéder avec le marché tel qu'il a été établi. Veuillez prendre les dispositions décrites dans la documentation qui vous a été fournie par M. Bowman.

Si vous le préférez, vous pouvez vous adresser à lui en cas de questions. Il vous faudra prévoir une date éloignée d'au moins deux semaines, mais pas plus de trois mois. Nous pouvons discuter des lieux, en choisissant à partir de la liste que j'ai fournie.

Cordialement,

Mia Strong

Mon cœur tambourinait dans ma gorge lorsque j'appuyai sur 'envoyer'. Je m'assis et je regardai l'écran pendant presque vingt minutes, parcourant d'un air hébété les sites d'actualité des jeux vidéo et notant des choses pour mon blog. Je fixai l'icône de ma messagerie jusqu'à ce que son absence de réponse me rende folle. Pensait-il que j'allais changer d'avis ? Avais-je peur qu'il le fasse ? Ou bien mourais je d'envie de connaître sa réaction ?

Il était possible qu'il soit en réunion ou en voyage d'affaires ou qu'il n'ait pas de connexion internet. Peut-être filait-il dans le ciel dans son jet privé avec une jolie hôtesse sur les genoux et un martini dans la main. Je fronçai le nez à cette image d'une sorte de jeune James Bond américain, et je me moquai de ma bêtise.

Quand je rentrai après avoir couru cet après-midi-là, je vérifiai encore. Rien. Puis je préparai le repas du soir et je m'assis pour regarder une vieille rediffusion de *Friends* en mangeant. Je peux dire avec fierté n'avoir interrompu mon repas qu'une seule fois afin de jeter un œil à mon ordinateur et de m'assurer que les alertes fonctionnaient correctement.

Peut-être avait-il changé d'avis, finalement ? Peut-être avait-il décidé que c'était bien trop d'efforts. Après tout, je devais me poser la question de son intérêt dans ce marché. Il était jeune, riche et très beau. N'avait-il pas des hordes de femmes à sa porte ? Pourquoi misait-il tant d'argent aux enchères sur une femme qu'il n'avait jamais rencontrée, avant même de voir une photo de mon visage, et pour une seule nuit ? Pourquoi ? Pourquoi était-ce si important pour lui d'ôter la virginité d'une inconnue ?

Après dîner, je me plongeai dans mes livres de révisions pendant quelques heures avant de commencer à somnoler vers vingt-deux heures. Oui, j'avais une vie palpitante. Lorsque je me réveillai, mon livre d'anatomie enfonçait son coin pointu dans mon dos. Je poussai l'énorme *Gray's anatomy* sur le sol et l'ordinateur bipa.

Je ne crois pas m'être déjà réveillée aussi vite. J'ouvris ma messagerie et je vis son adresse clignoter avec l'étiquette 'message non lu'. Je m'assis sur ma chaise et je cliquai d'une main tremblante.

Mlle Strong,

Le 18 mai. Amstel Amsterdam. 15 h heure locale. Enregistrement à l'accueil, réservation à mon nom. Pas trop de bagages. Bowman s'occupera des billets d'avion en suivant les instructions.

On se voit dans deux semaines.

Drake

Mon cœur battait sur chaque centimètre de ma peau. Des perles de transpiration naquirent sur mon front. Il avait réfléchi à tout. Bien sûr, Amsterdam avait été sur la liste, à cause des problèmes légaux de ce que nous faisions. Et j'avais secrètement espéré qu'il accepterait d'aller là-bas, car j'avais toujours voulu m'y rendre, même si ce n'était que pour une nuit. Peut-être pourrai-je faire un peu de tourisme. J'avais toujours rêvé de voir l'Europe. Les Pays-Bas étaient un très bon départ.

J'ouvris immédiatement une autre fenêtre de navigation et je cherchai l'hôtel. Je restai bouche bée devant les images que je trouvais. Cinq étoiles, largement, et plus de mille euros la nuit. Je me faisais déflorer avec style.

Mais... il avait tout organisé sans me consulter. Et même si c'était splendide, j'étais un peu irritée par sa prise de contrôle, encore une fois. Il avait promis de me laisser organiser ceci, de me laisser être en contrôle. Il était probable qu'il ne pensait même pas à ce genre de choses. Cela devait être si facile à organiser pour lui qu'il ne pensait pas me prendre quelque chose que je ne voulais pas céder.

Après avoir fixé le curseur clignotant dans la fenêtre de réponse pendant quelques minutes, je décrochai le téléphone et j'appelai Heath. Il n'y eut pas de réponse.

En soufflant et en soupirant, je fermai le programme et je partis me coucher. Même si j'étais épuisée et que je devais me présenter au travail très tôt le lendemain matin, à cinq heures du matin précisément, je ne pus m'endormir.

Je n'arrêtais pas de me demander si je devais être irritée ou pas, si je devais interpréter ses actes de cette façon. Y avait-il des objectifs ultérieurs, ou bien était-ce simplement dans sa nature ?

Je ressassais tout dans mon esprit et je finis par revenir à la sensation que j'avais eue lorsqu'il m'avait regardée avec ses yeux intenses. Ma peau en devint toute brûlante. Et ce baiser. Je me souvenais du plus petit détail. Le sexe avec lui serait-il ainsi… en plus puissant ?

Sa bouche avait été si délicieuse que je ne pus m'empêcher de me demander ce que ses lèvres, sa langue, feraient à mon corps. Mes tétons pointèrent immédiatement à l'idée de sa langue brûlante glissant dessus. J'imaginai la pression de son corps dur et lourd sur le mien, m'enfonçant dans le matelas.

Ma main bougea entre mes jambes, caressant de plus en plus vite le nœud douloureux qui était né lorsque nous nous étions embrassés.

Je fermai les yeux lorsque l'anticipation agréable se mit à croître. Ses mains sur mon corps, son corps entre mes jambes. Son dos sous mes mains. *Oui.*

Je haletai en tombant dans le précipice, mon corps se convulsant dans l'orgasme.

À deux heures du matin, je finis par m'endormir, mais pas avant d'avoir pris conscience d'un malaise en bordure de mes pensées fatiguées. J'étais capitaine de mon propre navire, oui. Mais je devais néanmoins m'adapter à la mer, la météo, la tempête à l'horizon. Et Adam pouvait être n'importe lequel de ces éléments, ou bien tous à la fois. Et dans le brouillard de mon sommeil, je ne pus m'empêcher de craindre qu'il fût tout cela.

CHAPITRE CINQ

Avez-vous déjà remarqué que l'un des objectifs principaux pour les champions qui s'embarquent dans une quête de fantasy épique implique presque toujours une femme ?

Soit le chevalier errant part en croisade pour prouver son amour à sa belle dame ou, plus fréquemment, la dame a été capturée et enlevée par de grands méchants et elle attend son héros, enfermée dans une tour ou – frissons – dans un donjon humide.

Prenez par exemple la dernière d'une série de quêtes mystérieuses du jeu contre lequel nous râlons souvent, mais que nous aimons beaucoup. Les joueurs ont été poussés à l'action par la capture de l'innocente princesse elfe Alloreah'ala par la race des méchants trolls de pierres, qui vivent loin sous les Golden Mountains.

Chaque quête, chaque motivation ont un rapport avec notre princesse. Chaque illustration faisant référence à la nouvelle extension du jeu affiche son corps court-vêtu, juste pour rappeler à quel point il est important de la sauver. Parce qu'elle est BELLE et innocente. Et sans défense.

Oh, et parce que le Roi a publié un décret pour sauver sa fille chérie.

D'accord, le sac d'or et la longue liste d'équipements magiques sont assez importants également.

Ma question est la suivante : pourquoi ces jeux ne peuvent-ils pas supposer que les femmes savent se défendre elles-mêmes ? Mon enchanteresse spirituelle possède un sort d'éblouissement assez méchant dans son arsenal et elle est capable de se défendre toute seule.

Alors pourquoi ce personnage féminin non joueur est-il si pathétique ? Pourquoi fait-il partie d'une longue liste de femmes pathétiques ? Pourquoi ne peut-elle pas se défendre ? Pourquoi ne peut-elle pas agir comme une dure, voler l'arme et les clés de son geôlier, enfoncer quelques crânes et se sauver ? Pourquoi doit-elle rester assise à attendre en captivité et ainsi devenir simplement un objet à sauver ?

Il est temps que les jolies princesses de Yondareth se rebellent ! Menez vos propres combats et arrêtez d'attendre que des types le fassent pour vous.

QUELQUES JOURS AVANT MON DEPART NOCTURNE EN avion de LAX à Amsterdam, je me rendis chez Heath pour définir les détails du voyage. Il imprima mon billet et il siffla en l'agitant sous mon nez. Je l'arrachai de sa main et je le fourrai dans mon sac.

Les yeux verts de Heath brillaient quand il se moqua de moi. Ses cheveux blonds étaient ébouriffés et ses joues durcies par quelques jours de poils blonds.

— British Airways, première classe. C'est tellement luxueux, Mia. LAX à Heathrow pour une escale, puis Amsterdam.

Je m'assis sur le canapé moelleux en secouant la tête pendant qu'il tapotait sur son ordinateur. Je n'avais pris que quelques avions avant cela, tous des vols nationaux. Le plus long vol que j'avais effectué, c'était jusqu'à Washington DC, avec ma classe de quatrième. Je n'étais jamais sortie du pays et en fait, j'avais seulement reçu mon premier passeport un mois auparavant, en me préparant pour les enchères.

Il tapa sur quelques autres touches. Heath écrivait vite, mais seulement avec deux doigts à la fois : ses index. Je le taquinai souvent à ce sujet, mais il n'avait jamais pris la peine d'apprendre à faire différemment.

— Il m'a envoyé un PDF signé du contrat, que j'ai imprimé. Alors, tu dois toi aussi en signer une copie. Non pas que celle-ci serait légalement exécutoire. Dans notre pays, c'est un accord illégal, mais il est écrit en toutes sortes de verbiage. Vous pouvez tous les deux vous dérober à la chose. Il ne paie rien tant que tu n'as pas fait ton dû, et tu ne fais rien tant que l'argent n'est pas mis de côté pour cela. C'est une étrange petite situation, avec ces comptes bloqués.

Je soupirai.

— Je suis vraiment contente que toi et ton ami Joe vous ayez réglé ça pour moi. Ce n'est pas par hasard que le droit ne m'a jamais intéressé.

— J'ai eu une bonne longue conversation avec Drake quand j'ai reçu le contrat. C'est facile d'accès. Ce n'est pas un mauvais bougre. Enfin, pour quelqu'un qui paie presque un million de dollars pour cueillir la virginité d'une femme.

L'ironie me fit sourire en coin. Quel genre de personne étais-je, pour la vendre ? J'inspirai profondément. Une personne à l'esprit pratique, décidai-je.

— J'ai pris soin de souligner quelques clauses. Une fois que le contrat sera 'rempli', il n'y aura plus de contact entre vous. Plus d'appels téléphoniques, plus de messages. C'est un peu comme une injonction d'éloignement, mais nous n'aurons pas besoin d'aller jusque-là, sauf si l'un de vous perd les pédales.

Je détournai le regard, ignorant le pincement bizarre à l'idée que l'un de nous puisse devenir obsédé par l'autre.

— D'accord.

Il inclina la tête vers moi, la lumière de l'écran de son ordinateur se reflétant sur ses traits sérieux.

— Tu penses donc pouvoir le faire ? Tu as été assez irritée par lui après la première rencontre. Je savais qu'il te plaisait pour d'autres raisons, mais tu étais tellement entêtée en voulant choisir quelqu'un d'autre. Pour quelle raison as-tu changé d'avis ?

Il m'a embrassé et j'en ai perdu la tête, pensai-je. Comme c'était ridicule. Une femme de mon âge réduite à une idiote balbutiante par un baiser d'un homme désirable. Bon, d'accord... *follement* désirable.

— C'est juste que… j'ai beaucoup réfléchi. Il est jeune. Il est attirant. Ça pourrait être bien pire.

Heath gloussa.

— Attirant. Ha ! Je dirais qu'il est canon, mais cela n'engage que moi. Ce n'est pas non plus mon genre, mais je me le ferais bien.

Je retins un rire en imaginant la scène.

— Tu as donc pensé qu'Amsterdam était un bon choix, étant donné leur soutien légal à la prostitution ?

Je levai les yeux au ciel.

— Pouvons-nous arrêter d'utiliser ce mot ?

Heath ricana.

— Poupée, tu peux appeler ça un rodéo de clowns si tu veux. Cela ne changera pas le fait que tu vas coucher avec un homme qui va payer pour ce privilège.

Je regardai ailleurs en rougissant. Je tripotais un trou de mon jean, tirant sur les fils en l'agrandissant. Je secouai la tête. Je n'étais pas une prostituée et je ne le serais pas quand tout serait terminé. C'était une nuit de rêve. Juste une. Je me donnais le pouvoir…

Et j'allais coucher avec un homme. *Cet* homme. Ses mains seraient sur mon corps, sa belle bouche brûlante sur moi. Je restai silencieuse et je ne regardai pas Heath dans les yeux.

— Nous avons aussi parlé de ce qu'il peut et ne peut pas faire. J'ai voulu être très clair là-dessus. Rien de pervers. Pas de bondage du tout. Que du sexe vanille pour ma copine.

— Si tu veux mon opinion, la vanille est une très bonne saveur.

Il soupira et secoua la tête.

— Tu n'as rien vécu, ma chère. Mais attends un peu, une fois que tu y prendras goût, j'ai l'impression que tu voudras toutes sortes de saveurs après ça.

Je soufflai. J'en doutais fortement. Ceci était une affaire financière et je profitais de quelque chose qui, non seulement m'importait peu, mais faisait même office de fardeau jusqu'ici. Je voulais me débarrasser de l'infamie d'être une vierge de vingt-deux ans sans avoir à passer par les relations compliquées. Cela faisait un moment que je ne voulais pas de relations et je n'imaginais pas que cela change dans un avenir proche.

— Et pas de fellation, n'est-ce pas ? demanda Heath.

Je le regardai comme s'il était idiot. Comme s'il devait poser cette question.

— Ça n'a pas changé et ça ne changera pas.

Il s'adossa à sa chaise d'ordinateur qui grinça en protestant. Son regard devint intense.

— Après tout, cet homme pourrait en vouloir pour son argent... dit Heath.

Il avait essayé d'utiliser le ton de la plaisanterie, mais les mots prirent ici une tonalité plus sinistre.

Une boule de givre se forma dans ma gorge.

— Ne commence pas, Heath.

Il me regarda.

— Je crois que tu n'es pas prête pour ça. Tu ne peux même pas en parler.

— Je peux en parler. J'en *ai* parlé. Tu sais tout.

Malgré ces mots, je ne pouvais toujours pas sortir cette image de mon esprit... cette nuit d'été très sombre, le vent sec venant des contreforts des montagnes. Au bord de la ville, à regarder les lumières et je sanglotais, agenouillée. Les mains serrant mes cheveux avec tant de force, tirant si fort que j'en avais eu mal au cuir chevelu pendant des jours.

Je secouai la tête en serrant les poings.

— Arrête. Je vais bien.

Il haussa les épaules, reprenant son air nonchalant.

— D'accord. Si tu le dis. Voyons… de quoi d'autre avons-nous parlé ? Ah oui, une nuit de sexe vanille normal. Les positions de ton choix et à ta convenance.

J'écarquillai les yeux.

— *Les* positions ? Ce n'est que pour une nuit.

Heath sembla se retenir de rire.

— Oui, une nuit, mais qui sait combien de fois cela signifie ? Il est jeune, très sportif, il est sûrement bon pour au moins deux fois, peut-être trois. Plus, si ça fait aussi longtemps qu'il le dit. Huit mois. Bon sang.

— *Quoi ?* criai-je, horrifiée.

— Poupée, tu agis comme si tu allais te faire épiler les jambes… bon, ce sera la première fois donc tu auras un peu mal, mais je peux te garantir que tu t'amuseras beaucoup trop pour le remarquer. Espère seulement qu'il n'a pas une très grosse…

Je couvris mes oreilles pour bloquer le reste de sa diatribe.

— Mia, dit-il avant d'attendre que j'enlève les mains. Mia, je ne déconne pas. Si tu ne peux même pas en parler de cette façon, comment vas-tu pouvoir affronter cette nuit ?

Je l'observai un moment. Mon meilleur ami depuis la quatrième. Nous étions le seul réconfort l'un pour l'autre au cours de certaines des pires années de nos vies : nous avions grandi dans une petite communauté des hauts plateaux du désert en étant tous deux des marginaux inadaptés. Lorsqu'il avait fait son *coming-out* en troisième, j'étais la première personne à qui il l'avait dit. Lorsque mon petit ami m'avait sexuellement agressée en seconde, il fut le premier à qui je le dis.

Je secouai la tête.

— Je pensais que ce serait aussi simple que de boire une bouteille de vin et de me coucher en pensant à l'école de médecine.

Il me fit un sourire triste.

— Tu n'as même pas imaginé que ça pourrait te plaire, hein ?

Je haussai les épaules.

— Tu as fait des vérifications sur ce type. Tu dis qu'il est fiable. Il ne me fera pas de mal ?

Heath secoua la tête.

— Il n'y a aucune garantie. Tu dois avoir confiance qu'il ne le fera pas. J'ai fait de mon mieux. J'ai fait une enquête sur lui. Pas de casier judiciaire, pas de méchantes rumeurs de comportement déviant.

Je passai la main dans mes cheveux et j'entortillai nerveusement une mèche brune autour de mon index.

Heath s'éclaircit la gorge.

— Je dois te poser la question et je sais que c'est vraiment personnel, mais... as-tu commencé à prendre les pilules du planning familial ?

Je hochai la tête. J'avais eu mes règles quatre semaines avant et j'avais commencé la pilule au moment prescrit.

— Médicalement, il est sain. J'ai vu le rapport de mes propres yeux.

Je m'agitai. Je voulais faire marche arrière. Mais je ne pouvais absolument pas l'admettre devant Heath, car il aurait bondi sur cette hésitation comme un aigle royal plongeant sur un serpent à sonnettes.

— Il est au Royaume-Uni et il gère le lancement européen de la dernière extension du jeu. Mais ce n'est pas trop tard pour faire marche arrière.

Je fermai les yeux.

— S'il te plaît, Heath ! Arrête de dire ça. J'ai besoin de ton soutien maintenant. Je n'ai pas besoin que tu me fasses changer d'avis.

— Je ne serais pas ton meilleur ami si je n'essayais pas de te faire changer d'avis.

Puis il s'approcha, se laissa tomber sur le canapé à côté de moi et me prit dans ses grands bras. Je posai mon visage contre son large torse. Il caressa mes cheveux et la panique s'estompa.

Quand je partis une heure plus tard, j'étais calme. Posée. Résignée.

***

Je pris une semaine entière de congé avant de partir afin de pouvoir écrire, planifier et publier les articles du blog aux dates prévues pendant mon absence. J'espérais que cela trompe mes lecteurs au sujet de ce qu'il se passait dans ma vie personnelle. J'avais également tenté de faire diversion en disant à quel point j'étais occupée par mon travail à l'hôpital. Que j'allais devoir travailler le double d'heures pendant quelque temps. De petits mensonges pour tromper les colporteurs de ragots.

Ceux-ci discutaient déjà de quand et si la transaction aurait lieu sur d'autres sites. J'avais brièvement mentionné que je n'allais pas pouvoir parler des résultats des enchères pour de nombreuses raisons. Je ne sais pas combien de personnes étaient vraiment intéressées. Mon site concernait les jeux vidéo, après tout. La plupart des lecteurs préféraient faire des campagnes épiques pour obtenir de l'équipement d'élite plutôt que de baiser, ou d'apprendre que je baisais. Je le comprenais. J'étais comme cela, moi aussi.

Je m'occupai également d'une dernière chose à régler avant de partir en disant à ma mère que j'allais étudier à fond pendant les jours qui suivaient, et que j'allais donc débrancher mon téléphone. Je souhaitais effectivement prendre mes livres de révision dans l'avion, mais moins je lui révélais, mieux c'était.

— Tu sembles fatiguée, Mia. Tu es sûre de ne pas avoir trop étudié ?

— Trop étudier, ça n'existe pas, maman. Des gens de mon groupe d'études ont des cours privés et il y en a un qui est allé faire une formation spéciale pour le concours.

Je soupirai intérieurement en me demandant comment j'allais pouvoir rivaliser avec la myriade d'étudiants de médecine qui prenaient ce genre de mesures afin de réussir leurs examens. En particulier alors que j'avais déjà prouvé être une ratée. Ma poitrine se serra en pensant que si j'avais eu un bon score l'année précédente, j'aurais déjà en main ma lettre d'acceptation en école de médecine à l'automne.

— Je m'inquiète que tu brûles la chandelle par les deux bouts avec tout ce que tu fais déjà entre le travail et les études.

— Je n'ai pas cours ce semestre. Crois-moi, si je pouvais faire tout ceci en allant en cours, je peux le faire maintenant. Ne t'inquiète pas, maman. Maintenant, c'est à mon tour de te demander comment tu vas.

— Oh, dit-elle d'un ton joyeux. Je vais très bien. Tout est en train de s'améliorer pour moi.

Je fronçai les sourcils. S'améliorer ? Était-elle devenue meilleure menteuse sans que je le remarque ou bien y avait-il une réelle amélioration pour elle ?

— Que se passe-t-il ? Est-il arrivé quelque chose ?

— Je… je ne suis pas vraiment prête à en parler.

Je m'appuyai contre le dossier de ma chaise, stupéfaite. Maman avait-elle enfin recommencé à fréquenter des hommes ? Elle n'avait eu aucune relation pendant toute mon enfance. Elle avait des amis masculins dans la communauté et je savais que certains d'entre eux auraient aimé une relation romantique, mais ma mère n'avait jamais été intéressée. Quand j'étais adolescente, je lui avais demandé pourquoi elle ne fréquentait personne et elle avait haussé les épaules et dit qu'elle attendait que je grandisse. Bon, j'étais adulte maintenant. Avait-elle enfin décidé d'avancer dans la vie ?

— Si c'était quelque chose de sérieux, tu me le dirais… n'est-ce pas ?

— Bien sûr, répondit-elle d'un ton évasif.

Nous raccrochâmes quelques minutes plus tard et je regardai mon téléphone pendant un long moment. C'était un des appels les plus étranges que j'avais eus avec ma mère depuis longtemps. Elle avait toujours été un livre ouvert avec moi.

Mais étais-je vraiment bien placée pour dire quoi que ce soit ? Je lui cachais un énorme secret. Un secret qui, si jamais elle le découvrait, la blesserait. Je n'avais aucun droit d'aller fouiller dans ses affaires si je n'étais pas prête à m'ouvrir sur les miennes. Malgré tout, j'étais inquiète. Je me sentais protectrice envers ma mère et étant donné son expérience avec le donneur de sperme biologique, elle n'avait pas bien choisi les hommes dans le passé.

Mais ma mère était intelligente et je devais penser qu'elle avait appris de ses erreurs. Ainsi, dans le but de penser à autre chose que mes inquiétudes et aussi parce que je n'avais pas grand-chose à mettre dans ma valise, je passai la plus grande partie de la journée précédant mon départ à éradiquer des monstres sur Dragon Epoch. Je consultai sans cesse la liste de joueurs à la recherche de FallenOne, mais je n'eus pas de chance. Ma liste de notifications montrait qu'il ne s'était pas connecté depuis le jour où nous avions joué ensemble, quelques semaines auparavant.

***

Le lendemain, j'embarquai sur un vol pour Amsterdam avec mon petit sac pour la nuit. Je n'avais pas pris beaucoup d'affaires, suivant les instructions d'Adam. Il avait précisé plus tard par mail qu'il avait obtenu ma taille de robe par l'intermédiaire de Heath et que des vêtements m'attendraient. J'étais certaine qu'il avait deviné, après avoir passé cinq minutes dans mon petit taudis, que je n'avais pas de vêtements adaptés à un endroit comme l'Amstel Amsterdam.

Je voyageai dans mon jean le plus confortable, un tee-shirt et des chaussures de marche avec un petit sac d'affaires de toilette et de sous-vêtements posé sous l'énorme siège de première classe.

J'avais avancé dans chaque petite file à l'aéroport et pas une seule personne n'avait paru étonnée de voir mes vêtements miteux et mon vieux sac à dos. Tout était service compris et tout le monde était prêt à satisfaire mes caprices.

J'avais bu un verre de vin blanc frais dans le salon de première classe. Cela diminua un peu ma nervosité à l'idée de voyager seule et à l'incertitude de ce que j'allais affronter aux Pays-Bas. Je mangeai du saumon et de la crème fraîche pour accompagner le vin. Ma frousse fut seulement un peu émoussée au lieu de disparaître.

Mais le vol fut encore autre chose. J'avais quinze heures de trajet avant d'atterrir à Amsterdam. Je profitai donc du voyage à l'avant de l'étage supérieur de l'immense 747. Peu de temps après le décollage d'un vol direct pour Londres, on me servit plus de vin et on me tendit un menu complet. Le dîner arriva sur une nappe blanche avec de la porcelaine et des couverts en argent. Sans complexe, je pris plaisir à me faire dorloter et à entendre les magnifiques accents britanniques tout autour de moi.

Je ne fermai pas l'œil de tout le vol et j'avais les yeux irrités et brûlants lorsque je débarquai.

À notre arrivée à Londres, une employée de la compagnie aérienne m'accueillit en tenant une carte avec mon nom. Elle me guida jusqu'au salon et spa de première classe de Heathrow, me donnant une liste de tous les rendez-vous qu'elle avait pris pour moi. Je reçus donc une manucure, pédicure et un soin du visage avant que l'on me tende une serviette et un sac de courses vert et or brillant. Ensuite, elle me guida jusqu'à une salle de bains privée avec douche.

Ce fut le paradis après le long trajet en avion. Et il me restait encore quelques heures avant le vol jusqu'à Amsterdam. Le sac contenait de nouveaux vêtements, portant encore les étiquettes du magasin Harrods. Une robe élégante vert sombre et noire et même de nouveaux sous-vêtements : une culotte en soie et un soutien-gorge en dentelle assorti. Je rougis en les voyant, mais je me sentis si jolie en les portant que je ne pouvais pas me fâcher contre l'audace du choix.

Je n'avais encore jamais été gâtée. Et je voyais très bien l'attrait que cela pouvait avoir. Je mis mon maquillage et je séchai et coiffai mes cheveux en me sentant comme une nouvelle personne toute fraîche. J'étais entrée dans un tout Nouveau Monde, comme un conte de fées moderne. Il n'y avait qu'un court vol d'une heure d'ici jusqu'à Amsterdam et Adam, qui m'attendait.

À Amsterdam, un chauffeur m'accueillit et me conduisit à l'hôtel en parlant joyeusement dans un anglais à l'accent britannique presque parfait, alors qu'il était clairement néerlandais. Il avait les cheveux blond pâle et les yeux bleu clair de ses ancêtres vikings.

J'arrivai à l'hôtel autour de midi et je m'enregistrai, suivant les instructions d'Adam. Le réceptionniste de l'hôtel me tendit une enveloppe dans laquelle se trouvait un Smartphone. Je demandai si ce téléphone fonctionnait à Amsterdam et il me jeta un regard étonné avant de hocher la tête. Je regardai l'écran et je remarquai un texto d'Adam. Il me disait de commander à déjeuner dans la suite et qu'il me verrait à quinze heures pour faire quelques visites touristiques.

Le bagagiste me guida à travers un hall d'entrée de palace taillé dans le marbre blanc puis le long d'un escalier tapissé élégant en forme d'Y jusqu'aux ascenseurs. J'avais appris en ligne que le bâtiment majestueux datait du dix-neuvième siècle et qu'il présentait tous les détails architecturaux exquis d'une époque plus ancienne. Le bagagiste me fit entrer dans un petit ascenseur, semblant avoir été installé pour accommoder les conforts modernes, mais assez incongru dans ce bâtiment élégant à l'ancienne.

À l'étage supérieur, il me conduisit jusqu'à la suite de luxe. À l'intérieur, je trouvai un espace qui aurait pu abriter mon studio au moins quatre fois. Il était meublé d'antiquités, avec une chambre et une salle de bains au rez-de-chaussée, ainsi qu'un salon avec un canapé et un bar. Un escalier en bois sombre menait à l'inconnu et je le fixai pendant un moment, déterminée à l'explorer dès que je serai seule. Il me restait encore une heure avant de rencontrer Adam alors, je ne savais pas du tout où il se trouvait ou s'il s'était déjà enregistré.

— Monsieur Drake... dis-je au bagagiste.

— Je suis désolé, Miss. Je ne sais pas. Vous pouvez descendre à la réception et poser la question.

Je souris.

— Ce n'est pas grave. Je peux lui envoyer un texto.

Le bagagiste, qui avait insisté pour porter mon sac à dos miteux, n'hésita pas et n'attendit pas de pourboire avant de partir.

Je sentis un picotement d'anticipation en bas de ma colonne vertébrale. Je tapai un message sur mon téléphone.

Suis arrivée. J'attends patiemment.

Cela faisait trois semaines que je ne l'avais pas vu et dans mon esprit il était devenu de plus en plus attirant et délicieux. Il avait atteint des proportions presque divines dans mon imagination. J'avais très envie de le revoir. Cela allait être la dernière fois.

Il n'y eut pas de réponse à mon message. Il était sans doute encore en réunion ou peut-être déjà dans l'avion. Je poussai un soupir et je m'agitai nerveusement, déterminée à satisfaire ma curiosité.

Je parcourus le rez-de-chaussée et je jetai brièvement un coup d'œil au menu du room service avant de décider que j'étais trop nerveuse pour manger. Je regardai dans chaque coin du bar et de la chambre simple, où j'avais déposé mes affaires. Je me demandai... si la chambre était au rez-de-chaussée, qu'y avait-il donc à l'étage ? Une terrasse ?

Je galopai en haut des marches pour le découvrir et j'atterris dans une chambre encore plus imposante. Elle était élégamment décorée d'un lit à baldaquin géant accompagné de meubles anciens similaires en bois sombre. Les rideaux avaient été tirés sur le côté et les fenêtres donnaient sur les canaux d'Amsterdam.

Des vêtements propres – devant sans doute appartenir à Adam – avaient été déposés sur le lit, mais il n'y avait personne dans la pièce. J'entrai et je m'avançai jusqu'au lit : un lit king size avec des tissus aux tons bleu, argent et gris clair. Mon regard glissa sur le lit, me demandant si ce serait l'endroit où les choses allaient se produire cette nuit. Mon cœur se remit à battre violemment et je déglutis, mais je ne savais pas du tout si c'était la peur ou l'excitation.

Il était déjà là. J'entendis un bruit au même moment où une poignée – sans doute celle de la salle de bains – grinça. Je bondis en arrière, mais avant de pouvoir filer de la pièce, la porte s'ouvrit et Adam resta figé sur place. Il venait de sortir de la douche.

Nos regards se croisèrent et ma respiration s'arrêta. Il portait une serviette blanche assez bas sur ses hanches, une autre autour de son cou. Il venait manifestement de se sécher les cheveux. Sa coupe courte était ébouriffée dans toutes les directions comme si elle avait été soigneusement arrangée de cette façon.

Et son torse, chaque vallée profonde, chaque angle ferme et musclé taillé dans sa peau parfaite, brillaient de vapeur. J'inspirai brusquement.

— S-salut, finis-je par dire en arrachant à contrecœur mon regard de son torse nu.

— Emilia.

Son sourire fut très franc et pas du tout mal à l'aise.

— Tu es arrivée !

— Je suis… je suis désolée de… je ne savais pas que tu étais déjà arrivé. J'explorais juste.

— Aucun souci. Ma réunion s'est terminée plus tôt que prévu alors je suis arrivé avant toi. As-tu déjeuné ?

Je luttai pour empêcher mes yeux de redescendre, de se fixer sur ses abdos parfaits légèrement saupoudrés de poils sombres, qui semblaient avoir été sculptés par Michel-Ange lui-même.

— Je… je n'avais pas très faim.

— Commande le room service. J'aimerais bien un sandwich au rôti et le leur est délicieux. On pourra discuter en mangeant.

— Euh, balbutiai-je en regardant ailleurs avant de reposer mon regard sur lui. Très bien. Je… je vais faire ça, alors.

Il rit et enleva la serviette autour de son cou, puis il la jeta dans la salle de bains derrière lui. Et c'est alors que je vis le tatouage.

Écrit en jolies lettres couleur de jade juste au-dessous de sa clavicule gauche, il était facile à lire et très simple. Un seul mot. Le nom d'une femme. *Sabrina.*

Je ne pus regarder ailleurs, mes yeux se concentrant sur ce détail intéressant. Il baissa la tête pour suivre mon regard, puis il la releva.

— Si tu veux bien me donner un instant… sauf si tu veux rester et faire ça maintenant ? dit-il avec des yeux rieurs.

Je restai bouche bée.

— Je vais aller commander le déjeuner, alors, répétai-je bêtement avant de sortir maladroitement, trébuchant presque dans les escaliers.

Je commandai son sandwich au rôti avec toutes les garnitures, puisqu'il ne m'avait pas dit ce qu'il voulait d'autre, et pour moi-même, je pris un sandwich au fromage fondu avec du brie fumé et du gruyère.

Quand j'eus terminé la commande, il était entré dans la pièce, heureusement entièrement vêtu. Même en jean et chemise, il était l'incarnation de l'élégance. Et même dans ma jolie robe, je me sentais mal à l'aise à côté de lui. Je me demandai si l'incroyable costume qu'il avait porté à l'hôtel lors de notre première réunion était un hasard extraordinaire. Les geeks de l'informatique n'avaient en général pas pour habitude de porter des costumes. La plupart des programmeurs que je connaissais aimaient se vanter des tenues décontractées que permettait leur travail. Mais il ne ressemblait pas à un geek de l'informatique typique.

D'un autre côté, qu'en savais-je ? J'en connaissais si peu à son sujet.

C'était ce que j'avais voulu, non ? Bim et bam, voici le cash, madame. Et soudain, je me rendis compte avec frayeur de quelque chose qui ne m'avait pas inquiété jusqu'à cet instant. Et si je ne lui plaisais pas ? Et s'il n'était pas satisfait de moi au lit ? Après tout, je n'avais aucune expérience. Aurait-il l'impression de s'être fait arnaquer ? Qu'il n'en avait pas eu pour son argent ? Je secouai la tête en chassant cette pensée étrange. Que m'arrivait-il ?

— Tu as froid ? demanda-t-il en interprétant mal mon geste de la tête.

— Non. Ça va. Merci pour la robe, dis-je en la lissant avec les mains.

— Tu peux remercier Heath, en fait. Il a dû me convaincre de ne pas acheter un bikini en cotte de mailles.

Lorsque je lui lançai un regard perplexe, il se mit à rire.

— Je plaisante. Je lui ai demandé de choisir quelques affaires pour toi sur le site internet de Harrods et de les faire livrer à l'aéroport. Apparemment, tout s'est bien passé.

Je ricanai.

— C'est *Heath* qui a choisi ça ?

Il parut étonné.

— Oui. Pourquoi est-ce surprenant ?

— Il a le sens de la mode d'un mollusque.

— Il est gay, non ?

— Il est gay. Mais pas ce genre de gay. Il porterait un sac de jute au travail s'ils le laissaient faire, ou si les sacs de jute étaient confortables.

Le regard d'Adam descendit le long de mon corps d'un air appréciateur, mais pas lascif.

— Ce qui est certain, c'est qu'il s'y connaît en couleurs. Celle-ci s'accorde parfaitement à tes yeux et à tes cheveux sombres. Tu es radieuse. Et surtout, tu n'as pas du tout l'air d'avoir passé quinze heures en transit.

J'étirai mes bras devant moi.

— C'est une bonne chose.

— Es-tu fatiguée ?

— J'ai bu un Dr Pepper sur le vol depuis Londres et j'en ai acheté un autre en atterrissant ici.

— Bien. Mangeons, ensuite nous irons faire du tourisme. Je pensais au Palais-Royal et puis à une promenade le long des canaux ?

Mon visage s'illumina et mon enthousiasme évident le fit sourire.

— Ça me paraît merveilleux. J'adorerais !

Le room service arriva à ce moment-là et le serveur installa tout sur la table comme s'il était maître d'hôtel dans un restaurant étoilé au Michelin. Et comme s'il ne s'agissait pas simplement de sandwiches.

Mon croissant au fromage fondu était à se damner. Adam rit en voyant mon plaisir manifeste, mais je vis qu'il avait une réaction similaire avec son sandwich au rôti.

— Si je pouvais me faire envoyer ça par avion tous les jours d'Amsterdam à Irvine, je le ferais.

— Oh, c'est sans doute de l'argent de poche pour toi.

— Non. Je ne pourrais jamais faire ça. C'est un gaspillage ostentatoire. Je me sens déjà assez coupable de mon empreinte carbone et je paie pour la compenser. Mais quand j'ai l'occasion de rester ici, j'en prends toujours un. J'en ai également pris un dans l'espace avec moi.

— Tu déconnes ! dis-je, mes yeux tombant presque de leurs orbites. Tu es allé dans l'espace ?

Il hocha la tête en terminant sa bouchée suivante.

— J'ai passé dix jours dans la station spatiale internationale l'année dernière. Le plus gros trip de ma vie.

Chaque minute que je passais avec cet homme parvenait à me surprendre davantage.

— Et tu es aussi astronaute ?

— Plutôt un touriste de l'espace. Les Russes vendent des places au plus offrant à bord de leurs fusées. J'ai eu de la chance. Ça m'arrive souvent, dit-il en me jetant un regard lourd de sens.

Mais il obtint à peine une réaction de ma part. J'étais encore bouleversée d'avoir appris qu'il s'était rendu dans l'espace.

— Comment était-ce ?

Son regard se perdit dans le vide et ses yeux avaient une sorte de brillance, comme de l'onyx poli.

— C'était… indescriptible.

Je poussai un soupir incrédule.

— Donne-moi quelque chose. Allez, juste quelques adjectifs ?

Il marqua une pause.

— Inoubliable. Incroyable. Comme si… le monde entier était devenu silencieux. Le contraste entre le blanc le plus pur et le noir le plus obscur, et l'immense monde bleu au-dessous de mes pieds.

Je pris une autre bouchée de mon sandwich délicieux en réfléchissant à ses mots.

— C'est très poétique pour un geek. Heureusement que je ne peux pas te citer, sinon tu pourrais bien te faire éjecter du club des geeks.

Il ricana.

— Je suis geek pour la vie. Je ne suis pas seulement le président du club des geeks, je suis également un membre.

Je gloussai et je mordis dans mon sandwich.

— Si tu ne te fais pas virer à cause de la poésie, tu devrais l'être à cause de tous tes muscles, dis-je avant de rougir en me rendant compte que je me souvenais toujours de cette vision de lui sans sa chemise.

Les pectoraux fermes, les abdos et les biceps clairement définis, comme s'il avait été taillé dans le marbre.

— Les geeks n'ont pas de muscles, dis-je en dissimulant maladroitement ma gêne.

C'était vrai. Quel genre de programmeur informatique avait un tel corps ? Il sourit.

— Les geeks qui n'aiment pas se faire harceler à l'école et qui ont décidé de se muscler comme moyen de dissuasion en possèdent.

Je l'examinai en finissant mon sandwich, ne parvenant pas à imaginer un idiot s'en prendre à Adam. Mais je ne savais pas du tout à quoi il avait ressemblé dans sa jeunesse, alors qu'en savais-je ? Quelle qu'ait été sa motivation, cela avait fonctionné. Son corps, avec son esprit brillant, son beau visage et sa beauté sombre complétaient un portrait à faire rêver. Un portrait qui, j'en étais certaine, devait attirer la convoitise de nombreuses femmes. Je réfléchis à cela en silence pendant le reste de mon sandwich. Je n'avais trouvé aucune information au sujet de relations précédentes en ligne. Peut-être parce qu'il avait également fait signer des accords de non-divulgation à ces femmes-là.

On passa l'après-midi au Palais-Royal, puis en visite guidée sur le canal. La cité était dynamique, propre, un incroyable mélange d'ancien et de moderne. J'étais entrée dans un monde encore plus étrange que celui de la première classe à LAX. Ce monde comprenait une seule autre personne et je partageais chaque expérience, chaque conversation – car nous étions rarement sans sujet de conversation – avec lui. Pour utiliser ses propres mots, c'était comme si le monde entier était devenu silencieux et que nous étions seuls.

Je ne pus m'empêcher de me demander à quoi allait ressembler le lendemain lorsqu'il serait temps pour moi de remonter dans l'avion pour le trajet de retour. Que ressentirais-je en retournant dans le monde réel après avoir dansé à minuit comme Cendrillon au bal ?

Je savais au moins que je ne devais pas m'attendre à ce que le prince charmant apparaisse au seuil de ma porte le lendemain, prêt à enfiler une pantoufle de verre à mon pied.

Nous retournâmes à l'hôtel vers dix-huit heures et Adam suggéra que nous nous changions pour le dîner. Il me dit que tout ce dont j'avais besoin se trouvait dans la garde-robe de ma chambre. Je l'ouvris donc. Il y avait trois robes : une rouge, une noire et une crème vaporeuse. Elles avaient toutes des chaussures assorties. Je choisis la noire et je me demandai si Heath les avait également choisies. C'était impossible. Elles étaient tellement belles.

Je me douchai rapidement, remis du maquillage et arrangeai mes cheveux bruns en les laissant tomber droit jusqu'au milieu de mon dos.

La robe noire possédait des perles à la taille et autour du col qui attrapaient la lumière en étincelant de façon très glamour. Elle avait des bretelles fines et elle était dos nu jusqu'à la taille, où elle était cousue en plis lâches. À cause de la coupe, j'allais devoir la porter sans soutien-gorge, mais elle sembla me soutenir parfaitement malgré tout. Je choisis une nouvelle culotte parmi une poignée de jolis sous-vêtements. Celle-ci était brillante avec de la dentelle et je me sentais coquine rien que de la porter. Je me sentais comme une princesse. Ou une actrice sur le point de passer sur scène aux Oscars.

J'enfilai les chaussures à talons assorties. Je n'avais pas l'habitude d'en porter, mais ces sandales à lanières étaient des œuvres d'art, étincelantes de strass. Chacun de mes pas envoyait des lumières dans toutes les directions.

Lorsque j'entrai dans le salon, j'entendis siffler. Adam se tenait près du seau de glace avec une bouteille de champagne ouverte dans ses mains, sur le point de verser. Je me tournai avec précaution afin de ne pas trébucher, et il secoua la tête.

— Tu seras la star d'Amsterdam ce soir, Emilia.

Mon enthousiasme s'estompa soudain. J'allais seulement être la star de cette pièce. De son lit. Et pour beaucoup moins qu'une nuit complète. J'étais entrée dans un rêve et maintenant, au milieu, j'étais bien trop consciente qu'il allait se terminer trop vite.

— Nous allons dîner au Ciel Bleu et, si tu en as envie, nous irons danser à l'hôtel après.

J'ouvris la bouche, hébétée.

— Danser ? Quel genre de danse ? Tu veux dire des valses et tout ça ?

Il me jeta un regard étrange. Il était adorable quand il fronçait le nez de cette façon. Presque comme un petit garçon. Presque.

Il était superbe dans presque tout ce qu'il portait, que ce soit un jean et une chemise décontractée, un vêtement de travail, ou ce costume noir pour le soir avec une chemise blanche immaculée. Je ne pouvais oublier ce qui se trouvait sous ce costume élégant. Ce corps parfait, ces muscles durs et bien définis. Ce tatouage avec le prénom d'une femme juste au-dessus de son cœur.

Qui était-elle ? Et pourquoi ne faisait-elle plus partie de sa vie ? Je me demandai si j'allais trouver le courage de lui poser la question avant la fin de la nuit.

Il me tendit une flûte de bulles.

— Allez, bois un coup. Nous partirons ensuite.

J'aurais dû lui dire que je n'avais jamais de rendez-vous avec des hommes. J'aurais dû lui dire que tout aurait été beaucoup plus facile si nous ne sortions pas. Si nous retirions simplement nos vêtements et que nous le faisions tout de suite. Mais je ne le voulais pas. Je ne voulais pas que la magie disparaisse si vite et d'une certaine façon, je savais que cela arriverait dès l'instant où l'acte serait terminé.

***

— Pas même un petit indice ? Allez… me plaignis-je au-dessus de mon verre d'eau minérale glacée.

Ses yeux sombres scintillèrent d'amusement.

— Ce sont des secrets que je n'ai pas le droit de révéler.

Depuis plusieurs mois, tous les joueurs de Dragon Epoch cherchaient des indices pour commencer la chaîne de quêtes secrètes de la région des Golden Mountains. C'était un des secrets les plus célèbres à avoir jamais été cachés dans un jeu en ligne, et me voilà avec le PDG et concepteur en chef du jeu. J'allais essayer d'en profiter et de lui arracher quelques indices.

— C'est ton entreprise. Ton jeu ! Et ça fait des mois que les joueurs travaillent sur cette chaîne de quêtes. Il existe des wikis et des bases de données entières remplies d'indices.

Il sourit en regardant sur le côté, comme s'il se souvenait de quelque chose de drôle.

— Oui. La moitié de ces infos sont de pures conneries. Certaines ont été lancées par nos propres développeurs.

Je m'adossai à ma chaise en grognant.

— S'il te plaît ?

— Emilia, tu peux battre des paupières avec tes magnifiques yeux marron toute la nuit que je ne te le dirais pas. J'ai juré de garder le secret.

Je soupirai, surprise de sentir mes joues se mettre à brûler. On m'avait déjà dit que j'avais de beaux yeux. Ils étaient grands, ronds, sombres et j'avais des cils épais. Je suppose que les gens les trouvaient attirants et en général j'acceptais le compliment avec un petit sourire d'autodérision. Personne ne m'avait jamais dit que j'avais de belles fesses ou des seins magnifiques. Heureusement, car je serais sans doute morte de honte. Mais il y avait quelque chose dans la façon dont Adam avait complimenté mes yeux qui me faisait réagir très vivement. C'était si nonchalant. Il ne lançait pas un compliment afin de marquer des points avec moi ou de me flatter. Il affirmait que j'avais de beaux yeux comme si c'était bien connu, et qu'aucune quantité de battement de paupières – et je ne m'abaissais *jamais* à cela ! – ne m'obtiendrait ce que je voulais.

Je voulais connaître ses secrets. Les secrets du jeu étaient un bon début, mais en passant plus de temps avec cet homme à Amsterdam, j'avais commencé à souhaiter connaître *tous* ses secrets. Qu'est-ce qui le poussait à avoir autant de succès dans les affaires, à profiter des privilèges de l'argent sans être assez présomptueux pour faire venir un sandwich par avion pour son déjeuner ? À quoi ressemblait sa vie de famille ? Pourquoi n'avait-il couché avec personne en huit mois et pourquoi n'était-il pas avec quelqu'un en ce moment ?

Et qui était Sabrina ? Pourquoi son nom était-il tatoué sur son cœur, alors qu'il ne semblait pas du tout être du genre à faire un tel geste sentimental ? Peut-être l'avait-il fait quand il était très jeune ou ivre. Était-elle l'amour de jeunesse perdue qui avait brisé son cœur en trouvant quelqu'un d'autre à l'université ? Où était-ce son amour de fac ?

Je me souvenais avoir lu qu'il avait laissé tomber l'université. Il avait déjà gagné quelques millions à cette époque-là. Malgré tout, je ne pus m'empêcher de me demander pourquoi il n'avait pas terminé ce qu'il avait commencé, d'autant plus qu'il semblait être quelqu'un de très déterminé.

Pendant que je songeais à cela, il m'interrogea sur mes propres projets d'université.

— Heath a dit que tu avais fini en avance ta licence de biologie et que tu prendrais un semestre de congé.

Je bus une gorgée de vin dans mon autre verre, puis je lui jetai un regard.

— Oui. J'appelle ça mon année sabbatique, mais sans les voyages en Europe. Encore que ceci pourrait bien compter, même si ce n'est que pour deux jours.

Je bus encore. Je n'avais aucune raison de lui dire que j'étais une vraie ratée et que j'attendais de repasser le fichu concours qui était la peste de mon existence. Je feignis un haussement d'épaules nonchalant.

— Je fais une année de pause, ensuite je passe en école de médecine.

Il hocha la tête. Bien sûr, il le savait déjà.

— Quel genre de médecin veux-tu être ?

J'hésitai, comme je l'avais si souvent fait depuis mon échec au MCAT l'année précédente. Depuis cet après-midi où j'avais regardé mes résultats, où j'avais lentement vu mon rêve s'écrouler dans un tourbillon de merde. J'inspirai profondément et je redressai les épaules.

— Oncologue.

Il inclina la tête vers moi en concentrant son attention sur mon visage.

— Vraiment ? C'est dur. Il faut une force particulière pour s'occuper des malades du cancer toute la journée.

— Le cancer est une merde qui doit être éradiquée. J'ai l'intention de me tenir sur la ligne de front avec une énorme batte de base-ball.

Il regarda mes poings se serrer sur la table.

— On dirait que c'est une affaire personnelle pour toi.

Je bus une autre gorgée de vin et j'examinai sa main forte posée sur la table à côté de son assiette.

— C'est le cas. Ma mère l'a eu.

— Va-t-elle bien maintenant ?

Je hochai la tête. Pour le moment. Car même si j'avais failli la perdre, il y avait toujours le risque d'une rechute. Sans la thérapie vaccinale régulière, ce risque serait plus qu'un fantôme éloigné. Mais cela faisait des mois qu'elle me disait ne pas avoir l'argent pour continuer à prendre les traitements. La possibilité qu'elle envisage de les laisser tomber complètement me paralysait presque de peur.

Je levai les yeux vers lui. Son regard me pénétra comme une flèche.

— Ça a dû être dur pour vous tous.

— Il n'y a que nous. Elle et moi. Je suis fille unique et je ne sais pas du tout qui est mon père. D'ailleurs, ça ne m'intéresse pas.

Son expression ne changea pas. Il ne bougea même pas.

— Alors Strong est le nom de ta mère ?

Une autre gorgée.

— Oui. Elle est à la fois ma mère et mon père. Et je dirais qu'elle a plutôt bien fait son travail.

— Je suis d'accord.

— Tu ne sais pourtant rien sur moi.

— J'ai lu ton blog.

Il regarda ailleurs en haussant les épaules.

Je le regardai d'un air suspicieux.

— À quel point es-tu un lecteur régulier ?

Un sourire énigmatique traîna sur ses lèvres.

— Allez. Crache le morceau, Drake. Depuis combien de temps me lis-tu ?

Il haussa les épaules.

— Je ne sais pas, à peu près un an.

— Un *an* ?

Il hocha la tête tout en regardant le plafond.

— Oui. Quelque chose du genre.

— Pourquoi ne me l'as-tu pas dit avant ?

— Parce que tu as déjà suffisamment paniqué en découvrant qui j'étais. Je n'allais pas jeter de l'huile sur le feu.

— Merde. Alors tu en sais beaucoup plus à mon sujet que moi sur toi. Tu m'as posé des questions comme si ce n'était pas le cas.

— Comment puis-je t'encourager à t'ouvrir, sinon ?

— Et moi qui pensais que tu t'intéressais seulement à ce que je m'ouvre d'une *autre* façon.

À ce moment précis, le sommelier apparut pour nous servir plus de vin. Je devins écarlate, horrifiée de savoir qu'il avait entendu ce que j'avais dit. Adam croisa les doigts devant son visage en réprimant son rire. Je lui jetai un regard noir qui ne fit qu'augmenter son amusement. Je fronçai les sourcils.

— Très drôle, dis-je lorsqu'il fut parti.

Il retira les mains de sa bouche.

— Oui, c'était très drôle. Sa réaction ne m'intéressait pas du tout, mais la honte sur ton visage était hilarante.

— C'est ton tour maintenant. Raconte-moi tout.

Il fronça les sourcils.

— Te raconter quoi ?

— Les détails croustillants. Allez. J'ai signé l'accord de non-divulgation. Ça ne paraîtra pas dans les journaux.

Il but longuement dans son verre de vin, le même verre qu'il sirotait depuis le début de la soirée.

— Que veux-tu savoir ?

Je lui révélai ce que je m'étais demandé plus tôt :

— Pourquoi as-tu abandonné l'université ?

Il sembla surpris que je sois au courant. C'était pourtant sur sa page Wikipédia. Il avait abandonné après sa première année à Caltech.

— Je n'apprenais rien de nouveau.

Tiens tiens. C'était un génie, après tout. M'étais-je attendue à une autre sorte de réponse ? Il s'éclaircit la gorge et il poursuivit.

— Sony m'a proposé beaucoup d'argent afin que je travaille pour eux.

— Ils ne pouvaient pas attendre quelques années ?

— Apparemment pas. De toute façon, je n'ai pas travaillé longtemps là-bas. J'ai vite appris que le seul patron auquel je voulais rendre des comptes, c'était moi.

Je l'observai. Il avait donc des problèmes avec l'autorité : les professeurs, les patrons. Mais il avait été un citoyen modèle, aucun rapport d'arrestation ni de délinquance juvénile. Il avait sûrement eu une famille forte pour le guider.

— Où es-tu né ? Où as-tu grandi ? As-tu une famille nombreuse ?

Il sourit.

— Cela fait beaucoup de questions.

Je lui fis un sourire enjôleur.

— Nous n'avons pas beaucoup de temps.

— Ce n'est pas faux. Je suis né à Pasadena. J'ai vécu dans l'État de Washington jusqu'au début de l'adolescence, quand je suis revenu en Californie pour vivre avec mon oncle à Orange County.

L'article qui le concernait sur Wikipédia n'avait pas fourni beaucoup d'informations au sujet de son enfance. Il en avait déjà révélé beaucoup plus que ce que j'avais appris en fouillant sur Google. Et je ne manquai pas de remarquer qu'il n'avait pas répondu à la question sur sa famille. Je ne lui en voulais pas, n'ayant pas vraiment envie de parler de la mienne non plus. Enfin, de ma famille de deux personnes.

J'essayai de l'attaquer par un autre angle.

— Ton père ?

— Il est mort quand j'avais quatre ans. Il était professeur à Caltech.

— Oh, je suis désolée.

Il haussa les épaules.

— Je ne me souviens pas du tout de lui.

C'était encore autre chose que nous avions en commun. Nous n'avions pas connu nos pères. Mais au moins, le sien avait voulu de lui. Il n'avait pas donné un tas de billets à sa mère avec l'ordre de 'se débarrasser du problème'.

J'éclaircis ma gorge et je toussai.

— D'accord, encore d'autres questions de speed dating : quelle est ta couleur préférée ? Quel est ton signe astrologique ? Où commence la quête de la Golden Mountain ? Quel est ton livre préféré ?

Il fronça les sourcils d'un air suspicieux, mais il ne put cacher le sourire à la naissance de ses lèvres.

— Bleu. Bélier. Pas moyen que je te le dise. *L'art de la guerre.*

— Merde, grommelai-je, puis nous éclatâmes de rire tous les deux.

Le dîner continua de cette façon. J'appris qu'il adorait la nourriture mexicaine et chinoise. Qu'il n'aimait pas tellement la cuisine thaïe. Je lui parlai de mon obsession absolue pour la pizza parfaite : la pizza new-yorkaise chez Zito à Old Towne Orange. Il me dit qu'il avait mangé les vraies et qu'il refusait de manger des pizzas de style new-yorkais en dehors de New York.

Il fut stupéfait de découvrir que je préférais la version remastérisée de la trilogie originelle de *Star Wars.*

Il secoua la tête, écarquillant les yeux d'horreur feinte.

— Je ne peux même pas…

— Oh, allez. Trois mots : meilleurs effets spéciaux.

Son visage devint mortellement sérieux.

— Quatre mots : Greedo tire le premier.

Je grimaçai.

— D'accord, tu n'as pas tort, mais je ne vais pas changer d'avis à cause de cette unique petite chose…

— Une *petite* chose ! dit-il, bouche bée. Ce moment a changé tout le personnage de Han Solo.

J'inclinai la tête.

— Tu sais, je crois n'avoir vu la version originale qu'une seule fois.

Il cligna des paupières.

— Il y a des lacunes sérieuses dans ton éducation.

— Hé, la dernière fois que j'ai vérifié, c'était moi qui allais bientôt obtenir un diplôme et pas toi.

Ses yeux brillèrent au-dessus de son sourire grandissant.

— Touché, dit-il en levant le menton vers moi. Maintenant, c'est à toi. Où as-tu grandi ? OC ?

Je secouai la tête.

— Je n'ai déménagé là-bas que pour la fac. Heath et moi nous venons d'une minuscule communauté paumée dans les hauts plateaux du désert de Californie qui s'appelle Anza. Notre seul élément un peu célèbre, c'est que le sentier de Pacific Crest traverse presque le centre-ville. Il n'y a que des tarés et des geeks qui viennent d'Anza.

Nous parlâmes longuement, jusqu'après le dessert. On partagea un flan aux cerises confites flambé qui avait menacé de mettre le feu à la pièce. On termina un combat de cuillères pour manger la dernière bouchée. Il gagna, attrapant le dernier morceau avec sa cuillère, puis il me la tendit galamment pour que je le mange.

La danse eut lieu dans la salle d'à côté, car j'avais entendu les notes de l'orchestre pendant la majeure partie de la soirée. Il me tendit son bras, comme un gentleman sorti tout droit des miniséries traitant de l'époque victorienne. Je pris maladroitement son bras et je le laissai me guider jusqu'à la piste de danse.

— Je ne danse pas de cette façon du tout. Je dis juste que j'espère que tu as des protections métalliques sur tes chaussures afin d'épargner tes orteils.

— Il te suffit de me suivre. C'est le fox-trot. Les pas sont faciles. Lent. Lent. Rapide, rapide. Je vais te guider.

Je fronçai les sourcils.

— Et comment sais-tu danser ainsi ? As-tu pris une machine à voyager dans le temps pour t'échapper de *Downton Abbey* ?

Il sourit.

— Ma cousine faisait des compétitions de danse de salon. Elle m'a forcé à être son partenaire d'entraînement.

— Ah.

J'eus pourtant du mal à l'imaginer être forcé à faire quoi que ce soit par qui que ce soit.

— Viens, dit-il. Suis mes conseils. Je vais te guider avec la main dans le dos.

Au bout de quelques minutes de maladresse, je finis par comprendre, même si personne ne risquait de nous confondre avec Johnny et Baby de *Dirty Dancing*.

Dans cette robe, avec mes chaussures à talons scintillantes et dans les bras de cet homme, la sensation d'être en dehors de moi-même, de vivre un rêve éveillé continua.

Après avoir fait quelques danses en silence, il dit doucement :

— Tu as froid ?

— Non.

— Tu trembles.

Oui. Je tremblais. Il sentait incroyablement bon et cela me faisait des choses indescriptibles. Et il était si près. Sa grande main attrapa la mienne, l'autre restant posée juste au-dessous de mon omoplate. Sur mon dos. Sa chaleur menaçait de brûler un trou à travers ma peau.

J'avais du mal à me souvenir qu'il fallait respirer et il voulait savoir pourquoi je tremblais !

— Tu es nerveuse à cause de ce soir ? demanda-t-il finalement après une longue pause.

Je levai la tête et je vis son regard qui me scrutait.

— Peut-être.

Mais ce n'était pas vrai. Je n'étais pas nerveuse. Je redoutais déjà le retour à la réalité. Le retour à la normalité. Et le fait que je ne le reverrais jamais. C'était insensé. Je ne savais même pas encore si c'était quelque chose qui allait me plaire. Je pouvais bien détester chaque seconde. Mais ce n'était pas ce qui me préoccupait à ce moment-là. À la place, tout ce à quoi je pouvais penser, c'était à quel point j'aimais sa compagnie, plaisanter avec lui, sentir son odeur.

Et je savais déjà que mon plan de boire du vin et de me laisser faire en pensant à l'école de médecine était parti en fumée. Je ne pensais pas que cet homme allait me permettre d'attendre et de penser à autre chose que lui.

Nous dansâmes sur deux autres chansons avant qu'il aille chercher mon étole et que la voiture arrive pour nous ramener à l'hôtel.

Après les plaisanteries et les rires, l'ambiance était devenue sombre, tendue. Lourde de ce qui allait venir. Mes entrailles se serrèrent, juste au-dessous de mon nombril. Je prenais conscience d'un nouveau feu intérieur. C'était comme une bougie dans une lanterne, éclatante et brûlante. Comme si mon corps me préparait déjà.

Tout le trajet du retour, qui dura en fait moins de dix minutes, Adam ne me toucha pas et ne me parla pas. Il regarda par la vitre, une main posée sur son genou. Il était distant, tendu et certainement pas présent dans cette limousine.

Lorsque nous entrâmes dans notre suite, il posa la main au creux de mon dos, me guidant à l'intérieur. Chaque nerf de mon corps sursauta à ce contact, comme s'il m'avait causé une décharge électrique. Mes muscles se contractèrent sous ses doigts et ma respiration accéléra.

Les lumières avaient été allumées puis baissées, créant une ambiance tamisée. Une bouteille de vin était posée à la place du champagne que nous avions eu au début de la soirée. Il écarta sa main et s'avança vers la bouteille.

— Du vin ?

Je m'éclaircis la gorge.

— Y a quelque chose de plus fort ? plaisantai-je.

En réalité, je buvais rarement des alcools forts, mais sa réaction à ma plaisanterie légère m'étonna plus que tout le reste. Il afficha un air sombre avant que son visage redevienne neutre.

— Je crains qu'ils ne stockent pas d'alcools forts quand je suis là, dit-il d'un ton monocorde.

Il n'approuvait donc pas l'ivresse.

— Mais tu bois du vin et du champagne.

— Oui. Parfois. Pour des occasions spéciales. Ou un verre avec le repas, quand c'est de rigueur.

Je pris le verre de Cabernet sauvignon couleur prune qu'il avait versé.

— On dirait que c'est très personnel pour toi, dis-je en répétant ses propres mots.

Il but une petite gorgée et il reposa le verre sur le bar, s'appuyant sur la main qu'il y posa.

— C'est le cas. Ma mère est alcoolique.

Je hochai la tête, regrettant immédiatement ma question. Cela pouvait expliquer pourquoi il était venu vivre avec ses cousins alors qu'il était si jeune.

— Je suis désolée de l'entendre.

Il haussa les épaules.

— Je ne l'ai pas vue depuis des années. Elle vit sa vie et je vis la mienne.

— As-tu peur que cela t'arrive en buvant des alcools forts ?

Il leva la tête.

— C'est une maladie et l'addiction comporte un aspect génétique.

Comme le cancer. Je hochai la tête, le comprenant soudain beaucoup mieux depuis ces dernières minutes qu'au cours de toute la journée que nous venions de passer ensemble.

Il prit le verre et tendit la main. Je posai ma main dans la sienne, en hésitant.

— Viens. Il y a quelque chose que je veux te montrer.

Je ricanai.

— Est-ce ta façon habituelle de faire venir une fille dans ta chambre ?

Il rit.

— Ce n'est pas la mienne.

Il me conduisit en haut de l'escalier jusqu'à une porte fermée située juste avant la chambre. Je ne l'avais pas remarquée, lorsque j'étais montée dans l'après-midi. Il l'ouvrit et nous nous trouvâmes immédiatement sur une terrasse de toit surplombant l'un des canaux. Ici, à l'étage supérieur, nous pouvions voir les toits d'Amsterdam et les lumières scintillantes étalées devant nous. Les minuscules voitures sur la place au loin cherchaient à se faire une place autour d'un cercle de circulation complexe, leurs phares brillants de jaunes ou de blanches.

Une brise de printemps fraîche dansa dans nos cheveux et sur nos épaules. Je m'avançai vers la balustrade et il bougea derrière moi, ajustant le châle sur mes épaules. Ses mains s'attardèrent longuement avant de glisser lentement le long de mes bras. J'oubliai soudain la vue splendide devant moi.

Il me touchait. Volontairement. Comme s'il me désirait. Je retins mon souffle et ses mains retombèrent.

— Je me souviens de la première fois que j'ai vu cette ville, murmura-t-il, toujours derrière moi à regarder la vue au-dessus de ma tête. Je venais de vendre mon premier code. J'avais pris l'été pour voyager en Europe et j'avais commencé ici. Il me restait encore un an avant l'université. J'ai perdu beaucoup de temps cette année-là, mais c'était le plus mémorable de ma vie.

Le paysage devant nous semblait surnaturel : doré, argenté et rouge comme Noël au pays des merveilles. Je me souvins du verre de vin dans ma main et je le vidai en tremblant. Adam me prit le verre et le posa sur une table près de là. Lorsqu'il revint, il se plaça à nouveau derrière moi, si près que son torse touchait presque mon dos.

Après quelques instants de silence gêné, je me penchai en arrière vers lui, cherchant le contact. Il poussa un soupir de surprise, mais ne dit rien. Je tremblai, sentant chaque terminaison nerveuse à l'endroit où mon corps touchait le sien. Et soudain, j'eus très envie de sentir ses bras autour de moi.

— Je voulais étudier à l'étranger au lycée, mais la bourse ne couvrait pas les frais. Je suis en Europe depuis moins d'un jour et j'en tombe déjà amoureuse.

— Cela arrive facilement. Et tu n'as même pas encore vu la France.

Paris. Mon Dieu, ce que j'aimerais voir Paris. Je fermai les yeux et je laissai ma tête tomber contre lui. Il ne parut pas surpris cette fois. Mes omoplates appuyèrent contre ses pectoraux durs. Il baissa la tête, sa bouche se posant sur mon crâne. L'énergie se mit à crépiter à travers moi, comme si j'étais un pylône électrique vivant. Il y avait également de la peur, qui traînait en arrière-plan comme un brouillard moite.

Il leva la main et il passa ses doigts dans mes cheveux, appuyant sur mon cuir chevelu. Je me raidis et je sursautai, me souvenant immédiatement des mains d'un autre homme qui tiraient de toutes leurs forces, me forçant à baisser la tête.

Je fus foudroyée d'une terreur glaciale. J'arrêtai de respirer, mon cœur battant dans ma gorge, prise de terreur. Je me débattis, m'écartant de lui, ne parvenant pas à respirer assez vite.

— Va-t'en ! Je ne...

Le monde se mit à tourner autour de moi et je heurtai la balustrade, levant les mains pour me protéger de lui. Il m'avait frappée, tant de fois, avait attrapé mes longs cheveux qu'il avait entortillés autour de ses mains comme une corde, il avait tiré si fort, si fort. Je ne pouvais pas respirer. Il fallait que je m'éloigne.

— Emilia... Mia !

La voix d'Adam transperça le brouillard de panique qui obscurcissait mes pensées. Il s'approcha lentement de moi, les yeux écarquillés d'inquiétude. Des points se formèrent autour de

ma vision et je sentis que je risquais de m'évanouir. Respire !
Respire ! Je n'arrivais pas à faire entrer l'air assez vite.

— Mia… mon Dieu, est-ce que ça va ? Qu'y a-t-il ?

Je cachai mon visage dans mes mains, tremblant avec tant de
force que je ne pensais pas pouvoir parler.

— Emilia… est-ce que tu m'entends ?

Je me détournai de lui et je fermai les yeux. J'étais en sécurité,
essayait de me dire une voix distante. Je ne me trouvais pas sur
le Ridge, seule et suppliant Zack de ne plus me frapper. J'étais
avec Adam. J'étais en sécurité. Je ne pouvais pas m'arrêter de
trembler.

— Mia, dit-il encore, doucement.

Il se tenait plus près, désormais.

— Je… vais bien…

— N'importe quoi.

— S'il te plaît, dis-je en posant une main glacée sur ma joue.

Mon pouls dansait dans ma gorge et je parvenais à peine à
respirer. Je levai la main et je la passai dans mes cheveux. Tout
était encore là. Il n'y avait pas de sang. J'étais en sécurité. Adam
ne pouvait pas le savoir. En fait, je ne savais pas moi-même que
sa main dans mes cheveux allait me faire réagir ainsi.

— Emilia. Ralentis. Si tu continues à respirer de cette façon,
tu vas t'évanouir.

Il prit doucement mon bras et me tourna vers lui.

— Doucement. Retiens ta respiration. Ferme la bouche.
Regarde-moi. Regarde-moi dans les yeux.

La panique s'estompa lorsque je regardai au fond de ses yeux
sombres. Il tenait mes deux épaules.

— Tu es en sécurité, Emilia. Tiens, respire à travers le nez.
Garde la bouche fermée.

Je secouai la tête, fermant les yeux.

— C'était juste…

Ma voix se brisa, la peur glaciale se dissipa lentement, en laissant une trace poisseuse derrière elle. J'inspirai profondément et je poursuivis lorsque ce fut possible.

— C'était juste un mauvais souvenir. C'est tout.

— Tu es blanche comme un linge. Qu'ai-je fait de mal ?

Je tremblai encore et il s'approcha, me calmant en me prenant dans ses bras. Il m'attira contre lui et j'appuyai mon visage contre son épaule.

— Je suis désolée, tellement désolée.

— Tu n'as absolument pas à t'excuser, murmura-t-il.

— C'est juste… que je n'aime pas que l'on me tire les cheveux.

Il y eut un long silence.

— D'accord. Je suis désolé.

Je haussai les épaules tremblantes.

— Tu ne le savais pas.

Il s'éclaircit la gorge.

— Nous ne devrions pas.

— Non, dis-je en m'écartant et en le regardant dans les yeux. Je vais bien. Je vais très bien.

Mais son beau visage était assombri par le doute.

— Mais si cela se reproduit…

— Cela n'arrivera pas. J'ai marqué tout ce à quoi je pouvais penser sur les papiers du marché. Sauf que je n'avais pas pensé aux doigts dans mes cheveux.

Je frissonnai à cause du souvenir.

Il marqua une pause.

— Est-ce que quelqu'un t'a fait du mal ? Veux-tu en parler ?

Je secouai la tête. Je ne voulais pas en parler. J'espérais qu'il interprèterait mon signe de tête comme voulant dire que quelqu'un ne m'avait pas fait de mal, n'avait pas passé ses mains dans mes cheveux, arrachant des morceaux de mon cuir chevelu en forçant son érection dans ma gorge. Je frissonnai à nouveau.

Il m'attira doucement contre lui, comme s'il s'attendait à ce que je saute par-dessus la balustrade à n'importe quel moment.

— Celui qui a fait ça mérite de se faire casser la gueule.

Je me penchai contre lui et ses bras forts m'entourèrent, me serrant contre lui. Je fus instantanément apaisée, mais mon cœur battait un staccato encore plus affolé, collé contre son sternum. Son corps était si dur et puissant à côté du mien. Le tissu doux de sa veste caressa ma joue. Je fermai les yeux.

— Est-ce que ça va ?

— Oui, je vais bien maintenant. Merci, dis-je d'une voix qui semblait venir de très loin.

De ce pays des rêves vers lequel j'avais flotté tout au long de la journée passée. Puis je levai la tête et je regardai son visage et je demandai l'unique chose que j'avais voulu toute la soirée :

— Peux-tu m'embrasser ? dis-je d'une toute petite voix.

Sans hésitation, sa bouche descendit lentement sur la mienne, nos lèvres se rejoignant à mi-chemin, nos deux têtes appuyées pour goûter l'autre avec précipitation. Son contact plus doux au début, les lèvres fermes, mais closes. J'en voulais davantage... je voulais un baiser comme celui qu'il m'avait fait le jour où il était venu à mon appartement.

Ma langue sortit en se faufilant pour tracer le contour de ses lèvres. Il poussa un soupir soudain et baissa le bras jusqu'au creux de mon dos, approchant ma taille de lui. Il ouvrit sa bouche à ma langue. J'approfondis l'exploration jusqu'à ce qu'il me rencontre avec la sienne. Je sentis une autre inspiration brusque venant des tréfonds de sa poitrine et je fus serrée contre lui avec tant de force que je détectai chaque contour et chaque renflement des muscles sous sa chemise. J'inclinai la tête en arrière, désirant toujours plus. Je verrouillais mes mains sur ses épaules, le tenant contre moi.

Et soudain, je ne contrôlai plus rien. Une main se posa derrière ma nuque, en prenant soin de ne pas s'emmêler dans mes cheveux, tandis qu'il me poussa à m'ouvrir avec rien de plus que sa langue et ses lèvres. Sa langue plongea dans ma bouche et je ne pus respirer, étourdie de désir. Je voulais chuchoter son nom, mais je ne pus rien dire à cause du contact si intime, si profond. Et ce soir, il serait encore plus profond. La peur se mit à trembler dans mon ventre. J'allais coucher avec un homme. Cet homme magnifique.

Sa bouche quitta la mienne, voyageant le long de ma mâchoire pour prendre mon lobe entre ses lèvres. Ses caresses étaient brûlantes et glaciales en même temps. Tout au centre de moi se tordit de tension comme un ressort, attendant d'être relâché.

Ses dents éraflèrent mon lobe et je chuchotai son prénom. Sa bouche et sa langue tracèrent un chemin incandescent le long de mon cou, de ma gorge. Chaque contact faisait sursauter mon corps. Je cambrai le dos, collant mes seins contre sa poitrine. Un grognement profond sortit de son torse, le premier aveu vocal de son désir.

— Rentrons, dis-je, enhardie.

Mon entrejambe était en feu et c'était comme s'il était le seul à proximité avec un extincteur. Mon courage était feint. Au fond de moi, je tremblais et j'étais terrifiée à l'idée de ce qu'allait être cette nuit.

Adam fit un pas en arrière et prit ma main pour me guider à l'intérieur. Une brise d'air chaud m'entoura lorsque nous entrâmes dans la chambre. Je pensais qu'il allait m'attirer vers le lit, mais il s'arrêta à côté du canapé contre le mur. Il retira le châle de mes épaules, le posant sur le dossier. Puis il déboutonna son manteau et fit la même chose. Mais son regard ne quitta jamais le mien et le mien ne quitta jamais le sien, qui scintillait comme les braises d'un feu de camp.

Je n'avais plus aucun doute, si j'en avais eu avant, qu'il me désirait. Que c'était un désir aussi puissant et féroce que celui qui coulait dans mes veines ! Avant qu'il dise un autre mot, je me tournai vers le lit pendant que j'en avais encore le courage.

— Non, dit-il en m'arrêtant. Pas encore.

Je me retournai vers lui et il me prit dans ses bras, me tirant avec lui sur le canapé. J'atterris sur ses genoux et il m'embrassa à nouveau, appuyant sa bouche affamée contre la mienne, mon cou, ma gorge… et puis plus bas. Lorsqu'il retira son visage, il me regarda, les yeux vitreux de désir et les joues rouges. Il leva la main vers mon épaule, caressant doucement mon bras.

— Ta peau est tellement douce, dit-il en faisant glisser ses doigts sur moi comme s'il n'avait encore jamais touché une femme.

— Vitamine E, dis-je bêtement, ne sachant pas quoi dire d'autre.

Que faut-il dire lorsque l'homme qui est sur le point de coucher avec vous vous couvre de compliments ? 'Merci' semble un peu stupide.

Ses yeux ne quittèrent pas les miens. Sa main voyagea doucement le long de ma clavicule.

— Ici, aussi.

J'expirai lentement, l'excitation bondissant dans ma gorge. Son contact allumait de nouveaux feux restés en sommeil dans mon corps sans que je le sache : entre mes jambes, partout. Je fermai les yeux, me concentrant sur ses doigts.

Ses mains caressèrent plus bas, plongeant dans le V entre mes seins.

— Et ici, murmura-t-il.

Il m'enleva soudain de ses genoux et me fit asseoir à côté de lui sur le canapé, faisant glisser une bretelle de mon épaule. Je sentis l'air frais toucher mon sein nu.

C'est parti, pensai-je. Cela ressemblait au moment où l'on regardait le vide, tout en haut d'un grand huit qui venait de marquer une pause avant de tomber à toute vitesse. Mon estomac se souleva.

J'ouvris les yeux. Il me regardait quand sa main vint se poser autour de mon sein. Je poussai un soupir entre mes dents et ses yeux, si c'était possible, semblèrent s'assombrir encore.

Je ne m'étais encore jamais exposée à un homme. Pas de cette façon. Quand je fréquentais encore des garçons, il y avait eu les tripotages typiques dans le noir en sous-vêtements, garés au point de vue du Ridge ou un des autres endroits fréquentés par les adolescents. Cela n'était jamais allé plus loin pour moi, car j'avais tout interrompu et je m'étais promis de ne plus jamais sortir avec qui que ce soit.

Il fit glisser son pouce sur un téton déjà pointu et sa respiration accéléra. J'attrapai sa cravate et je tirai sa bouche vers la mienne. Le baiser s'approfondit immédiatement, écrasant mes lèvres, dominant le baiser, comme je supposai qu'il dominait tout ce qui l'entourait, avec certitude et confiance en lui.

Mais sa bouche ne resta pas longtemps sur mes lèvres. Il me poussa en arrière sur le canapé, de façon à ce que je sois allongée sur le dos. Il traîna au-dessus de moi, détachant précipitamment sa cravate, déboutonnant les trois premiers boutons de sa chemise.

À chaque mouvement, ses yeux noirs m'immobilisaient, me défiaient presque de regarder ailleurs. Et je ne le pouvais pas. J'étais si excitée que je pouvais à peine respirer. La sensation serrée entre mes jambes était si forte qu'elle en était presque douloureuse.

Lorsqu'il s'installa à nouveau sur moi, son érection appuya contre ma jambe. Je faillis sursauter en me rendant compte de ce que c'était. J'étais sous lui à présent, me demandant s'il allait prendre la peine de nous déplacer jusqu'au lit pour la consommation de notre marché. Je supposais qu'il y avait des endroits pires où l'on pouvait perdre sa virginité que le canapé dans la suite de l'hôtel le plus luxueux d'Amsterdam.

Sa bouche fut sur la mienne, faisant entrer sa langue avec une certaine urgence, une férocité. Il leva suffisamment son corps pour descendre l'autre bretelle de ma robe, me dénudant jusqu'à la taille. J'étais trop étourdie par les sensations qu'il évoquait en moi pour ressentir la moindre gêne.

Puis sa bouche se posa sur mon cou, dans ma gorge, glissant le long de ma clavicule avant de s'installer sur mon téton, qu'il lécha et suça tendrement.

Un feu incandescent s'épanouit depuis mon sein et je poussai un petit cri en cambrant le dos. Il se souleva contre ma jambe. S'il avait remonté ma robe et qu'il l'avait fait ici et maintenant, je n'aurais eu aucune objection. Je ne pouvais pas attendre beaucoup plus longtemps.

Et je n'avais jamais pris la peine de demander à Heath combien de temps cela durait d'habitude.

Je voulais que cela dure toujours.

Mes doigts se cramponnèrent à sa nuque, souhaitant tirer sa langue douée et sa bouche brûlante vers mon autre sein. La tension qui pulsait en moi devint terriblement urgente.

— Adam, chuchotai-je. Je veux…

C'est alors que son téléphone portable sonna.

D'abord, il se figea, mais il ne bougea pas, sa bouche toujours appuyée contre mon téton, son corps se raidissant sous mes mains.

Le téléphone s'arrêta. Après moins de dix secondes, il se remit à sonner. Il leva la tête et il s'assit, sortant l'engin de la poche de sa veste.

Lorsqu'il vit le nom de la personne qui avait appelé, il souffla brusquement.

— Merde.

Et il porta le téléphone à son oreille.

— Quoi ? aboya-t-il et je me sentis mal pour la personne qui se trouvait à l'autre bout de la ligne.

Je m'assis et je refis passer les bretelles de ma robe sur mes épaules, mon corps pulsant de ne pas avoir pu se laisser aller. Adam me regarda en écoutant longuement au téléphone sans dire un mot. À chaque minute qui passait, son visage devenait plus sombre. Je posai une main rassurante sur sa cuisse et il se leva immédiatement et marcha vers la fenêtre.

— Quelle est l'étendue des dégâts ? finit-il par dire, le corps raide, les épaules tendues.

Je commençais à avoir froid sans sa chaleur corporelle à côté de moi. J'attrapai le châle sur le dossier du canapé et je le posai sur mes épaules.

— Walt, il est minuit ici, putain, l'équipe est encore au travail. Ils ont des heures supplémentaires obligatoires dans tous leurs contrats. Ils vont travailler tard ce soir.

Il se tourna vers moi et secoua la tête pour s'excuser. Je haussai les épaules en lui faisant un sourire. Je savais être patiente. Il pouvait s'occuper du problème puis revenir vers moi. Bizarrement, je n'étais pas du tout fatiguée malgré le manque de sommeil au cours des vingt-quatre heures précédentes.

— Non, dit-il d'un ton sec et irrité. Je m'en occupe. Ce ne sera pas... j'ai dit que j'allais m'en occuper, putain, mais personne ne rentre à la maison, c'est clair ? S'ils le font, alors ils peuvent vider leur bureau et définitivement ramener leurs merdes chez eux.

Il se mit à faire les cent pas devant la fenêtre et j'attendis en pensant à un puma. Ses mouvements étaient agiles, gracieux. J'aurais pu le regarder marcher pendant des heures. Cependant, j'aurais préféré qu'il ne porte qu'une serviette blanche sur ses hanches.

— Donne-moi une minute pour me connecter. Oui. Appelle-moi dans dix minutes.

Il posa le téléphone et se tourna vers moi.

— Je suis désolé. C'était mon directeur des opérations. Les serveurs ont été déconnectés aujourd'hui pour installer un patch. L'équipe a trouvé un code corrompu et les serveurs ne peuvent pas revenir en ligne avant que ce soit réglé...

— Oh, merde, oui, tu ne veux pas une horde de gameurs fâchés qui viennent frapper à ta porte. Si je n'étais pas ici, j'en ferais partie, exigeant que tu remettes mon jeu en ligne.

Il sourit malgré son humeur assombrie.

— Je vais attraper mon ordinateur portable pour voir ce qu'il se passe. Pourquoi n'irais-tu pas te chercher quelque chose au bar ? Je suis désolé.

Je m'éclaircis la gorge.

— Est-ce que ça va prendre longtemps ?

Il soupira.

— Oui, probablement. Je crois que notre nuit est foutue.

Et malgré son irritation et sa déception manifestes, il semblait remarquablement calme.

Moi ? J'étais très ennuyée. Tous mes espoirs tombaient à l'eau. Tant pis pour les enchères. Tant pis pour le fait de venir à Amsterdam comme une jeune fille et repartir en tant que femme. Tant pis pour…

Je me tournai et je quittai la pièce. Il me rejoignit en bas quelques minutes plus tard avec une belle sacoche en cuir dont il sortit une des machines les plus belles et les plus coûteuses que j'avais jamais vues.

Son nom était gravé dans l'inox sur le dessus : *Adam Drake, Draco Multimedia Entertainment,* avec le logo de l'entreprise : des étoiles formant la constellation du dragon. Certaines filles devenaient enthousiastes à la vue de bijoux, d'autres les sacs de couturiers. Moi, j'étais folle du matériel informatique. Et même si l'impression que j'avais eue de son *autre* matériel avait commencé à m'affecter, la beauté qu'il venait de sortir de sa sacoche fit palpiter mon cœur. Cette petite boîte sexy était sans doute dix fois plus rapide que la mienne.

Adam posa le portable sur la table, l'ouvrit et me regarda. Lorsqu'il remarqua où se portait mon attention, il sourit d'un air ironique. Si seulement je pouvais récupérer son mot de passe…

je me demandais combien de secrets cet ordinateur contenait sur le jeu.

— Pourquoi n'irais-tu pas te mettre à l'aise ? Le travail va être intermittent et si tu n'es pas fatiguée, j'apprécierais ta compagnie.

Je me traînai vers ma chambre où le bagagiste avait déposé mon sac. J'enfilai des vêtements que j'avais pris avec moi : un pantalon de yoga et un débardeur. Puis je me rendis au minibar et je sortis un verre glacé et un Dr Pepper pour moi. Après avoir demandé ce qu'il buvait – du café –, je bricolai la cafetière automatique et je lui portai une tasse, m'installant sur le canapé pour le regarder travailler.

Il leva de temps en temps la tête vers moi.

— Pourquoi n'irais-tu pas voir s'il y a quelque chose à la télé ? demanda-t-il en bougeant les mains à la vitesse de l'éclair pendant qu'il parlait. Je vais faire fonctionner un programme dans une minute et je pourrais venir la regarder avec toi pendant que j'attends.

Je souris. Je me demandai s'ils diffusaient des rediffusions de *Friends* en continu à Amsterdam.

Dans le salon, je zappai jusqu'à trouver la diffusion d'un célèbre film de série B des années cinquante, *Planète interdite*. Je l'avais vu plusieurs fois et j'aurais pu le suivre facilement s'il avait été doublé en néerlandais. Mais cette version était en V.O. avec des sous-titres néerlandais.

Après deux autres coups de fil et environ dix minutes plus tard, Adam me rejoignit sur le canapé. Je grimaçai en me rendant compte que j'avais l'air minable dans mon jogging et mon débardeur, très loin de la robe noire glamour et des chaussures à paillettes d'avant.

Pendant la publicité, il me dit qu'il allait revenir et il monta les marches. Lorsqu'il revint, il portait un bas de pyjama bleu marine et un tee-shirt blanc. Il s'installa à nouveau sur le canapé à côté de moi. Je m'appuyai contre lui cette fois, me lovant au creux de son bras. Il posa le bras sur ma taille, un peu hésitant au début. Comme s'il était réticent à me toucher.

Lorsque je levai la tête vers lui, son expression se situait quelque part entre la peur et la perplexité. L'avais-je surpris en montrant cette affection soudaine ? Ce n'était pas sexuel et pourtant réconfortant, pour moi en tout cas. Et je ne savais pas du tout expliquer pourquoi.

Au bout d'une heure, il retourna à l'ordinateur et je sentis bientôt mes paupières devenir lourdes pendant que le commandant John Adams et Altaira, enlacés, furent témoins de l'explosion d'Altaïr IV dans l'espace. Je m'endormis bientôt.

Quelque temps après, j'eus la sensation d'être portée par des bras forts. Était-ce le moment ? Allait-il me poser sur le lit, me réveiller et coucher avec moi maintenant ?

Mais cela ne se produisit pas et mon bref moment d'éveil s'évapora bientôt lorsque je replongeai dans un sommeil béat. Je rêvai d'Adam, de danser sur un nuage au son de l'orchestre provenant d'un tas d'ordinateurs en arrière-plan.

CHAPITRE SIX

NOUS QUITTAMES AMSTERDAM LE LENDEMAIN APRES UN brunch tardif, car nous avions tous les deux dormi jusqu'à dix heures. On partit de l'hôtel à midi et la voiture d'Adam nous conduisit à l'aéroport. Même si la nuit précédente n'avait abouti à rien, on prit le vol de retour comme prévu, car Adam laissa entendre qu'il devait retourner au travail dès que possible.

Je ne savais pas vraiment quoi lui dire. Nous avions parlé de tous les autres sujets de conversation existants, mais nous n'avions jamais discuté du fait que notre marché restait non consommé. Qu'est-ce que cela impliquait ? Je n'aurais pas l'argent avant d'avoir fait l'acte. Le voulait-il encore ? Ou bien le quasi-désastre avec son jeu avait-il calmé ses ardeurs ?

Adam resta au téléphone pendant presque tout le trajet jusqu'à l'aéroport et je sortis mon manuel de concours MCAT sans pouvoir me concentrer. Mon esprit revenait sans cesse à sa conversation. Il prévoyait de rendre visite à une propriété dans laquelle il voulait investir le mois suivant dans un endroit qui s'appelait Sainte-Lucie, dont je n'avais encore jamais entendu parler.

Je lui jetai un regard en coin, me posant des questions sur lui. Il avait grandi sans père, élevé par une mère alcoolique qui avait probablement été un parent si inadapté qu'il avait été placé avec son oncle deux états plus loin quand il était adolescent.

Comment cette formule avait-elle pu aboutir à l'homme extrêmement prospère et incroyablement brillant dans son domaine ? Quelle ambition avait-il pour s'arracher à un départ si difficile dans la vie ? Et quelle énergie infatigable le faisait continuer, jour après jour ?

Peu de temps avant d'atteindre l'aéroport, je me tournai vers lui. Il baissa sa tablette lorsqu'il remarqua que je l'observais.

— Alors, que faisons-nous maintenant ? demandai-je.

Sa mâchoire se tendit visiblement et il se tourna vers moi.

— Que veux-tu dire ?

Son ton était si froid que j'en fus surprise et, irritée, je pinçai les lèvres. Comme s'il avait le droit d'être aussi brusque avec moi ! Ce n'était pas de *ma* faute si nous n'avions pas été jusqu'au bout du marché. Je jetai un coup d'œil au conducteur et Adam, comprenant ma pensée, appuya sur le bouton pour lever la séparation entre le chauffeur et nous avant que je me remette à parler.

Je commençai :

— Bon, nous avons eu notre nuit ensemble. C'est ce qui était inscrit sur le contrat. Je suppose que nous pouvons déclarer qu'il est rempli et partir chacun de notre côté ?

Je savais ce qu'il allait dire avant même que les mots quittent ma bouche.

Il me regarda de travers.

— Et ça signifie quoi ? Nous nous séparons en accord avec les points du contrat ? Aucun contact ? Nous agissons comme s'il existait une injonction d'éloignement entre nous ?

Je haussai les épaules. N'était-ce pas ce sur quoi nous nous étions mis d'accord ?

— Et puis quoi ensuite ? Tu es toujours vierge. Est-ce que ça signifie d'autres enchères ?

J'inclinai la tête sur le côté. Alors là, carrément pas. Je n'allais pas subir ça une autre fois. Et j'étais certaine à cent pour cent que Heath refuserait de participer à nouveau. Malgré tout, je fronçai les sourcils comme si je réfléchissais profondément.

— C'est une idée merveilleuse ! Je pourrais en profiter deux fois.

Mais le regard dans les yeux d'Adam, lorsque ceux-ci se durcirent comme de la glace noire, fit courir un frisson de prémonition le long de ma colonne vertébrale. Il rangea la tablette dans la poche du siège devant lui.

— Je ne crois pas.

Je fronçai les sourcils.

— Attends… quoi ?

Il se tourna vers moi sans rien laisser paraître, comme si nous discutions des prévisions météo du jour.

— J'ai acheté un produit qui ne m'a pas été livré.

Je croisai les bras.

— Je ne suis pas un produit. Je suis une personne. Tu as acheté une nuit avec moi et c'est tout. Nous avons eu notre nuit ensemble. Ce n'est pas de ma faute si je… suis restée intacte.

— Je ne suis pas d'accord. J'ai acheté ta virginité. Elle m'appartient donc. Elle ne peut pas être revendue.

Je sentis mes joues se mettre à brûler. Pas de honte, mais de colère.

— Ce n'était pas une transaction de commerce charnel, Monsieur Drake.

Il serra le poing sur son genou.

— Qu'est-ce que la prostitution hormis un commerce charnel ? Ta virginité m'appartient et je peux la retirer quand j'en ai envie. Que ce soit maintenant ou dans dix ans, cet honneur est le *mien.*

Je clignai des paupières et je secouai la tête, ne pouvant pas croire mes oreilles.

— Es-tu en train de dire que je te suis redevable jusqu'à ce que tu décides de venir prendre ton dû ? Je ne crois pas.

— Vraiment ? Tu vas donc camper sur cette position. Tu penses sincèrement que notre accord est davantage en faveur de ta position que de la mienne ?

Je réfléchis à toute vitesse, essayant de me souvenir des mots précis de notre accord. Mon sang se mit à pomper et je m'en voulus d'avoir été trop dépendante de Heath et de son ami pour me souvenir de la formulation du contrat.

— C'est un document à peine légalement valable de toute façon.

— Alors, pourquoi l'écrire ?

Je grinçai des dents. Mon visage rougit et mes muscles se tendirent.

— Pour me protéger, afin de clarifier ce que comprenait l'accord.

— Pour la protection de qui ? La tienne ou la mienne ?

— Pour nous deux.

Il croisa les bras sur sa poitrine et se laissa aller contre le dossier du siège.

— Eh bien, dans ce cas, je reste sur ma position. Les enchères étaient pour le droit de retirer ta virginité. Cela n'a pas eu lieu. J'ai toujours ce droit.

— Pas à vie. Il y a une limite de six mois qui a été définie dans le contrat.

Il hocha la tête.

— Très bien. Je t'appelle donc dans cinq mois et demi ?

J'écarquillai les yeux. La saisie hypothécaire de ma mère arrivait dans deux mois.

— Acceptes-tu de me payer maintenant ?

— Bien sûr que non.

Je me tournai vers lui.

— Tu n'as pas confiance en moi ?

— J'ai pour politique de ne jamais acheter ce que je ne peux pas payer et de ne jamais payer ce que je ne peux pas avoir immédiatement. C'est bon pour les affaires.

Je soupirai.

— Alors nous devrions faire un compromis. Car j'ai besoin de cet argent très bientôt.

Il inclina la tête en m'observant encore.

— Je croyais que tout ceci était pour des idéaux féministes et le 'nouveau paradigme'.

— Je n'ai jamais dit que c'était *seulement* pour ces idéaux.

Il ne dit rien, se contentant de m'égratigner avec son regard glacial.

Je secouai la tête.

— Tu n'as pas le droit de me juger. Pas avant d'avoir vécu la même chose que moi.

Il sembla irrité.

— Qu'est-ce qui te fait croire que ce n'est pas le cas ?

Je montrai l'intérieur de la voiture coûteuse qui nous conduisait à l'aéroport. Nous étions assis aussi loin l'un de l'autre qu'il était possible à l'arrière de cette voiture, mais l'énergie crépitait malgré tout entre nous. Pour une raison ou pour une autre, j'avais cru que la nuit précédente avait éliminé cette tension entre nous, mais elle semblait encore plus forte ce matin. J'eus conscience de tout ce qui le concernait, sa posture, ses mouvements, la façon dont il tapotait son genou de l'index quand sa main était posée là. La façon dont sa silhouette musclée remplissait parfaitement ses vêtements. Son odeur propre et masculine. La façon dont ses yeux sombres me regardaient et calculaient. Analysaient.

— La semaine prochaine, dans ce cas.

Une semaine ? Mon visage se mit à brûler, mais pas à cause de la frustration ou de la colère, cette fois. Cette chaleur venait de l'anticipation. Car malgré son discours irritant sur le fait de 'posséder' ma virginité, les sentiments que j'avais commencé à ressentir la nuit précédente, les sensations inassouvies qu'il avait éveillées en moi refaisaient surface, hurlant pour se faire entendre. J'avais été triste que tout se termine aujourd'hui, et finalement j'avais une autre semaine. Les sentiments partagés tourbillonnèrent et me serrèrent le cœur comme une tornade sur le point de m'arracher au sol.

Je regardai par la vitre pour cacher ma réaction. L'aéroport se trouvait juste devant nous.

— Seras-tu dans un autre lieu glamour la semaine prochaine ?

— Je serai seulement à la maison. J'ai des invités pour dîner. Tu pourrais venir. Après, nous prendrons le yacht jusqu'aux eaux internationales.

Je me retournai vers lui, mon irritation imprégnant ma voix de sarcasme.

— Parce que, évidemment, tu as un yacht.

Il sourit.

— Évidemment.

On ne se parla pas pendant la procédure d'enregistrement à l'aéroport. Adam était attentionné, portant mon sac et le faisant passer par la sécurité, mais ses manières étaient brusques, efficaces, détachées et impersonnelles. C'était comme si nous étions des inconnus. Et en réalité, c'était ce que nous étions.

Lorsque l'on s'assit à nos places côte à côte, on se remit à parler. On choisit un territoire neutre et sans danger : le jeu. J'avais remarqué qu'il était réticent à en parler, d'habitude. Il s'inquiétait sans doute que j'essaie encore de lui soutirer des secrets. Mais j'avais attendu qu'un délicieux déjeuner nous soit servi par une hôtesse de l'air britannique blonde et magnifique qui était extrêmement attentive à tous les besoins d'Adam, y ajoutant sa propre façon de flirter sans discrétion. Je commençais à me demander s'il avait cet effet sur toutes les femmes qu'il approchait.

Il se tourna vers moi pendant le dessert.

— Alors, je sais grâce à ton blog que tu joues une enchanteresse spirituelle. Mais tu n'as jamais mentionné le nom de ton personnage.

Je lui jetai un regard en coin.

— Bien sûr que non. Si mes lecteurs connaissaient mon personnage dans le jeu, cela pourrait affecter l'expérience du jeu. Je dois garder mes secrets de fabrication sous mon chapeau pointu.

Il sourit.

— Alors quel est le nom de ton personnage ?

Je lui jetai un regard suspicieux.

— Pourquoi veux-tu connaître le nom de mon personnage ?

Il haussa les épaules.

— Je suis simplement curieux.

— Vas-tu me chercher dans le jeu ?

— Bon, d'accord, sur quel serveur joues-tu ?

— Omni.

Il sembla pensif.

— Ah. Chez les joueurs puissants.

Je haussai les épaules.

— Cela te surprend ?

— Non. Je commence à me rendre compte que tu as un lien particulier avec le pouvoir et le contrôle.

— Waouh, tu donnes l'impression que je suis... une dominatrice. C'est peut-être la nouvelle classe de personnage que tu devrais introduire dans le jeu lors de l'extension suivante.

Il rit.

J'inclinai la tête en le regardant.

— Et toi, tu joues ? demandai-je.

— À DE ?

— Non... à World of Warcraft, ironisai-je. Évidemment, à DE.

— J'ai un personnage.

— Un personnage *secret* ? Autre que ton personnage public, Lord Sisyphus ?

Il détourna le regard avec un sourire en coin.

— Oui, j'ai un personnage secret.

Je restai bouche bée.

— La vérité sort enfin. Tu es comme le roi Henri V.

— Quoi ?

— Ah oui, tu as abandonné la fac geek, alors tu n'as pas les bases de Shakespeare. Henri V s'habillait comme un soldat ordinaire et il faisait le tour de ses campements de guerre pour voir qui lui cassait du sucre sur le dos.

Il éclata de rire.

— Merde, si je m'inquiétais de qui disait des saloperies dans mon dos, j'aurais quitté ce travail depuis longtemps.

— Alors, est-ce que tu joues souvent ? Est-ce que tu rejoins d'autres joueurs ?

— Une fois par semaine et oui, bien sûr. Tu sais qu'il est impossible de faire les choses intéressantes sans un grand groupe.

— Pourquoi ? m'enquis-je. Pourquoi veux-tu jouer quand tu connais tous les secrets, toutes les chaînes de quête, tous les passés des personnages ? N'est-ce pas ennuyeux ?

Il haussa les épaules.

— Je teste mon propre produit. C'est consciencieux. Je suis toujours très consciencieux.

Il semblait être en train de me dire quelque chose, un sous-entendu important, mais je ne le compris pas.

— Je te dis le mien si tu me dis le tien, dit-il soudain.

— Le personnage ?

— Oui, mais tu n'as pas le droit de révéler mon nom sur ton blog.

Je secouai la tête.

— Bien sûr que non. Je suis sous le coup de l'accord de non-divulgation, n'est-ce pas ? Sans date d'expiration. Si tu veux le savoir à ce point, ne peux-tu pas juste me trouver sous les informations de mon compte ? Mon prénom se trouve dessus.

— Je le pourrais. Mais je préfère que tu me le dises.

— Elle s'appelle Eloisa.

Il hocha la tête.

— D'accord. Je t'ajouterai peut-être à ma liste d'amis.

— Et toi, tu es… ? dis-je en levant les sourcils.

Il me regarda et il hésita, puis il s'éclaircit la gorge.

— Magnus.

Évidemment. Le magnifique. Et certaines parties de lui étaient vraiment magnifiques. D'autres parties semblaient sombres, dissimulées, pensives. Je ne savais jamais quel Adam j'allais voir d'un instant à l'autre.

Au cours de la dernière partie du vol, il parvint à faire la sieste et je le regardai dormir, totalement fascinée. Mais ce ne fut qu'à l'atterrissage que je me souvins du téléphone portable qu'il m'avait donné à Amsterdam. Je le sortis de la poche de ma veste et je le lui tendis.

— Voici ton téléphone.

— En fait, c'est le tien. J'ai le mien… un téléphone irritant qui a tendance à sonner aux moments les plus inopportuns, dit-il avec une grimace.

— Mais…

— Tu as dit que le tien ne fonctionnait pas. Je veux pouvoir te joindre, alors j'ai fait préparer celui-là et je n'en ai pas besoin. Garde-le et ne le laisse pas se décharger. Je veux pouvoir te contacter.

— Ah, je vois. Est-ce que cela fait partie de l'ensemble ? Tu me surveilles jusqu'à ce que la transaction soit complète.

Il haussa les épaules.

— Si tu as envie de voir les choses de cette façon…

Je lui jetai un regard noir. J'eus envie de lui faire avaler la satanée machine jusqu'à ce qu'il reprenne la parole.

— En outre, tu peux utiliser internet dessus afin de répondre aux commentaires sur ton blog, quel que soit l'endroit où tu te trouves.

Ça, j'appréciais.

— Ah. Eh bien, je peux le garder jusqu'à ce que nous… en ayons fini l'un avec l'autre. Mais ensuite, je te le rendrai.

L'expression de son visage était énigmatique.

— S'il le faut.

Lorsqu'il me déposa après l'aéroport, il m'accompagna jusqu'à ma porte, insistant pour porter mon sac miteux. Nous restâmes devant la porte à nous regarder pendant un long moment gênant.

— Bon, je suppose que je te verrai vendredi ? dis-je.

— Oui. Je t'enverrai un texto.

— Je ne suis pas sûre que ma vieille voiture ait le droit de rouler sur la route de Newport Beach parmi toutes les Bentleys et les Beemers rutilantes. Il se pourrait que l'on m'arrête dès que je franchis la limite de la ville.

Il rit.

— Je ferai venir une voiture pour toi.

— Le luxe. Je suppose que je ne peux pas te persuader d'éteindre ton téléphone pour cette nuit-là ?

— Je pourrais être très tenté.

Il eut son petit sourire enfantin qui fit bondir mon cœur.

— Souviens-toi, le dîner sera avant. J'ai invité des amis, alors n'oublie pas d'apporter tes bonnes manières.

Je pinçai la bouche.

— J'essaierai d'en trouver avant vendredi.

Il fit un pas vers moi et il leva la main pour enlever une mèche de cheveux de mon visage. Je le regardai dans les yeux et je fus traversée par un éclair de chaleur, me souvenant de la sensation de sa bouche, de ses mains sur mon corps lors de cette brève nuit à Amsterdam.

La magie nous avait suivis jusqu'à la maison et elle tournait autour de nous pendant que nous étions debout sur le vieux paillasson en caoutchouc devant ma porte, sans doute observés par ma propriétaire à travers ses stores verticaux.

— À vendredi, Emilia.

Il baissa la tête pour poser un baiser chaste sur mes lèvres avant de s'écarter et de tourner les talons en descendant les marches jusqu'à sa voiture. Je le regardai tout ce temps, la bouche ouverte de surprise. J'avais au moins espéré qu'il mette un peu la langue.

C'était dimanche après-midi et j'étais épuisée, bien sûr, mais je savais que je devais appeler Heath tout de suite – ses ordres étaient stricts – et lui faire savoir comment s'était déroulé tout le week-end.

— Quoi ? hurla-t-il quand je parvins au récit de l'appel téléphonique, mais pendant une minute je ne pus pas dire si c'était son inquiétude au sujet de la crise évitée avec le patch du jeu ou parce qu'il n'arrivait pas à croire qu'Adam avait repoussé toute la situation à cause du travail.

— Il t'avait sur le canapé, nue jusqu'à la taille, il jouait avec tes parties féminines et il a répondu au téléphone ? Il doit être gay.

Je ris.

— Tu aimerais bien, mais ce n'est pas le cas et il était visiblement excité et très réticent à répondre au téléphone. Apparemment, le type savait qu'il ne devait appeler qu'en cas d'urgence.

— Merde. Alors quelle est la conséquence ? Va-t-il te payer ? Il a eu sa nuit.

Je m'éclaircis la gorge, me balançant d'un pied sur l'autre.

— Allô ? Tu es toujours là ?

— Oui.

— Alors… ?

— Alors je crois que ça ne l'aurait pas gêné sauf que j'ai ouvert ma grande bouche et que j'ai plaisanté au sujet de doubler mon argent en faisant une nouvelle enchère.

— Putain, il n'y a absolument aucune chance que je recommence, poupée. Ta dette envers moi est déjà assez épique comme ça.

— C'était une plaisanterie. J'essayais d'être drôle, ha ha. C'était gênant, il était tout distant et froid, pas comme la nuit auparavant.

— D'accord. Alors tu as plaisanté… et ensuite ?

— Et bien, il est devenu tout bizarre et il a commencé à dire que je n'ai pas le droit de coucher avec quelqu'un d'autre que lui tant que le contrat n'est pas rempli.

— Euh.

— C'est vrai ? A-t-il raison ?

— Poupée, tu peux faire ce que tu veux… ce n'est pas comme s'il pouvait te poursuivre en justice pour avoir rompu le contrat. L'argent doit encore être transféré sur ton compte.

— Et s'il avait l'intention de ne jamais me payer ?

— Oh, j'ai pris soin de faire figurer dans le contrat que l'accord de non-divulgation est annulé s'il ne te paie pas. S'il va jusqu'au bout et qu'il ne paie pas, tu vends ton histoire à la presse et il est dans la merde.

J'inspirai profondément.

— Mais pour le reste ? Le fait que je ne peux pas être avec quelqu'un d'autre jusqu'à ce que…

— En avais-tu l'intention ?

— Non.

— A-t-il l'intention de faire traîner la situation pendant six mois et de ne pas te payer ?

— C'est ce que je lui ai demandé. Il s'est organisé afin que nous nous voyions vendredi soir et… que nous fassions l'acte dans les eaux internationales sur son yacht.

— Hmm. D'accord. Ça marche. Je ne peux m'empêcher de me demander pourquoi il ne l'a pas simplement fait le matin avant que vous partiez.

Je haussai les épaules. Peut-être voulait-il que ce soit plus romantique ? Mais je ne pus m'empêcher de m'interroger. Lorsque nous avions visité Amsterdam et qu'Adam avait posé des questions sur mes habitudes avec les hommes, il avait avoué qu'il ne faisait pas dans la romance. Qu'il n'avait encore jamais été dans une relation avant et que cela l'intéressait peu. Encore une chose que nous avions en commun.

— Eh bien, dit Heath. Tant qu'il a un plan B… mais tu dois m'appeler avant de partir et quand tu rentres. Je n'aime pas l'idée qu'il t'étrangle là-bas et qu'il te jette par-dessus bord.

Je soufflai.

— Waouh, c'est rassurant.

— Mia, je ne crois pas qu'il soit une mauvaise personne, mais il a eu une enfance assez merdique.

Je levai la tête, très intéressée.

— Qu'est-ce que tu sais ?

— J'ai fait des vérifications à son sujet. Essentiellement des documents accessibles au public. Sa mère était alcoolique et il a été placé dans le système de protection enfantine quand il était jeune ado.

— Oui, ça, je le sais. Il me l'a dit.

— Oui, eh bien, quand il est arrivé là et qu'il a commencé dans son nouveau lycée, il a apparemment été victime de l'un des cas de harcèlement scolaire les plus notoires du comté.

J'essayai d'imaginer un idiot suicidaire essayant de vaincre Adam, plus d'un mètre quatre-vingt, délicieusement musclé. Je l'avais touché : il était solide, sportif, fort. Mon cœur bondit en me souvenant de son corps sous mes mains tremblantes. Puis je me rappelai ce qu'il m'avait dit quand je l'avais taquiné au sujet de ses muscles… qu'il avait choisi de devenir plus solide afin de ne plus se faire embêter.

— Que s'est-il passé ?

— L'équipe d'athlétisme. Je suppose qu'il était coureur…

— C'était un coureur !

— Un des meilleurs membres de l'équipe, mais il était nouveau et certains des adolescents plus âgés se sont retournés contre lui. J'ai trouvé plusieurs vieilles coupures de journaux à la bibliothèque de l'*OC Register*. Tout un groupe lui a cassé la figure puis a scotché ses mains, ses jambes et sa bouche et l'a enfermé dans un casier toute la nuit. Il est resté à l'hôpital dans un état grave pendant plus d'une semaine. Il y a eu un procès contre le district et les coupables ont été arrêtés et jetés en détention juvénile.

L'air siffla hors de mes poumons.

— C'est horrible.

— Oui.

— Mais cela ne veut pas dire qu'il va m'étrangler et me jeter dans l'océan.

— Je sais. Mais bon. Peu importe à quel point une personne est riche ou puissante, elle a ses propres démons du passé.

— Sais-tu qui est Sabrina ?

— Hein ?

— Il a un tatouage, juste au-dessus du cœur. Il est écrit 'Sabrina'. Était-ce sa petite amie ?

— Rien de ce que j'ai vu écrit sur lui n'a jamais mentionné une relation ou une petite copine. Je ne sais pas du tout ce que signifie ce tatouage.

— C'était peut-être son chien.

— En fait, il m'a plutôt semblé être du genre à aimer les chats.

On bavarda quelques minutes de plus avant que je lui dise mon épuisement. Je sautai dans la douche. Malgré tout, je parvins à étudier pendant environ trois heures, avant d'être interrompue par le tambourinement habituel sur ma porte.

— Mot de passe, criai-je depuis le canapé.

Elle m'entendit par la fenêtre ouverte.

— J'ai l'intention de mal me comporter, dit Alex avant d'ouvrir la porte et de sauter dans la pièce comme le diable de Tasmanie sous caféine. Elle atterrit juste à côté de moi. Mon vieux canapé grogna jusqu'aux tréfonds de sa structure en bois.

— Tu étudies encore ?

Je levai mon livre d'anatomie, *Gray's Anatomy*, pour toute réponse.

Elle souffla.

— Pourquoi ne regardes-tu pas simplement la série télé au lieu de lire ce gros livre ?

Je fis semblant de le lui jeter et elle se pencha en arrière en levant les mains et en riant.

— Maman veut savoir si tu descends manger avec nous et moi, je veux savoir qui est cet homme canon qui t'a déposée ce matin.

Oui, sa mère avait regardé par le store.

— Ah, tu es une *chismosa* ? dis-je en la taquinant avec le mot espagnol pour commère.

— Toujours. Alors, donne-moi le *chisme*, dit-elle en se penchant en avant et en me coinçant avec ses grands yeux sombres.

— C'est juste un type que je connais, dis-je en haussant les épaules et en me tournant pour poser le livre massif sur la table basse faite d'une bobine de câble téléphonique en bois.

Elle me regarda de travers.

— Dans une berline de luxe avec chauffeur ?

Merde. Comment allais-je expliquer *ça* ? J'inspirai profondément, décidant de contre-attaquer.

— Alejandra Carmen Arias. S'agit-il d'un interrogatoire ?

— Si c'est ce qu'il faut. Est-ce que tu sors avec lui ?

Je lui jetai un coup d'œil avant de détourner le regard et de hausser les épaules. J'avais fortement conscience d'être la plus mauvaise menteuse qui existe. Mais il valait mieux qu'elle pense que nous sortions ensemble plutôt que de savoir ce qu'il se passait réellement. Alex se rendait à la messe avec sa mère chaque semaine et j'étais certaine qu'elle n'approuverait pas, avec ou sans idéaux féministes.

— Plus ou moins.

— Maman a dit qu'il était vraiment beau.

Je retins un sourire.

— Je suis contente qu'elle l'approuve.

Pendant combien de temps nous avait-elle observés derrière ses stores ?

— Allez, Mia ! Crache le morceau ! Tu me tues.

Je me levai et je frottai mon jean.

— Pas encore. Mais bientôt, d'accord ? Je ne veux pas me porter malheur.

J'espérais que cela la ferait arrêter. Alex était un peu superstitieuse. Avant qu'elle puisse me poser une autre question, je marchai jusqu'à la porte et je lui fis signe de sortir avec moi. Qui étais-je pour refuser un dîner gratuit et forcément délicieux ?

— Pourras-tu me coiffer vendredi soir ? Je sors et j'aimerais m'attacher les cheveux.

Je vis l'espièglerie pétiller dans ses yeux sombres.

— Je le ferais si tu me dis son nom.

Je lui pris la main et je la secouai.

— Marché conclu. Maintenant, allons manger. Je meurs de faim.

CHAPITRE SEPT

L A SEMAINE S'ÉTIRA ET JE TRAVERSAI LES HEURES A l'hôpital, les articles du blog et les révisions avec encore moins d'enthousiasme qu'avant. Le rêve d'Amsterdam était un souvenir distant, comme une paillette tombant d'un souvenir minable ramené comme mémento de vacances féeriques. Je n'avais été hors du pays que pendant quarante-huit heures, en comptant le trajet, mais je savais que je voulais y retourner, et très bientôt.

Je continuai à prendre la pilule et j'achetai quelques vieux numéros de *Cosmo* pour me renseigner sur leurs articles concernant le sexe, tout en me rendant compte à quel point c'était ridicule d'utiliser la pop culture pour mon éducation sexuelle. Jusqu'à mon voyage aux Pays-Bas, je ne m'étais jamais souciée de devoir faire plaisir à un partenaire. Mais à présent, j'étais bien déterminée à le faire se sentir aussi bien qu'il m'avait fait me sentir pendant ces courts instants où nous nous étions embrassés et touchés. Deux jours avant le dîner, une boîte arriva des Pays-Bas. Je l'ouvris et je trouvai les trois robes qui étaient accrochées dans la garde-robe de ma chambre à Amsterdam. J'étais stupéfaite. La carte à l'intérieur disait seulement : *Porte l'une d'entre elles vendredi.*

Comme il m'avait déjà vue dans la robe noire à couper le souffle, je choisis la longue couleur crème. Elle avait également un dos nu, mais avec une bretelle passant autour du cou. Cette robe, bien que longue, me donnait l'impression de m'exposer davantage et je ne savais pas pourquoi. C'était une robe extrêmement féminine avec une jupe plissée d'un tissu fin, du type que portait Marilyn Monroe dans la célèbre scène de *Sept ans de réflexion* où sa robe était soulevée au-dessus d'une grille d'aération.

Il y avait également des chaussures assorties à cette robe et la sélection de lingerie. Comme il était encore une fois impossible de porter un soutien-gorge, je choisis une minuscule culotte blanche et je laissai tout le reste dans la boîte.

Ma propriétaire, Lupe, monta avec Alex et elles essayèrent ensemble de me tirer les vers du nez pendant qu'elles me coiffaient élégamment.

À un moment donné, Alex me chuchota que sa sœur avait elle aussi vu mon homme mystère, et qu'elle l'avait défini comme 'à croquer'.

J'étais d'accord avec elle. Je l'avais goûté. Et il était en effet délicieux. Mais il y avait une touche sombre que je ne savais pas décrire. Comme la poudre de cacao amer entourant une truffe au chocolat. Peut-être que cela apportait simplement une nuance à sa saveur. Ou peut-être cela menaçait-il de détruire un plat exquis.

À mesure que la semaine s'était écoulée, je n'avais pas réussi à me sortir cette histoire de harcèlement scolaire de la tête. Pour que cela ait été aussi sévère, brutal au point de mériter un procès, plusieurs arrestations et des articles dans les journaux, cela avait dû être extrêmement sérieux. Je compatissais. J'étais incapable d'imaginer ce qu'il avait dû vivre.

Sauf que je le pouvais. Après mon agression, j'avais craint la possibilité d'être harcelée si je parlais et que je me défendais. Je n'avais jamais trouvé le courage de le faire. Je m'examinai dans le miroir, évitant mes propres yeux et le mot chuchoté au fond de ma tête qui ressemblait beaucoup à *trouillarde*.

Avec la robe, la coiffure et un maquillage soigneux, j'avais passé plus de temps sur mon apparence ce soir-là que j'en passais d'habitude en trois jours d'affilée. Je m'examinai dans le miroir fendu de plain-pied accroché à l'arrière de ma porte d'entrée pour voir l'effet d'ensemble. Je ressemblais à une ancienne star de cinéma. Je tournai sur moi-même plusieurs fois en regardant la robe voler autour de mes hanches et en gloussant comme une petite fille.

Je faillis tomber à la renverse lorsque quelqu'un frappa à la porte. Le chauffeur d'Adam se tenait sur le seuil. Il m'accompagna jusqu'à la berline de luxe et il ouvrit la portière. Il était seize heures trente et malgré cela, l'autoroute 55 était dégagée vers le sud. On fila le long de la voie réservée au covoiturage et je regardai l'enfilade continue d'hôtels coûteux, de panneaux d'affichage et de palmiers immenses. La partie de l'autoroute qui se dirigeait vers le nord, c'était bien sûr une autre histoire, comme toujours à cette heure de la journée. Les voitures étaient serrées bout à bout et elles avançaient de quelques centimètres à la fois.

J'étais contente que ce ne soit pas le cas de notre côté, car je ne voulais pas être en retard pour cette grande nuit. J'observai attentivement les alentours pendant que le chauffeur nous conduisit jusqu'au bout de l'autoroute. J'avais donc raison lorsque j'avais deviné qu'Adam vivait à Balboa : soit sur l'île elle-même, soit dans la péninsule tout aussi impressionnante.

Une étroite bande de terre s'étirant de l'autre côté du port, contenant l'opulente Newport Bay, Balboa abritait les maisons les plus tape-à-l'œil et leurs habitants fortunés. Je me demandai pourquoi le chauffeur se dirigeait vers la péninsule au lieu de s'approcher de l'île par le nord, où il y avait un pont. De ce côté-ci, il allait devoir prendre le minuscule ferry jusqu'à l'île de Balboa et il y avait souvent une longue queue à cette heure de la journée.

Cependant, quelques pâtés de maisons avant la tournée pour le ferry, le chauffeur prit à gauche et se dirigea vers la baie. J'étais à présent complètement perplexe quant à la localisation de sa maison, sauf s'il vivait au milieu de la baie.

Et puis le chauffeur se gara dans une minuscule rue près d'un ponton étroit qui menait à ce qui semblait être l'île la plus petite que j'avais jamais vue.

— Où sommes-nous ?

— Nous allons traverser le pont jusqu'à Bay Island, Mademoiselle. Je vais vous y conduire. Mais nous devons nous garer et marcher. Les voitures sont interdites sur Bay Island.

C'était une île minuscule, située en plein milieu de Newport Back Bay. J'étais souvent venue par ici, mais je ne l'avais jamais remarquée. Cette zone était une destination touristique populaire en été et ma mère faisait souvent les deux heures de voiture pour venir profiter du soleil et de l'ambiance quand la chaleur d'Anza devenait trop écrasante pour nous deux.

Qui connaissait l'existence de cet endroit ? Il n'y avait pas de lieu plus densément peuplé que Newport Bay dans tout le comté d'Orange, avec des maisons serrées le long de la rive comme des soldats alignés pour l'inspection. Malgré tout, au milieu de tout cela se trouvait une île privée.

Je fus tout de suite frappée par l'odeur de la mer et la brise pure de l'océan lorsque je descendis de la voiture. Je regardai le soleil de fin d'après-midi, encore loin de se coucher, et mon cœur battait plus vite à chaque pas que je faisais sur ce pont.

Bay Island était différent de tous les endroits que je pouvais imaginer. Environ vingt maisons bordaient les rivages sablonneux, les courts de tennis centraux et un parc privé. L'île possédait même son propre concierge. Le chauffeur tapa le code du portail et me conduisit jusqu'à l'une des voiturettes de golf qui attendaient près de là. Je me demandais pourquoi nous ne nous contentions pas de marcher. Sa maison ne pouvait pas être vraiment très éloignée sur cette île minuscule.

Mais bien sûr, ce fut la plus éloignée du portail, avec sa propre plage dans un coin et sa propre pelouse. Et c'était l'une des maisons les plus grandes. Je l'évaluais mentalement lorsque nous nous en approchâmes, en me demandant combien de millions elle avait bien pu lui coûter.

Tout cela pour un type célibataire. Je repensais à ce que Heath avait appris au cours de ses enquêtes. Adam n'avait pas eu de relations romantiques. Pourquoi ? Il était vrai qu'il était ambitieux et qu'il travaillait beaucoup. Peut-être ne prenait-il pas le temps pour autre chose ? Mais pourquoi travailler si dur sans avoir le temps de vraiment profiter de tout cela ? Et pourquoi ne pas trouver quelqu'un avec qui le partager ?

Peut-être ne voyait-il pas le besoin d'une relation ou n'en avait-il pas l'envie ? Cela ne pouvait pas être parce que les femmes ne s'intéressaient pas à lui. Non seulement il était ridiculement riche, mais il était aussi ridiculement canon. Et je n'avais pas moyen d'en juger, mais j'imaginais qu'il était doué au lit, peut-être même phénoménal. Ou bien n'était-ce que mon espoir ? D'un autre côté, je ne pouvais pas comparer avec d'autres alors, comment savoir ?

Il m'accueillit à la porte, vêtu d'un smoking camel avec une étroite cravate noire et un pantalon noir assorti. Il était terriblement élégant et il m'accueillit avec un baiser sur la joue.

— Tu es très belle, chuchota-t-il contre ma tempe lorsque le chauffeur s'éloigna avec la voiturette pour aller chercher les autres invités.

— Je ne voulais pas faire mauvaise impression à tes amis, étant une plouc du nord et tout ça. Il vaut mieux ne pas dire que mon numéro de téléphone commence par l'indicatif téléphonique 714, dis-je en sachant immédiatement que ce que je disais était bidon.

En effet, quelle importance avait l'impression que je faisais à ses amis ? Ils ne me reverraient jamais une fois qu'Adam et moi nous aurions couché ensemble plus tard cette nuit-là.

Un frisson d'excitation se faufilait le long de ma colonne et j'eus la chair de poule sur les bras à cette simple pensée. Adam fronça les sourcils comme s'il l'avait remarqué, mais il ne fit pas de commentaire. Il me fit faire un tour de la maison, brièvement, car un tour complet aurait pris au moins une heure.

La maison était disposée autour d'un grand hall central avec des chambres qui s'ouvraient sur les côtés et une mezzanine qui faisait le tour de trois des quatre côtés de l'étage du dessus. En haut, une fenêtre de toit immense laissait entrer le soleil et la pièce était lumineuse et aérée, une impression renforcée par des meubles blancs. J'étais entrée dans un autre rêve.

Si je vivais ici, avec ma propre plage et une vue sur la baie, je ne sauterais jamais dans un avion pour Amsterdam ou Sainte-Lucie ou n'importe où ailleurs. Je serais reconnaissante d'avoir ceci, ma propre petite crique de paradis, et trop effrayée qu'elle disparaisse pendant mon absence.

Adam me regarda avec un sourire amusé alors que je visitais, commentant ceci ou cela. Je n'arrivais pas à me remettre de sa plage privée et il murmura, car il se tenait très près de moi, que nous pourrions peut-être en profiter plus tard ce soir-là. Seuls.

Mon pouls accéléra.

— Mais nous serons sur le yacht à ce moment-là.

Et, parce que je venais seulement de m'en souvenir, je regardai la baie et je vis un emplacement vide avec un petit bateau Duffy électrique qui flottait tristement à côté.

— Oui, à ce sujet, dit-il juste au moment où les invités arrivèrent à la porte d'entrée. Nous allons devoir repousser notre trajet en yacht. J'ai dû l'emmener pour une réparation mineure.

J'ouvris la bouche, sur le point de l'interroger, lorsqu'il s'avança et reçut les autres couples. Il y avait six personnes en tout. Un couple était bien plus âgé qu'Adam. Ils avaient trente ou quarante ans. Je reconnus l'un des hommes comme étant l'avocat d'Adam de notre premier rendez-vous.

Je vis dans ses yeux qu'il m'avait reconnu et il jeta un regard étonné à Adam. Je sentis la chaleur me monter dans le cou. Je savais ce qui lui passait par la tête. Pourquoi as-tu conduit ta prostituée ici ?

Je me demandais avec qui Adam se rendait en général aux fêtes. S'il n'avait pas de relations de longue durée, alors qui lui tenait généralement compagnie ?

Adam se tint à mes côtés pour les présentations. Le type blond, Jordan Fawkes, était son directeur financier et il ignorait apparemment notre arrangement, ou bien il cachait très bien sa réaction. Il se tenait à côté d'une femme qui ressemblait à une mannequin Victoria's Secret. Elle portait du maquillage depuis la naissance de ses cheveux jusqu'à son décolleté et son corps était sans le moindre défaut. Sa robe était si moulante qu'elle ne laissait pas grand-chose à l'imagination. Je m'attendais presque à ce qu'elle se pavane comme si elle marchait sur un podium. Cependant, elle était très aimable et elle me salua avec un sourire, en complimentant ma robe.

Une des autres femmes présentes était une jolie blonde qui semblait avoir environ trente-cinq ans. Son mari semblait beaucoup plus âgé qu'elle. Elle fit un grand sourire à Adam, l'embrassant sur les deux joues. Le plus sinistre, ce fut que son mari jetait des regards lubriques par-dessus son épaule... vers moi ! Ses yeux me dévisagèrent de la tête aux pieds en s'attardant sur mon décolleté, me fixant comme si j'étais un steak et que cela faisait quatre semaines qu'il était en grève de la faim.

J'avais déjà reçu ce genre de regards et je les ignorais sans vraiment y penser. Je m'étais toujours dit que c'était un jeu de pouvoir de la part de certains hommes sans qu'ils aient besoin de dire un seul mot ou de toucher quoi que ce soit. Je levai le menton d'un air hautain et je détournai la tête. Il ne méritait pas une autre pensée.

Je remarquai également la façon dont sa femme réagissait à chaque mot et à chaque mouvement d'Adam. Elle m'avait été présentée comme étant Lindsay Walker, une très vieille amie. En fait, les mots exacts d'Adam furent : 'nous sommes des amis de très longue date'. Mais la manière dont elle touchait sans cesse Adam suggérait autre chose. Elle me jeta un regard de courtoisie presque dédaigneux lorsque nous fûmes présentées, avant de bavarder avec lui, tendant souvent la main pour toucher son épaule ou son coude.

En réalité, je m'ennuyai toute la soirée. Je n'avais rien en commun avec ces gens et ils faisaient tous partie de la vie ici, à

Newport Beach. Ce n'était clairement pas mon cas. J'étais facilement la prochaine ici, en dehors de Mademoiselle Victoria's Secret. Je devinai qu'Adam était lui aussi parmi les plus jeunes. Quelques personnes demandèrent ce que je faisais et lorsque je leur dis que j'étais aide-soignante à l'hôpital et étudiante en médecine, ils posèrent quelques questions de plus avant de passer à autre chose.

Ces rejets ne me préoccupaient pas. Ce fut un soulagement, à vrai dire. De cette façon, je ne me sentais pas obligée d'essayer de les divertir. Pendant le repas autour d'une table en verre magnifiquement mise sur la terrasse couverte donnant sur le port, je fus assise à l'opposé d'Adam et sa 'vieille amie'. Lindsay était entrée avant les autres et elle avait vite échangé les cartons avec les noms afin d'être assise à côté d'Adam. Je l'avais regardée faire, choquée par son audace. Elle n'était pas assez vieille pour être une cougar, mais elle était clairement plus âgée que lui. Je commençai à soupçonner qu'ils avaient eu une histoire ensemble en les regardant pendant le dîner.

Le type à ma droite travaillait dans la finance et il passa tout le repas à parler à l'avocat en face de moi. Je restai assise en silence et je grignotai en me demandant où nous conduirait cette soirée. Sans le yacht, nous n'allions pas pouvoir sortir jusqu'aux eaux internationales où nous n'étions plus sous le coup des lois du pays. Nous n'allions certainement pas faire le trajet dans le Duffy Boat, qui était conçu pour faire des petits tours dans le port.

Alors quoi ? Allions-nous encore être empêchés ? Irritée, je jetai un regard à Adam qui avait la tête inclinée vers Lindsay, écoutant quelque chose qu'elle disait, mais semblant s'ennuyer affreusement. Il jeta un coup d'œil à l'autre bout de la table et nos regards se croisèrent. Je me figeai et il sourit et fit un clin d'œil avant de détourner le regard.

Les invités ne restèrent qu'une heure après dîner, car ils étaient en route pour un concert au conservatoire à Costa Mesa. Lindsay et son mari furent les derniers à partir et encore une fois, je reçus son rapide coup d'œil glacial. C'était très gênant. Elle se comportait de façon possessive. J'avais envie de lui dire de ne pas se sentir menacée. On allait baiser une fois et ce serait terminé avec Adam. Elle n'avait pas à s'inquiéter. Mais bizarrement, j'avais du mal à dépasser l'irritation que je ressentais, à la fois à cause de l'audace de Lindsay et de l'acceptation manifeste d'Adam. Peut-être étaient-ils amis comme je l'étais avec Heath. Pourtant, ce n'était pas l'impression qu'ils me donnaient.

Elle le toucha comme elle l'avait fait des milliers de fois auparavant. Comme si elle le connaissait intimement. Comme une amante.

Je fus surprise de voir que cela m'agaçait. C'était totalement stupide de ma part, mais j'étais comme un chien de garde hérissant le poil chaque fois que je voyais sa bouche s'approcher de son oreille pour chuchoter quelque chose de drôle.

À mon grand soulagement, tout le monde fut parti avant vingt heures. Adam me demanda si je voulais boire quelque chose et il versa un verre d'eau minérale pour lui et un verre de pinot gris frais pour moi.

— Descendons à la plage, dit-il avec un sourire.

Et comment pouvais-je résister ? Il y avait des chaises longues rembourrées et moelleuses ainsi qu'un meuble avec des serviettes et des couvertures. Il posa les verres sur la table basse entre deux chaises longues et il attrapa deux couvertures en polaire. Il avait toute une installation, y compris un chauffage au propane, les gros qu'ils sortent sur les terrasses des restaurants. Ce soir-là, il ne faisait pas vraiment assez froid pour l'allumer.

Une fois que l'éclairage du jardin fut tamisé, on s'assit sur nos chaises. Je contemplai la vue de la baie et les lumières dorées qui dansaient sur la surface de l'eau. C'était juste après le coucher du soleil et le ciel était d'une teinte lavande surnaturelle qui se réfléchissait sur l'eau de la baie tandis que l'obscurité tombait rapidement, comme elle le faisait toujours près de la côte. Les bateaux revenaient de l'océan, leurs lumières clignotant sur l'eau. Les bruits distants d'une fête se firent entendre depuis l'une des maisons de Bay Island.

Je jetai un coup d'œil à Adam qui avait sorti son téléphone et qui lisait ses e-mails en répondant de temps en temps. Je bus mon vin et je m'enfonçai sous la couverture en le regardant. Il ne faisait pas froid, mais comme chaque nuit de printemps en Californie du Sud, bien que les journées soient tempérées, les nuits se rafraîchissaient une fois que le soleil se couchait, en particulier sur la plage.

Sans lever les yeux de son travail, il demanda :

— Tu as assez chaud ? Veux-tu que j'allume le chauffage ?

— Non, dis-je en me levant de la chaise longue. J'ai une meilleure idée pour avoir chaud.

Je ramassai ma couverture, je marchai jusqu'à sa chaise longue et je me laissai tomber à côté de lui. Il me regarda d'un air surpris, puis il se décala en posant les jambes de chaque côté de la chaise et il m'indiqua que je devais m'asseoir là. Je le fis en posant mon dos contre lui.

Au début, j'eus la même impression de raideur étrange, comme s'il ne savait pas quoi faire. Adam n'était clairement pas habitué aux câlins. Moi, je l'étais. J'avais grandi dans une famille affectueuse. Et je ne savais pas du tout pourquoi j'avais besoin de me sentir liée à lui. Parfois, je faisais des câlins à Heath, quand il était d'humeur à le tolérer. C'était simplement dans ma nature. Mais j'eus l'impression qu'Adam était plus hésitant que réticent, comme s'il ne savait pas de quelle manière réagir, mais pas parce qu'il était repoussé.

Adam termina son dernier texto et posa le téléphone sur le côté. Je penchai la tête en arrière contre son épaule et il fit lentement passer ses bras autour de moi, m'attirant contre lui. Nous restâmes assis en silence pendant un long moment tandis que la nuit s'obscurcit autour de nous. Mon sang battait avec force dans ma gorge et une tension exquise commença à monter au fond de moi. C'était si bon d'être assis là, ensemble.

— Comment va le travail ? Tous les désastres ont-ils été évités ?

— Les vieux désastres sont balayés par les nouveaux, comme d'habitude, dit-il.

— Un de tes invités a dit quelque chose ce soir que j'ai trouvé remarquable.

— Quoi donc ?

— J'espère qu'il plaisantait, mais il a dit qu'il avait du mal à croire que tu aies le temps de profiter de ta merveilleuse maison alors que tu travailles habituellement cent heures par semaine.

— Cent heures ? C'est un peu exagéré.

Sa voix était légèrement amusée.

— Mais je parie que ce n'est pas très exagéré, parce qu'il a aussi dit que tu dors très souvent dans ton bureau.

Il marqua une pause.

— Je n'ai jamais poussé un employé à travailler plus que moi. S'ils font des semaines de soixante-dix heures, alors j'en fais quatre-vingt-dix.

J'inclinai la tête pour le regarder.

— Mais pourquoi as-tu donc tout ceci, si tu ne peux pas en profiter ?

— Qui dit que je ne le peux pas ? En outre, mademoiselle le médecin, je pense que tu seras bientôt toi aussi une habituée des semaines de travail de quatre-vingt-dix heures.

Je haussai les épaules.

— Je suppose que je m'y suis préparée. C'est sans doute pour cela que je n'ai jamais pris la peine d'avoir une vie privée.

— Nous avons donc cela en commun.

Je soupirai et je m'installai à nouveau contre lui. Le téléphone émit un bruit. Adam le ramassa. Il tapa un message d'une main tout en me tenant de l'autre.

— Tu n'éteins jamais cette chose ?

Je l'entendis presque sourire.

— Jamais.

— Et si je te demandais de l'éteindre maintenant, le ferais-tu ?

Il s'arrêta et il posa le téléphone.

— Si tu me donnes une assez grande motivation.

Je souris.

— Je suis certaine de pouvoir trouver quelque chose.

Il posa une main dans mes cheveux.

— J'aime quand tes cheveux sont attachés. Mais ils sont beaucoup plus jolis détachés.

— Si tu enlèves les épingles maintenant, j'ai bien peur que les cheveux restent en place. C'est ma propriétaire qui les a attachés et elle aime un bon coup de laque.

— De la laque ou du mastic ? dit-il en riant.

— Ouais, ça va faire affreusement mal quand je vais les brosser.

Il réfléchit un instant.

— J'espère que tu ne les as pas attachés parce que tu as cru devoir le faire.

Je haussai les épaules, prête à le laisser penser que c'était pour cette raison que j'avais attaché mes cheveux, et pas parce que je voulais qu'il garde les mains très loin de mes cheveux. Je ne voulais pas recommencer la panique du balcon à Amsterdam. J'inspirai profondément.

— Je sais que c'est bête, mais je voulais vraiment impressionner tes amis. Je ne crois pas l'avoir fait.

— Au contraire, je crois que plusieurs d'entre eux t'ont beaucoup apprécié.

Je ne pus pas résister. Il fallait que je le dise.

— Je ne crois pas que ce fut le cas de Lindsay Walker.

Une pause.

— Je ne m'inquiéterais pas pour ça.

Mais je ne sus pas ce qu'il voulait dire. Était-ce que je n'avais pas à m'en inquiéter, car je ne ferais bientôt plus partie de sa vie, ou bien parce que l'opinion de Lindsay ne méritait pas que je m'en inquiète ? Je décidai de ne pas poser la question.

— Alors... dis-je en hésitant. Sans yacht ici, je suppose que cela jette un froid sur la soirée.

Il baissa la tête, sa bouche très près de mon cou.

— Tu sens tellement bon, dit-il.

Je me sentis traversée d'un désir urgent à ces paroles dites d'une voix rauque. Je tournai le visage vers le sien, inclinant la tête en arrière afin de pouvoir le regarder dans les yeux du coin des miens. Son regard me figea sur place et je me léchai les lèvres. J'avais envie qu'il m'embrasse à nouveau.

Mais il écarta la tête, s'installant contre le dossier de la chaise longue. Après un long moment, il embrassa mes cheveux, juste au-dessous de ma tempe, puis il abaissa la bouche jusqu'à mon oreille. Lorsqu'il parla, sa respiration me caressa, envoyant des frissons de désir dans chaque terminaison nerveuse.

— Nous ne pouvons pas être ensemble cette nuit.

Mais j'en avais envie, et d'après la bosse de son érection dans mon dos, il le voulait aussi. Je penchai la tête afin d'exposer mon cou sans dire un mot. Sa bouche sur ma nuque, m'embrassant là. J'eus le souffle coupé en sentant le choc de plaisir évoqué par ce contact. Chaque cellule de ma peau s'éveilla comme si mon corps se préparait pour lui. Cela n'allait pas se passer cette nuit, mais mon corps ne le savait pas. Il voulait ce qu'il voulait. Et ce soir-là, j'étais comme mon corps, prête à faire le voyage.

Et le téléphone se remit à sonner. Je me raidis. Il ne retira pas sa bouche de mon cou, mais il ramassa son fichu engin afin de le regarder. Il envoya une réponse rapide et lorsqu'il reposa le téléphone, je posai la main sur la sienne.

— Éteins ça, putain, grognai-je tandis qu'il me suçait le cou.

— Es-tu prête à faire en sorte que cela en vaille la peine pour moi ? souffla-t-il.

Ses mains glissèrent le long de mes épaules, passant sur ma robe et autour de mes seins, où il frotta les paumes sur mes tétons encore et encore jusqu'à ce que je souhaite hurler de frustration accumulée.

Je gémis, fermant les yeux, me perdant dans les sensations.

— Oui, murmurai-je.

Ses mains glissèrent dans mon décolleté, puis sous ma robe et il fit rouler les tétons entre ses pouces et ses index. Mon corps se mit à brûler. Je cambrai le dos contre lui. Mon Dieu, ses mains étaient magiques sur mon corps.

La putain de sonnerie retentit encore. Je me raidis et il hésita. Allait-il encore prendre son téléphone ? Il était presque vingt et une heures un vendredi soir, bon sang. Est-ce que ça ne pouvait pas attendre ?

Il attrapa le téléphone, mais au lieu de répondre aux textos, il appuya sur le bouton rouge et le téléphone s'éteignit.

— Dis-moi ce que tu veux, dit-il d'une voix rauque et bourrue.

— C'est *toi* que je veux.

Quelque chose en lui sembla se briser, car il me fit soudain pivoter dans ses bras et nous fûmes face à face. Je le chevauchai pendant que sa bouche s'appuyait contre la mienne en un baiser féroce. Sa main remonta le long de ma jupe. Entre deux baisers, je vis ses yeux sombres scintiller dans la lumière tamisée.

— Oh, Emilia, moi aussi, je te veux.

Nos bouches s'abandonnèrent à nouveau l'une contre l'autre et sa main caressa l'intérieur de ma cuisse, de plus en plus haut, jusqu'à se poser sur ma culotte. Lorsqu'il me caressa là, j'eus l'impression de perdre la tête un instant et tout se mit à tourbillonner autour de moi.

— Tu es très mouillée, dit-il d'une voix rauque et sans un autre mot, un doigt crocheta l'élastique de mon sous-vêtement et il tira. La dentelle délicate se déchira et la culotte tomba. Mon excitation atteignit des sommets. Je l'imaginai soudain arracher ma robe de la même façon, me posant sous lui sur le sable...

— Merde. Tu rends toute résistance impossible, dit-il.

Il baissa la tête et sa bouche atterrit sur mon téton, qu'il suça à travers le tissu fin de la robe avant de le tirer sur le côté en grognant et d'atterrir sur la peau nue. Je me cambrai encore vers lui. La bosse de son érection appuya contre ma cuisse et sa main commença à me faire des choses diaboliques.

Son pouce caressa doucement les parties les plus sensibles de ma peau. Je ne pus respirer pendant très longtemps, tout en moi se raidissant.

— Inspire profondément, Emilia, profite.

J'inspirai profondément lorsqu'il augmenta la pression contre ma boule de nerfs, chaque contact envoyant des chocs de pur plaisir vers chaque coin de ma conscience. Ma tête s'écrasa contre son épaule et je poussai un long gémissement grave. Sa bouche descendit dans mon cou.

— Je vais te faire jouir.

— Oui, acquiesçai-je.

Selon moi, cela n'allait pas prendre longtemps.

Il s'arrêta de me caresser juste assez longtemps pour glisser un doigt en moi. D'abord en hésitant, puis plus profondément. Puis il le fit entrer et sortir pendant que je haletais au rythme de sa main.

J'étais proche. Si proche. Et je délirais tellement de plaisir que j'eus à peine le temps de savoir où se trouvait sa main et si je devais ou pas me sentir gênée ou mal à l'aise.

— Je vais jouir, finis-je par dire.

Il ne répondit pas, accélérant le rythme. Ce fut juste assez pour me faire basculer. Je jetai la tête en arrière et je poussai un petit cri en sentant les convulsions de mon relâchement passer sur moi comme les gouttes de pluie d'un orage dans le désert.

Mais il continua à caresser ma peau trop sensible.

— Je vais recommencer. Et tu vas dire mon nom. Et si tu ne le fais pas, je continuerai jusqu'à ce que tu le dises.

Le plaisir fut si intense qu'il en était presque douloureux. J'essayai de le repousser.

— Non, c'est trop.

— Tu vas jouir et mon nom sera sur tes lèvres, prononça-t-il férocement contre mon oreille. Allez, Emilia.

Et cela recommença à monter et je n'arrivais pas à le croire, mais j'en avais terriblement envie, encore une fois. Je ne savais pas que cela pouvait recommencer si vite.

Mais je résistai toujours contre lui et contre sa main, mon corps se raidissant. Il posa la bouche contre mon oreille.

— Abandonne-toi à moi, ordonna-t-il en entrant encore une fois, son doigt glissant en moi.

Et puis il y eut deux doigts et je me laissai tomber contre lui, décidant finalement d'aller où il souhaitait me conduire.

— Tu es tellement serrée, murmura-t-il. Tellement innocente.

Je fus à nouveau près du but, mordant sa veste au niveau de l'épaule pour m'empêcher de crier.

— Jouis pour moi, Emilia.

Et ce fut si intense, tellement plus intense. L'orgasme précédent, même s'il était bon, n'était rien par rapport à celui qui s'approchait comme une vague monstrueuse venant de très loin de la côte, sur le point de s'écraser sur les rochers. Je parvins à peine à me souvenir de mon propre nom, encore moins du sien, alors qu'il me poussait vers un orgasme plus violent que tout ce que j'avais pu connaître.

— Oh mon Dieu.

— Je suis doué, mais pas à ce point.

— Adam, haletai-je.

— C'est mieux, chuchota-t-il. Redis-le.

— S'il te plaît.

— Encore, Emilia.

— Adam. Adam. Adam.

Et juste au moment où je sentis la crête de la vague de plaisir, il baissa la tête et plongea ses dents dans le lobe de mon oreille, le plaisir se mêlant à la petite douleur pointue.

Je me laissai tomber contre son torse en haletant. Il me fallut plusieurs minutes avant de me souvenir où j'étais et même qui j'étais. Il n'y avait plus rien d'autre qu'une béatitude terrible et la sensation de son torse qui montait et descendait sous moi, très rapidement sous chaque respiration précipitée. Il était très excité et je me demandais pourquoi il l'avait fait, pourquoi il avait commencé alors qu'il savait ne pas pouvoir terminer pour lui-même, du moins, pas ce soir.

Ou bien peut-être le pouvait-il. Je caressai la main le long de la ligne rigide de son érection, facilement identifiable depuis la base jusqu'au gland. Il arrêta ma main, hésitant.

Un grognement presque involontaire s'échappa de ses lèvres.

— Non, souffla-t-il. Demain matin, j'aurais récupéré le bateau. Nous passerons l'après-midi dehors, nous irons déjeuner, nager, nous passerons la journée ensemble. Tu pourras rester passer la nuit.

Je le regardai d'un air interrogateur.

— Je peux attendre, Emilia. Tu vaux la peine d'attendre.

La gentillesse de ces mots simples me coupa le souffle. *Tu vaux la peine d'attendre.* C'était tellement à l'opposé de ce que j'avais connu dans ma seule relation sérieuse – si un petit ami égocentrique du lycée pouvait être considéré comme sérieux. Zack n'avait eu aucune envie d'attendre. Il avait décidé de forcer les choses quand je lui avais dit que je n'étais pas prête. Cela n'avait pas été la réponse qu'il attendait, alors il avait pris ce qu'il voulait de toute façon.

Je frissonnai contre Adam et il me serra contre lui.

— Merci, dis-je d'une voix tremblante d'émotion que je ne pouvais pleinement expliquer.

Lorsqu'il alluma son téléphone peu de temps après, il y avait quatre textos et un appel manqué. Adam jura, mais il prit le temps de répondre à chacun pendant que j'étais assise à côté de lui, pelotonnée sous la couverture.

Sa voiture me ramena à la maison peu de temps après. Agitée et pourtant épuisée, je m'adossai contre le banc en cuir du siège arrière, repensant aux événements de la soirée. J'espérais que les choses allaient se conclure le lendemain. Mais cette pointe de désir était à double tranchant : car elle signifiait que le lendemain soir ensemble serait notre dernier. Et bien que ses mains me conduisaient dans de nouveaux pays de plaisirs inconnus, je me rendis soudain compte à quel point il allait me manquer, au-delà de ses mains magiques. Sa conversation, son sourire enfantin, sa considération attentive, sa perspicacité, son odeur propre d'océan. Je fis de mon mieux pour ignorer la douleur au creux de ma poitrine qui n'était pas partie depuis qu'il avait dit cette phrase simple : *Tu vaux la peine d'attendre.*

Mais je dus me rappeler qu'une relation avec quelqu'un comme Adam était impossible. Je n'allais pas me permettre de rêver cela. De l'extérieur, il semblait parfait. Mais à l'intérieur, il était un homme, tout comme les autres. Et on ne pouvait pas leur faire confiance.

Une fois rentrée, je regardai mes messages. Alex en avait laissé deux, demandant immédiatement le *chisme*. Heath avait appelé, m'ordonnant de le rappeler dès que je rentrais. Je jetai un coup d'œil à l'horloge. Il était tout juste après minuit alors je choisis de ne pas téléphoner.

À la place, j'errai dans l'appartement : je lavai quelques plats, j'attrapai mon manuel de révision et je le reposai tout aussi vite. Je ne pensais même pas à me coucher. Je savais que j'allais seulement passer des heures à tourner et me retourner.

J'étais beaucoup trop agitée à la pensée des mains d'Adam et aux sensations délicieuses qu'elles avaient éveillées en moi. Au souvenir de sa voix qui m'ordonnait de jouir, de dire son nom. Je fus parcourue de frissons.

Je fis donc ce que je faisais toujours quand je ne pouvais pas dormir. Je me connectai au jeu pour passer quelques heures. Heath ne s'était pas connecté, tout comme mes deux autres copains du jeu, Perséphone et FallenOne. Fallen n'avait pas été dans le jeu depuis la dernière fois que nous avions joué ensemble, trois semaines auparavant. Une heure plus tard, lorsque je fus sur le point de me déconnecter, l'écran de mes messages dans le jeu se mit à clignoter.

Magnus vous dit : Pourquoi es-tu encore réveillée ?

Magnus. Le seul et l'unique. Je tapai une commande pour découvrir la classe et le niveau de Magnus.

/whois Magnus

Obéissant, le jeu me révéla : *Magnus est un Mage de Feu de niveau 75.* Car bien sûr, c'était un mage de feu. Les mages de ce type étaient la classe de personnage la plus ouvertement puissante du jeu. Ils commandaient l'élément du feu, pouvaient jeter des boules de feu et faire danser les flammes sur les têtes de leurs ennemis, ou bien les brûler lentement avec des dégâts de feu. Je me mordis la lèvre, essayant de ne pas glousser à l'idée de l'ironie de ses mains brûlantes toujours imprimées dans ma mémoire. Comme c'était approprié.

Vous dites à Magnus : Un mage de feu ? Vraiment ? Pas étonnant que tu aies des mains magiques.

Magnus vous dit : À votre service.

*Vous dites à Magnus : Cela pose la question... de ce que *tu* fais debout si tard. Tu travailles encore ?*

Magnus vous dit : Allume ton casque.

Vous dites à Magnus : Il ne fonctionne pas bien. Le jeu lagge quand j'utilise la voix.

Magnus vous dit : Comment fais-tu pour jouer sur ton matos antique ?

Vous dites à Magnus : N'insulte pas mon Franken-dinateur, ma loyale petite boîte.

Magnus vous dit : Va dormir sinon tu seras épuisé demain. J'ai envie que tu sois bien reposée.

Je fus traversée par un électrochoc d'anticipation. Demain allait enfin être la nuit tant attendue.

Vous dites à Magnus : Autoritaire. J'étais justement sur le point de me déconnecter. Assez traîné pour la soirée.

Magnus vous dit : Je passe te prendre à onze heures précises.

Je me couchai avec un bon livre de révisions soporifique pour m'endormir, faisant des efforts afin de ne pas penser à tout ce qui allait se produire le lendemain. Il me fallut une heure, mais cela finit par fonctionner.

Chapitre Huit

A DAM APPARUT A MA PORTE A EXACTEMENT ONZE heures. D'une façon ou d'une autre, je savais qu'il était du genre à être très ponctuel, malgré son retard lors de notre première rencontre. Il portait un bermuda, des chaussures bateau et une chemise à manches courtes décontractée. Et bien sûr, les mêmes lunettes de soleil sexy de marque.

Il avait son téléphone portable omniprésent dans une main et une boîte en carton sous l'autre bras. J'ouvris la porte.

— J'arrive. Attends ici, dis-je en laissant la porte entrouverte afin d'attraper mon sac de toilette dans la salle de bains.

Quand je revins, il se tenait au milieu de mon studio, ouvrant la boîte. Bien sûr.

— Mais qu'est-ce que tu fais ? L'endroit est en bazar. Je t'ai dit d'attendre dehors.

— Ah bon ? dit-il d'un air préoccupé. Je n'avais pas remarqué.

Je frappai son bras dur du dos de la main, stupéfaite d'avoir l'impression de taper mes articulations contre un rocher.

— Très drôle. Qu'est-ce que tu fabriques ?

— Ton matos, c'est de la merde.

— Merci, répondis-je d'un ton acerbe.

— J'avais ça qui traînait. Je me suis dit que tu pourrais l'emprunter.

Il sortit un magnifique ordinateur portable qui fit immédiatement palpiter mon cœur de désir. Il était ultrafin, fait d'une sorte de métal sombre et mat.

— Quoi… ? Comment ça, 'l'emprunter' ?

Il répondit lentement, comme si j'avais trois ans.

— Je veux dire que je te le prête et que tu peux l'utiliser pendant un moment, et puis tu me le rends quand tu n'en as plus besoin.

Je lui fis une grimace. Comme si j'allais lui rendre un jour cette merveille. Jamais de la vie ! Il l'avait ouvert et démarré. Il contenait déjà tout. Les palpitations devinrent de véritables papillons dans le ventre. Mon Dieu. C'était une œuvre d'art. C'était du matériel de gameur, entièrement muni de tout l'essentiel et avec un écran de dix-sept pouces haute définition qui était aussi net que lorsque l'on regardait par la fenêtre.

— Cela ressemble à l'ordinateur que tu as utilisé aux Pays-Bas.

— Il s'en rapproche. Il n'est pas aussi puissant. C'est mon ordinateur de secours, mais je ne m'en sers jamais.

Malgré tout, je remarquai qu'il n'y avait pas de connexions pour lui. Il avait déjà tout reconfiguré pour moi, même créé un compte.

— Quel mot de passe as-tu utilisé ?

Il haussa les épaules.

— *Magnus, le meilleur.* Tu peux le changer plus tard, si nécessaire.

Je ricanai.

— Oh, je crois que c'est nécessaire.

La machine était magnifique et elle devait bien coûter plusieurs milliers de dollars. Je savais que j'aurais dû la refuser.

Après tout, si nous ne devions plus nous revoir après cette nuit, comment allais-je pouvoir le lui rendre ?

Je le lui demandai donc.

— Comment ferais-je pour te le rendre ?

Il marqua une pause et je ne sus pas si c'était parce qu'il n'avait pas de réponse à cette question, ne souhaitait pas répondre à cette question, ou n'avait même pas entendu la question. Ses doigts volaient sur le luxueux clavier rétroéclairé.

J'étais sur le point de me répéter lorsqu'il dit sans me regarder :

— Il te suffit de le donner à Bowman. Il pourra me l'apporter au complexe. De toute façon, je lui ai promis une visite.

Merde, une visite du siège social de Draco Multimedia ? Le chanceux.

— Ce trou du cul ne me l'a même pas dit, grommelai-je.

Il me jeta un regard.

— Toi aussi, tu pourras venir voir.

On se regarda dans les yeux et mon cœur se mit à battre très fort. Ce n'était pas possible. Si cette nuit nous allions… alors, je ne devais pas m'approcher de son lieu de travail après cela.

Je déglutis. Il dut savoir ce que je pensais. Je crois qu'il attendait que je dise quelque chose, peut-être que j'annule la nuit. Je me redressai. Je n'allais pas annuler. Je ne le pouvais pas. Je me contentai donc de secouer la tête.

Il détourna le regard, le visage sombre, mais je ne savais pas si c'était parce qu'il était troublé ou simplement préoccupé. Je commençais à ressentir les deux : troublée au sujet de nos adieux inévitables après cette soirée, et préoccupée par la façon dont les choses allaient enfin se dérouler.

Si tout s'était passé comme prévu, la chose aurait été terminée une semaine plus tôt et nous serions déjà des inconnus l'un pour l'autre. Et avant, j'avais trouvé que c'était tout à fait la bonne chose à faire, mais à présent... c'était étrangement illogique. Je voulais tout savoir sur lui avant de ne plus jamais nous voir.

Alex apparut juste au moment où nous descendions les escaliers pour partir moins d'une heure plus tard. Lorsqu'elle leva la tête et qu'elle vit Adam, sa mâchoire tomba et elle me jeta un regard en arrondissant les yeux. Elle ne fut pas du tout discrète. Je me demandai comment elle avait réussi à venir si vite depuis son appartement à Fullerton quand sa mère avait appelé pour lui dire qu'il était ici.

Je soupirai et je les présentai.

— Ravie de te rencontrer, sourit Alex en se penchant pour lui serrer la main et en le dévisageant de ses grands yeux. Mia m'a tellement parlé de toi !

Je pinçai les lèvres. Quelle petite menteuse ! Adam sourit et me jeta un regard en coin. Je haussai les épaules en levant les mains.

— On doit partir.

Alex nous regarda partir et quand je jetai un coup d'œil en arrière, elle agita la main devant son visage comme pour s'éventer. Elle indiquait clairement qu'elle le trouvait canon. Puis elle posa la main contre son oreille en imitant un téléphone et elle articula *Appelle-moi* de façon exagérée.

Une fois sur la route, je poussai un soupir de soulagement. Je n'étais pas passée loin de la catastrophe. Plus je gardais Adam éloigné de mes amies, moins j'aurais de questions embarrassantes plus tard. Lorsque je le regardai, il avait un grand sourire sur le visage.

— Quoi ? demandai-je.

— Tu lui as beaucoup parlé de moi, hein ?

Je détournai le regard, les joues brûlantes.

— C'est une terrible menteuse, marmonnai-je.

La journée était vraiment magnifique. J'étais convaincue qu'il n'existait pas de meilleur temps sur cette planète que celui que nous avions en Californie du Sud en mai. Les senteurs des buissons de jasmin blanc qui étaient plantés partout se mêlaient aux fleurs des orangers et imprégnaient l'air d'une odeur de miel. Il était encore trop tôt pour les brouillards de juin, quand les matinées sont couvertes jusqu'à ce que les après-midi brûlants fassent disparaître les nuages. En mai, chaque journée était fraîche, entièrement dégagée et ensoleillée.

Dans sa voiture décapotable, une Porsche bleu sombre des années cinquante, on fila le long de la voie de covoiturage de l'autoroute, dépassant la circulation des plages du samedi.

J'avais attaché mes longs cheveux du mieux que je le pouvais en faisant un chignon lâche. Des mèches de cheveux qui s'étaient échappées frappaient mon visage et mes yeux pendant que je plissais les paupières à travers mes lunettes de soleil bon marché, en tapant du pied au rythme de *Pleasure Little Treasure* de Depeche Mode à la radio. Il aimait donc sa musique comme il aimait ses voitures : des classiques. Je commençai à me rendre compte qu'Adam était la rockstar des geeks informatiques. Et apparemment, de nombreux magazines étaient d'accord avec moi.

Adam se gara dans un petit garage souterrain à quelques pâtés de maisons du pont et nous marchâmes le reste du chemin. Il insista pour porter mon sac, qui n'était pas lourd du tout. Je résistai au début, mais il me l'arracha presque des mains.

— Ta maman a très bien éduqué son fils, dis-je avant de regretter immédiatement mes paroles lorsque je vis sa mâchoire se serrer.

Comment avais-je pu l'oublier ? Je m'arrêtai, posant une main sur son biceps dur comme le roc.

— Je suis vraiment désolée.

Il secoua la tête.

— Pas de souci, Emilia.

Mais il fronça ses sourcils sombres au-dessus de ses lunettes de soleil.

Je m'éclaircis la gorge, me sentant encore très mal. J'inspirai profondément et je me remis à marcher. Je décidai de soulager la gêne en parlant de sujets que je détestais, moi aussi.

— Non, je sais ce que cela fait lorsque quelqu'un parle de mon père ou me pose des questions à son sujet. Je n'ai jamais eu de père. Je ne connais même pas son nom alors je l'appelle mon donneur de sperme biologique, car c'est tout ce qu'il représente pour moi.

Il me regarda.

— Tu n'as jamais été curieuse de le rencontrer ?

Je haussai les épaules.

— Il ne m'a pas voulue, alors pourquoi le voudrais je, lui ?

Et nous continuâmes à marcher, dépassant les jardins de Bay Island, ornés de rose vif, de jaune éclatant... tout le printemps en un massif de fleurs.

— Il était marié avec une famille et il n'a jamais pris la peine de révéler ce petit détail à ma mère avant de la mettre enceinte. Quand elle lui a dit qu'elle allait avoir un bébé, il lui a donné une grosse somme d'argent pour qu'elle se taise et qu'elle 'aille s'en débarrasser'.

— Ah. Un vrai salopard, en somme.

— Oui. Alors je me fous de savoir qui il est.

Il me regarda encore une fois.

— Mais il est riche. Tu pourrais, tu sais, essayer d'obtenir l'argent dont tu as besoin auprès de lui.

Ce fut à mon tour de serrer la mâchoire.

— Pourquoi lui demander ce que je peux faire moi-même ?

Et je vis qu'il voulait en dire davantage, mais il s'interrompit en secouant légèrement la tête, serrant mon sac un peu plus fort. Était-il en colère ?

Je m'arrêtai en l'examinant attentivement. Ce n'était pas la première fois que j'avais l'impression qu'il avait des sentiments partagés au sujet des enchères, de tout cet arrangement. Je me souvins des insultes qu'il lançait dans tous les sens quand nous nous étions rencontrés pour la première fois, ainsi que quelques commentaires désinvoltes qu'il avait faits durant notre bref séjour aux Pays-Bas, interrogeant sans cesse mon bon sens et les raisons pour ces enchères.

S'il n'approuvait pas, pourquoi avait-il participé ?

Je n'allais cependant pas le questionner. En vérité, j'étais contente qu'il ait participé. Mais j'avais cette drôle d'impression au creux de mon estomac. C'était comme une pierre froide posée là, immobile. Il y avait un rapport avec les sentiments qui commençaient à se mêler à l'affaire. Oui, je voulais vraiment l'argent. Oui, je le voulais vraiment, *lui.* Pourtant, je me rendis compte que je n'étais pas prête à ce que tout soit terminé.

Il y avait encore trop de choses à découvrir avant. Je voulais savoir ce qui était son moteur. Quelles étaient ces peurs ? Quels étaient ses buts ? Était-il déjà parvenu au sommet à l'âge de vingt-six ans ou bien cherchait-il à aller plus loin, et si oui, jusqu'où pouvait-il aller ? Et qu'en était-il de sa vie personnelle ? Pourquoi, alors qu'il avait une telle réussite, passait-il des semaines de quatre-vingt-dix heures à son bureau et la moitié de sa vie dans les avions et les hôtels ?

Puis il y avait les détails personnels. Avait-il déjà été amoureux ? Qui était Sabrina ? Pourquoi avait-il inscrit son prénom de façon permanente sur son cœur ?

Il s'agissait de choses que je ne saurais jamais, si nous couchions ensemble ce soir-là.

Mais il y avait une autre voix dans ma tête, en même temps que celle qui mourrait de curiosité de le connaître mieux. C'était la voix de la logique. Celle qui disait qu'un homme comme Adam allait seulement finir par me blesser si je m'ouvrais à lui. Exactement comme le donneur de sperme biologique l'avait fait à ma mère. Il l'avait anéantie et elle n'avait jamais pu passer à autre chose. Et si je montrais une seule faiblesse dans la façade de ma forteresse, Adam me ferait la même chose.

Avec une nouvelle détermination, je me jurai d'aller jusqu'au bout de notre accord, quoi que je ressente.

***

Bien sûr, le bateau était merveilleux, tout comme tous ceux qui l'entouraient. Un yacht de trente mètres de long avec des détails élégants, fait de chrome et de surfaces en marbre, de panneaux en bois et de lumières d'alcôve. C'était plus beau que la plus belle maison que j'avais pu visiter, en dehors de celle d'Adam. Il y avait une grande cuisine dans laquelle travaillait la chef/gouvernante d'Adam. Elle avait accompagné le capitaine et ils étaient les deux seules autres personnes à bord en dehors de nous, ce qui nous laissait beaucoup de place.

Adam me dit qu'il avait souvent eu des fêtes pour ses employés sur le bateau et qu'il l'utilisait pour d'autres affaires, au sujet desquelles il resta vague. Pendant que nous parlions, j'eus l'impression que ses intérêts professionnels étaient divers : il avait investi dans l'industrie hospitalière et dans du matériel technologique qui dépassait sa propre entreprise. Draco Multimedia, et particulièrement Dragon Epoch, était sa principale source de revenus, mais il commençait à se diversifier.

On mangea tout de suite un déjeuner gourmet : du saumon poché sur un lit de légumes verts. Puis Adam me montra le reste du bateau. Je ne sais pas si c'était exprès ou par hasard, mais la dernière pièce qu'il me montra fut sa chambre. Une chambre presque aussi grande que mon studio, avec un merveilleux lit king size.

On se regarda d'un air gêné sur le seuil de la porte et il sembla presque embarrassé.

— Je n'avais vraiment pas prévu de terminer par ici. Pas encore, en tout cas.

Je ris.

— Je parie que tu dis ça à toutes les filles que tu fais monter sur ton yacht.

— En fait, tu es la première.

Je lui jetai un regard taquin.

— C'est un nouveau yacht ?

Il haussa les épaules d'un air gêné.

— Il n'est pas *vieux*.

— Alors tu n'as jamais fait venir Lindsay ici ?

Il me regarda brusquement.

— Lindsay ? Non… non. Non.

Je ris devant ses protestations véhémentes.

— Ne t'inquiète pas. Je me rends compte que vous avez un passé tous les deux dont je ne sais rien.

Il se balança d'un pied sur l'autre, clairement mal à l'aise.

— Lindsay et moi, c'est une très vieille histoire.

Je ne pus pas résister. Pas alors qu'il s'agitait de cette façon.

— Vieille à quel point ? Et y avait-il une chambre à coucher dans l'histoire ?

Il me jeta un coup d'œil en coin et il affecta une certaine nonchalance, mettant les mains dans sa poche.

— Nous avons eu une histoire en tant que partenaires sexuels.

— Intéressant, dis-je en croisant les bras et en m'appuyant contre le montant de la porte. Tu n'utilises pas le terme 'amants'.

Il ricana.

— L'amour n'avait aucun rapport avec ça.

— Était-elle mariée à l'époque ?

Adam eut un regard si horrifié que je faillis en rire.

— Mon Dieu, non. C'était il y a bien dix ans.

Cela signifiait qu'il était encore un adolescent.

Je fronçai le nez. J'étais comme un chien avec son os, ne voulant pas le lâcher.

— Puis-je demander si elle était la première ?

Il rougit et cela suffit à répondre à ma question. Il haussa encore une fois les épaules de son air faussement indifférent.

— Tu peux toujours poser la question.

J'ignorai sa réponse évasive, car j'avais déjà la réponse à ma question. Lindsay l'avait dépucelé.

— Alors, elle agit toujours de cette façon avec toi ?

Il fronça les sourcils.

— De quelle façon ?

— Comme si vous étiez toujours en couple ?

Il me regarda comme si j'étais une extraterrestre.

— Pour commencer, nous n'avons jamais été un couple. On se retrouvait et on baisait et c'était à peu près tout. On ne sortait pas ensemble. Elle était trop occupée par sa carrière et je me fichais un peu des relations. J'étais trop jeune pour ça. Nous sommes amis maintenant. Elle est associée dans la firme de mon oncle.

Je n'étais pas pleinement convaincue de l'ignorance d'Adam. Il était bien trop perspicace pour ne pas avoir remarqué le comportement aguicheur de Lindsay. Et au-delà de ça, j'étais un peu secouée par ma réaction. Pourquoi les personnes avec qui Adam avait couché dans le passé avaient-elles une importance ?

Il connaissait mon passé sexuel, enfin, la majeure partie. N'avais-je pas le droit de connaître le sien ?

Un sourire apparut sur sa belle bouche.

— Pourquoi toutes ces questions ? Tu n'es quand même pas jalouse ?

J'écarquillai les yeux.

— Oh, non. Non, non. Mon Dieu, non, déblatérai-je, troublée.

Qui jouait la comédie, à présent ?

— Pourquoi serais-je jalouse ? Toi et moi, nous avons un marché, rien de plus.

Mais lorsque je parlai, ma voix fut un peu trop tremblotante et son beau visage resta complètement dénué d'émotions. Il se tourna et il s'avança vers une porte intérieure.

— Il y a la salle de bains si tu veux te mettre en maillot. Je vais aller me baigner quand nous nous arrêterons.

— Euh… au milieu de l'océan ?

Il me jeta un regard étonné, comme si je venais de parler en mandarin.

— Oui.

— Mais tu ne vas pas te geler le cul ? Cette eau est froide.

Il haussa les épaules.

— Nous avons un jacuzzi à bord. Si nous avons trop froid, on sort et on saute dans l'eau chaude.

Je me mordis la lèvre.

— Je regarderai peut-être depuis le bord.

Il ramassa mon sac qui était posé sur la table et il me le jeta.

— Enfile ton maillot.

Je l'attrapai et je me rendis à la salle de bains. J'enfilai mon fidèle maillot une pièce. Ce n'était pas le joli bikini dans lequel j'avais pris la pose pour les enchères, mais c'était quand même un beau maillot. Et il était de sa couleur préférée. Bleu.

Quand je voulus ouvrir la porte, je l'entendis bouger dans la chambre et je me rendis compte qu'il devait se changer là. Ne souhaitant pas répéter le moment gênant de ce premier après-midi à Amsterdam, je frappai à la porte et il me dit d'entrer.

Il était torse nu et son maillot – un short de surf – pendait sur ses hanches. Je souris et j'entrai dans la pièce pendant qu'il me dévisageait d'un air admiratif, sifflant encore une fois. Je ne pus m'empêcher de dévorer la vue de son corps. Il avait une taille mince et des épaules solides, chaque muscle étant clairement défini depuis ses pectoraux fermes jusqu'à ses abdos durs comme le roc. Il n'était pas aussi bronzé que je m'y attendais de la part d'un habitant de Newport Beach, mais il passait la majeure partie de sa vie sous l'éclairage fluorescent d'un bureau à Irvine, alors c'était compréhensible. Son torse finement biseauté était couvert d'un léger saupoudrage de poils bruns, avec un chemin très fin descendant jusqu'à son nombril et au-delà.

Je regardai encore une fois son tatouage. Il ne cherchait pas à le cacher, mais il ne disait rien non plus quand je l'observais.

— Prête ? dit-il.

— Autant que je puisse l'être.

Il nous conduisit sur le pont jusqu'à une échelle qui descendait dans l'eau. Il me fit un sourire enfantin avant de plonger la tête la première. Je laissai pendre mes jambes par-dessus le bord et je plongeai mes orteils dans l'eau, le froid remontant le long de mes jambes. Je poussai des cris lorsqu'il m'éclaboussa.

— Allez, viens. Saute d'un coup. Comme ça, c'est fait. Au bout d'une minute, c'est super.

— Je ne vais pas plonger. Comment sais-tu qu'il n'y a pas de requins ?

Il rit, me regardant en nageant sur place.

— Je ne le sais pas. Allez, viens.

On nagea pendant environ une heure et on s'amusa beaucoup. Adam montra les jets lointains de baleines à bosse. Je vis un groupe de dauphins sauter de l'eau. Lorsqu'il se mit à faire trop froid pour rester dans l'eau, mon corps entier se mettant à trembler de façon incontrôlable, Adam se précipita en haut de l'échelle et, lui-même toujours dégoulinant, il ouvrit un placard dans lequel une pile de serviettes était maintenue au chaud et il en sortit une, me la tendant quand je grimpai à l'échelle.

C'était merveilleux et je le remerciai pendant qu'il se baissait afin d'en attraper une pour lui-même.

— Allons nous réchauffer dans le jacuzzi.

À l'arrière du pont central, ouvert au ciel, nous profitâmes de la chaleur des bulles massantes pendant que la chef nous apportait du champagne et des hors-d'œuvre. Le capitaine tourna le bateau afin que nous puissions voir le coucher du soleil sur l'océan.

On parla et on s'empiffra des hors-d'œuvre incroyables de Chef : des coquilles Saint-Jacques entourées de bacon, du brie sortant du four, et beaucoup d'autres choses agrémentées. Nos appétits furent gâchés pour le dîner. Chef nous dit gracieusement qu'elle allait préparer un pique-nique froid que nous pourrions prendre sur le pont supérieur lorsque nous aurions faim.

Et puis nous fûmes seuls à regarder le coucher de soleil peindre le ciel en rouges et oranges profonds se réfléchissant sur l'océan.

— C'est donc ça que tu fais pendant tes longues périodes de temps libre ?

Il sourit.

— J'aimerais sortir le bateau au moins une fois par mois. Peut-être à Catalina, jusqu'au Mexique ou bien juste sur l'eau.

— En prenant ton travail avec toi, bien sûr.

Il garda le regard fixé sur l'horizon.

— Peut-être.

Je fronçai les sourcils.

— Ha ! Avec internet par satellite... j'ai vu le grand bureau que tu as sous les ponts. Tu n'utilises pas le bateau pour faire venir des femmes.

— Je t'ai dit que je ne prenais pas le bateau pour emmener des femmes.

— Tu m'as emmenée, moi.

Il me regarda.

— Oui, mais tu es une exception.

— As-tu déjà eu une relation de longue durée ?

Ses yeux sombres partirent se perdre sur l'océan.

— Non. Je n'en ai jamais eu le temps.

— Ah. Alors tu as juste... des copines de baise.

Il fut amusé.

— Si tu veux les appeler ainsi. Et toi ? Évidemment, pas de copains de baise, mais tu ne fréquentes pas non plus les hommes.

Je secouai la tête.

— Non. J'ai essayé. Je n'ai pas aimé.

Je haussai les épaules. Il me regarda attentivement.

— Quel âge avais-tu quand tu as pris cette décision ?

— Seize ans.

Il jura doucement.

— Bref, parlons d'autre chose ! dis-je d'un ton joyeux.

Il secoua la tête.

— Non, je veux en parler un peu plus.

Je secouai la tête à mon tour. Son regard se durcit.

— Ne fais pas ça, Emilia. Je pense que c'est important que je sache si quelque chose de douloureux t'est arrivé. Je veux faire tout ce que je peux pour te mettre à l'aise. Ce qui t'est arrivé à Amsterdam...

— Cela n'arrivera plus... ne t'inquiète pas. J'ai fait une longue thérapie.

— Je ne suis pas d'accord. Je *dois* m'inquiéter.

Je soupirai et je détournai le regard.

— J'avais un petit ami au lycée. C'était une star du foot, un terminale, et j'étais une stupide petite seconde avec des étoiles dans les yeux. Il m'a traitée comme de la merde. Un soir, il a bu et il m'a agressé. J'ai rompu avec lui. Fin.

Son visage était sombre à présent.

— Il t'a agressée... sexuellement ?

Ma respiration s'arrêta. Je n'avais jamais parlé de cela à beaucoup de monde. Heath savait tout. Tout comme ma psy. Ma mère en savait une partie, mais j'avais refusé d'en dire plus lorsqu'elle avait commencé à parler de contacter la police. Elle n'avait pas insisté et elle avait contacté la psy afin que je lui parle à la place.

J'inspirai profondément et je me lançai. Pour une raison étrange, ses yeux sombres me poussaient à le faire. Parfois, j'étais lâche… généralement, en fait. Mais je pouvais être courageuse aujourd'hui. Juste pour aujourd'hui. Et parler de ce sujet nécessitait tout le courage que j'avais.

— Il voulait que nous couchions ensemble et j'ai dit non. Il s'est énervé et il a frappé ma tête contre le volant – nous étions garés sur le Ridge – au pied des montagnes. J'avais conduit parce qu'il était complètement ivre après la fête où nous étions allés. Je suis sortie de la voiture et je me suis mise à courir. Il m'a rattrapée et…

Ma voix trembla et se tut. Adam me regarda, sombre, mais il ne bougea pas, ne dit rien, attendit patiemment que je me reprenne. J'inspirai profondément, mais en tremblotant.

— Il m'a attrapée par les cheveux, m'a forcée à m'agenouiller et à lui faire une pipe.

Mange, connasse, avait-il dit d'une voix traînante pendant que je sanglotais. Le souvenir de ma peur obstrua ma gorge. Je n'allais pas mentionner les cicatrices sur mon cuir chevelu, où il avait tiré si fort sur mes cheveux qu'il en avait arrachés de petits morceaux. Pendant des années après, les cheveux n'avaient pas voulu repousser à ces endroits.

— J'espère qu'il a passé un long moment en prison pour ça, dit-il.

Mon cœur se serra. J'évitai son regard. C'était ici que Mia se révélait être la mauviette dégonflée qu'elle était. Je déglutis.

— Il n'est pas allé en prison.

Adam se renfrogna.

— *Quoi ?*

Je déglutis encore.

— Je n'ai pas porté plainte.

Silence. Il ne dit rien et ne bougea pas. Je savais ce qu'il pensait. Parce que je le pensais de moi tous les jours. *Lâche. Mia est une lâche.*

— Je sais que tu te demandes pourquoi…

Il secoua lentement la tête.

— Tu n'as pas besoin de me le dire.

Mais je ne pouvais plus m'arrêter. C'était comme si la vanne d'une digue s'était ouverte.

— J'avais trop peur. Il était populaire et il était quarterback de l'équipe de foot américain. Tout le monde le vénérait. Je ne pensais pas que quelqu'un puisse me croire.

Ma voix se brisa et je fus dégoûtée par mes jérémiades. Je me redressai.

Il détourna le regard un instant, comme s'il essayait de se calmer.

— Je comprends.

Et je savais que c'était vrai, étant donné qu'il avait été harcelé à l'école.

Je relâchai la respiration que j'avais retenue.

— Merci de ne pas me juger.

Il me regarda à nouveau dans les yeux, soutenant mon regard aussi fermement qu'une empoignade physique.

— Je n'ai pas le droit de te juger.

Nous restâmes assis en silence pendant quelques longues minutes pesantes. Puis je m'éclaircis la gorge, rassemblant mon courage.

— Maintenant, veux-tu bien me dire quelque chose ?

Il inspira profondément, comme s'il se préparait. J'eus soudain envie de venir m'asseoir à côté de lui. Je me retins.

— Qui est Sabrina ?

Il déglutit et il détourna le regard.

— Ma sœur.

Je restai bouche bée. Ce n'était pas la réponse à laquelle je m'attendais. Et je n'aurais pas pu décrire la réaction qui naissait en moi. La surprise, le soulagement, l'étonnement. Qui tatoue le nom de sa sœur sur son torse ?

— Oh. C'est cool. Tu as une sœur, je ne savais pas.

— *J'avais.*

Il se tourna vers moi, le visage et la voix dénués d'émotion.

— *J'avais* une sœur. Elle est morte.

Je reculai, complètement sonné, choqué à la fois par la nouvelle et par la façon inexpressive dont il l'avait annoncée. Avant que je puisse répondre, il se pencha en avant, se préparant à sortir.

— Allons nous doucher et regarder les étoiles depuis le pont supérieur. Et la vue de la rive est magnifique maintenant qu'il fait nuit.

Il n'y avait qu'une seule douche dans la chambre principale et nous étions deux. Adam attrapa deux robes de chambre en tissu-éponge à monogrammes et il m'en tendit une.

— Je vais me doucher dans une chambre d'amis.

— Tu n'es pas obligé, dis-je d'une voix tremblante.

Il se figea et il se tourna vers moi.

— Tu pourrais te doucher avec moi. J'ai vu l'endroit. Il est immense.

Son regard s'éclaira, mais je vis qu'il pensait que je plaisantais. Pourtant, cette pensée m'excitait également. L'idée d'étaler du savon sur ses abdos avec mes mains nues faisait battre mon cœur un peu plus fort.

— Emilia, si je me douche avec toi, nous ne monterons jamais jusqu'au pont supérieur.

Au lieu de répondre, je laissai tomber ma serviette puis j'enlevai mon maillot mouillé en deux gestes rapides. Je lui fis ensuite un sourire en reculant dans la salle de bains.

— Tu vas devoir me montrer comment fonctionne cette foutue douche, de toute façon.

Une excitation froide vibra dans ma gorge tandis que ses yeux affamés dévisagèrent mon corps nu. Je me sentis audacieuse, courageuse, indépendante, *désirée*.

Lorsqu'Adam retira son maillot, il était en pleine érection. J'essayai de ne pas le regarder – pas trop –, mais ma curiosité fut plus forte. Son corps était beau, magnifique, et… disons que j'essayai de ne pas être terrifiée par sa taille.

Je reculai sous le jet d'eau chaude. La douche avait deux têtes, une de chaque côté, alors nous avions chacun la nôtre. Et pendant les quelques premières minutes, nous restâmes sur des côtés opposés de la douche, utilisant avec gêne notre propre jet d'eau, nous réchauffant tout en nous observant prudemment.

Je fis mousser mes cheveux avant de lui tendre le flacon. Lorsqu'il tendit la main pour le prendre, je versai du shampoing sur ma main que je posai sur sa tête. Je posai le flacon sur le côté afin de faire mousser ses cheveux. Il me regarda d'un air tolérant et patient, mais ses yeux étaient sombres de désir. Son corps nu brillant et sexy ne se trouvait qu'à quelques centimètres du mien et je tremblais d'anticipation, le sang coulant dans mes veines cinq fois plus vite que d'habitude.

En m'approchant, je déglutis, la gorge serrée. Je me levai sur la pointe des pieds pour atteindre le haut de sa tête, et il me stabilisa en posant les mains sur mes hanches. Puis il baissa la tête afin que je puisse m'en occuper. Ses mains sur mes hanches me touchèrent avec douceur au début, mais à mesure que je continuais à masser son cuir chevelu, il me serra plus fort, les bouts de ses doigts appuyant dans ma chair. Un frisson dansa sur ma peau. J'avais envie d'appuyer mon corps contre le sien. Mais je me souvins de son avertissement au sujet de ne pas atteindre le pont supérieur. Souhaitais-je que notre première fois ait lieu ici ?

Je m'écartai et je retournai de mon côté de la douche afin de rincer mes cheveux, les yeux fermés. Mais il s'approcha de moi par-derrière.

Il prit la bouteille de gel douche et la versa dans sa main. Je tournai la tête pour le regarder, prête à savourer la vue de cet homme magnifique qui se lavait les abdos.

Il dit :

— Ne bouge pas. Je vais te laver le dos.

J'inspirai profondément et je fis ce qu'il me dit. Ses mains chaudes glissèrent de mes épaules, sur mes deltoïdes et mes trapèzes jusqu'au creux de mon dos. Chaque centimètre qu'il touchait s'anima subitement et je me mis à trembler. Le savon permettait juste assez de fluidité et la sensation de ses mains fortes glissant sur ma peau enflamma mes entrailles d'une chaleur impossible. Il fit passer les bras de l'autre côté et il étala du savon sur mon ventre, mes hanches. Ses mains longèrent la région de mon pubis avant de glisser jusqu'à mes seins. Apparemment, il devait croire que mes seins avaient besoin d'être particulièrement bien lavés, car ses mains y traînèrent un bon moment. Mes tétons pointaient et ils furent sensibles à son contact, chaque caresse de ses mains me transperçant de poignards de désir.

Je haletai, appuyée contre lui. Son érection chaude et dure se pressait au creux de mon dos. Sa tête descendit et il prit mon oreille dans sa bouche. Nous étions bombardés de gouttes d'eau.

— Emilia, si je n'étais pas un gentleman, je te collerais tout de suite contre ce mur et je te baiserais.

J'eus le souffle coupé.

— Qui a dit que tu devais être un gentleman ?

Sa bouche était à présent dans mon cou, mais je gigotai hors de ses bras et je versai du gel dans mes mains.

— Ta bouche prouve que tu es très, très, sale… dis-je d'un ton suggestif.

Il rit et il se tourna. Je commençai par ses épaules et son dos et il se raidit. Mes mains glissèrent sur ses muscles parfaitement définis. Mes doigts descendirent jusqu'à sa taille, puis sur ses fesses dures.

Je me tournai et je repris du gel avant de passer sur le devant. Son corps était exquis sous mes mains. Un petit gémissement s'échappa de sa bouche lorsqu'il ferma les yeux, savourant le moment. Je penchai la tête pour l'embrasser, mais je m'arrêtai. Étais-je prête à commencer ici, malgré ce qu'il venait de me dire ? Je m'écartai afin qu'il puisse se rincer.

Je sortis de la douche, le corps toujours frémissant de ses caresses. Je frissonnai en pensant à ce qui allait se passer plus tard dans la nuit, peut-être même sur le pont supérieur, sous les étoiles. On se sécha et on enfila des habits décontractés pour monter.

Tout le comté d'Orange bordait une côte orientée vers le sud, la courbe que formait la Californie du Sud en arpentant vers le Mexique. À cette distance de la côte, les nombreuses lumières d'OC et de Los Angeles n'étaient qu'une lueur à l'horizon.

La lune était un mince filet de croissant ascendant et donc, étant sur le point de se coucher, elle n'entrait pas en concurrence avec les étoiles. Les lumières de la côte, en revanche, empêchaient une visibilité parfaite. Malgré tout, c'était beaucoup mieux que d'essayer de voir les étoiles depuis la terre. La pollution lumineuse au-dessus de la zone métropolitaine de Los Angeles était considérable et au cours des nuits les plus claires, il était difficile de discerner plus d'une douzaine d'étoiles. Ce n'était pas le cas du ciel au-dessus d'Anza, qui était si sombre et dégagé que l'on pouvait voir les satellites glisser à travers le ciel silencieux de la nuit. Ici, on pouvait presque en voir autant.

Adam était passé à son bureau pour regarder ses mails et j'étais montée sur le pont, seule, essayant de ne pas être irritée. C'était vraiment étonnant qu'il ait ignoré son travail pendant si longtemps. Je ne pouvais pas m'attendre à un miracle. Je l'attendis donc pendant presque une heure. Il monta avec deux grandes couvertures et – bien sûr – son téléphone portable rangé dans sa poche.

Après avoir trouvé les constellations les plus reconnaissables, on s'allongea côte à côte sur un large banc avec des coussins, observant le dôme sombre au-dessus de nous.

— Je n'arrive toujours pas à croire que tu étais là-haut.

— Oui. Pendant dix jours. Et si je peux, j'y retourne.

— Comment as-tu arrêté de travailler si longtemps ?

Il haussa les épaules.

— Je n'ai pas arrêté. J'ai travaillé par satellite pendant quelques heures chaque jour. Mais il a aussi fallu que je participe à des expériences scientifiques. Cela m'a beaucoup plu.

De là où nous étions, la mer sombre s'étendait autour de nous, calme, nous berçant doucement.

Je soupirai.

— Cela doit être tellement satisfaisant de voir ses rêves les plus fous devenir réalité.

Il resta longtemps silencieux.

— Quels sont tes rêves, Emilia ?

Je haussai les épaules.

— Tu sais, je n'ai pas de réponse à cette question, en dehors de 'devenir le meilleur médecin qui ait jamais existé'.

Je fronçai les sourcils, ravie que l'obscurité cache mon visage. Il ne pouvait pas voir le fossé d'inquiétude qui s'était creusé sur mon front. Même si j'avais terminé mon programme de prépa médecine, j'étais encore loin de ce rêve. Cela donnait à réfléchir, de voir la chose que je voulais tant être tout juste hors de ma portée. Cette unique barrière était quelque chose dont j'avais peur plus que tout le reste : l'échec, encore une fois. Cela m'avait paralysé, m'avait empêché de repasser le test encore et encore, jusqu'à l'obtenir. Non, je n'allais pas repasser avant d'avoir payé le prix de mon sang, ma sueur et mes larmes, en étudiant des heures et des heures jusqu'à avoir toutes les connaissances gravées dans les replis de mon cerveau.

— C'est un rêve qui a du mérite, murmura-t-il. Mais il doit y avoir quelque chose au fond de toi, quelque chose que tu as toujours souhaité faire ou voir.

— Grâce à toi, je pense pouvoir rayer un certain nombre de choses de la liste que je ne pensais même pas avoir.

Il tourna la tête et il me regarda.

— Ce voyage en Europe ne devrait presque pas compter. Tu mérites d'y retourner, d'en profiter comme il le faut.

Je soupirai.

— Peut-être le ferais-je.

— Alors, quelles sont les autres choses pour lesquelles je t'ai aidée ?

— Euh. Voler en première classe. Nager avec les dauphins. Passer la journée sur un yacht d'un milliard de mètres de long…

J'inspirai profondément avant de continuer.

— Recevoir le baiser le plus incroyable de ma vie.

Il me regardait toujours et je le vis sourire dans la lumière tamisée. Mais s'il faisait une remarque sarcastique à ce moment-là, je savais pouvoir en mourir d'humiliation. J'étais encore sous le choc de ce que je venais de dire. Il s'éclaircit la gorge.

— Quelle coïncidence, souffla-t-il. Moi aussi, c'était sur ma liste.

Je tournai la tête vers lui.

— C'était ?

— Oui. Mais moi aussi, je peux le rayer maintenant.

Il roula sur le côté, vers moi, m'observant toujours.

— Mais cela ne signifie pas que je ne vais pas essayer de faire ce que je fais toujours.

— Ah bon ? Et qu'est-ce donc ?

Il fit courir son doigt le long de mon menton avant de tracer le contour de mes lèvres. Son contact fut brûlant et glacial et mes lèvres frémirent.

— J'essaie toujours de faire mieux que mon propre meilleur score, dit-il doucement.

Lorsqu'il se pencha et qu'il m'embrassa, ce fut avec la force de toute la tension retenue entre nous depuis le début de la journée. Cette conversation dans le jacuzzi nous avait rapprochés et la douche avait fait vrombir nos moteurs. Nous étions prêts à partir lorsqu'il m'embrassa.

Il roula sur moi, m'enfonçant dans le coussin. Ses mains et sa bouche furent partout. Et il se précipita, déboutonnant ma chemise et passant les mains dedans. Je frissonnai et il s'arrêta seulement pour attraper une des couvertures afin de nous couvrir.

Il passa immédiatement à ma braguette et il la défit, faufilant ses mains à l'intérieur. J'inclinai la tête en arrière, le souffle coupé par l'invasion soudaine, mais pas malvenue. Il savait à quel point j'étais brûlante et mouillée, murmura que j'étais prête. Il enleva le jean de mes hanches et je me soulevai afin qu'il puisse le retirer, le jetant sur le côté avec ma culotte.

— Emilia, tu me rends fou, dit-il en collant son corps contre le mien.

Mes mains volèrent jusqu'aux boutons de sa chemise que j'ouvris. Il appuya immédiatement son torse nu contre le mien et nous soupirâmes tous les deux en chœur. La sensation fut exquise : son corps dur et masculin appuyant contre mes seins, le besoin désespéré entre mes jambes.

— Adam, je te veux.

Et il m'embrassa, ses mouvements devenant plus urgents, si c'était possible.

Sa tête descendit jusqu'à mes tétons, suçant chacun à son tour pendant que je cambrais le dos pour le rejoindre, mon corps devenant plus brûlant à chaque minute qui passait. Il m'embrassa jusque sur mon ventre, sur mon nombril. Puis, plus bas.

Sa tête fut entre mes jambes et il les écarta en faisant courir sa langue et sa bouche brûlantes à l'intérieur de mes cuisses. Tout mon corps se mit à pulser au rythme de mes propres battements de cœur précipités. Je savais ce qui venait ensuite.

Adam était sur le point de me faire un cunnilingus. Je me raidis soudain à l'idée qu'il soit si près de l'un de mes endroits les plus intimes. Je ne pensais pas que cela pouvait me gêner, puisque cela n'avait aucun rapport avec ce qui m'était arrivé, mais la crainte qu'il puisse se passer quelque chose me retenait.

Il le sentit immédiatement et il leva la tête.

— Ça va ?

J'inspirai profondément, me forçant à me détendre. Et je laissai mes genoux s'ouvrir entièrement.

— Ça va.

Il baissa alors la tête sur mon sexe, son souffle chaud effleurant l'intérieur de mes cuisses. Je fermai les yeux, me forçant à rester calme, à profiter de ce qui était sur le point de se produire, mais je n'étais pas aidée par l'angoisse de l'anticipation. Je sentis d'abord son doigt qui sépara mes lèvres pendant qu'il embrassait mes cuisses. Il le poussa en moi, le recourbant lentement afin d'appuyer sur un endroit précis, un endroit qu'il connaissait bien, apparemment, et je poussai immédiatement un petit cri en cambrant le dos.

Il leva la tête.

— Bingo. Je l'ai trouvé.

Et je ne pus m'empêcher de rire. Il avait découvert l'insaisissable point G.

— Ils devraient distribuer des médailles du mérite pour ça, dit-il.

J'eus le souffle coupé lorsque son doigt se remit à bouger.

— Je te donnerai une putain de médaille d'or si tu veux, mais ne t'arrêtes pas.

— Emilia, je n'ai même pas encore commencé, dit-il en laissant tomber sa bouche sur mon sexe, léchant la chair prête avant de trouver l'endroit le plus sensible, mon clitoris, et de le sucer.

La sensation fut indescriptible. Comme si sa bouche était faite de feu et qu'elle me brûlait en même temps de douleur et de plaisir exquis. Je m'arrêtai de respirer, puis je poussai un petit cri que tout être humain à un kilomètre à la ronde devait avoir entendu.

Je me mis à jouir avant même de me rendre compte de ce qu'il m'arrivait. Les spasmes furent des explosions courtes et intenses et durèrent pendant plusieurs minutes. Juste au moment où je pensais qu'il allait s'arrêter, il s'appuya plus fort contre moi et il ajusta la tête. Mon dos se souleva du banc et à ma grande honte, je poussai un couinement aigu !

Je ne pus pourtant pas m'en empêcher. C'était tellement bon.

Même si je me sentais comme une serpillière mouillée qui venait d'être essorée, je me rendis compte lorsqu'il s'installa à nouveau à côté de moi qu'il avait raison. Nous venions seulement de commencer. Et maintenant, c'était à son tour d'avoir du plaisir grâce à moi.

— Tu as aimé ça, n'est-ce pas ? dit-il, visiblement très fier de lui-même.

Je souris.

— Non. J'ai détesté chaque minute.

Il se pencha alors et il m'embrassa. Un baiser profond et passionné. Il dura longtemps et à chaque seconde qui passait, je sentis une impression d'urgence grandir en lui. Je parcourus les muscles souples de son torse, je fis le tour jusqu'à son dos, posant les mains sur ses omoplates, l'attirant vers moi.

Il ne rompit pas le baiser pour défaire son bermuda. C'était si silencieux ici, avec seulement les bruits du bateau et le clapotis de l'océan autour de nous. J'entendis sa fermeture éclair et je fus traversée par une pointe d'angoisse glaciale. Elle fut tenace, mais mineure, et j'essayai de ne pas penser à ce qui était sur le point de se passer. Je savais que ma peur était bête, qu'elle était infondée. Je savais qu'ensuite, j'allais être soulagée d'en avoir terminé.

En respirant profondément, j'ouvris les jambes afin qu'il puisse s'installer entre elles. Je vis qu'il luttait pour ne pas passer les mains dans mes cheveux. Une main s'approchait de ma tête, puis retombait chaque fois sur mon épaule ou sur mon dos. J'appréciai, même si le fait de se forcer à s'en souvenir devait l'empêcher de profiter pleinement du moment. J'ouvris les yeux et je vis qu'il me regardait. Lorsque nos regards se croisèrent, il s'écarta et il rompit le baiser.

Il respirait fort.

— Emilia, dit-il avant de recommencer à m'embrasser en m'attirant plus près de lui.

Son érection appuya contre l'intérieur de ma cuisse et il poussa un grognement, ses bras se serrant autour de moi. J'ajustai les hanches sous lui, me demandant pourquoi il hésitait.

— Baise-moi, Adam, dis-je en serrant les dents.

Il poussa un autre grognement et il se déplaça. Il fut sur le point de me pénétrer. Son bout frôla ma chaleur, mais il se raidit alors, s'arrachant à l'emprise de mes bras.

Je m'assis, le regardant d'un air choqué pendant qu'il attrapait son boxer et son bermuda, qu'il enfila avec un air de dégoût figé sur le visage.

— Quoi ? dis-je, toujours complètement nue sous la couverture.

Il secoua la tête, attrapa ses chaussures et se leva, sa chemise toujours entièrement ouverte et exposant son torse parfait.

— Nous n'allons pas faire ça, dit-il d'une voix distante. Habille-toi. Tu peux loger dans une chambre d'amis.

Et sans attendre ma réponse, il tourna les talons et il descendit les marches jusqu'au pont inférieur, me laissant la bouche ouverte de surprise. Je le regardai partir, complètement perdue. Tout mon corps tremblait et mon visage brûlait d'humiliation. Ma respiration était rapide et la colère lança un éclair de fureur jusqu'à mes entrailles. Comment *osait*-il, putain ?

J'enfilai mes vêtements avec des mouvements secs en essayant d'ignorer la sensation qui me donnait envie que la mer monte et m'avale ici et maintenant.

Avais-je fait quelque chose de mal ? N'avais-je pas réagi de la façon qu'il voulait ? Je me repassai tout ce qui avait conduit jusqu'au moment où il s'était raidi et écarté de moi. L'avais-je touché dans un endroit qu'il n'aimait pas ou – oh, mon Dieu – avait-il fantasmé au sujet de quelqu'un d'autre ? Mes mains tremblèrent de fureur pendant que je m'habillais.

***

Qu'est-ce qui lui avait pris ? Je ne pus m'empêcher de me poser des questions. Il n'était même pas encore vingt-deux heures lorsque je jetai un coup d'œil à l'horloge dans ma chambre, la chambre d'amis juste après la sienne. Sa porte était ouverte, la lumière éteinte, alors je supposai qu'il n'y était pas.

Qu'est-ce qui l'avait fait réagir si violemment ? Pourquoi cet air de répulsion sur son visage ? Adam avait-il un problème avec le sexe ? Peut-être avait-il subi des abus dans l'enfance ou l'adolescence ? Cette idée me retourna l'estomac, mais soulagea une partie de ma colère. Et s'il ne pouvait rien y faire ? Mais il avait manifestement eu des relations sexuelles avec d'autres femmes, car j'en avais rencontré au moins une, Lindsay. Était-ce parce que j'étais vierge ? Bien sûr, si cela le rebutait, pourquoi miser aux enchères ?

Je fis les cent pas pendant un moment avant de décider que je ne pouvais pas me calmer ainsi. J'enfilai un short et mes chaussures pour courir et je me dirigeai vers la petite salle de gym du yacht. Adam me l'avait montrée lors de ma visite de l'après-midi : une pièce avec un tapis de course, une machine elliptique, des poids. Une bonne longue course pouvait m'aider à me vider la tête.

Avec mon fidèle MP3 et les écouteurs aux oreilles, je descendis d'un pont et, après m'être trompé une fois, je finis par trouver la pièce que je cherchais. Je réussis grâce à la lumière qui sortait par la porte entrouverte. C'était donc ici qu'il avait fui.

Sans me laisser décourager, je préparai ma playlist pour courir et je me dirigeai tout droit vers le tapis inoccupé. Je l'aperçus dans le coin, en short et en débardeur noir, à la barre de tractions. Je n'étais donc pas la seule à avoir décidé de brûler ma frustration sexuelle en faisant du sport.

Il tourna brusquement la tête juste au moment où je lui tournai le dos en montant sur le tapis.

Je l'allumai et j'accélérai rapidement, augmentant sans doute davantage la vitesse que je ne l'aurais dû. J'avais envie de me débarrasser de mon surplus énergie aussi vite que possible. Si je m'épuisais, peut-être trouverais-je le courage de lui parler ensuite.

J'étais carrément en train de sprinter avec la chanson *Keeps Getting Better* de Christina Aguilera battant par-dessus mon pouls lorsqu'il entra dans ma ligne de mire, se tenant juste devant moi et articulant quelque chose tout en secouant la tête d'un air sévère. Je secouai moi aussi la tête et je baissai le regard. Il voulait parler maintenant ? Carrément pas. Il pouvait attendre. Comme j'avais attendu sur le pont supérieur quand il était allé jeter un coup d'œil à son travail.

Il ne bougea pas lorsque je refusai de m'arrêter de courir ou de le regarder. Puis il tendit la main et il éteignit le tapis de course. Le mécanisme de sûreté se déclencha et le tapis ralentit progressivement. Si je le rallumais, j'allais tomber, car il aurait redémarré avec une vitesse beaucoup plus lente que celle avec laquelle je courais.

Lorsqu'il s'arrêta, j'arrachai les écouteurs de mes oreilles.

— C'était quoi ça ?

Il me jeta un regard noir.

— Tu vas trop vite. Tu ne t'es même pas échauffée.

— Je te serais reconnaissante de ne pas te mêler de ce que je fais pour m'entraîner.

— Je ne vais pas te regarder te blesser sans rien faire. Tu peux vraiment te foutre en l'air de cette façon.

— Eh bien, peut-être suis-je énervée et ai-je besoin de courir un bon coup.

— Alors, fais-le au moins comme il faut.

Heath m'avait dit qu'Adam courait autrefois, et sans doute encore, mais cela ne lui donnait pas le droit d'intervenir.

Je descendis du tapis et je fus sur le point de partir en souhaitant avoir mon ordinateur et une connexion internet afin de me connecter au jeu et d'aller massacrer quelques centaines d'orcs.

— Emilia.

Je me tournai brusquement vers lui, le visage brûlant.

— *Quoi ?*

— Tu n'es pas prête.

Je savais qu'il ne parlait plus de courir. Je me raidis.

— Et qui es-tu pour le décider ? C'est *ma* décision. Mon corps. J'ai vingt-deux ans, bon sang. Je pourrais sortir demain avec n'importe qui et...

— Non, tu ne le peux pas, dit-il simplement en serrant les poings.

Je secouai la tête.

— Il n'y a pas d'accord si *tu* refuses de le faire.

— Ah bon ? Alors tu viens de décider d'abandonner notre virement bancaire imminent ?

Je déglutis, la gorge serrée. J'avais besoin de cet argent, bon sang. Je haussai les épaules.

— De toute façon, qui me dit que tu as l'intention de me payer ?

Il serra la mâchoire.

— Je ne reviens jamais sur un accord.

Je secouai la tête.

— Je ne peux pas supporter ça. Je me suis ouverte à toi. Tu m'as demandé d'être honnête et je l'ai été et maintenant...

J'agitai les bras.

— C'est comme si tu me punissais parce que je t'ai parlé de mon passé.

Il s'approcha de moi, toucha ma joue avec la main. Je fermai les yeux et j'écartai la tête.

— Emilia. Regarde-moi.

Je levai les yeux.

— Si je ne me souciais pas de toi en tant que personne, je m'en foutrais. Je le ferais tout simplement. Mais je ne suis pas convaincu que cela ne te fasse pas de mal d'une façon ou d'une autre. Je ne me le pardonnerais jamais.

Je croisai les bras sur ma poitrine.

— Alors si on ne le fait pas maintenant, quand ? Jamais ? Adam, j'ai besoin de cet argent.

Il inclina la tête et il m'examina.

— Tu n'as même pas encore posé ta candidature en école de médecine.

Je détournai le regard. Pouvais-je me permettre de lui dire la vraie raison ? Le ranch avait des ennuis. Cela faisait un peu scénario de film ringard des années quatre-vingt, mais si ma mère perdait son ranch et le B&B qui allait avec lui, elle allait perdre ses revenus. Et si cela se produisait, il n'y aurait plus de traitement contre le cancer. Je venais de lui parler de ma vie personnelle et il avait retiré la décision de mes mains. Je ne pouvais pas avoir confiance en lui : il risquait de faire la même chose si je lui disais pourquoi j'avais vraiment besoin de l'argent tout de suite.

— Je suppose que je ne connais pas toute l'histoire. Pourquoi as-tu besoin de l'argent ?

Je me raidis.

— Pourquoi te le dirais-je ? Afin que tu puisses l'utiliser contre moi ?

Ses yeux sombres étaient durs. Austères. Je levai le menton et je le défiai du regard. Avais-je le choix de ne pas suivre ses décisions ? Je poussai un long soupir.

Son regard ne faiblit pas pendant qu'il me regarda avec intensité.

— Tu pensais être celle qui contrôlait tout. Maintenant, tu te rends compte que ce n'est plus le cas.

Ma respiration s'arrêta soudain, comme s'il venait de me donner un coup de poing.

— Je n'ai jamais rien contrôlé, n'est-ce pas ? Tu me l'as juste fait croire. Je me suis toujours considéré comme quelqu'un d'intelligent, assez intelligente afin d'obtenir une bourse ainsi que les notes suffisantes pour entrer en école de médecine. Cependant, je ne suis pas un génie et je ne vais pas m'épuiser à essayer de te battre. Suis-je juste un petit jouet avec lequel tu t'amuses avant de t'ennuyer à nouveau ?

Il cligna des paupières en crispant les bras.

— Non.

— Parce que c'est ton problème, tu sais. Tu t'ennuies. Tu es *vide*. Tout ce que tu fais, c'est travailler. Tu t'entoures de tous les jouets les plus chers que tu peux imaginer et tu gardes les gens à distance. Est-ce que quelqu'un t'aime ? Est-ce que tu aimes quelqu'un ?

Ce fut peut-être mon imagination, mais il sembla pâlir légèrement. Il changea de position et passa la main dans ses cheveux bruns. Je tournai les talons et je courus jusqu'à ma chambre. Je n'avais plus envie de faire ça.

Il m'attrapa juste devant la porte de ma chambre, passa la main autour de mon bras et me fit pivoter vers lui.

Sa bouche trouva la mienne et même si j'étais encore en colère, je le laissai m'embrasser. Il me prit dans ses bras et il m'attira contre lui. Lorsque nous nous écartâmes, sa respiration était bruyante et sa voix était sombre, rauque.

— Une nuit de plus, Emilia.

Je ne dis rien en le regardant dans les yeux. Je levai les mains pour le repousser et il me serra plus fort autour de la taille.

— S'il te plaît.

J'inspirai profondément.

— J'ai besoin de quelque chose… d'une espèce de… nous ne pouvons pas continuer à faire ça.

Il inclina la tête et il posa son front contre le mien. Il ferma les yeux avant de les rouvrir. Ma gorge se serra en voyant l'air déterminé de ses yeux.

— Une nuit de plus. Je te transférerai la moitié de l'argent lundi.

Je frissonnai. Lorsque je parlai, ce fut d'une voix tremblante.

— D'accord…

J'hésitai.

— Si tu veux encore de moi.

Il me lâcha lentement et il fit un pas en arrière. Il inspira profondément en serrant le poing droit.

— En avais-tu le moindre doute avant que j'interrompe tout cela ?

Je secouai la tête.

— Alors, ne te permets pas de croire le contraire. Je te désire. Beaucoup.

Mon cœur se mit à battre dans ma gorge. Il me désirait… pour une nuit. Et ensuite ? Pour la première fois depuis le début de tout ce plan sordide, je commençais à croire que j'avais pris une très, très mauvaise décision. Avec mes règles strictes, mes tentatives frénétiques de tout contrôler, je m'étais enfermée dans une situation impossible, car mes sentiments pour lui étaient en train de grandir au-delà d'une seule nuit. Juste une seule nuit de plus.

Il fit un pas vers moi et il posa un baiser chaste sur ma joue.

— Bonne nuit.

Puis il tourna les talons et il disparut dans sa chambre.

Respirer fut douloureux. Épuisée, je me laissai tomber sur le lit, je me roulai en boule et je m'endormis.

***

Lorsque je me réveillai le lendemain matin, nous étions amarrés en sécurité contre la rampe de Bay Island, nichée à côté de la maison d'Adam. Nous eûmes un bref petit-déjeuner dans sa cuisine, où nous mangeâmes des fruits frais et des crêpes chaudes préparées par Chef.

Il me regarda plusieurs fois, mais je ne dis pas grand-chose, me sentant toujours gênée et complètement perdue quant à ce qui était arrivé entre nous la nuit précédente.

— As-tu des plans pour plus tard ? finit-il par dire.

Je haussai les épaules.

— Apparemment, je suis à ta disposition.

— Non, je parle de manger. Juste le dîner.

— Ce soir ?

Je réfléchis un instant. Je n'avais pas besoin d'être de retour au travail avant le lendemain soir. Je n'avais pas eu l'occasion de rappeler Heath, mais je pouvais m'en occuper dans l'après-midi.

— Je dois travailler sur mes articles du blog de la semaine.

— Ce n'est que pour quelques heures.

Je soupirai.

— Pas si je dois passer une heure ou deux à me préparer.

— Oh non, ce n'est pas ce genre de dîner. C'est un repas de famille à la maison de mon oncle. Un barbecue.

Je lui jetai un regard du coin de l'œil. Un repas de famille ? L'avais-je bien entendu ? Soudain, le vieux démon de la curiosité m'attrapa par la gorge et ne voulut plus me lâcher.

— D'accord.

Il me conduisit chez moi et comme d'habitude, il m'accompagna jusqu'à la porte en portant mon sac. J'entrai et je remarquai un mouvement soudain près de mon canapé. Surprise, je me mis à hurler.

Adam fonça à l'intérieur de l'appartement et il me poussa derrière lui.

— Qu'est-ce que...

Heath bondit du canapé.

— Putain. J'ai eu trop peur.

Je poussai un énorme soupir de soulagement, puis je commençai à rire.

— Heath, qu'est-ce que tu fais ici ?

— Tu as disparu. Je suis venu ici pour essayer de te retrouver.

Heath et Adam échangèrent des saluts virils en hochant la tête.

— Drake.

— Bowman.

Heath se tourna vers moi avec un regard très étrange.

— Tu es partie tout le week-end ?

Je regardai Adam.

— Plus ou moins.

— Ah. D'accord.

Adam bougea, remarquant manifestement le moment de gêne.

— Je vais partir, alors.

Il se tourna et il m'embrassa sur la joue en me tendant mon sac.

— Je te vois à dix-huit heures.

Heath fixa la porte en fronçant les sourcils, la bouche ouverte, pendant presque une minute après le départ d'Adam.

Je commençai :

— Je suis désolée de ne pas avoir répondu à ton message. Lorsque je suis rentrée vendredi soir, c'était trop tard pour t'appeler, et puis j'ai complètement oublié samedi matin parce que je me suis réveillée tard et que j'ai couru partout pour me préparer.

Heath, qui fixait toujours la porte, secoua la tête et cligna des paupières.

— Tu veux bien me dire ce qu'il se passe ?

Je laissai tomber mon sac sur une chaise près de là et je marchai vers le frigo dans le coin du studio qui servait de minuscule cuisine.

— Tu veux de l'eau ? Je crois que j'ai un Dr Pepper.

— Pas besoin. J'ai acheté un café en venant. Je sais très bien que je ne trouverais rien dans ton frigo.

— Pourquoi es-tu ici ?

Heath se renfrogna.

— Parce que j'étais *inquiet*, putain. Ta mère n'arrête pas de m'appeler parce qu'elle n'arrive pas à te joindre et cela me rend fou et puis, que se passe-t-il entre Drake et toi ?

J'avais la tête qui tournait, tout cela étant sorti de sa bouche en moins de dix secondes. J'essayai de traiter toutes les informations.

— J'ai un nouveau téléphone portable. Je n'ai pas encore de numéros enregistrés dedans.

Je le sortis et je le lui tendis.

— Peux-tu y entrer ton numéro ? Et je t'appelle pour te donner...

— Où as-tu eu ça ? C'est le tout nouveau Galaxy. Il y a des gens sur liste d'attente pour en obtenir.

— Adam me l'a donné.

Heath me lança un regard appuyé, puis il tapa son numéro dans mon téléphone. Il appela son téléphone, le faisant sonner avant de raccrocher.

— Alors, vous couchez enfin ensemble ou quoi ?

Je lui repris le téléphone en pinçant les lèvres.

— Ou quoi.

— C'est quoi son problème ? Il n'arrive pas à bander ? Tu as passé tout le week-end avec lui et il ne s'en est pas occupé ?

J'inspirai profondément.

— Nous n'avons pas pu le faire vendredi. Le bateau n'était pas là. Alors nous avons passé la nuit dernière ensemble et...

— *Et ?*

— Et rien.

— Merde. Je savais qu'il était gay.

— Quoi ? Non... non, il n'est pas gay.

— Comment le sais-tu ?

— Je ne vais pas te donner de détails. Je le sais, c'est tout.

— Et ensuite ?

— Il y a toujours eu quelque chose pour nous en empêcher, et puis la nuit dernière...

Je débouchai une bouteille d'eau et je bus longuement.

— Que s'est-il passé la nuit dernière ?

— Nous avons passé la journée ensemble, c'était génial. Et hier, avant le dîner, nous avons discuté dans le jacuzzi. Il m'a demandé ce qui m'est arrivé au lycée.

Heath fronça les sourcils.

— Que lui as-tu dit ?

Je haussai les épaules.

— Tout. C'était plus facile de le lui dire que je ne l'aurais cru. Tout est sorti facilement.

— D'accord, alors quel est le rapport avec le fait de ne pas...

Il rougit, puis il grimaça.

— Ah. J'ai compris. Il ne veut pas te toucher maintenant parce que tu n'es pas pure ?

— Quoi ? Non. Non. Je crois que ça lui a fait peur pour la raison opposée. Il a dit qu'il n'était pas sûr que je sois prête. Il a dit qu'il ne se le pardonnerait pas si je paniquais.

— Es-tu certaine qu'il ne procrastine pas ? C'est peut-être une excuse pour ne pas te payer.

Je haussai les épaules.

— Je crois que ce n'est vraiment pas le cas. Je ne sais pas.

Heath secoua la tête.

— Vous sortez ensemble, ou quoi ? Il passe te prendre à dix-huit heures ?

— C'est un barbecue de famille.

Heath poussa un juron.

— Quoi ?

— Il te manipule, Mia. C'était un marché pour une seule nuit. Maintenant, il te traite comme sa call-girl personnelle.

Je secouai la tête.

— Ce n'est pas vrai. Nous n'avons pas…

— Vous n'avez pas baisé. Mais vous avez fait d'autres choses, insista Heath. Tu n'as même pas besoin de me le dire. Je le sais.

Je secouai la tête.

— Ce n'est pas logique. Il n'a même pas…

Heath haussa les épaules.

— Il y a toutes sortes de personnes. Peut-être qu'il prend son pied en se frustrant volontairement.

— La ferme, Heath. Arrête de transformer ça en quelque chose de malsain.

— Ma vieille, c'était malsain dès le début. Maintenant, ça ne fait qu'empirer.

Je m'assis à la table de ma cuisine et les yeux de Heath se posèrent sur mon nouvel ordinateur portable. Il le désigna de la main.

— Nouveau téléphone. Nouvel ordinateur. Une nuit chic sur un yacht. Et ensuite ? Une voiture ? Qu'est-ce qu'il achète avec tous ces cadeaux coûteux ? Il veut quelque chose. Il veut plus qu'une seule nuit.

Je me frottai le front. Je me sentis tellement stupide à ce moment-là, incapable de comprendre ce que signifiaient les choses les plus simples. Adam se servait-il de moi ? Dans quel but ? Je n'arrivais pas à ôter l'expression sur son visage de mon esprit : juste après qu'il se soit arrêté et qu'il se soit écarté. Il avait eu l'air tellement dégoûté.

— C'est toi qui l'as choisi, Heath. C'est toi qui as dit que c'était le meilleur choix.

— Je ne mentais pas. C'était le cas. Mais tout ça a commencé dans un monde déjà bizarre qui est brusquement devenu le pays de la merde noire.

Je secouai la tête, ne trouvant pas de réponse cinglante. Je devais être rouillée.

Après m'avoir fixé du regard pendant quelques minutes tendues, Heath finit par pousser un soupir.

— Écoute, tu es une grande fille. Je t'aime, mais je ne peux pas rester sans rien faire en te regardant te faire baiser par ce type – de plus de façon que tu le voudras.

Je ne pus pas respirer, soudain proche des larmes.

— Heath, pourquoi es-tu si blessant ?

Ses paroles confirmaient mes pires craintes. Adam se servait de moi. Adam voulait quelque chose de moi. Adam allait me jeter aux ordures une fois qu'il en aurait terminé avec moi. Tout comme le donneur de sperme biologique l'avait fait avec ma mère. Parce qu'ils étaient tous pareils.

— C'est parce que je m'inquiète pour toi. Tu n'es quand même pas en train de tomber amoureuse de lui ? Un type de ce genre va te rouler dessus et t'abandonner au bord de la route.

Je regardai Heath dans les yeux et je secouai la tête.

— Je dois tenter le coup, Heath.

Il écarta les bras.

— Très bien. Tu n'es pas obligé de m'écouter. Mais je ne m'occupe plus des appels de ta mère. À toi de les gérer. De tout gérer. Je me casse.

Et d'un geste dégoûté du bras, il se tourna et il partit en claquant la porte derrière lui.

J'aurais pu baisser la tête et pleurer. J'en avais envie. Mais je ne le fis pas. À la place, je me connectai au jeu et je massacrai une vingtaine d'orcs en vérifiant au moins une douzaine de fois si mes amis FallenOne ou Persephone étaient connectés. Fallen ne s'était pas connecté au jeu depuis que nous avions bavardé, il y avait des semaines de cela. Je lui envoyai un mail rapide en lui demandant comment il allait, et à quel moment il allait rentrer, puis je commençai à travailler sur un article pour mon blog.

Les paroles de Heath se répétèrent dans ma tête et j'eus du mal à me concentrer sur toutes les choses que je devais faire. Adam me manipulait-il ? Pour quelle raison ? Ce que nous faisions, était-ce vraiment malsain ? Je n'avais pas de réponse. Toutes les fois où je pensais à Adam, des sentiments étranges montaient dans ma poitrine et menaçaient de tout submerger. J'avais du mal à réfléchir, du mal à respirer.

Avec un soupir tremblant, je me déplaçai dans l'appartement comme un robot sans cervelle, faisant ce qu'il fallait avant d'enfiler un pantacourt blanc et un tee-shirt bleu pâle pour le barbecue.

***

Encore une fois, Adam fut ponctuel lorsqu'il passa me prendre afin de me conduire à la maison de son oncle. Il ouvrit la portière pour moi et je m'installai sur le siège en cuir de sa Porsche.

Son oncle vivait dans la ville après la mienne, Tustin, près des collines ondoyantes qui s'étendaient vers les canyons de la campagne d'OC. Les maisons ici étaient jolies. Pas des villas comme à Newport, mais des maisons de la classe moyenne supérieure, avec des habitants ayant de bonnes situations, sans être riches. Ce fut dans la longue allée blanche de l'une de ces maisons qu'Adam gara sa voiture.

Nous fûmes à peine sortis de la voiture que deux jeunes garçons, qui n'avaient pas plus de six et huit ans, sortirent en courant de la maison.

— Adam ! crièrent-ils, manifestement enthousiastes.

Adam se pencha et les attrapa dans ses bras musclés en les soulevant.

— Olala, dit-il avec un grognement exagéré. Vous devenez vraiment lourds.

— Pose-moi ! dit l'un d'entre eux.

Il semblait avoir quelques années de plus que son frère, car il était légèrement plus grand. Autrement, il était difficile de les différencier. Ils avaient des traits similaires et leurs cheveux étaient exactement de la même couleur.

— DJ, c'est moi qui conduis en premier !

Mais le plus jeune m'avait aperçu et il essaya de se défaire de l'emprise d'Adam, en écarquillant les yeux et en ouvrant la bouche.

— Adam a apporté une *fille*, dit-il, manifestement incrédule.

Je ris, ne pouvant m'en empêcher, d'autant plus qu'Adam leva les yeux au ciel en posant les deux garçons et en mettant les mains sur leur tête.

— Ces deux andouilles sont Gareth et Dylan – nous l'appelons DJ. Ce sont les enfants de ma cousine Britt.

DJ me fixait avec étonnement et il s'approcha de moi pendant que son frère Gareth sauta dans la voiture d'Adam et se mit à faire des bruits de moteur tout en faisant tourner le volant.

— Salut, dit-il avec un sourire espiègle. Tu es jolie.

— Eh bien, merci, dis-je en riant.

— Es-tu la petite amie d'Adam ?

— Euh, dis-je en jetant un coup d'œil à Adam, qui semblait plus amusé que gêné.

— Arrête de draguer Emilia, DJ.

DJ se tourna vers son cousin.

— Pourquoi as-tu amené une fille ? Tu n'amènes jamais de filles.

— Pardon ? As-tu oublié ton spray anti-filles ? dit Adam.

Adam me fit bientôt entrer, laissant ses cousins dans l'allée faire semblant de conduire la voiture après leur avoir donné clairement l'interdiction de toucher le levier de vitesse et le frein à main. Il avait clairement confiance en eux, et ils n'eurent pas besoin d'être supervisés. J'avais du mal à croire qu'il laissait les enfants tripoter la voiture alors qu'elle valait manifestement une fortune.

— Ne t'inquiète pas, ils ne s'y intéressent plus au bout de dix minutes, dit-il.

Je fus présentée à quatre autres personnes, toutes adultes. Les deux premières furent Britt, la cousine d'Adam et Rik, son mari, les parents des deux enfants.

Après les présentations initiales, je remerciai Britt d'avoir appris à danser à Adam.

— Il m'a appris le fox-trot et a dit que c'était de ta faute, dis-je en souriant et Britt jeta un regard amusé à Adam.

— Il a tellement râlé et pourtant il se souvient de toutes les danses et les utilise pour impressionner les filles. Pourquoi ne suis-je pas surprise ?

— Hé, je râlais parce que tu me forçais la main, littéralement.

Adam se tourna vers moi.

— Elle s'asseyait sur moi et elle tordait mon bras dans mon dos jusqu'à ce que j'accepte d'être son partenaire.

Britt ricana.

— Disons simplement que je pesais un peu plus qu'Adam à cette époque-là.

Je ne pus m'empêcher de glousser en imaginant cela.

Ensuite, Adam me présenta à son oncle, Peter Drake, un grand homme mince à la voix douce. Il portait un tablier de barbecue humoristique sur lequel il était écrit 'je cuisine le suspect'. L'oncle Peter devait avoir été prévenu de ma venue, car il ne fut pas surpris de me voir.

— Bienvenue, dit-il. Comment aimes-tu ton steak ?

— À point.

Et il sortit par la porte de derrière avec un plat de viande crue.

Adam dut s'absenter pour passer un coup de fil – comme d'habitude. Il travaillait même le dimanche pendant le dîner de famille. Je ne savais pas combien de temps il allait y passer, alors je me promenai pour voir ce que je pouvais faire.

Je savais qu'Adam avait un autre cousin d'environ son âge, mais je ne le vis que lorsque j'errai dans le couloir à la recherche des toilettes. À mon retour, je vis un mouvement dans une des chambres et je passai ma tête dans l'entrebâillement de la porte.

— Salut, dis-je.

Un grand homme d'environ vingt-cinq ans était assis à une table en forme de L sur laquelle étaient posés deux beaux ordinateurs. Il était penché au-dessus de quelque chose de minuscule, tenant un pinceau dans la main. Il leva la tête vers moi et détourna immédiatement le regard. Il était beau, ce qui était clairement un trait de la famille d'Adam, mais il était vêtu bizarrement, avec un gilet enfilé sur une chemise à carreaux mal assortie.

— Salut. Tu es Emilia, dit-il d'un ton monocorde en reprenant son travail minutieux au pinceau.

Je hochai la tête.

— Oui. Comment le sais-tu ?

— Adam m'a parlé de toi.

Je fus surprise. Il était tellement détaché en le disant. Je me demandai quand Adam avait parlé de moi à son cousin et dans quel contexte.

— Comment t'appelles-tu ? demandai-je en entrant dans la pièce.

Cela ressemblait à sa chambre, mais il ne vivait manifestement pas là. L'endroit était immaculé et il n'y avait pas de lit.

— Je suis William Drake, le fils de Peter Drake, dit-il d'un ton formel.

— Ravie de te rencontrer, dis-je gaiement.

Adam m'avait dit avoir un cousin autiste. Pour obtenir toutes les qualifications pour l'école de médecine, j'avais fait du bénévolat auprès d'adolescents et d'adultes ayant besoin d'enseignement adapté. La plupart d'entre eux avaient le syndrome d'Asperger ou une autre forme d'autisme. Je m'avançai lentement pour mieux voir ce qu'il faisait.

— Puis-je te demander ce que tu fais ?

— Je peins de figurines, dit-il comme si c'était évident.

Je regardai les étagères au-dessus de sa tête qui étaient remplies à ras bord de figurines représentant toutes sortes de héros de fantasy : des sorciers, des voleurs, des magiciens, des guerriers, des elfes et des nains.

— Waouh, elles sont magnifiques, dis-je en m'avançant pour les voir de plus près.

Les figurines ne faisaient pas plus de deux centimètres de haut, faites en étain et peintes de façon détaillée, parfois même avec les armureries sur les boucliers et des traits de visage peints avec délicatesse, qui devaient avoir nécessité des heures de travail minutieux.

— Tu dois en avoir des centaines ici.

— Nous ne nous en servons plus. Adam ne joue plus à D & D comme il le faisait au lycée.

— Ah, c'est pour Donjons et Dragons ? Je n'y ai jamais joué.

— Avant, on y jouait tout le temps. On était nombreux. Adam était le MJ.

Ah. Adam avait été le Maître du Jeu. Pourquoi n'étais-je pas surprise ? Le Maître du Jeu était celui qui contrôlait l'histoire et l'environnement du jeu pour les autres joueurs, déplaçant leurs personnages dans ce monde. Avec son penchant pour le contrôle, je n'étais pas étonnée d'apprendre qu'Adam jouait ce rôle dans son groupe d'amis.

— Et tu as peint toutes ces figurines ?

— Je peins pour mon travail aussi. Je travaille dans la section artistique de Dragon Epoch.

Je m'assis en face de lui, observant ses gestes délicats. Il peignait une mage féminine avec une robe pourpre fluide couverte de symboles dorés.

— Tu dois donc voir Adam tout le temps, si tu travailles avec lui.

Il me regarda du coin de l'œil, mais il continua à travailler, la tête penchée.

— Non, presque jamais. Je ne le vois presque plus.

Je marquai une pause en songeant à cela. Tout particulièrement parce que c'était la première fois de toute notre conversation que William avait montré une émotion : le regret. Je le regardai pendant qu'il continuait silencieusement à travailler. Il semblait triste, solitaire. Son cousin lui manquait, car il avait sans doute été l'un de ses amis les plus proches, et pourtant il travaillait dans le même bâtiment tous les jours ! Qu'est-ce que cela disait d'Adam ? Pourquoi employer un cousin, quelqu'un qui avait autrefois été un bon ami, puis ne jamais passer de temps avec lui ?

Il était vrai que le travail d'Adam l'occupait beaucoup, mais j'étais certaine qu'il pouvait bien accorder trente minutes au déjeuner à William une fois par semaine.

Je décidai de changer de sujet.

— Je joue à DE. As-tu dessiné quelque chose que je connais ?

— Je suis coloriste. Je colorie les dessins des autres.

— Alors as-tu travaillé sur des dessins que je pourrais connaître ?

— Probablement, dit-il et je ne pus m'empêcher de sourire.

— Ne lui révèle pas de secrets du jeu, Liam. Elle va essayer de te soutirer toutes les informations qu'elle peut, dit une voix depuis le couloir et je me tournai vers Adam, qui nous regardait.

William ne leva même pas la tête lorsque son cousin parla. Il se contenta de hausser les épaules.

— Je n'en connais aucun.

Adam entra dans la pièce et s'avança derrière son cousin afin de voir ce qu'il faisait.

— Oh, je me souviens d'elle. Ne portait-elle pas du jaune avant ?

— C'était une figurine différente, grogna William.

— Alors, Adam, j'ai entendu dire que tu étais MJ pour Donjons et Dragons.

Il jeta un coup d'œil aux étagères au-dessus de la tête de William.

— Oui, c'était il y a longtemps. Liam aime continuer à peindre les figurines mêmes si cela fait presque dix ans que nous n'avons pas joué.

— Il fait du très beau travail. Vous devriez refaire une partie, un jour.

Adam me jeta un regard curieux, mais il ne dit rien. Je parvins à interpréter son expression. C'était quelque chose du type : *Comme si j'en avais le temps.*

On nous appela pour dîner et on mangea sur la terrasse à l'arrière de la maison, autour d'une piscine merveilleuse. Britt me régala d'autres histoires drôles de l'adolescence d'Adam pendant qu'il supportait stoïquement l'humiliation familiale habituelle.

DJ, cependant, nous fit rougir tous les deux lorsqu'il demanda à Adam s'il m'avait déjà embrassé. Britt le chassa avant qu'Adam puisse répondre.

Je proposai d'aider avec la vaisselle et Adam rassembla tout pour moi, se tenant à côté de moi afin de rincer et de sécher quand j'avais lavé les couverts. Nous ne parlâmes pas beaucoup. Je ne savais pas trop quoi dire. Des questions tournaient dans ma tête et faisaient des nœuds confus dans ma gorge. Pourquoi Adam m'avait-il conduite ici ? Pourquoi risquer de me présenter à toute sa famille alors qu'il savait très bien que je ne ferais jamais partie de sa vie une fois que notre contrat aurait été rempli ? C'était une famille merveilleuse et j'étais ravie de savoir qu'il avait eu un peu de bonheur après les malheurs de son enfance.

Au moment des adieux, je fus sur le point de marcher jusqu'à la porte, lorsque William m'arrêta et posa un petit objet dans ma main. C'était une des figurines que j'avais admirées plus tôt.

— Adam dit que tu joues une enchanteresse spirituelle dans DE. J'ai pensé que tu pourrais aimer ça, dit-il sans jamais me regarder dans les yeux.

Je baissai la tête vers la figurine et malgré l'obscurité, je vis une enchanteresse bien vêtue agitant un immense bâton au-dessus de la tête tout en préparant un sort. Elle avait de longs cheveux sombres et une cape rouge qui volait autour d'elle. Le rendu était très détaillé, c'était une minuscule œuvre d'art.

— Merci, William. Elle est parfaite.

Adam me prit par la main et on salua tout le monde pendant qu'il me tirait vers sa voiture.

De retour chez moi, après un trajet de retour presque silencieux, il me raccompagna jusqu'à ma porte. Nous étions sur le seuil et il me regarda dans les yeux.

— Merci de m'avoir accompagné ce soir, Emilia, dit-il.

— Je me suis amusée. Mais…

Je secouai la tête. Il inclina la sienne vers moi, posant une question sans la prononcer, alors je répondis.

— Pourquoi m'as-tu présentée à ta famille ? Ne vont-ils pas se demander ce qui est arrivé, lorsque nous finirons par… ?

Il ne me quitta pas du regard, les yeux sérieux et sincères.

— Parce que tu me l'as demandé et que je voulais te le montrer.

— Je t'ai demandé quoi ?

— Tu m'as demandé qui j'aime. Ce sont eux que j'aime.

Il se pencha et il m'embrassa sur la joue. Il attendit sur le seuil de la porte pendant que j'entrais dans mon appartement et que j'allumai les lumières, puis il disparut dans l'obscurité. La douleur au fond de ma gorge recommençait à monter. Je redoutais autant que je souhaitais son prochain appel. Car je savais qu'il allait m'obséder l'esprit jusqu'à ce moment. J'allais penser à lui pendant le train-train du travail. J'allais penser à lui en écrivant mon blog. J'allais penser à lui en faisant les courses, en nettoyant la maison. Et j'allais m'inquiéter. J'allais m'inquiéter de savoir comment ramasser les morceaux une fois que tout serait terminé.

Chapitre Neuf

LUNDI SOIR ETAIT LE SOIR DES REVISIONS DE GROUPE CHEZ Jon. Étant donné le week-end que j'avais passé, j'étais terriblement mal préparée pour le sujet de cette semaine : les dérivés acides. Je faillis appeler pour dire que j'avais mal à la gorge, mais je devais travailler à minuit de toute façon et je me dis que je faisais aussi bien de me servir de l'humiliation comme motivation pour étudier plus sérieusement avant la prochaine fois. Comme si mon premier échec n'avait pas été assez embarrassant. Certaines personnes adorent les punitions. Il semblait que moi, c'était plutôt l'humiliation.

J'eus cependant une surprise en arrivant. Il n'y avait que Jon. Les trois autres avaient annulé pour des raisons différentes et il avait décidé de maintenir la soirée parce qu'il avait vraiment besoin de se rattraper. On ouvrit nos livres et on se mit au travail.

J'aurais dû savoir que les choses allaient devenir bizarres lorsque Jon ouvrit une bouteille de vin et s'assit un peu trop près de moi sur le canapé au lieu de s'asseoir en face. Je remplis des fiches de révisions avec les termes de vocabulaire important et il sembla agité et nerveux.

— Tu commences à stresser pour l'examen ? demandai-je sans lever la tête de mes fiches.

Il haussa les épaules.

— Non. Je crois que je gère.

J'inspirai profondément avant de souffler, en me souvenant du sentiment de confiance total l'année dernière, lorsque j'avais passé l'examen pour la première fois. Depuis, j'aurais pu le passer une douzaine de fois afin d'améliorer mon score, mais je n'arrêtais pas de repousser le moment, certaine de ne pas être prête et ne voulant pas être encore confrontée à cet échec si j'avais raison.

Je murmurai :

— J'aimerais avoir autant confiance en moi.

— Tu vas très bien t'en sortir. Tu es tellement intelligente.

Je ne répondis pas. Jon n'était pas au courant de mon échec, car je ne l'avais dit qu'à des gens avec qui je n'étais pas à l'école : mes amis proches de la vraie vie tels que Heath, Alex et Jenna, et mes meilleurs amis en ligne, Fallen et Persephone. Je ne pouvais pas penser à ça ce soir. Je ne pouvais pas m'y attarder. J'attrapai le verre de vin qu'il avait versé et je le bus, distraitement.

Comme toujours, mes pensées étaient un bazar confus et préoccupé. Chaque fois que j'essayais de me remettre sur la bonne voie, j'étais distraite par une pensée d'Adam ou un souvenir du week-end.

Je continuai également à ruminer les paroles de Heath de la veille : ses accusations concernant les objectifs néfastes d'Adam. Avait-il raison ? Adam me manipulait-il ? J'y songeai en me demandant en quoi il y trouvait son compte. Adam agissait comme si nous sortions ensemble, mais il savait très bien que je ne faisais pas cela, et lui non plus. Est-ce qu'il prenait son pied en me contrôlant ? Était-ce sa perversité particulière ?

Notre marché restait incomplet. La première nuit à Amsterdam n'avait pas été de sa faute. Son travail avait interféré.

Et vendredi, le yacht avait été en réparation. Du moins, c'était ce qu'il avait affirmé.

Plus je ruminai, plus je bus de vin. Et ce petit pervers de Jon devait avoir rempli mon verre en silence parce que quand je levai la tête, la bouteille était vide. Je n'avais jamais demandé un deuxième verre. Mes fiches ondulaient devant mes yeux.

— Houla... ce n'était pas une bonne idée, dis-je.

— Quoi ? demanda Jon en levant la tête de son manuel de révision.

— Le vin.

Il examina la bouteille.

— Merde, nous avons déjà fini la deuxième.

Je regardai l'heure sur mon téléphone.

— Oui, et je ne me sens pas très bien. Je ne peux plus étudier. Je dois travailler dans trois heures.

Il posa son livre sur le côté.

— Tu ne peux pas rentrer chez toi en voiture. Tu devrais rester ici.

— Combien en as-tu bu ? Ne peux-tu pas me ramener à la maison ? Je viendrai chercher ma voiture demain matin.

— Je ne peux pas bouger avant quelques heures. Pourquoi ne ferais-tu pas simplement une sieste sur le canapé ? Je vais te chercher un oreiller.

Il était hors de question que je reste là, particulièrement dans cet état. Jon semblait gentil, mais je ne le connaissais pas assez bien et cela faisait des mois qu'il me pourchassait. Et maintenant, il était ivre. Il semblait gentil, mais beaucoup de gens l'étaient avant de boire. Malgré mon ivresse, je soupçonnai un piège.

— Je crois que je vais partir.

Il prit ma main pendant que j'essayais de fourrer les fiches dans mon sac à dos.

— Reste, Mia. Vraiment. Ce n'est pas un souci. Appelle pour dire que tu es malade et reste sur mon canapé.

Je secouai la tête.

— Je ne suis pas à l'aise avec ça.

Je rentrai le reste de mes affaires dans mon sac et je me levai en chancelant.

Ma tête tournait et il me prit par le bras comme pour me retenir.

— Allez, tu ne peux pas conduire.

— Je vais appeler Heath qui viendra me chercher. Je vais bien. Merci, Jon.

J'arrachai mon bras à son emprise et je passai la porte en titubant, je longeai le trottoir et je montai dans ma voiture pendant qu'il me regardait depuis la porte de son appartement.

Je fouillai à la recherche de mon téléphone, j'ouvris mon répertoire et j'appuyai sur le numéro de Heath, ravie qu'il ait entré ses coordonnées la veille. Il allait être énervé, bien sûr, mais je savais qu'il viendrait. C'était à ça que servaient les meilleurs amis.

Le téléphone sonna deux fois avant qu'il réponde.

— Heath, j'ai besoin de ton aide.

— Emilia ? Ça va ?

Adam. Merde. J'avais composé le mauvais numéro. J'avais deux contacts sur ce téléphone… deux foutus contacts et j'avais choisi le mauvais ! J'étais plus ivre que je ne le croyais.

— Euh. Salut…

— Qu'est-ce qui ne va pas ?

— Je croyais appeler Heath et je suis tombée sur toi par accident.

Une pause.

— Es-tu ivre ?

Merde.

— Non. Bien sûr que non. Je révisais, c'est tout. Il avait du vin alors j'en ai bu un peu et je ne me suis pas rendu compte que je buvais tant, parce qu'il n'a pas arrêté de remplir mon verre.

Sachant que je radotais, je m'appuyai contre le dossier du siège et je poussai un soupir.

— Il va venir me chercher et me ramener à la maison. Heath, je veux dire.

— Où es-tu ? Je vais venir te chercher.

— Non.

— Emilia, dis-moi où tu te trouves.

— Je suis à Orange. C'est trop loin pour toi.

— J'ai une voiture rapide. Ouvre l'application de GPS et envoie-moi ta localisation. Peux-tu le faire ?

Je n'avais pas encore utilisé cette appli.

— C'est facile ?

— Je vais t'expliquer.

— Tu as intérêt à ne pas démarrer cette voiture, Mia, dit-il en raccrochant.

Je fronçai les sourcils en me demandant comment je m'étais mise dans cette situation, lorsque j'entendis frapper fort à ma vitre. Je sursautai.

Jon se tenait là, me faisant signe d'ouvrir la portière. À la place, je descendis la vitre.

— Je suis désolé, Mia. Je ne savais pas que tu allais boire autant.

Je clignai des paupières, le monde tournant un petit peu autour de moi.

— C'est toi qui as rempli mon verre à chaque fois.

— Viens à l'intérieur. Sérieusement, tu peux dormir là.

— Oh, oh, pardon.

Puis je déglutis.

— Je vais être malade.

— Mia, arrête d'être stupide et rentre. Je suis désolé. Viens à l'intérieur.

— J'ai dit non, Jon. Non, c'est non.

Je levai la vitre.

Il disparut puis il réapparut quelques minutes plus tard, essayant de me parler à travers la vitre. Je l'ignorai. Je tapotai du pied et je regardai l'heure sur mon tableau de bord, en me demandant combien de temps il faudrait à Adam et sa voiture rapide.

Je sentis une crampe dans mes entrailles, le signe qu'elles étaient sur le point de se rebeller. La nausée brûla mon œsophage. Je n'étais pas ivre à ce point, mais je n'avais pas mangé grand-chose de toute la journée et le vin irritait mon estomac. Je trébuchai hors de la voiture et je me pliai en deux au-dessus du caniveau. J'eus quelques haut-le-cœur, mais je parvins à garder le contenu de mon estomac en moi, même si au point où j'en étais, je me serais sans doute sentie mieux si j'avais tout vomi.

Dès que je me redressai, Jon se trouva à nouveau à côté de moi. Il avait quelques livres dans la main qu'il me tendait.

— Je suis vraiment désolé, Mia. Je me sens mal. Veux-tu emprunter quelques-uns de mes livres afin de rattraper le temps perdu ?

J'examinai les livres. Il s'agissait de manuels coûteux que je ne pouvais pas me permettre. Ils pouvaient m'être utiles. Ils flottèrent devant mes yeux et je tendis la main, parvenant à en attraper un, mais il tira le reste sur le côté.

— Laisse-moi les mettre dans la voiture. Ensuite, viens à l'intérieur et je te ferai du café.

— Non… ça va. J'attends qu'on vienne me chercher.

Il me prit par le bras.

— Allez, viens. Je ne veux pas que tu essaies de rentrer toute seule.

Je reculai en essayant de me soustraire à lui.

— Je ne vais pas partir. Quelqu'un vient me chercher. Arrête de me tenir, sinon je vais te vomir dessus.

Il me serra plus fort et il montra les dents en tirant sur mon bras.

— Mia, arrête d'être si têtue. Laisse-moi m'occuper de toi.

Il me serra douloureusement.

— Tu me fais mal… lâche-moi !

Mon pouls se mit à battre dans mes tympans et une peur soudaine me donna le tournis. Qu'essayait de faire ce crétin ? Que voulait-il ?

Je fis pivoter le livre dans ma main et je le fis tomber sur sa tête. Il se tourna vers moi en sifflant.

— Qu'est-ce que tu fous, connasse ?

Il leva sa main libre comme pour me frapper et je reculai de toutes mes forces, tombant sur mon derrière, levant une main afin de couvrir mon visage. Ma chute l'avait attiré au-dessus de moi, car il tenait toujours mon bras.

Les images de la nuit avec Zack sur le Ridge remplacèrent la menace de violence de Jon. J'avais eu du sang sur le visage, mais il s'en moquait. Cela avait coulé le long de mon menton, dans ma bouche, ce goût métallique amer se mêlant à mes larmes salées. *Non !*

Je reculai en essayant de m'éloigner de lui.

— Laisse-moi partir, putain !

Je me tournai pour courir, pour crier, pour ameuter toute la rue. Des points flous se formèrent au bord de ma vision et je savais que j'aurais beaucoup plus paniqué si je n'avais pas été aussi ralentie par le vin. J'en étais reconnaissante.

À ce moment précis, Adam se gara derrière ma voiture. Son regard était fixé sur moi et sur Jon. Il avait tout vu.

Il sortit de sa voiture en une fraction de seconde et il bougea si vite qu'il en était flou. Je vis la star des pistes de course dans toute sa gloire. En l'espace de quelques secondes, il s'interposa entre nous.

— Recule et lâche-la ! ordonna Adam.

— Je l'aide. Elle essaie de conduire ivre, dit Jon d'une voix traînante.

J'essayai d'arracher mon bras à sa main. Il me serrait autant qu'avant.

Adam attrapa le bras libre de Jon et le lui tordit dans le dos. Jon se plia en deux, poussant des cris de douleur.

— J'ai. Dit. Lâche. La.

— T'es qui toi, putain ? cria Jon en me lâchant comme s'il s'était brûlé la main.

Je retombai sur le sol et je frottai l'endroit où il m'avait tenue.

— Ça va ? me demanda Adam.

Je ne dis rien, me balançant d'avant en arrière en serrant les bras autour de moi, essayant de faire passer la panique.

— Emilia…

— Ça va, finis-je par dire en levant les yeux vers lui.

Il me regarda avec intensité, puis il se retourna vers Jon qu'il tenait toujours.

— Excuse-toi auprès d'elle, connard.

— Qu'est-ce que… aïe !

Il poussa un cri de douleur lorsqu'Adam serra son bras plus fort.

— Je suis désolé… je suis désolé !

Adam lâcha Jon et fit un pas en arrière. Jon se tourna brusquement, écartant les pieds comme s'il voulait commencer quelque chose. Adam campa sur sa position, les yeux rivés sur Jon, lui jetant un regard de 'chien enragé' comme nous appelions cela à l'école.

— Qu'est-ce que tu foutais, à essayer de la saouler ? grogna-t-il en serrant les dents.

— Hé, je ne faisais que remplir son verre.

— Adam, allons-y, dis-je, inquiète qu'il ne veuille pas lâcher l'affaire.

Adam serra les poings. Il faisait au moins dix centimètres et environ quinze kilos de plus que Jon.

— Essaie encore une connerie pareille et je te casse la gueule.

Les traits de Jon montrèrent une vraie frayeur. Il hésita, l'air incertain.

Adam fit un pas en avant.

— Ne la touche plus *jamais,* compris ?

Le visage de Jon devint rouge écarlate. Il prit une posture plus menaçante.

— T'es qui ? Son putain de petit copain ? Elle n'aime pas les hommes, tu sais.

Adam ne fut pas intimidé par le spectacle. Il s'avança vers Jon et il se planta devant lui.

— Elle aime les hommes. C'est peut-être toi qu'elle n'aime pas, parce que tu es un trou du cul.

Jon balança un coup de poing vers Adam, mais celui-ci le poussa sur le côté avant que son poing puisse le toucher. Et cet idiot atterrit sur le dos, fixant Adam la bouche ouverte de surprise.

Adam fit un pas en avant.

— Et un harceleur. Et je déteste vraiment les gens qui harcèlent, dit-il avec un éclat dangereux dans les yeux.

Je me redressai sur mes jambes, parvenant à attraper son bras.

— Adam, partons, s'il te plaît.

Il ne réagit pas, le bras raide de rage. Il me tira en avant avec lui.

— Adam, dis-je en me plaçant devant lui.

L'expression de son visage, cet éclat glacial dans ses yeux me firent froid dans le dos. Je me demandai de quoi il était capable. Je me collai contre son torse.

— S'il te plaît, c'est fini.

Mais il avança encore et lorsque je fis un pas en arrière, je trébuchai. Il m'attrapa, m'enveloppant dans ses bras. Jon se dépêcha de se lever, profitant de la distraction d'Adam pour détaler vers sa porte. Il la fit claquer et la verrouilla bruyamment.

Adam fixa la porte comme s'il cherchait à décider quoi faire.

— Adam, s'il te plaît. C'est terminé. Merci de m'avoir aidée.

Je me levai sur la pointe des pieds et je l'embrassai sur la joue après m'être hissée sur ses épaules fortes.

Ses bras se détendirent et il me regarda enfin, troublé.

— Il t'a fait mal, dit-il.

— Pas beaucoup. Ça va.

Il secoua la tête.

— Ça ne va pas.

— Eh bien, tu lui as fait tellement peur que je suis certaine qu'il fera dans son pantalon la prochaine fois qu'il me verra.

— Il ne te reverra pas, parce que tu ne t'approcheras plus de lui, dit-il en serrant les dents.

Je fis un pas en arrière en décidant de ne pas parler du groupe de révisions régulier. Il était vrai que je n'allais plus jamais me rendre chez Jon. Je décidai d'en parler aux autres membres du groupe afin de trouver un autre lieu pour nos séances.

Adam jura lorsqu'il me sentit trembler dans ses bras.

— Tu ne vas pas bien, Emilia.

Il me guida jusqu'à sa voiture. Je vis par la façon dont il me tenait qu'il était tendu et il avait toujours un poing serré.

— Je suis désolée que tu aies dû venir jusqu'ici depuis Newport, dis-je afin de changer de sujet, des fois qu'il se mette en tête de défoncer la porte de Jon et de terminer le boulot.

— J'étais à Irvine.

— Il est plus de vingt et une heures. Pourquoi ne suis-je pas surprise que tu étais encore au travail ?

Il m'aida jusqu'à la voiture.

— Ça va ? Tu as envie de vomir ?

— Non. Je crois que ça ira.

— Parce que si tu vomis dans ma voiture, je vais te la faire nettoyer avec un coton-tige.

Je ricanai.

— As-tu besoin d'attraper quelque chose dans ta voiture ?

— Oui. Mon sac à dos et mes livres, s'il te plaît ? Je suis très en retard dans mes révisions.

Je lui tendis mes clés afin qu'il puisse fermer ma voiture.

Je laissai tomber ma tête contre l'appuie-tête, ravie que le toit soit ouvert afin que je puisse avaler de grandes bouffées d'air frais. Cela m'aida à repousser la nausée.

— Tu n'as pas encore repassé cet examen ? marmonna-t-il lorsqu'il posa les livres sur le plancher à côté de mes pieds. Si tu continues à le repousser, tu ne le feras jamais.

Je lui jetai un regard méfiant, me demandant comment il savait que ce n'était pas la première fois que je passais le MCAT. Personne n'était au courant à part mon cercle le plus proche, pas même ma mère ! Heath avait-il gaffé ? Je laissai ma tête rouler contre l'appuie-tête, l'esprit troublé. Je me promis de mettre un autre soufflon à Heath pour cette gaffe la prochaine fois que je le verrai.

Adam fut silencieux pendant tout le trajet jusqu'à la maison. On écouta Alison Moyet de Yaz supplier son amant de ne pas s'éloigner de leur amour. Je sentis soudain une vague de mélancolie lorsque les lumières dorées des lampadaires antiques d'Orange passèrent à côté de nous. Je n'aimais pas être sauvée. En général, je me sauvais moi-même, mais voilà que je laissais Adam arriver et s'occuper de tout. Et le pire ? C'était que cela me plaisait.

Lorsqu'il se gara, les explosions tonitruantes des feux d'artifice de Disneyland résonnèrent au loin, indiquant qu'il était peu après vingt et une heures trente. Adam m'aida à sortir de la voiture, prenant mon sac et mes affaires dans son autre main.

— Je peux très bien marcher toute seule.

Il me guida malgré tout dans l'escalier et lorsque nous entrâmes dans l'appartement, la première chose que je vis, ce fut l'horloge : il était presque vingt-deux heures et je devais être au travail à minuit.

Je soupirai et je m'assis en posant la tête entre les mains.

— Qu'est-ce qui ne va pas ? demanda-t-il.

— Je dois travailler dans deux heures.

— Tu ne peux pas y aller.

— Je vais faire du café. Ça ira.

— N'y va pas. Appelle pour dire que tu es malade.

Je secouai la tête.

— Je ne peux pas rater une journée, j'ai besoin de l'argent.

Il s'avança vers mon téléphone et il consulta la liste de mes numéros importants. Ce ne fut pas difficile à trouver, après tout il était écrit 'travail'. Il composa le numéro sans rien dire.

— Oui, bonjour, je m'appelle Adam Drake, je suis un ami de Mia. J'appelle pour vous faire savoir qu'elle ne se sent pas bien ce soir et qu'elle ne peut pas venir au travail. Oui. Oui, je le ferai. Merci.

Il raccrocha et il se tourna vers moi.

— Tu vois ? C'est facile.

— Je suis certaine que toi tu appelles facilement ton travail pour dire que tu es malade... Aucun problème de convulsions à cause du sevrage quand tu rates une journée ?

Il haussa les épaules.

— C'est un peu différent.

Je me frottai les tempes. Ma tête commençait vraiment à me faire souffrir.

— Oui, c'est facile à dire avec ton gros compte en banque.

— Si tout s'est bien passé, ton compte en banque est un peu plus gros, lui aussi.

Je levai les yeux vers lui, alors que c'était douloureux.

— Tu m'as envoyé de l'argent.

— Je t'ai dit que j'allais le faire.

Je fronçai les sourcils.

— Mais je n'ai même pas… nous n'avons même pas.

— J'ai dit que je ne revenais jamais sur mes accords. À présent, où est ton café ?

Je réfléchis un moment.

— Oh, merde, je l'ai fini vendredi et je n'en ai pas acheté.

— De l'eau, alors ? Et de l'aspirine ? Sinon tu vas te sentir très mal.

— Quand es-tu devenu un expert des gueules de bois ? Je croyais que tu ne buvais pas.

— Il m'est arrivé d'avoir une ou deux gueules de bois dans ma vie. Ce n'est pas drôle.

Je posai les mains sur mes yeux, mon esprit sautant sur le sujet qui était resté coincé depuis ma dispute avec Heath de la veille.

— Adam, est-ce que tu te sers de moi ?

Il avait ouvert les placards et il regardait à l'intérieur, désapprouvant manifestement ce qu'il voyait : sans doute de vieux paquets de mélanges de riz et tout un troupeau de moutons de poussière, si mes souvenirs étaient bons. Et avec tout le vin qui perturbait mon cerveau, je n'étais pas sûre qu'ils étaient bons.

— Me servir de toi ? Que veux-tu dire ?

Heath a dit que tu me manipulais. Il pense que tu repousses volontairement le marché.

Adam se figea juste une fraction de seconde, mais je le remarquai malgré mon état vaseux.

— C'est vrai ? répétai-je.

— Voici une bouteille d'eau. Tes aspirines sont dans la salle de bains ?

Je jetai un regard noir à son dos lorsqu'il disparut dans la salle de bains. Je pris mon aspirine et je bus l'eau. Puis je me levai et je marchai vers lui.

— Nous pouvons toujours nous occuper de tout ça maintenant.

Il pinça les lèvres.

— Tu es ivre, Emilia.

— Et alors… c'était le plan d'origine, de toute façon. Boire beaucoup de vin et puis me coucher en pensant à l'école de médecine.

Je ricanai, même si au fond de moi j'avais vaguement conscience que je n'aurais pas dû dire cela. Je n'aurais pas non plus dû ricaner.

Ses yeux sombres brillaient dans la lumière tamisée.

— Quoi ? Te coucher et penser à l'école de médecine ? C'était comme ça que tu voyais les choses ?

Je haussai les épaules et je fis un autre pas en avant, jusqu'à ce que nous soyons collés, torse contre torse.

— Peut-être. Tu as l'intention de me montrer que cela peut être différent ?

Il ne bougea pas, se contentant de me regarder.

— Lorsque le moment viendra, tu verras que c'est très différent.

J'inclinai la tête vers lui de façon aguicheuse.

— Montre-le-moi.

Et je posai mes lèvres contre les siennes en l'embrassant la bouche ouverte. Il me rendit le baiser, glissant sa langue dans ma bouche avant de s'écarter.

— Je te le montrerai, mais pas tant que tu sens comme la cave à vins d'Ernest et Julio Gallo.

Je jetai les bras autour de son cou en m'abandonnant.

— Allez, viens. Mon lit est juste là.

— Tu as raison. Allons-y, alors.

Il se pencha et il me souleva. Je poussai un petit cri de surprise. Il me porta jusqu'à mon petit lit double et il me posa dessus.

— Il est temps de dormir, Emilia.

Je restai allongée là, plissant les paupières à cause de la lumière.

— Pourquoi est-ce que tu repousses le moment ? demandai-je doucement.

Il enleva les cheveux de mon visage, s'asseyant à côté de moi sur le bord du lit et ne parlant pas pendant un long moment.

— Nous en discuterons quand tu te sentiras mieux.

Je fermai les yeux. Je dus admettre que j'avais très mal à la tête et que je ne pouvais penser à autre chose que ma fatigue.

— Je suis désolée, finis-je par chuchoter.

— De quoi ?

Le sommeil me tendit les bras.

— D'avoir dit que tu étais vide.

Et je ne me souvins pas de grand-chose après cela… sauf la vague impression, quelques minutes plus tard, qu'il s'était penché afin de m'embrasser sur la joue et de murmurer contre ma peau :

— Tu avais raison.

CHAPITRE DIX

JE ME REVEILLAI ASSEZ TOT, AUTOUR DE SEPT HEURES, ET IL ME fallut quelques minutes pour vider mon esprit de ses toiles d'araignée. Je n'eus pas mal à la tête, heureusement. Je me souvins soudain de tout ce qu'il s'était passé la nuit précédente. Maudissant ma propre stupidité pour avoir bu autant de vin en révisant, je sortis du lit et je m'étirai afin d'assouplir mon dos et ma nuque. J'accomplis ma brève routine matinale : douche, vêtements, petit-déjeuner.

Je démarrai l'ordinateur et je me rendis sur la page de mon compte bancaire des îles caïman dans le but de vérifier mon solde. Ce n'était pas que je n'avais pas confiance en lui, mais j'étais curieuse. Et c'était exactement comme il l'avait dit. Transféré depuis son compte vers le mien, à la date de la veille. Lundi matin à la première heure. Je secouai la tête en essayant de comprendre ce qu'il se passait. J'avais bizarrement l'impression de m'enfoncer de plus en plus profondément dans un trou sans savoir si je l'appréciais ou pas.

J'avais la moitié de l'argent. N'aurais-je pas dû être heureuse ? Mais pour une raison perturbante, je ne l'étais pas. Ce paiement représentait une barrière entre nous : comme un mur à moitié construit. Le solde de notre transaction n'allait faire que compléter cette barricade, nous séparant pour toujours. Après sa gentillesse de la nuit précédente, je dus admettre mes regrets, même si je ne me permis de me morfondre que pendant quelques instants avant de me résoudre à l'idée que les choses devaient être ainsi. Que c'était pour sa protection tout autant que la mienne. Nous avions le pouvoir de nous blesser l'un l'autre. Grâce à cette sécurité, cela n'arriverait jamais. Nous savions tous les deux que cela allait finir, et exactement à quel moment. Du moins, je l'espérais. Il y avait toujours le fait ennuyeux qu'il repoussait le moment.

Je penchai la tête en posant mon front sur ma main et lorsque j'ouvris les yeux, je vis la clé posée sur la table à côté de mon ordinateur. Elle n'était pas à moi. Il y avait un post-it dessus avec une écriture soignée et régulière que je ne reconnus pas. C'était une adresse, près de chez moi, près du vieux centre-ville d'Orange. Je fixai l'adresse, perplexe, commençant à comprendre la description de Heath lorsqu'il avait dit où nous en étions : *un monde bizarre brusquement devenu le pays de la merde noire.* Lorsque j'inspirai, ma poitrine se serra et mon cœur se mit à battre plus fort. Était-ce une clé de sa maison ? Pourquoi cette adresse à Orange ?

Juste à ce moment-là, le téléphone sonna. Je regardai l'identité de l'appelant en poussant un soupir et je décrochai le téléphone.

— Salut, maman !

— Mia, où étais-tu tout ce week-end ? J'étais morte d'inquiétude.

Je marquai une pause en éclaircissant ma gorge.

— Je suis désolée. J'ai été très occupée. Beaucoup de boulot.

— J'ai appelé ton travail, dit-elle d'une voix tremblante.

Merde. Silence. Prise en flagrant délit de mensonge. Je ne lui mentais jamais. Je fermai les yeux en tremblant.

— Je suis désolée.

— Que se passe-t-il ? Pourquoi m'as-tu menti ?

Je déglutis.

— Je... je vais bien. D'accord ? Tu n'as pas besoin de t'inquiéter...

— Je suis une mère. Je m'inquiète. Si je ne peux pas te joindre, alors j'essaie de découvrir ce qu'il se passe. Heath...

— Maman, n'appelle plus Heath, s'il te plaît. Nous ne sommes pas en très bons termes en ce moment.

— D'accord, maintenant je suis *vraiment* inquiète. Puis-je descendre te voir ?

J'inspirai en tremblant.

— Je suis désolée, maman. J'ai juste... je ne suis pas prête à en parler.

— Est-ce que tu... tu fréquentes quelqu'un ? C'est ça ?

Je me mordis la lèvre.

— Euh.

— Mia, as-tu un petit ami ?

— Non.

— Alors quoi ?

— Il y a quelqu'un. Mais je ne suis pas prête à en parler, d'accord ?

Et le temps que je sois prête, il aurait depuis longtemps disparu de ma vie, alors cela n'avait aucune importance de toute façon.

Une longue pause.

— C'est sérieux ?

Je m'éclaircis la gorge.

— Non. Ce n'est même pas assez sérieux pour en parler, c'est pour cela que je ne l'ai pas fait. Je suis désolée de t'avoir menti.

— Mia, c'est une bonne chose. Je suis ravie que tu sortes avec quelqu'un.

Sortir avec quelqu'un. Une boule de nausée se forma dans mon ventre, mais je ne sus pas si c'était à cause de l'idée de sortir avec quelqu'un ou de mentir à ma mère.

— Maman, je te promets que s'il y a quelque chose à en dire, je le ferai. C'est juste… c'est juste qu'il faut que tu me laisses faire les choses à ma façon, d'accord ? S'il te plaît ?

— À une seule condition. Que tu me fasses savoir où tu es.

— Bien sûr. J'ai un nouveau téléphone. Je vais t'envoyer le numéro par texto, d'accord ?

On se quitta peu de temps après. Elle avait toujours ce ton distant et blessé et je me sentis très mal d'en être la cause. Mais la nouvelle que je fréquentais quelqu'un était sans doute une surprise déjà assez grande. Cela faisait des années qu'elle me harcelait à ce sujet, alors qu'elle ne semblait jamais suivre son propre conseil.

Après m'être habillée, je mis la clé de côté et je retournai à mon ordinateur. Avec mon temps libre imprévu – normalement, je rentrais environ à cette heure-là du travail et je me laissais tomber sur le lit, épuisée – je décidai de passer quelques heures sur le jeu.

Katya, la quatrième membre du groupe qui était notre soigneuse habituelle, m'envoya un message dans le jeu.

Persephone vous dit : Salut Mia.

Vous dites à Persephone : Kat ! Allons tuer des trucs.

Persephone vous dit : Peux pas. J'allais justement me déconnecter. J'ai dû surveiller mes unités centrales pendant la nuit.

** Vous dites à Persephone : Où étais-tu ? Je m'inquiétais que tu aies disparu comme FallenOne.*

** Persephone vous dit : Qu'est-ce qui arrive à Fallen de toute façon ? N'as-tu pas bavardé avec lui dernièrement ?*

** Vous dites à Persephone : Non. Il est devenu assez bizarre. Je crois que ça a un rapport avec mes enchères.*

** Persephone vous dit : Eh bien, oui... pas étonnant. Il est sûrement vert de jalousie.*

** Vous dites à Persephone : Vraiment ?*

** Persephone vous dit : Bien sûr, Mia. Tu lui plais. Il te donne tout le temps de l'équipement et des objets magiques. Vous bavardez sur le tchat et vous avez des blagues entre vous que je ne comprends même pas. Puisque tu as tellement envie de perdre ta virginité, il est sûrement anéanti que tu ne lui aies pas proposé de venir s'en occuper.*

Je m'avachis avec un soupir, un poids pesant sur ma poitrine. Fallen me plaisait. Beaucoup. Oui, de temps en temps, j'avais ressenti un pincement de béguin pour lui, mais il n'y avait aucun avenir possible avec lui. Il était simplement un ami. Et vraiment, j'en savais si peu sur lui. Il pouvait avoir cinquante ans, être marié, être un grand-père, je n'en savais rien. Je me rendis compte que j'aimais l'idée de ce que Fallen pouvait être pour moi plus que la personne réelle, car j'en savais si peu à son sujet.

Les hommes comme amis étaient beaucoup plus sûrs. Une force de la nature déguisée en homme qui menaçait de détruire les fondations de mes idéologies n'était pas une option. Je repoussai l'idée d'Adam et je répondis à Katya.

** Vous dites à Persephone : Est-ce qu'il te l'a dit ?*

** Persephone vous dit : Il refuse de parler des enchères quand j'aborde le sujet. Ce qui n'est pas souvent, d'ailleurs. Mais vas-y, fonce. C'est plus de pouvoir pour toi. J'espère que tu auras beaucoup de $$$.*

** Vous dites à Persephone : Hé, à propos d'autre chose, tu sais quand je t'ai demandé de faire un article au sujet de Dragon Epoch sur mon blog en tant qu'invitée ? Je vais avoir besoin de ce premier article avant vendredi. Peux-tu le faire ?*

** Persephone vous dit : Oui. Bien sûr. Hé, je vais t'envoyer mes notes sur la quête que j'ai prises ce matin. Je crois être proche de trouver un autre indice concernant la chaîne de quêtes des Golden Mountains.*

Je refoulai un rire et je parlai à voix haute au lieu de taper au clavier, afin qu'elle ne puisse pas voir ma réponse sarcastique.

— Ouais, bonne chance pour ça, Kat.

D'après Adam, la tâche était presque impossible.

Lorsqu'elle se fut déconnectée, je jouai sans pouvoir me concentrer et mon personnage se fit tuer plusieurs fois. Je me déconnectai et je vérifiai mon blog, répondant aux commentaires. Il y avait des plaintes parce que je n'avais pas fait ma mise à jour hebdomadaire sur DE depuis deux semaines.

Peu de temps après, je reçus un nouveau texto. C'était Adam.

Bonjour. Comment te sens-tu ?

Pas mal. Et toi ?

As-tu trouvé la clé et l'adresse ?

Je répondis : *Oui. C'est pour quoi faire ?*

Tu me rejoins à cette adresse à midi ? Nous pourrons déjeuner rapidement ensemble après.

Je dois encore aller chercher ma voiture.

Regarde par la fenêtre.

C'est ce que je fis. Et là, garée au bord du trottoir à sa place habituelle se trouvait ma petite Honda Civic vert pâle et cabossée de 1993. Était-il retourné à pied jusqu'à la maison de Jon la nuit précédente et avait-il conduit ma voiture jusqu'ici ?

OMG, je n'arrive pas à le croire.

Je préfère que tu n'aies pas besoin de croiser encore ce crétin.

Merci.

Tu me rejoins à midi, d'accord ?

OK.

L'adresse, lorsque je la lus, se trouvait à distance de marche de mon petit studio et en plein milieu du quartier historique de la vieille ville, qui servait d'attraction pour le comté tout entier. Des films avaient été tournés ici et l'endroit était comme une capsule temporelle : un aperçu du début du vingtième siècle, avec Watson's, la pharmacie et le café dans le style des années cinquante, qui n'avait pas changé depuis plus de soixante ans.

La ville était construite autour de la Plaza, un des derniers ronds-points de Californie, avec un parc circulaire en son centre rempli de fontaines et d'arbres plusieurs fois centenaires.

Au-dessus de toutes les boutiques de curiosités et des restaurants à la mode, les vieux bâtiments en briques rouges abritaient des appartements à l'ancienne. Je me tenais dans une allée étroite en bas des marches qui allaient me conduire jusqu'à l'un d'entre eux.

J'étais perplexe. Manifestement, la clé était celle d'un appartement, mais pourquoi me l'avait-il donnée, et pourquoi voulait-il que je le rejoigne ici ? Était-ce son autre résidence ? Mais je l'imaginais mal en avoir une autre, particulièrement à moins de vingt kilomètres de sa maison à Newport, où il passait déjà très peu de temps.

Je montai les marches et je déverrouillai la porte. Comme j'étais un peu en retard, il était bien sûr déjà à l'intérieur, se tenant à la fenêtre avec le téléphone contre l'oreille. D'après le bruit de la conversation, c'était son assistante administrative. Il se tourna et il me sourit.

Comme toujours, ce sourire me coupa le souffle. Il portait un pantalon de costume, une chemise blanche immaculée et une fine cravate bleu marine. Il s'était manifestement échappé d'une réunion ou de quelque chose d'important au travail pour être ici. J'expirai brusquement et je lui retournai son sourire. J'avais très envie de me jeter dans ses bras et de poser mes lèvres sur sa bouche exquise. C'était comme si j'étais accro à son goût et à son odeur.

Mais je me retins – tout juste.

Adam énuméra quelques ordres de plus puis raccrocha le téléphone.

— Comment te sens-tu ce matin ? demanda-t-il.

— Bien. Ça va. Heureusement, pas de gueule de bois.

— Tant mieux.

— Merci. Je n'ai vraiment pas fait exprès de t'appeler hier soir.

Son regard devint plus sérieux.

— Je suis content que tu l'aies fait.

— Merci aussi d'avoir récupéré ma voiture.

Il se contenta de sourire.

J'entrai dans la pièce et je regardai autour de moi. L'extérieur du bâtiment était peut-être authentique des années vingt, mais l'intérieur était moderne : des appareils de cuisine en inox, des comptoirs en granite sombre et des éclairages encastrés. De magnifiques moulures de plafond. Au-delà de la cuisine et du salon, une porte s'ouvrait sur ce qui semblait être une assez grande chambre. C'était cependant entièrement vide.

Son téléphone sonna. Il le regarda avant de le remettre dans sa poche. Je levai un sourcil.

— Ne devrais-tu pas être calé à ton bureau en train de marmonner les douze étapes des accros au travail anonymes ?

Il sourit.

— Même les accros au travail déjeunent une fois de temps en temps.

Je le rejoignis et je regardai moi aussi par la fenêtre.

— C'est un bel endroit, dis-je. Il est à toi ?

— Oui.

Évidemment.

— Une acquisition récente. Un investissement.

— Et l'appartement est vide parce que… ?

— C'est entre deux locataires.

Il me jeta un coup d'œil avant de regarder par la fenêtre en haussant les épaules d'un air nonchalant.

— J'ai une agence qui s'occupe de mes propriétés. Mais j'ai quelqu'un en tête pour cette location.

Il se retourna vers moi, me jetant un regard appuyé qui sous-entendait que j'étais cette personne. Le sous-entendu me frappa comme un coup de poing. J'inspirai en tremblant et je me détournai de lui afin qu'il ne puisse pas voir mes yeux.

Je ne pus cependant cacher ma réaction très longtemps, car Adam était très perspicace.

— Qu'est-ce qui ne va pas, Emilia ?

Je serrai la mâchoire, mais je ne me tournai pas vers lui.

— J'espère que tu ne parles pas de moi.

Il s'arrêta.

— Et si c'était le cas ?

Je pivotai afin de lui faire face.

— Je ne peux pas me permettre le loyer que tu dois demander.

— Tu le peux, maintenant.

J'inspirai profondément et j'expirai lentement. Une minuscule voix à l'arrière de ma tête, la voix calme de la raison me disait qu'il faisait un geste aimable. Il m'aidait. Il était...

Non. *Juste non.*

Ma colonne se raidit et une tension soudaine crépita entre nous.

— C'est ici que tu me donnes un rouleau de billets de cent dollars et que tu me dis de sortir m'acheter quelque chose de joli ?

Ses traits se durcirent presque imperceptiblement.

— J'allais te le proposer au loyer que tu paies en ce moment pour ton studio. Cet endroit est plus sûr que ton quartier. Cela me rassurerait.

— C'est impossible. Tu subirais une perte de revenus énorme.

Il détourna le regard.

— Les bénéfices financiers m'importent peu en ce moment.

Son téléphone sonna encore. Il tendit la main vers sa poche et il se figea lorsqu'il vit mon regard. Son visage était sombre lorsqu'il attrapa le fichu engin. Cette fois, il prit le temps de répondre par texto.

Je croisai les bras sur ma poitrine et je me mis à faire les cent pas.

— Emilia... imagine...

Je me tournai vers lui, le dos et les épaules tellement raides que je faillis me bloquer en bougeant.

— Je ne peux pas vivre ici. Tu le sais aussi bien que moi.

— Je le sais ?

— Je ne peux pas vivre dans ton appartement à cause de ce qu'il se passera une fois que…

Et ma voix se brisa lorsque nos regards s'affrontèrent. Ses traits se figèrent. Il fourra le poing dans sa poche et ses yeux se posèrent à nouveau sur la fenêtre.

Je ne pus m'empêcher d'entendre les paroles de Heath prononcées quelques jours plus tôt. *Qu'est-ce qu'il achète avec tous ces cadeaux coûteux ? Il veut plus qu'une seule nuit…*

— Adam, que fais-tu ?

— Que crois-tu que je fais ?

— Je dirais que je te soupçonne d'essayer de m'installer dans une garçonnière, sauf que nous ne baisons pas. Ce n'est donc pas ça.

— Et si je disais que je voulais t'aider, est-ce que tu me croirais ou le transformerais-tu en quelque chose que ce n'est pas ?

Je secouai la tête en serrant les poings.

— Je n'ai pas besoin d'être sauvée. Je peux me sauver moi-même.

— Oh, c'est vrai, dit-il doucement en marchant vers moi et en me regardant avec des yeux froids. Les enchères étaient entièrement pour cela. Le fait que tu te 'sauves'.

Je le regardai dans les yeux lorsqu'il s'arrêta à quelques centimètres de moi. Je pouvais le sentir. Ce corps chaud et masculin qui sentait la brise de l'océan. Je déglutis en souhaitant pouvoir fermer mes narines. Même quand j'étais irritée par lui, il m'affectait comme personne d'autre ne l'avait jamais fait.

— Si bien sûr tu as un jour l'intention de prendre ces enchères au sérieux…

Il secoua la tête.

— Et les trois cent soixante-quinze mille dollars sur ton compte bancaire, ils représentent quoi ? J'ai payé pour le plaisir de ta compagnie au cours des trois dernières semaines ?

Je haussai les épaules.

— Je n'en ai aucune idée. Tu es le seul à connaître la réponse. Et tu ne sembles pas être prêt à la partager.

Il sembla à présent extrêmement irrité.

— Alors nous devrions juste nous coucher par terre et baiser tout de suite ?

Je levai le menton et je le regardai droit dans les yeux.

— Bien sûr, allons-y. Nous serons débarrassés.

— C'est ce que tu veux ? Que nous en soyons débarrassés ?

Ma bouche s'ouvrit pour faire une remarque cinglante, mais rien ne vint. Je pinçai les lèvres. Mes épaules tremblèrent, alors je serrai les bras en les croisant sur ma poitrine. Mon hésitation me perturbait. Pourquoi ne pas simplement dire oui ? Je clignai des paupières. Parce que je ne voulais pas que ce soit terminé. Pas encore.

— Pourquoi repousses-tu le moment ? finis-je par lui demander d'une voix à peine plus forte qu'un chuchotement.

J'avais conscience de souhaiter une certaine réponse de sa part. Je ne savais pas précisément laquelle, mais allait-il me dire ce qu'il se passait dans son cerveau ultra intelligent ? Ou allait-il encore se retirer derrière sa façade froide ?

— Je ne suis pas obligé de t'expliquer mes raisons. C'est moi le portefeuille dans ce marché, tu n'as pas oublié ?

Oui, bon. Ce n'était pas la réponse que je voulais. Certainement pas. Mon cou puis mes joues se mirent à brûler.

— Je ne suis pas une prostituée. Je ne suis pas ta maîtresse. Alors, arrête de me traiter de cette façon.

— Tu vois, tu recommences. Tu déformes les choses.

Je serrai les dents.

— Je ne vais pas emménager dans ton putain d'appartement.

Il resta impassible et il ne bougea même pas.

— Dis-moi pourquoi.

— Je ne suis pas obligée de t'expliquer mes raisons, dis-je en reprenant ses mots.

— Parce que tu penses que cela signifie que je te traite comme une amante ?

Je me raidis en pensant à l'histoire de ma mère. Elle avait une fin triste pour la personne que j'aimais le plus au monde. Elle était jeune, fraîche et naïve. Elle pensait avoir trouvé l'homme de ses rêves. Il s'avéra qu'il s'était seulement servi d'elle et puis qu'il l'avait jetée, la laissant se débrouiller seule avec un bébé. Je serrai les bras et je clignai des paupières.

— Le donneur de sperme biologique a fait exactement la même chose. Et c'est exactement ce qu'il voulait dire en le faisant. Il voulait s'assurer que ma mère dépende de lui jusqu'à ce qu'il en ait terminé avec elle.

Son expression de visage changea, légèrement, comme s'il venait de comprendre. Puis il secoua la tête.

— Je ne suis pas lui.

— Je sais.

— Non, je ne crois pas que tu le saches.

Il leva alors la main jusqu'à mon visage, touchant ma joue, puis mon oreille, jusqu'à faire courir son doigt le long de mon cou et de ma clavicule. Son doigt éveillait la glace et le feu. C'était excitant. Je tremblais sous sa main.

Il le sentit et ses yeux s'assombrirent. Il pencha la tête jusqu'à ce que nos visages se trouvent à quelques centimètres l'un de l'autre.

— Je ne vais jamais laisser tomber, tu sais.

J'inclinai la tête vers la sienne, nos lèvres à moins de deux centimètres. Je le fixai au fond des yeux.

— Moi non plus.

Puis j'attrapai sa cravate et je tirai sa bouche vers la mienne.

Lorsque nos lèvres se rencontrèrent, ce fut explosif : un affrontement de nos volontés, d'anticipation frustrée. Ses mains se posèrent sur mes épaules et il me poussa vers le mur le plus proche, me coinçant entre son corps dur et le mur, sans jamais retirer sa bouche de la mienne.

Ses lèvres, sa langue me dévorèrent. Son corps, chaque contour délicieux et solide de son corps, m'emprisonnait. Ses mains glissèrent de mes épaules, descendirent vers mes bras et entourèrent mes poignets. Il coinça mes mains contre le mur de chaque côté de ma tête.

Je poussai contre cette résistance : ne luttant pas pour me dégager, mais afin de tester la force de son emprise. Ses mains épinglèrent les miennes, puis il enlaça ses doigts avec les miens, fusionnant nos paumes l'une contre l'autre et tenant mes mains comme il tenait mon corps contre le mur. Sa langue explora ma bouche, sa tête bougeant contre la mienne.

Lorsque nos lèvres s'écartèrent enfin, il nous fallut respirer fort. Il s'écarta juste assez pour m'immobiliser du regard.

— C'est *moi* qui contrôle, Emilia. Ne l'oublie pas, dit-il d'une voix dure comme l'acier.

J'étais sur le point de répondre lorsqu'il m'interrompit en reposant sa bouche sur la mienne. J'essayai sans grand enthousiasme de libérer mes mains et il les maintint fermement, ses doigts se serrant autour des miens. Une chaleur brûlante me parcourut comme un incendie dans l'herbe sèche après un été californien.

Il s'écarta encore.

— C'est *moi* qui dis quand c'est terminé. Et je n'ai pas besoin de t'expliquer mes raisons.

— Tu as demandé une nuit de plus. Je te la donnerai. Mais après ça...

Il m'interrompit encore, en m'embrassant violemment. L'excitation s'embrasa au fond de moi et son érection prit vie contre mon ventre.

Il recula brutalement, relâchant un peu mes mains. J'aurais pu facilement me libérer si je l'avais voulu, mais je ne le fis pas. Je n'avais pas envie de parler. Je n'avais pas envie de penser. Je voulais m'abandonner aux sensations en moi... celles qui voulaient à tout prix prendre le contrôle. Mais comme il l'avait souligné avec insistance : c'était lui qui contrôlait tout, même si ce n'était qu'un instant, en s'écartant. En me privant de sa bouche succulente.

Il déglutit.

— La semaine prochaine, je vais dans les Caraïbes pour le travail. Je veux que tu viennes avec moi.

Je me souvins enfin qu'il fallait que je respire.

— Pour un peu de visites touristiques chastes, de la conversation amusante au dîner et un coït interrompu ?

Ses yeux sombres brillèrent, mais je ne savais pas si c'était sous l'irritation ou l'amusement.

— Tu m'as promis une nuit de plus.

Je savais qu'il avait quelque chose derrière la tête. Il manœuvrait. Les battements de mon cœur secouèrent chaque endroit de mon corps où l'on pouvait mesurer le pouls.

— C'est plus qu'une nuit, chuchotai-je.

Son regard me défia.

— Oui.

— Et que se passera-t-il ensuite ? parvins-je à peine à prononcer.

Une longue pause pendant qu'il me regardait. Il relâcha mes mains, mais il ne bougea pas. Je les baissai lentement.

— Je suppose que nous verrons bien.

Et puis il attendit, passant une main dans ses cheveux, faisant un pas en arrière.

Comme d'habitude, il avait complètement inversé la dynamique entre nous. J'avais abordé cette confrontation en pensant avoir tout le pouvoir. Et c'était le cas. Jusqu'à ce qu'il décide que cela suffisait et qu'il me le reprenait comme si j'étais une petite fille avec un jouet qu'elle n'aurait pas dû toucher.

Nous nous regardâmes longuement.

— Tu ne peux pas continuer à faire ça, dis-je.

— À vrai dire, je le peux. Dis que tu viendras, Emilia.

Oh, je savais que Heath allait piquer une crise en entendant cela, si j'acceptais de partir, d'être absente presque une semaine. Ma mère… qu'allais-je lui dire ? Elle allait appeler et voudrait savoir pourquoi je ne la contactais pas. Et le blog. Et mon travail à l'hôpital.

Mais il s'agirait de nos derniers instants ensemble. Il ne pouvait pas retarder encore l'échéance. Et les sentiments qu'il éveillait en moi me terrifiaient franchement. Le mieux était que tout se finisse vite et que je retourne à ma vie normale et sécurisante.

Ma réponse sortit en un soupir :

— Je viendrai.

— Maintenant, dis-moi que tu vas emménager ici, dit-il d'un ton impassible.

— Pas moyen, putain, soufflai-je.

Le coin droit de sa bouche remonta en un sourire.

— J'ai tenté le coup.

Je tirai la langue et il se mit à rire.

Il regarda sa montre et recula soudain.

— Il faut que nous allions déjeuner en bas. Tu aimes la nourriture cubaine ?

— Chez Floriano ? Oui.

Heath me payait le repas au Floriano Café quand il avait envie de manger cubain. Je ne savais pas si c'était à cause de son béguin pour l'un des serveurs ou son désir insatiable d'une assiette de porc al Habañera.

Je suivis Adam dans l'escalier antique étroit, au-delà de la porte en verre et dans l'allée. Il tint la porte pour moi et marcha à côté en posant une main au creux de mon dos. Chaque muscle se raidit en réaction à ce contact.

Nous avançâmes dans l'allée étroite en passant devant le magasin de cigares où des hommes âgés étaient assis dehors, répandant une fumée sucrée nauséabonde sur la place. On s'installa à l'une des tables en métal sur le trottoir.

— Alors, dis-moi, qui a eu l'idée de vêtir les personnages féminins de Dragon Epoch en lingerie blindée ? dis-je en abordant enfin un sujet que j'avais évité jusque-là, mon commentaire de son jeu sur mon blog.

Il me jeta un regard en coin tout en étudiant le menu.

— J'ai imaginé l'histoire et l'architecture du jeu. Je n'ai pas conçu les vêtements de femme.

— Mais c'est toi qui donnes l'accord final. Pourquoi ne pas mettre quelque chose qui couvre le ventre de ces pauvres filles ? De toute façon, comment ces armures peuvent-elles les protéger ?

— J'ai cédé en face des recherches convaincantes de mon équipe marketing et aux développeurs du jeu qui mettent constamment le problème en avant. Si c'était à moi de choisir, ces pauvres elfes seraient couvertes des pieds à la tête.

Je ricanai.

— Et auraient-elles autant de poitrine que maintenant ? Qui fabrique les soutiens-gorge à Yondareth, d'ailleurs ? dis-je en faisant référence au monde fictif dans lequel Dragon Epoch était situé.

Il réprima un rire.

— Tu ne le croirais pas.

Un souvenir me vint soudain. Toutes les figurines que William avait peintes... la grande majorité était des femmes !

— Non... pas ton cousin !

Je restai bouche bée de surprise.

— Oui. Tu peux en vouloir à Liam. Je suis totalement innocent.

Je l'observai.

— Je pourrais te décrire de nombreuses façons, mais 'innocent' n'en fait pas partie.

Pendant que nous parlions, un groupe de personnes sortit du Starbucks au coin de la rue et l'une d'entre elles s'arrêta lorsqu'elle nous vit à notre petite table.

— Adam ? dit-elle.

On leva la tête. C'était Lindsay et elle écarquilla les yeux lorsqu'elle m'aperçut.

— Linds, dit-il tranquillement. Comment se passe la pause café ?

Sans y être invitée, elle attrapa une chaise d'une autre table et elle s'assit devant nous. Je regardai Adam qui semblait mal à l'aise, sans doute parce que je connaissais désormais leur passé. Oh, je pouvais m'amuser avec la situation. Faire souffrir Adam un petit peu et faire payer cette grande dame qui méprisait mon jean usé et mon tee-shirt.

Je rapprochai ma chaise de celle d'Adam jusqu'à ce qu'elles soient collées. Adam s'éclaircit la gorge.

— Lindsay, tu te souviens de mon amie Emilia ?

— En fait, tout le monde m'appelle Mia, dis-je en me penchant en avant afin de lui serrer la main avec le sourire le plus faux de toute ma vie. Adam venait de me parler de toi ! dis-je aimablement.

Lindsay se tourna vers Adam avec un petit sourire.

— En bien, j'espère.

Il s'agita sur sa chaise et je posai la main sur sa cuisse, les doigts vers l'intérieur, comme j'avais très souvent vu des couples le faire. Je le caressai affectueusement et je me penchai contre son épaule.

— Oh, bien sûr, en bien ! Il t'apprécie tellement, dis-je en jetant un sourire admiratif à Adam.

Ma main se faufila un peu plus haut.

Adam posa fermement sa main sur la mienne, sous couvert de la tenir. Il décrocha mes doigts de sa jambe et il les entrelaça avec les miens. Il porta ensuite ma main à ses lèvres et il l'embrassa. Le choc de surprise descendit tout le long de mon bras.

— Tu es tellement patiente avec moi, ma chérie.

Les yeux de Lindsay faillirent sortir de leurs orbites en regardant Adam faire, même s'il faisait semblant, comme je le savais très bien. Je supposai qu'Adam, qui était mal à l'aise et raide chaque fois que je me penchais contre lui en privé, n'était pas du genre à montrer son affection de cette façon. D'après la réaction stupéfaite de Lindsay, c'était totalement nouveau pour lui. Peut-être pourrions-nous faire une scène spectaculaire en le faisant sauter sur les chaises comme Tom Cruise chez Oprah Winfrey.

Juste à ce moment-là, le serveur sortit pour prendre la commande.

— Je prendrai la même chose que lui, dis-je d'un air rêveur en espérant qu'il n'allait pas commander quelque chose d'affreux.

Il commanda l'assiette Floriano : beaucoup trop de nourriture pour moi. Mais enfin, je ne me plaignais jamais qu'il y ait des restes.

— Que fais-tu par ici, Adam ? demanda Lindsay.

Il me regarda, puis il regarda Lindsay comme pour dire *n'est-ce pas évident ?* J'eus soudain l'impression que cette rencontre n'était pas une coïncidence. Je jetai un regard à Adam, qui tenait toujours ma main dans la sienne.

Après seulement quelques minutes de conversation creuse, Lindsay repoussa sa chaise de la table.

— Pardon, je ne voulais pas vous interrompre et je dois repartir. Tu viens à la fête vendredi, Adam ?

Il sourit.

— Oui. Tout à fait. Emilia m'accompagne. Merci pour l'invitation.

Je lui jetai un regard noir. Comment ça ? Une fête ? Une fête à Newport Beach organisée par Lindsay ? Arg, non merci.

Lindsay courba visiblement les épaules et elle se détourna en ajustant ses lunettes de soleil avant de repartir vers l'un des bâtiments d'affaires de la place.

— Eh bien, quelle chance, dit-il.

Je remarquai qu'il n'avait toujours pas lâché ma main, mais je ne dis rien.

— Non, ce n'était pas de la chance. Tu avais tout prévu.

Adam porta sa main libre à sa poche et il en sortit ses lunettes de soleil.

— Peut-être bien.

Je l'examinai.

— Pourquoi ?

Il hésita et j'ajoutai :

— Si tu dis que tu n'as pas besoin de m'expliquer tes raisons, je vais te donner un coup de pied dans un endroit qui compte.

— Tellement violente, grimaça-t-il. Elle est venue au complexe l'autre jour pour le déjeuner. Elle m'a dit qu'elle avait divorcé de Jerome.

Je lui fis un grand sourire.

— Est-ce qu'elle t'a dragué ?

Il me jeta un autre regard avant de détourner les yeux, manifestement gêné.

— C'est ce qu'elle a fait, n'est-ce pas ? Je le savais. C'est toi qu'elle veut.

Adam sourit en coin.

— Lindsay est une amie. Rien de plus. Ça ne changera pas.

— Pourquoi ne pas simplement le lui dire au lieu de me jeter à son visage ?

Il serra ma main un peu plus fort.

— Penses-tu que c'est ce que je faisais ? Tu déformes encore les choses.

— Embrasser ma main et m'appeler 'chérie' ne correspond pas à ton comportement normal.

Je ne pus déchiffrer son visage caché derrière les lunettes de soleil.

— Peut-être bien.

La nourriture arriva alors et il lâcha ma main afin que nous puissions manger. Nous commençâmes le repas en silence pendant quelques minutes. Je lui jetai quelques regards intrigués qu'il fit semblant de ne pas remarquer. J'étais donc son leurre. Cela expliquait beaucoup de choses. Il me gardait à proximité pour empêcher Lindsay – ou peut-être d'autres femmes – de se faire des idées. Lindsay entamant les procédures de divorce, elle allait être vulnérable, en chasse. C'était peut-être la façon qu'avait Adam de la repousser gentiment. Ou de l'éviter à une période où elle risquait de se faire des idées, car même s'il faisait semblant de ne pas le remarquer, je voyais clairement que Lindsay désirait Adam.

— Tu ne pourras pas l'éviter éternellement, tu sais, dis-je en picorant mes *maduros*.

Il avala une fourchette de riz espagnol.

— Quoi, donc ?

— Le mariage. Un jour, tu n'auras pas de bouclier derrière lequel te cacher.

Il sembla immédiatement comprendre ce que je voulais dire. Il se contenta de hausser les épaules.

J'insistai, car j'avais oublié sa tendance à retourner ma situation de supériorité et de contrôle contre moi. Même dans les conversations.

— Pas envie de trouver la bonne personne, de te caser, de faire des petits bébés géniaux ?

Il ricana.

— J'y penserai peut-être quand j'aurai quarante ans.

Il mangea un moment en silence avant de me regarder.

— Et toi ? Quel est ton plan ?

Je mâchai une bouchée de poulet et de poivron. C'était épicé, goûteux et tendre. Je haussai les épaules.

— Je te l'ai dit, je ne fréquente pas les hommes. Si je ne fréquente pas les hommes, je ne rencontrerais jamais l'homme spécial, d'autant plus que je ne crois pas qu'il existe. Je vais vivre une vie de célibataire comme je l'entends. Cela a bien suffi à ma mère.

— Mais ta mère, elle t'avait, toi.

Je songeai un instant à cette remarque.

— Oui. Nous nous entendions bien, pour l'essentiel. Parfois davantage comme des sœurs que comme une mère et sa fille. Si jamais j'ai le désir de devenir mère, il existe des options qui ne nécessitent pas l'intervention d'un homme.

Il ne répondit rien et on termina le déjeuner peu de temps après. Il prit un appel, gérant une nouvelle crise durant le trajet à pied jusqu'à chez moi. Je marchai à côté de lui, silencieuse en dehors des couinements de la boîte en polystyrène contenant les restes de mon repas.

Il termina son coup de fil sur le pas de la porte, rangeant son téléphone dans sa poche.

— Emilia, viendras-tu à la fête avec moi ce vendredi ?

Je levai un sourcil.

— Je me suis demandée à quel moment tu allais me poser la question, étant donné que tu m'avais déjà désignée comme volontaire pour t'accompagner.

— Je te le demande maintenant.

J'inspirai profondément en sachant qu'il ne fallait sans doute pas que j'accepte.

— Je ne crois pas...

— J'ai très envie de te voir porter la rouge.

Il parlait de la robe rouge, celle que je n'avais pas encore mise. Je m'étais moi aussi demandé comment elle m'irait.

Peut-être pouvais-je m'en sortir en n'en parlant pas à Heath. Je savais ce qu'il dirait. Il dirait exactement la même chose que ce petit chuchotement rationnel à l'arrière de ma tête : *dis-lui non. Tu lui accordes déjà plus d'une nuit.*

J'inspirai profondément.

— D'accord.

Bon sang. Parfois, je semblais déterminée à aller à l'encontre de mon bon sens. Et dernièrement, toutes les décisions de ce genre impliquaient cet homme.

— Je te vois donc vendredi, dit-il en partant, comme s'il avait peur que je change d'avis s'il s'attardait sur le seuil de ma porte.

Je le regardai partir vers la vieille ville pour aller récupérer sa voiture. Ma poitrine se serra. C'était dangereux. Je m'étais enfoncée trop loin. Et il contrôlait la situation, comme il l'avait dit. Au lieu d'une nuit de plus, comme je lui avais promis, c'était à présent une fête et une semaine dans les Caraïbes. Il y en aurait bientôt davantage. Et j'avais de plus en plus de difficultés à lui dire non.

Ma tête voulait que je résiste, mais mon cœur ne le permettait pas.

CHAPITRE ONZE

L E LENDEMAIN APRÈS LE TRAVAIL, JE REJOIGNIS HEATH chez lui. J'avais apporté ce qu'il fallait pour faire une salade César et il avait le bœuf haché et le nécessaire pour faire des hamburgers.

Ce fut assez gênant au début. Je savais que Heath évitait soigneusement tous les sujets concernant Adam et les enchères. Apparemment, il en avait terminé avec cela.

Mais lorsque nous fûmes à mi-chemin de nos hamburgers, je lui posai la question qui me rongeait.

— Comment fait-on une branlette à quelqu'un ?

Heath s'étrangla avec son burger en écarquillant les yeux.

— Bon sang. La prochaine fois, préviens-moi, histoire que je vide ma bouche avant que tu me poses ce genre de question.

Je gloussai.

— Je suis désolée. C'est juste que j'ai lu cet article dans *Cosmo*, et je n'ai pas compris parce que…

— Arrête-toi tout de suite. Si tu cherches à faire ton éducation sexuelle avec *Cosmo*, prépare-toi à souffrir – ou à faire souffrir quelqu'un. Ces articles sont complètement débiles.

— D'accord. Alors serais-tu gêné si je te demandais de m'expliquer comment ça fonctionne ?

Il rit.

— Gêné ? Poupée, je suis gay. Les pénis sont mon sujet favori. Merde, ce serait sans doute également le cas si j'étais hétéro, avec les seins en deuxième position.

Pendant le dessert – j'avais apporté des fraises achetées au marché et je les avais servies sur une génoise –, il utilisa une banane afin de démontrer comment faire plaisir à un homme avec la main. J'irradiai sans doute le quartier après avoir rougi autant, mais je suivis ses conseils et je jetai les magazines dans la poubelle de recyclage dès mon retour à la maison.

***

La fête de Lindsay fut un désastre. Lorsqu'elle nous vit arriver ensemble, elle écarquilla les yeux de surprise exagérée – ou d'horreur feinte, je n'aurais su les différencier. Elle fit ensuite semblant d'être appelée par quelqu'un pour faire quelque chose de très important. Je crois qu'elle avait eu l'intention d'être accompagnée par Adam. Pendant le reste de la soirée, elle fit semblant que je n'existais pas. Les autres invités auraient pu faire la même chose, sauf qu'Adam resta collé à mes côtés comme du velcro.

Je portais la robe rouge. Elle avait un modeste décolleté en cœur et des manches courtes, mais elle était moulante et assez courte pour mettre en valeur mes jambes qui après tout, n'étaient pas trop moches. J'avais pris un soin particulier en me rasant afin de ne pas avoir de coupure ou d'éraflure à cacher. Je portais les chaussures noires brillantes que j'avais mises à Amsterdam avec la robe noire. Je n'avais même pas essayé de porter mes bijoux. Tout ce que j'avais aurait semblé en toc à côté des véritables pierres précieuses présentes à cette fête. J'avais choisi les seuls véritables joyaux en ma possession : une paire de boucles d'oreilles en perles de culture. Et ce fut tout : pas de bague, de collier ou de bracelet.

On maintint notre routine affectueuse. Adam me tint tout le temps la main et fut très attentionné. Il resta près de moi et lorsqu'il parlait à moi seule, il chuchotait dans mon oreille en passant un bras autour de ma taille. Je vis que nous étions au centre des conversations, car nous recevions beaucoup de regards spéculatifs. Adam n'était jamais vu en public en train d'agir de façon affectueuse avec les femmes, semblait-il. Était-ce seulement pour décourager Lindsay ou bien également pour avertir les autres femmes ? Un plan élaboré pour maintenir les gens à distance ? Si quelqu'un était capable de plans élaborés, c'était bien Adam.

Après la fête, il me ramena chez lui, car ce n'était qu'à quelques kilomètres de l'endroit où vivait Lindsay à Laguna Beach. Je me demandai ce qu'il avait en tête pour le reste de la soirée. Une autre sortie en yacht ?

À ma grande surprise, son projet était de s'asseoir dans sa salle de cinéma en regardant *Le Seigneur des Anneaux* et en mangeant du pop-corn. J'adorais le pop-corn et Tolkien, alors je fus parfaitement contente. Il disparut à un moment et revint en portant un pantalon de pyjama et un tee-shirt.

Je marmonnai que ce n'était pas juste de devoir garder ma robe et il disparut à nouveau avant de revenir avec un tee-shirt. Je me rendis à la salle de bains et je l'enfilai. Comme c'était un tee-shirt à lui, il descendait plus bas que ma culotte tout en laissant mes jambes nues. Lorsque je revins dans la pièce, ses yeux me suivirent jusqu'à l'endroit où je m'assis dans le fauteuil relax à côté de lui. Nous avions notre propre petit cinéma avec un écran large à haute définition et une sonorisation de premier ordre. Comme je l'avais dit, le matériel informatique m'excitait. Et nous pouvions fréquenter ce joli petit cinéma privé dans nos pyjamas.

Lorsque le premier film fut terminé, il fut sur le point de démarrer le deuxième. Il était déjà plus de dix heures et je dis que je devais sans doute rentrer.

— Pourquoi ne restes-tu pas ? J'ai une demi-douzaine de chambres d'amis parmi lesquelles tu peux choisir. Et deux autres films.

Et la voilà, sa nouvelle demande pour en obtenir davantage. J'hésitai.

— Cela ne compterait-il pas comme une nuit supplémentaire ? dis-je.

Ses yeux me lancèrent un regard de défi, mais son sourire ne s'effaça pas.

— Non.

— Qu'est-ce qui te fait croire que j'ai envie de t'en faire cadeau ?

Il leva la télécommande.

— Allez… tu sais que tu en as envie…

Je soupirai.

— Si je peux avoir plus de pop-corn et une brosse à dents, et si tu éteins ton téléphone jusqu'à la fin des films, alors je peux l'envisager.

— Oui, oui, et… il poussa un soupir exagéré en sortant son téléphone du plateau de boissons où il l'avait posé. Oh, bon d'accord. Oui aussi.

Il alluma deux fois le téléphone pour y jeter un œil pendant les parties lentes, le rêve d'Arwen et la scène absurde dans laquelle Aragorn tombe d'une falaise à cause d'un ouargue.

Après la deuxième fois, je sautai dans son fauteuil, j'attrapai le téléphone et je le rangeai dans mon tee-shirt. Nous regardâmes le reste du film collés l'un contre l'autre, nos jambes entortillées, ses bras forts autour de ma taille.

Durant le prologue du troisième film, nous commençâmes à nous embrasser. Et à partir de là, on ignora pas mal *Le Retour du Roi*. Ses mains étaient partout sur moi – même si je le soupçonne d'avoir cherché à retrouver son téléphone. Mes propres mains profitèrent également de lui.

On passa les deux heures et demie complètes à nous embrasser comme des adolescents à l'arrière du minivan emprunté aux parents. Et je ne croyais pas avoir déjà été aussi excitée de ma vie. Évidemment, ce n'était pas beaucoup dire, puisque mes trois semaines en compagnie de cet homme représentaient environ 98.5 pour cent de mon expérience en excitation sexuelle. Les sensations qui tourbillonnaient en moi furent stupéfiantes, comme si des parties de mon corps dont je ne connaissais pas l'existence venaient de s'éveiller.

Lorsqu'Aragorn fut couronné roi et que le générique s'afficha, nous fûmes plongés dans le noir, mais cela ne nous arrêta pas. Il avait eu les mains sur mes seins au cours de l'heure précédente, me rendant folle en me stimulant en continu, faisant pointer mes tétons en posant sa bouche chaude dessus. Car oui, mon tee-shirt – ou plutôt, le sien – avait été jeté sur le sol longtemps auparavant, tout comme son téléphone, et il fut rapidement rejoint par celui qu'il portait.

Je descendis alors les mains et je commençai à le caresser à travers son pantalon de pyjama. Il poussa un grognement rauque. Oh, ça lui plaisait beaucoup. Nous n'allions pas coucher ensemble cette nuit-là, mais il était temps qu'il en profite un peu. Après tout, il avait été très attentionné avec moi jusque-là. Et je pensais également à l'accusation de Heath selon laquelle Adam avait une forme de fétichisme pervers où il se privait exprès. *Peut-être qu'il prend son pied en se frustrant volontairement.*

Mais une fois que ma main se glissa dans son pyjama, il ne protesta pas. J'enveloppai ma main autour de lui et je le caressai doucement de haut en bas comme Heath l'avait expliqué. Son organe était dur, long et épais. J'adorais la sensation de la peau douce qui glissait sous mes mains, la rigidité, le bruit de ses grognements rauques pendant qu'il s'abandonnait à mes caresses.

Je bougeai la main plus vite et ses bras autour de moi me serrèrent plus fort. Il plongea les dents dans mon cou, se mit à sucer, et je sus que j'allais être couverte de suçons pendant plusieurs jours. Mais je ne l'arrêtai pas, car je trouvais extrêmement excitant d'avoir ce pouvoir sur son corps. Je baissai la tête et j'embrassai son torse dur et musclé, léchant et suçant ses tétons, comme il l'avait fait pour moi.

Puis j'approchai ma bouche de son oreille :

— Je vais te faire jouir.

Il répondit d'une voix rauque :

— Oui, c'est vrai.

— Je te veux en moi, Adam. Je veux savoir ce que ça fait de t'avoir en moi.

Je disais ces mots en les pensant. Il était temps. J'en avais assez d'attendre. Cela n'allait pas arriver cette nuit, mais il fallait que ce soit très vite, car je risquais d'exploser autrement.

Je le caressai de plus en plus vite jusqu'à ce que son corps devienne rigide et que je sente les contractions de son orgasme. Du sperme brûlant dégoulina sur ses abdos et sur ma main et lorsqu'il redescendit enfin du nuage sur lequel je l'avais envoyé, il baissa les yeux, retirant soigneusement ma main de sa peau à présent trop sensible.

— Regarde le bazar que tu as fait, méchante fille.

Mes lèvres trouvèrent les siennes et nous nous embrassâmes longuement, langoureusement.

— Il faudra peut-être me punir plus tard.

— Oui, peut-être.

Il y avait une salle de bains entièrement équipée à côté du cinéma et on alla y prendre une douche. Une autre douche chaude et sexy ensemble. Quand il se fut lavé, il s'avança vers moi avec le savon et il insista pour me laver des pieds à la tête. Il massa mes épaules de derrière et il prit encore une fois un soin tout particulier à me savonner les seins.

— Je vais entrer en toi, Emilia, souffla-t-il contre mon oreille lorsqu'il eut terminé.

Puis sa main se trouva entre mes jambes. Je me penchai en arrière contre lui.

— Je vais la glisser lentement dedans. Je vais regarder ton visage quand tu me prendras en toi. Je vais te baiser jusqu'à ce que tu te mettes à crier. Et puis tu me supplieras de recommencer. Encore. Et encore.

Ses doigts glissèrent sur ma peau impatiente et sensible pendant qu'il pinçait mon téton de l'autre main. En très peu de temps, il me rendit la faveur que je venais de lui faire. Mon orgasme fut rapide et intense. Je me raidis dans ses bras et il me serra contre lui. Sa respiration brûlante me calcina la nuque. Il s'appuya contre moi, il était redevenu dur.

Malgré la conversation que j'avais eue avec Heath, je ne savais pas qu'un homme pouvait être à nouveau prêt aussi vite. Bien sûr, nous n'avions pas vraiment couché ensemble, alors cela pouvait en être la raison. Même si j'essayais de m'éduquer, c'étaient des pensées de ce genre qui montraient à quel point je ne savais pas grand-chose dans ce domaine. Jusqu'ici, Adam avait été un enseignant patient et appliqué. Il avait été trop patient à mon goût. J'étais prête pour la leçon suivante et il la retardait comme un maître d'école obstiné.

Il était temps que l'étudiante se rebelle.

***

Il devait être deux ou trois heures du matin, mais nous n'étions pas fatigués.

Il attrapa des vêtements propres et un nouveau tee-shirt pour moi. Celui-ci était un maillot de rugby qui descendait un peu plus bas sur mes jambes, mais qui avait aussi des manches beaucoup plus longues que mes bras. Je les enroulai pour libérer mes mains. On se rendit à la cuisine et on mangea de la viande froide et du fromage : nous étions tous les deux affamés.

J'essayai de tirer profit de sa bonne humeur après l'orgasme pour lui arracher ses secrets bien gardés, mais sans succès.

— D'accord, pourquoi pas la plus minuscule fraction d'un indice microscopique ?

Sa bouche s'incurva d'humour retenu. Cela faisait plus de dix minutes que je m'acharnais.

— Je ne donne jamais d'indice.

— Et les pots-de-vin ? Je pourrais te soudoyer.

Il rit à présent.

— Avec quoi ?

Je le déshabillai du regard.

— D'accord, un indice.

— Oh, super !

— Jaune.

Je lui jetai un regard noir.

— Attends, quoi ?

Il haussa les épaules.

— C'est mon indice. C'est à prendre ou à laisser.

— Je le laisse ici avec toutes les choses cochonnes que j'étais sur le point de te faire en échange d'un bon indice.

— Tu arrives un peu tard pour me soudoyer. Tu aurais dû proposer cette offre pendant que nous regardions le film.

— Oh, je crois qu'un bon pot-de-vin pourrait te remettre en selle.

Son regard glissa une nouvelle fois le long de mes jambes nues.

— Je crois que tu pourrais avoir raison, dit-il. Es-tu fatiguée ? Je dois faire quelques vérifications du boulot, mais je pense pouvoir supporter de dormir un peu avant le lever du soleil.

Il me donna la brosse à dents promise et il me guida jusqu'à une chambre d'amis proche de la sienne. Après m'être brossé les dents, je me rendis dans sa chambre. Il n'était pas là, car il avait dû partir faire son travail quelque part. Je profitai du moment pour inspecter sa chambre, étonnée par son côté impersonnel. Elle était décorée de façon exquise et ressemblait à une cabane de plage, avec un plafond incliné couvert de bambou et de poutres sombres. Des rideaux en lin volumineux couleur sable étaient accrochés aux fenêtres du sol au plafond et le plancher lisse était constitué de différentes couleurs de bois formant un parquet aux motifs complexes.

Mais il y avait peu de touches personnelles qui renseignaient sur qui il était, mis à part le bureau. Je m'avançai vers lui, mes yeux parcourant sa surface brillante. Il y avait des photos de son oncle Peter avec un bras autour de ses deux cousins, Britt avec ses deux garçons adorables. Il y avait une photo d'Adam et des enfants à Disneyland à côté de Mickey. Je souris à chaque photo, soulagée d'avoir trouvé de petits indices révélant la personne cachée derrière le masque qu'il montrait au monde, même à moi. Je ne remarquai pas de photos de ses parents et étant donné ce que je savais de son enfance, je ne fus pas surprise. Mais la dernière photo de la rangée me fit réfléchir. Elle était dans un petit cadre et je le soulevai, examinant les deux enfants représentés.

La couleur s'était estompée, mais l'enfant le plus jeune, un garçon aux cheveux bruns, était manifestement Adam. Il lui manquait des dents, mais il faisait malgré tout un immense sourire. Il avait le bras autour du cou d'une fille plus âgée, blonde aux yeux verts. Elle semblait être préadolescente. Elle regardait la caméra de travers, comme si elle était irritée d'être prise en photo, mais son bras serrait fermement Adam. Elle était très jolie et je devinai qu'il devait s'agir de Sabrina, sa sœur.

Pendant que j'étudiais la photo, je sentis une présence derrière moi avant même d'entendre quoi que ce soit. Je me tournai et je fis face à Adam. Lorsqu'il vit la photo que je tenais, son visage devint sérieux.

— Elle était jolie, dis-je maladroitement.

Il me jeta un regard furtif, puis il posa l'ordinateur portable qu'il avait sous le bras sur le bureau en évitant mon regard. Ma supposition était exacte.

— Oui, fut tout ce qu'il dit.

— Elle ne te ressemblait pas beaucoup.

— Nous avions des pères différents.

Je regardai à nouveau la photo et je la reposai doucement.

— Je suis désolée. Tu l'aimais beaucoup.

Il inspira profondément en regardant toujours la photo.

— Oui. Je l'aimais plus que n'importe qui sur cette planète.

Je m'approchai de lui et je passai mes bras autour de son torse.

— Elle a eu beaucoup de chance, dans ce cas. D'avoir ton amour.

Adam ne bougea pas, ne réagit pas à ma marque d'affection. Je levai la tête et il regardait toujours fixement cette photo ternie.

— C'est la seule photo que j'ai d'elle. Je ne me souviens plus comment elle était en ce temps-là. Ou plus tard, avant qu'elle meure.

— Quel âge avait-elle ?

— Vingt ans.

— Et tu avais… ?

— Treize ans. Cela s'est produit environ à l'époque où je suis revenu en Californie.

Il n'avait pas réagi à mon geste, mais je caressai néanmoins son dos d'une main.

— J'aurais adoré avoir une sœur, même pour une courte période.

Il serra la mâchoire et il sembla enfin prendre conscience de ma présence en baissant la tête.

— J'aurais préféré ne pas avoir de sœur au lieu d'en avoir une et de la voir mourir comme elle l'a fait.

Je m'écartai de lui et je m'assis sur le bord du lit. Il me regarda un instant, le visage crispé : je tapotai la place à côté de moi.

Il la regarda, mais il ne bougea pas.

Je lui posai alors la question qui n'avait pas été posée, car je sentais que malgré son comportement réticent, il voulait en parler.

— Comment est-elle morte ?

Il ferma les yeux avant de les rouvrir.

— Overdose.

L'addiction. Encore ce thème familial. Il m'avait un jour révélé que c'était ce qu'il craignait plus que tout, qu'il croyait fermement en la génétique de l'addiction. Il semblait que ses croyances étaient largement basées sur les vies personnelles des gens qui lui étaient les plus proches.

— Je suis désolée, dis-je, ne sachant vraiment pas quoi dire d'autre.

— Ne le sois pas. Cela fait treize ans. J'ai essayé de la sauver une fois et elle a refusé de me laisser faire.

Il haussa les épaules, mais c'était un artifice et non pas une marque d'indifférence. Il feignait une nonchalance qu'il ne ressentait pas.

— Peu importe nos efforts, certaines choses restent en dehors de notre contrôle, dis-je.

— Je ne peux pas l'accepter.

Évidemment. C'était une grande part de son identité. Mais c'était sans doute également l'essentiel de son problème.

— Peut-être le devrais-tu.

Il passa une main dans ses cheveux.

— Emilia, il se fait tard.

J'inspirai profondément, consciente qu'il essayait de me chasser. Il était effectivement tard, mais je n'allais pas le laisser s'en sortir aussi facilement.

— Tu as raison. Il est trop tard pour travailler.

Il ébaucha un sourire triste.

— Il n'est jamais trop tard…

Je jetai un regard appuyé en direction de son ordinateur portable.

— Si je pars, tu vas prendre ça dans ton lit. Alors, que choisis-tu ? Ça ou moi ?

Il me regarda avec les paupières baissées, mais il resta silencieux. Il envisageait sérieusement de choisir l'ordinateur plutôt que moi ! Je devins toute rouge.

— D'accord. Je vois.

Je m'étais trop approchée. Je le mettais mal à l'aise, alors il se débarrassait de moi afin de travailler sur son ordinateur. Je me demandai s'il prenait son ordinateur au lit avec lui chaque nuit. Peut-être se débarrassait-il en général de la personne avec qui il avait baisé avant de courir vers son ordinateur.

Je me tournai pour partir.

— Emilia, dit-il en tendant le bras et en fermant sa main solide autour de mon poignet. Reste.

Je serrai les dents.

— Seulement si cette chose reste sur le bureau.

Il poussa un long soupir résigné.

— Il est tard… tôt. Dormons.

Sans un mot de plus, je montai dans le lit, je tirai les couvertures et je me glissai dessous. Il me regarda, son beau visage restant impassible, mais la lumière de quelque chose dans ses yeux indiqua qu'il n'était pas indifférent à mon geste. Je me roulai sur le côté, le dos vers son côté du lit.

Il contourna le lit et il éteignit la lumière, et au bout d'un moment je sentis le poids du lit bouger. Nous étions toujours éloignés l'un de l'autre, car le lit était un énorme lit king size. Une autre longue pause avant qu'il tende les bras, les passe autour de ma taille et me tire contre lui. Ses jambes se plièrent contre les miennes. Nous étions collés. Je n'avais jamais imaginé qu'Adam était du genre à dormir de cette façon. Et ici, cette marque d'affection était pour moi seule. Il n'y avait pas de petite amie potentielle ou d'ex à éviter. C'était juste lui et moi. *Nous.* L'un contre l'autre.

Dans cet environnement sûr, à l'heure la plus sombre avant l'aube, je tournai la tête vers lui.

— Veux-tu en parler ?

Il ne répondit pas pendant si longtemps que je crus qu'il ne ferait pas. Ou bien il s'était endormi sans que je le remarque.

— Elle était tout ce que j'avais. C'était une sœur et c'était une mère quand la nôtre n'était pas en état, ce qui était la plupart du temps.

Sa main glissa sous mon tee-shirt pour se poser sur mon ventre. Malgré ma fatigue, un nœud d'excitation se serra en réponse à son contact. Je posai ma propre main sur la sienne, entrelaçant nos doigts. Il ferma les doigts, les serrant avec force.

— Mais les choses entre ma mère et elle se sont dégradées, terriblement. Ma mère ne pouvait pas supporter sa vue et elle l'a chassée de la maison quand elle avait quinze ans. Peu de temps après, nous sommes devenus sans-abri, passant de refuge en refuge.

— Merde, c'est horrible.

— C'est pire. Elle s'est enfuie, elle a vécu dans la rue, le même vieux cliché. Elle est vite devenue accro à la drogue et elle vendait son corps pour payer son addiction.

Ma respiration se figea et mes entrailles se glacèrent. Ses mots restèrent entre nous pendant quelques instants avant qu'il inspire profondément, l'air frais frôlant ma nuque. Sa sœur avait vendu son corps pour de l'argent, pour des drogues, jusqu'à sa destruction ultime. J'eus l'intuition qu'il avait établi un parallèle. Moi aussi, je m'étais vendue pour de l'argent. Un sentiment de mauvais augure me couvrit comme un linceul. Était-ce la raison pour laquelle Adam avait repoussé les choses entre nous ?

Il parla à nouveau, d'une voix douce et un peu groggy.

— La dernière fois que je l'ai vue, j'avais douze ans. J'ai pris un bus et je me suis rendu à Seattle pour la trouver. Elle avait une mine affreuse. Je l'ai suppliée de revenir avec moi, mais elle n'a pas voulu. Elle m'a fait remonter dans le bus et m'a crié de quitter la ville. Je ne l'ai jamais revue.

Je pivotai dans ses bras afin de lui faire face. La lumière aqueuse de l'aube commençait à infiltrer la chambre. Je ne pouvais pas voir ses yeux, mais je les fixai néanmoins, son visage se trouvant à quelques centimètres du mien.

— Il n'y a rien que tu aurais pu faire différemment.

Il resta silencieux.

— Adam...

Sans réfléchir, je posai la main sur sa joue à la barbe naissante. Mon courage mourut en même temps que ma voix. Je voulais lui dire que mes sentiments pour lui étaient à présent en train de grandir jusqu'à un niveau inapproprié. Mais dire ces mots, cela signifiait croire que ces sentiments étaient véritables et je ne pouvais simplement pas leur faire confiance. Je ne pouvais plus jamais me laisser être vulnérable. Chaque fois que je l'avais fait dans le passé, j'avais été écrasée. Il ne s'agissait que d'une transaction financière. Mon cœur se mit à battre dans ma gorge.

— Quoi ? dit-il d'une voix rauque d'émotion, sa respiration chaude soufflant sur mes joues.

— Je suis vraiment désolée de ce qui lui est arrivé. C'est terrible, tragique. Tu ne peux pas t'en vouloir.

— Ce n'est pas le cas.

J'inspirai profondément. C'était douloureux.

— Bien. Et je pense aussi que tu ne devrais pas comparer sa situation à la mienne.

Une longue pause.

— Comment pourrais-je ne pas le faire ? Dès l'instant où je couche avec toi, tu deviens une prostituée et je deviens ton client.

Je tremblai intérieurement.

— C'est donc la raison ? La raison pour laquelle nous n'avons pas… ce pour quoi tu n'arrêtes pas de le retarder ?

Il ne répondit pas. Même là, il ne voulait pas répondre. Mais n'avions-nous pas déjà franchi les limites, que nous couchions ensemble ou pas ?

— Alors, ne le faisons pas. Vraiment. Ça ne me dérange pas. Nous pouvons nous arrêter là.

Il s'immobilisa, retenant même sa respiration.

— La décision ne t'appartient pas, Emilia. Tu es déjà trop impliquée.

— Mais pourquoi…

Il m'interrompit en posant doucement un doigt sur mes lèvres.

— Souviens-toi de qui contrôle la situation, dit-il d'une voix épuisée.

Je sus que ce n'était pas le moment d'en débattre. Pas alors qu'il venait de se dévoiler.

Je ne le fis donc pas. À la place, je me blottis contre lui, contre son torse dur. Il me prit dans ses bras, posa le menton sur ma tête et s'endormit.

De mon côté, je n'arrivai pas à fermer l'œil. Même si j'étais complètement épuisée, je pensais aux ramifications de ce qui venait de se passer, aux connaissances que je venais d'acquérir. Adam et moi ne coucherions jamais ensemble, car il pensait devenir comme les hommes qui avaient détruit sa sœur.

Mais pouvais-je continuer après avoir entendu l'histoire de Sabrina ? Après avoir entendu l'histoire d'une innocente qui avait été forcée à donner son corps ? Utilisée et jetée comme une ordure. J'avais refusé de penser que ce que je faisais, c'était la même chose que de la prostitution, mais Heath, puis Adam avaient à juste titre brisé mes illusions. Les conséquences m'étaient devenues apparentes.

CHAPITRE DOUZE

ON DORMIT PRESQUE JUSQU'A MIDI AVANT D'AVOIR UN brunch rapide au bar dans sa cuisine. Puis il me déposa à la maison afin que je puisse travailler sur mon pauvre blog laissé à l'abandon.

— Viens au repas de famille demain soir, dit-il sur le seuil de ma porte.

Je serrai la mâchoire.

— Allons-nous continuer à ignorer ceci ?

Il jeta un coup d'œil à la route avant de revenir vers moi.

— Oui ou non, Emilia ?

Et cette réponse évasive me renseigna : *oui, nous allons continuer à l'ignorer.*

Je déglutis, la gorge serrée.

— Je viendrai.

Car c'était presque terminé et je n'en avais pas vraiment envie. Je savais qu'il le fallait, mais je cherchais à profiter des derniers instants qui nous restaient.

— Je passe te chercher à dix-huit heures.

Comme toujours, il m'embrassa sur la joue et il descendit les marches deux à deux jusqu'à sa voiture.

Je fermai la porte et je m'appuyai contre elle, essayant d'ignorer le vide douloureux que je ressentais chaque fois qu'il partait.

En regardant mes messages, je vis que ma mère et Heath avaient tous deux essayé de me joindre. J'appelai d'abord ma mère et je remarquai tout de suite qu'elle semblait inhabituellement joyeuse.

— Mia ! Comment vas-tu ?

Me sentant toujours coupable de notre dernier appel téléphonique, lorsque je lui avais menti, je fus rassurée par sa bonne humeur. Était-elle amoureuse ? On aurait dit que quelque chose de majeur s'était produit. Allait-elle me le dire, ou bien était-ce une façon de cacher ses problèmes d'argent ?

— Salut, maman. Je vais très bien.

— Comment ça se passe avec ton petit ami ?

Je poussai un soupir.

— Ce n'est pas mon petit ami.

— Je peux être optimiste, non ?

Je m'agitai, mal à l'aise, entortillant une mèche de cheveux autour de mon doigt.

— Je suppose, mais cela implique que je peux faire la même chose pour toi. Tu n'aurais pas quelqu'un de spécial dans ta vie, si ?

— Qui veux-tu que je rencontre dans la vieille Anza miteuse ? Il n'y a pas d'hommes célibataires ici qui soient aussi sains d'esprit.

Elle n'avait pas tort.

— Il est temps que tu rencontres quelqu'un. Cela fait presque quatre ans que je ne vis plus à la maison.

— Ne t'inquiète pas pour moi, ma puce. Je vais très bien et cela fait très longtemps. Inquiète-toi pour toi-même.

J'y songeai. Soit elle faisait extrêmement bien semblant, soit quelque chose s'était produit. Comment était-ce possible, si le ranch était sur le point d'être saisi ? Deviner n'allait pas me fournir les réponses, alors je décidai qu'il était temps de rompre le silence à ce sujet.

— Maman, puis-je te demander quelque chose ?

— Bien sûr, tant que cela ne concerne pas ma vie sentimentale.

J'inspirai profondément et je plongeai.

— Quand j'étais là-haut en janvier, j'ai vu une partie de ton courrier...

Une longue pause.

— Oui ?

— J'ai vu la lettre de crédit.

Je m'éclaircis la gorge et je poursuivis.

— Il était question de la saisie du ranch en juillet. J'ai attendu que tu m'en informes toi-même, mais pour une raison ou pour une autre, tu dois croire que je ne peux pas gérer cette information.

— Tout d'abord, ce n'est pas ton problème, d'accord ? Je ne te l'ai pas dit parce que je m'en occupais. Et je ne voulais pas inquiéter avec ton gros concours et tout ce que tu avais déjà à faire. Tu es sur le point d'obtenir ton diplôme ! Ce devrait être un moment de bonheur pour toi. Et heureusement, ça peut l'être.

Je changeai de position, posant une main sur ma hanche.

— Que veux-tu dire ?

— Je veux dire que c'est réglé. Je ne peux pas encore te donner de détails, mais je le ferai quand tu viendras en juin. Mais c'est réglé. Le ranch n'a aucun souci et le mieux, c'est que je démarre le travail afin de le préparer à accueillir des invités. J'espère pouvoir reprendre les activités estivales en juillet.

Je secouai la tête.

— Quoi… vraiment ? Tu n'es pas en train de mentir afin que je ne m'inquiète pas, ou une connerie de ce genre ?

— Ton langage, Mia. J'espère que tu ne parles pas de cette façon à ton petit ami.

Je soupirai.

— Maman.

— D'accord, d'accord. Ce n'est pas ton petit ami. Je pourrais peut-être le rencontrer à ta remise de diplôme ?

Je serrai les dents.

— Maman, nous parlions de ton hypothèque.

— Oui. Et maintenant, le sujet est clos. C'est réglé et je te dis la vérité. D'accord ? Alors, arrête de t'inquiéter et arrête d'essayer de prendre soin de moi. Je ne suis plus une patiente en chimio affaiblie. Cela fait longtemps que je ne me suis pas sentie aussi bien. Pour beaucoup de raisons.

J'inspirai profondément et je décidai de la croire.

— D'accord. Dieu merci. J'en suis ravie.

— Ça te tracasse depuis janvier ?

Tracasser. C'était un euphémisme que je n'allais pas corriger.

— Oui. Plus ou moins.

— Eh bien, ne t'inquiète plus. Il me tarde de te voir dans quelques semaines, ma petite diplômée ! Tu seras merveilleuse dans ta robe universitaire.

— Oui. En attendant, je vais débrancher ma ligne fixe pendant une semaine et étudier dur. Si tu as besoin de moi, envoie-moi un e-mail ou un texto, d'accord ?

Bon, ma mère venait de tout m'avouer et maintenant je venais de lui mentir de façon éhontée… encore une fois ! Ou du moins, je ne lui avais pas dit toute la vérité : mon téléphone allait être débranché parce que je quittais le pays pendant une semaine.

Elle poussa un gros soupir.

— D'accord. Mais si tu ne me réponds pas assez vite, je serais forcée de harceler Heath, et tu sais à quel point il n'aime pas ça.

— Je t'aime, maman. À bientôt.

Je raccrochai en m'appuyant contre le dossier de ma chaise, ayant l'impression qu'un poids de cent kilos venait d'être enlevé de ma poitrine.

Les problèmes de crédit étaient réglés. Elle n'était pas obligée d'abandonner le ranch. Elle se préparait même à accueillir de nouveaux clients ! Avait-elle obtenu un prêt ? Cela semblait tellement improbable, mais j'étais certaine qu'elle disait la vérité. Ma mère n'était pas aussi bonne menteuse que je le devenais apparemment. Mon regard se posa sur le plafond et je ne pus m'empêcher de sourire. Je n'étais même pas irritée à l'idée d'être sans doute enrôlée en tant que main-d'œuvre gratuite au ranch en été.

Puis, bien sûr, je pensai aux enchères. Au dilemme dans lequel je me trouvais. Au fait qu'Adam ne conclurait jamais les termes de notre marché. Je pensais aux presque quatre cent mille dollars sur mon compte bancaire des îles caïman : de l'argent que je ne mériterais jamais vraiment.

Et je pris une décision en composant rapidement le numéro de Heath. Quelques minutes après lui avoir parlé du voyage à Sainte-Lucie, je lui révélai l'autre grande nouvelle. Heath fut si étonné que je dus me répéter.

— J'ai dit que je voulais que tu refuses le transfert d'argent.

— Quoi ? Pourquoi lui renvoies-tu l'argent ? Je croyais que les termes du contrat avaient été remplis, plus ou moins ?

— Non.

— Je ne comprends pas. *Toujours pas ?*

— C'est vraiment une longue histoire.

— Il faut peut-être que tu me mettes au courant.

— Je vais tout annuler. Je ne peux pas faire ça.

— Bon sang, c'est vraiment un soulagement, putain. Drake ne l'a pas trop mal pris ?

Je me pinçai l'arête du nez et je me préparai à dire encore d'autres mensonges.

— Non, il pense que c'est une bonne idée, lui aussi.

Et en réalité, c'était ce qu'il pouvait avoir voulu dire la nuit précédente. Il m'avait à peine adressé deux mots ce matin-là. Je ne savais pas si c'était à cause de la fatigue ou parce qu'il regrettait de m'avoir révélé tant de choses sur lui. Je fis de mon mieux pour feindre que tout était pareil entre nous, même si tout avait été retourné et que nous étions à présent dans un territoire inconnu.

— Et qu'en est-il des problèmes d'argent ? Et de l'école de médecine ?

La moitié des problèmes d'argent n'existait plus.

— Je trouverai une autre façon, dis-je en soupirant.

Peut-être pouvais-je apprendre à faire du pole dance. Je toussai.

— Des emprunts ou autres choses.

— Merde, je n'arrive pas à vous suivre, tous les deux. Vous me faites tourner la tête.

— S'il te plaît, Heath. Je te promets de tout te dire quand je le pourrai. Mais, tu sais… l'accord de non-divulgation.

C'était une excuse minable, mais j'espérais qu'il la gobe.

Ce ne fut pas le cas.

— Oui. Bref. Écoute, je te le dis maintenant et je te le redirai, je n'aime pas ce que cette situation te fait. Je pense encore qu'il te manipule et ça ne me plaît pas. Maintenant, il te fait croire que tu es sa petite amie au lieu de sa prostituée.

Ma poitrine se serra et je m'éclaircis la gorge.

— Pas du tout. Nous ne sortons pas ensemble et il n'y a eu aucune discussion au sujet d'une relation. Et j'ai déjà décidé que lorsque je rentrerai des Caraïbes, nous ne nous reverrons plus.

Une force inconnue s'enroula autour de ma poitrine et serra lorsque je prononçai enfin les pensées qui me préoccupaient depuis quelques heures.

Heath marqua une pause.

— Et il le sait ?

Je fermai les yeux et je prononçai le mensonge d'un ton entièrement normal.

— Oui, oui. Il est d'accord avec moi.

— Et tu ne vas pas coucher avec lui ?

— Non.

— Alors, tu ne vas pas le revoir. Tu ne vas pas coucher avec lui. Pourquoi l'accompagnes-tu en voyage ?

Je m'éclaircis la gorge.

— Parce que je l'ai promis.

— Je ne comprends toujours pas. Mais si tu finis quand même par le laisser coucher avec toi, souviens-toi du vieil adage affirmant qu'il ne sert à rien d'acheter le lait si tu peux avoir la vache gratuitement.

— La ferme. Je ne suis pas une vache.

Je ris, mais ce rire fut un peu hystérique, comme si j'étais au bord d'une sorte d'étrange panique.

***

Pour le repas de famille du dimanche soir, nous arrivâmes en avance à la maison de l'oncle d'Adam. Britt et sa famille n'étaient pas encore arrivées. Oncle Peter avait préparé de quoi faire des brochettes de bœuf et de poulet à mettre sur le barbecue et je l'aidai à piquer la viande sur les brochettes. Au bout de quelques minutes, Adam se retira pour s'occuper d'un 'problème rapide au travail' à l'ordinateur.

Je me concentrai en poussant les morceaux gluants de poulet cru sur les pics en bois sans avoir de haut-le-cœur. Le poulet cru me dégoûtait toujours.

Peter me surprit en brisant son silence habituel dans le but de faire la conversation.

— Alors, comment se passent tes révisions pour le MCAT ?

— Oh. Pas très bien. Je suis tout le temps détournée du travail.

— Tu dois lui dire de te laisser tranquille afin de pouvoir étudier.

Je souris en piquant une tomate cerise sur ma brochette.

— Oh, je ne peux pas dire qu'il est responsable de *tout*.

— Adam est un garçon merveilleux et je l'aime comme si c'était mon fils. Il *est* mon fils de bien des façons. Mais il peut être un peu dominateur de temps en temps.

Ça, c'était un euphémisme. J'attrapai un morceau d'oignon et je continuai ma tâche.

— Je ne vais pas vous contredire.

— Il a une grande volonté. Depuis toujours. C'est ainsi qu'il est arrivé où il en est maintenant. Mais tu vas devoir être sévère avec lui quand il sera ainsi avec toi. Il te respectera pour cela.

Je réprimai un sourire. Quand je lui tenais tête, cela l'irritait plus que cela ne créait le respect, d'après ce que j'avais vu.

— J'espère que tu le supporteras, dit Peter après une longue pause. Cela fait longtemps que je ne l'ai pas vu aussi heureux.

Je rougis et je souhaitai soudain qu'il change de sujet de conversation.

— C'est bon à savoir, dis-je doucement. Bon, combien de brochettes de poulet dois-je faire ?

Le sujet fut abandonné avec soulagement. C'était une bonne chose, car la sonnette de la porte d'entrée retentit et Adam cria qu'il allait ouvrir. Quelques minutes plus tard, il entra dans la cuisine avec Lindsay et un homme plus jeune que je n'avais jamais rencontré.

Je n'étais pas au courant que Peter avait invité sa collègue de travail, sinon je me serais préparée aux regards ravageurs qu'elle me jetait habituellement. J'inspirai profondément et je collai un faux sourire sur mon visage. Lindsay n'en prit pas la peine, mais elle s'approcha de Peter, l'embrassa et lui donna une bouteille de vin.

— Merci de nous avoir invités. Ça fait des lustres.

Comme d'habitude, elle était impeccablement vêtue. Un maquillage parfait, des vêtements magnifiques. Elle portait des talons aiguille et une robe de marque... pour un barbecue de famille. Elle était posée, élégante. Je me sentais maladroite et un garçon manqué à côté d'elle. Et même si elle n'avait jamais été ouvertement hostile envers moi, je me sentais toujours sur la défensive... et carrément agressive chaque fois qu'elle s'approchait à moins d'un mètre d'Adam. Malheureusement, c'était souvent. Et cette foutue habitude qu'elle avait de le toucher. Cela faisait bondir ma pression sanguine.

Après nos brochettes à côté de la piscine, Adam s'excusa rapidement afin de répondre encore à un autre appel téléphonique. Dans la maison, je longeai le couloir afin de revoir les figurines de William. Il n'était pas dans la pièce, mais j'espérais que cela ne le dérange pas.

Cependant, je ne restai pas seule longtemps, car Lindsay passa la tête dans la pièce et se figea lorsque je me tournai pour la regarder. Je fus stupéfaite de la voir entrer au lieu de partir.

— Hé, dis-je, mal à l'aise.

Lindsay examina la pièce.

— C'est la chambre de Liam, tu sais, pas celle d'Adam.

Je hochai la tête.

— Oui, je sais. Je venais revoir ses figurines.

— Ah oui, ses petites statues. Ça fait des années qu'il y passe des heures. Le pauvre.

Je la regardai d'un air surpris.

— Il semble plutôt heureux.

Lindsay haussa les épaules. J'avais remarqué peu d'interaction entre William et elle. En fait, on aurait dit que William l'évitait soigneusement.

— Cela fait très, très longtemps que je connais cette famille, dit-elle d'un air nonchalant tout en signifiant tout à fait autre chose.

Comme si le fait d'avoir connu Adam depuis plus longtemps lui donnait une sorte d'avantage lié à l'ancienneté. Je ne répondis pas, reposant une minuscule chasseresse sur l'étagère et en ramassant un mousquetaire.

Lindsay s'éclaircit la gorge.

— Alors, cela fait combien de temps qu'Adam et toi êtes ensemble ? demanda-t-elle du même ton blasé en s'avançant vers une bibliothèque qui contenait des trophées. Je plissai les paupières. On aurait dit des trophées de course, mais je ne vis pas le nom dessus. Ils devaient appartenir à Adam.

Et je ne savais pas du tout comment répondre à sa question.

— Pas depuis très longtemps, dis-je.

— Vraiment, dit-elle et je me demandai à quel moment elle allait me parler de sa relation passée avec Adam.

Je faillis bâiller. C'était tellement prévisible. Étonnamment, elle ne le fit pas.

— Est-ce qu'il t'a déjà posé un lapin pour le travail ?

Je haussai les épaules.

— Une fois ou deux, mentis-je en me demandant ce qu'elle allait faire de cette information.

Lindsay sembla surprise.

— C'est encore tout nouveau. Tu n'as pas besoin de t'inquiéter pour l'instant.

— De m'inquiéter ? À quel sujet ?

— Adam est un homme marié, dit Lindsay en sortant un trophée de la bibliothèque pour le regarder de plus près.

La lumière se réfléchit sur la plaque en métal et je pus facilement voir le nom d'Adam et l'événement : Cent Mètres. Première place. 2002. J'eus la respiration coupée. Adam ? *Un homme marié ?*

— *Quoi ?*

Elle se tourna vers moi avec un sourire énigmatique, presque condescendant.

— Il a épousé son premier amour : le travail. J'ai bien peur qu'aucune femme ne puisse être à la hauteur et elle arrivera toujours en deuxième position, de très loin.

C'était vraiment une chose merdique à dire à la personne censée sortir avec son 'ami'. Voulait-elle me faire fuir ?

— Je suis toujours prête à relever un défi.

Nous fûmes interrompues lorsqu'Adam apparut dans l'encadrement de la porte. Lindsay reposa le trophée et se tourna vers lui avec un sourire. Adam me regarda.

— Nous devons partir. Il y a un problème au travail. Je dois y aller un petit moment.

J'aurais aimé ne pas regarder Lindsay à ce moment-là. Son sourire entendu me fit bouillir le sang. Adam venait de confirmer les méchancetés qu'elle avait dites.

Il m'attendit à côté de la porte, puis il me prit par la main et se tourna en disant au revoir à Lindsay.

D'accord, elle était irritante, mais elle n'était pas si terrible. En fait, elle aurait pu être bien pire. Elle avait dit des choses directes, mais rien de faux. Tous les gens qui connaissaient Adam depuis un petit moment – et dans mon cas, seulement depuis un mois – étaient idiots s'ils ne comprenaient pas qu'il avait un sérieux problème avec le travail.

Mais cela m'importait peu. Cela ne pouvait pas m'importer. C'était le problème d'une autre femme. D'une femme loin dans le futur, peut-être quand il aurait quarante ans, comme il l'avait dit. Pendant le trajet jusqu'à la maison et alors que ces pensées tourbillonnaient dans ma tête, je sentis des pincements se rassembler dans ma poitrine, m'empêchant de respirer profondément.

Déterminée, je serrai les poings. Il n'y avait pas d'avenir pour nous. C'était impossible. Nos vies fonçaient dans des directions complètement différentes et nos débuts avaient pratiquement programmé une fin certaine.

Mais je ne pouvais pas m'y engager de tout mon être. Quelque chose me retenait. Quelque chose au fond de moi ne voulait pas en voir la fin. Lorsqu'il se gara au bord du trottoir, je ne bougeai pas pour sortir de la voiture.

Il se tourna et il me regarda, dans l'expectative.

— Que se passe-t-il ? demanda-t-il.

Je me tournai vers lui.

— Pourquoi as-tu participé aux enchères ?

Il poussa un long soupir, passa une main dans ses cheveux et regarda par le parebrise devant lui. La question l'avait clairement pris par surprise.

Lorsqu'il ne répondit pas, je continuai :

— Je sais maintenant ce que cette situation doit te faire ressentir, à cause de ce que… à cause de ta sœur. Et je le comprends tout à fait. Mais ce que je ne comprends pas, c'est pourquoi tu as choisi d'y participer.

Il haussa les épaules et me jeta un regard en coin.

— Le faut-il ? L'important, c'est que je l'ai fait.

Je secouai la tête.

— Adam…

Il regarda sa montre d'un air appuyé.

— Tu dois travailler tôt demain matin, si mes souvenirs sont corrects. Et moi, je dois me rendre au boulot.

Il ouvrit sa portière, la claqua et fit le tour jusqu'à la mienne. Je sortis lentement en lui jetant un regard noir, mais il évita soigneusement de me regarder.

Sur le seuil de ma porte, lorsqu'il se pencha pour m'embrasser, je détournai la tête. Je n'étais pas encore prête à céder.

— C'est un jeu pour toi, n'est-ce pas ? chuchotai-je en serrant les dents.

Il fronça les sourcils.

— Tu déformes encore.

— Pourquoi est-ce que je t'accompagne dans les Caraïbes ?

— Parce que j'ai envie que tu viennes, dit-il sans hésitation.

— Mais pourquoi ? Nous ne sommes pas...

Il se pencha et il m'interrompit lorsque sa bouche atterrit sur la mienne. Sa grande main enveloppa ma mâchoire, me maintenant en place pendant qu'il explorait ma bouche avec la sienne. Lorsqu'il s'écarta, il soutint mon regard avec des yeux ensorcelants. Je pouvais y voir le reflet de moi-même : c'était comme de regarder dans deux minuscules miroirs sombres.

— Je ne vais pas en parler avec toi maintenant.

— M'en parleras-tu plus tard ?

Son visage devint contemplatif.

— Oui. Tout à fait. Après le voyage.

J'ouvris la bouche pour protester. Nous n'allions pas nous voir après le voyage. Mais je me souvins à la dernière minute que je ne lui avais pas dit explicitement. C'était ma propre décision. Et je ne lui en avais pas parlé, tout comme je n'avais rien dit sur l'argent que je lui rendais. Je fermai donc la bouche avant de dire au revoir.

Il avait des secrets, oui. Mais moi aussi.

Chapitre Treize

D'après les statistiques, les joueurs de MMORPG sont bien plus souvent masculins que féminins. Mais vous êtes-vous déjà demandé pourquoi, malgré cela, il y a tant de femmes en bikini qui courent dans les plaines de Yondareth à la recherche d'aventures ?

Il y a un jeune homme dans ma guilde qui joue seulement avec des personnages féminins. À chaque fois qu'on lui demande pourquoi dans le tchat de la guilde, il donne une réponse différente. Parfois c'est parce qu'il voulait jouer dans le jeu avec une amie qui avait un petit ami jaloux et il ne voulait pas qu'elle ait des problèmes. Parfois il dit que c'est parce que s'il doit regarder son avatar toute la journée, il préfère voir une sylve mince et sexy en nuisette de cotte de mailles plutôt qu'un type idiot avec une boîte de conserve sur la tête pour armure.

Mais, chers lecteurs, je crois avoir découvert la véritable raison pour laquelle il joue avec des personnages féminins. J'ai mené une 'expérience scientifique' et les résultats sont concluants. Les filles obtiennent plus de trucs gratuits en tant que personnages débutants que leurs équivalents masculins.

À titre d'exemple : j'ai emprunté l'ordinateur portable de mon ami et j'ai créé des personnages différents sur le même serveur, tous les deux exactement semblables hormis un petit détail. L'une était une elfe underdark sexy et peu vêtue nommée SuperCan0n et l'autre était un sylve déguingandé à l'air presque adolescent qui portait une branche pour bouclier et s'appellait Binoclard. Dans la même zone pour débutants, où il faut tuer des chauves-souris, des araignées et des squelettes, je les ai fait courir en rond en demandant des choses gratuites.

— Soin stp ? ai-je demandé aux soigneurs de haut niveau.

Neuf fois sur dix, SuperCan0n recevait leur bienveillance. Sept fois sur dix, le pauvre Binoclard était ignoré.

— Vous avez des objets gratuits ? ai-je demandé en faisant des gestes de soumission, avec des révérences et des saluts. SuperCan0n fut entièrement vêtue d'une armure appropriée pour son niveau au bout de la première heure. Binoclard reçut une épée rouillée et un bouclier cabossé après plusieurs heures de suppliques.

Cela ne s'arrêtait pas là. SuperCan0n obtint de l'or, des objets de quête et des encouragements, ainsi que des gestes de drague et des messages dans le jeu. Binoclard fut laissé à l'abandon et mourut environ treize fois.

Ainsi, après avoir conduit cette étude en double aveugle pas du tout scientifique, j'en conclus que les jeunes hommes qui préfèrent jouer avec des personnages féminins le font uniquement pour des raisons mercantiles. Parce que leurs comptes bancaires se remplissent beaucoup plus vite de cette façon !

Croqueuses de diamants de Yondareth, méfiez-vous : j'ai compris votre petit jeu !

Q UELQUES JOURS PLUS TARD, ON VOLA JUSQU'A SAINTE-
Lucie en première classe. Ce fut appréciable, car le
voyage était long. De LAX à Miami, il y avait déjà six
heures avec une escale, puis encore huit heures jusqu'à l'aéroport
international de Hewanorra à Sainte-Lucie.

Lorsque notre avion s'approcha de la luxuriante île
caribéenne, je remarquai d'abord les couleurs merveilleuses de
l'eau : des bleus brillants et des verts éclatants. Puis les montagnes
pointues et dentelées appelées des pitons, couvertes de vert
luxuriant. Et enfin les toitures, toutes de couleurs différentes :
turquoise, orange, vert cuivré, rouge. J'étais assise toute droite
d'excitation, regardant par le hublot, la bouche ouverte. J'avais
toujours rêvé de voir les Caraïbes. Et me voilà, entrant encore
une fois dans mon rêve.

Adam remarqua mon enthousiasme, regardant mon visage
appuyé contre le hublot comme un chiot montant en voiture
pour la première fois.

— Excitée ?

— Oui ! J'ai même acheté un nouveau maillot.

— Bien.

J'avais également apporté les trois robes élégantes qu'il
m'avait offertes et l'adorable petite robe que Heath avait choisie
pour moi à Harrods.

— Attends de voir où nous logeons.

Je me tournai vers lui avec un grand sourire.

— Ça va être difficile de battre l'hôtel à Amsterdam.

Il sourit.

— Je suis d'accord que c'est difficile, mais cet endroit le bat.
Bien sûr, je suis peut-être un peu partial parce que je suis en

partie propriétaire, mais c'est un complexe de luxe assez incroyable. Je te laisserai faire ta propre opinion.

Un complexe de luxe.

Et il ne plaisantait pas. Il s'appelait Emerald Sky et il couvrait le versant d'une des collines verdoyantes que j'avais vues depuis le ciel, semblant être né de la montagne elle-même.

Chaque chambre était plus qu'une chambre : c'était une suite de luxe avec trois murs. Le côté surplombant la baie était entièrement ouvert. Avec une météo clémente toute l'année, il n'était pas nécessaire de les fermer, bien que je remarquai des supports pour des murs escamotables en cas de tempête. Disposées les unes au-dessus des autres à flanc de colline, les suites étaient également entièrement privées. Et le plus incroyable de tout : chaque suite possédait sa propre piscine à débordement intérieure.

En tant que propriétaire, Adam obtint une des deux chambres Univers, qui étaient apparemment les meilleures chambres de l'hôtel. Lorsqu'on nous la montra, j'entrai la bouche ouverte. La piscine à débordement, carrelée en verre aux couleurs des pierres précieuses était située au bord du quatrième mur et elle était plus grande que ma cuisine. À côté se trouvaient une table pour manger et un salon. Derrière et dans un coin se trouvait un lit king size avec des voilages blancs accrochés au baldaquin en bois sombre. Il y avait une petite cuisine à l'arrière de la suite et tout le luxe nécessaire. Malgré les eaux turquoise magnifiques et les plages de sable blanc qui semblaient être faites de talc, je n'étais pas sûre de vouloir quitter la suite.

— C'est... c'est... incroyable, finis-je par dire quand Adam m'eut regardé d'un air ouvertement amusé pendant que je parcourais la grande pièce en inspectant tout.

— Es-tu fatiguée ? Veux-tu faire une sieste ?

— Je veux nager ! dis-je.

Il sourit.

— Nous avons une soirée avec le directeur de l'hôtel pour le dîner, mais je suis libre jusque-là. Ensuite, je vais avoir des réunions pendant une grande partie de la journée de demain, mais je me suis organisé avec le majordome afin que tu puisses faire des visites et peut-être un peu de plongée si c'est quelque chose qui t'intéresse.

Je regardai les teintes arc-en-ciel des carreaux en verre sous l'eau bleue scintillante.

— Je veux tester cette piscine.

Il me jeta un sourire ravageur.

— Ça, ça pourrait m'intéresser.

Je trouvai la salle de bains, derrière le lit en haut de quelques marches. Elle aussi était ouverte sur l'extérieur, mais toujours assez cachée, même aux yeux de quelqu'un qui se tiendrait au-dessous. J'enfilai rapidement mon bikini noir et blanc : il était superbe et il me donnait l'impression d'être sexy tout en n'ayant pas coûté cher. Et grâce à une autre dépense – une épilation à la cire, aïe – et une manucure et pédicure, je me sentais resplendissante, glamour, pleine d'énergie et d'enthousiasme et pas aussi peu soignée que d'habitude. J'avais remis le pied dans le rêve de la princesse.

Je me trouvais déjà dans la piscine et bien sûr il avait sorti son ordinateur redouté pour jeter un coup d'œil à son travail – des fois que le monde s'écroule pendant qu'il était dans l'avion. Je fus irritée au début, mais également soulagée de voir qu'il ne me fallut pas le tenter beaucoup pour le faire venir dans la piscine. Il se changea et il entra dans l'eau avec moi. On nagea, on parla, on flirta.

On parla du jeu, bien sûr. Il ne dit toujours rien sur les indices que je voulais, même s'il n'hésita pas à donner d'autres fausses pistes avec une lueur espiègle dans les yeux.

Je lui posai des questions sur son passé.

— Alors, comment cela a-t-il commencé ? Quand as-tu découvert que tu avais un don pour la programmation ?

Il regarda la baie, les bras accrochés au bord de la piscine.

— Nous n'avions pas beaucoup d'argent, après la mort de mon père. Et nous avons beaucoup bougé. Un jour, j'ai obtenu cette Gameboy d'occasion.

Il sourit.

— Cette chose, c'était mon bien le plus précieux, mais je n'avais que quelques jeux. Et au bout d'un moment, je m'en suis lassé. Alors j'ai piraté la Gameboy et j'ai commencé à écrire mes propres jeux.

Je levai les sourcils.

— C'est incroyable. Quel âge avais-tu ?

Il grimaça.

— Je ne vais pas te le dire, parce que ça augmenterait encore ma réputation de geek.

Je secouai la tête en riant.

— Impossible. Elle est déjà énorme.

Je rougis alors, en me rendant compte que mes paroles pouvaient être interprétées d'une autre façon.

Il rit.

— Merci.

Je l'éclaboussai. Il m'éclaboussa en retour.

— Alors, quel âge avais-tu ? répétai-je.

— Je crois que j'avais environ dix ans, dit-il simplement sans essayer de se vanter.

Malgré tout, cette réponse me stupéfia. Il réagit à ma surprise manifeste.

— Mais je n'avais pas grand-chose d'autre à faire. J'ai beaucoup manqué l'école à cette époque-là à cause de... enfin, à cause de la situation à la maison. J'avais des heures et des heures à tuer. Et j'étais très déterminé.

— Ah, alors ça a commencé tôt.

— Quoi, donc ?

— Ton besoin incessant de travailler en permanence.

Il grimaça.

— Ce n'est pas *si* terrible.

Je le regardai d'un air sceptique.

— Vraiment ? Alors ta famille ne se plaint jamais de ne pas te voir... les deux fois que j'ai rencontré ta famille au dîner étaient les deux premières fois qu'ils te voyaient depuis des mois alors que tu vis près de là. Tes semaines de cent heures de travail ont un prix. C'est juste que tu ne le vois pas.

Il devint sérieux.

— Je me suis calmé récemment. Ces dernières semaines, je n'ai travaillé que soixante heures environ.

Je secouai la tête en feignant l'admiration.

— Soixante heures seulement. Quel paresseux !

Mes paroles étaient sérieuses, mais je voulais détendre l'atmosphère alors je l'éclaboussai à nouveau. Il crachota de surprise puis il sourit, plongeant sous l'eau en se dirigeant tout droit vers mes jambes. J'essayai de filer sur le côté, mais il attrapa ma cheville et me tira vers lui. Quand nous sortîmes de l'eau pour respirer, on rit tous les deux et il me colla contre son torse.

Quand nous nous arrêtâmes de rire, il me garda contre lui et mon cœur tambourina contre mon sternum. Peu importe le temps que nous passions ensemble, peu importe ce que nous faisions, il avait toujours le même effet sur moi que le premier jour où je l'avais rencontré. Une montée d'excitation me traversa, tombant sur moi comme une pluie tropicale chaude. Quelque chose s'illumina dans ses yeux sombres et il me tira contre lui en penchant la tête. Sa bouche rencontra la mienne en un baiser brûlant et j'entrelaçai mes doigts dans sa nuque, répondant avec la même passion.

On s'embrassa de longues minutes et mes mains glissèrent sur son torse nu. Il tenait mes bras et son corps se durcit sous son maillot. Je m'écartai.

— Alors, nous ne pouvons pas rater le dîner, hein ?

Il secoua la tête, mais apparemment à regret.

— Eh bien, dans ce cas nous devrions nous préparer.

Il sourit.

— Bien vu.

***

La réception fut un événement calme, mais glamour, avec quelques clients sélectionnés de l'hôtel, des employés et d'autres propriétaires. C'était un dîner de gala alors je vis Adam en smoking pour la première fois. Et il était magnifique. Je voulus l'attraper par son col en satin fin et tirer sa bouche contre la mienne.

Nous avions cette nuit et les deux nuits suivantes ensemble. Et j'avais l'intention d'en profiter. Si je pouvais l'arracher au travail aussi facilement que je l'avais fait cet après-midi, c'était possible.

Plus tôt, j'étais sortie avec ma coiffure – une coiffeuse était venue m'aider – mon maquillage, mes chaussures à talons élégantes et cette merveilleuse robe noire à dos nu. Ses yeux admiratifs m'avaient dévisagé et j'avais frissonné des pieds à la tête.

— Emilia, tu es à couper le souffle.

On passa quelques heures à la réception. Adam me présenta à de nombreuses personnes que je n'allais plus jamais revoir, je ne pris donc pas la peine d'essayer de me souvenir de leurs noms.

Ensuite, il me laissa seule, afin de parler affaires avec quelques autres propriétaires. D'autres hommes essayèrent de s'approcher de moi, mais j'étais douée pour les rejeter. Si les années d'exil social que je m'étais imposées sur un campus universitaire branché m'avaient appris quelque chose, c'était bien l'art du rejet élégant.

Lorsque nous retournâmes dans notre suite, des bougies étaient allumées, la moustiquaire autour du lit avait été descendue et les couvertures rabattues. On se jeta un regard gêné. La tension sexuelle non résolue traînait entre nous et collait à nos peaux comme l'air doux et tropical. Heureusement, nous étions tous deux épuisés. Mais qu'en était-il des jours à venir ? Je ne pensais pas que l'un d'entre nous ait envisagé les conséquences de partager un lit quand cela ne pouvait plus mener à rien.

Pour dormir, j'enfilai un tee-shirt sur mes sous-vêtements et il enleva tout sauf son boxeur. Il y avait des ventilateurs dans notre suite, tournant nuit et jour, et une légère brise de la baie, mais ce fut une nuit chaude et nous allions dormir sans les couvertures.

Mal à l'aise, on s'installa sur le lit. Bizarrement, chacun se coucha du même côté que l'unique nuit que nous avions passée ensemble dans son lit. Nous restâmes longtemps séparés, mais malgré notre épuisement, il fallut un moment avant de nous endormir.

Des heures plus tard, je me réveillai dans ses bras parce qu'il m'embrassait dans le cou. Je roulai vers lui et je vis ses yeux s'écarquiller dans la lumière tamisée.

— Salut.

— Salut. Je ne voulais pas te réveiller. Je n'ai pas pu résister à goûter un peu.

Je souris.

— Goûter un peu, c'est une bonne idée, dis-je en baissant la tête et en embrassant son torse nu.

Il m'embrassa dans les cheveux et je tournai la tête en regardant la baie. La lumière était gris acier, il restait peut-être une heure ou deux avant l'aube et tout était calme et silencieux.

— Je suis désolé. Je t'ai complètement réveillée, chuchota-t-il.

— Tu t'ennuies ?

Il soupira.

— Je ne comprends pas. Il n'est que deux heures du matin à la maison. Je n'arrive pas à dormir.

— À quoi penses-tu ? Le travail ?

Ses yeux sombres étaient énigmatiques.

— Non. Je me demandais ce qui allait se passer à notre retour.

J'hésitai. Savait-il que j'avais prévu de tout arrêter après le voyage ? Ou avait-il pris la même décision que moi ? Mon cœur accéléra un peu.

— Pour nous deux, tu veux dire ?

— Oui.

Je m'éclaircis la gorge. Je ne voulais pas qu'il sache que j'avais rendu l'argent avant que nous rentrions. Je ne voulais pas qu'il sache que j'avais décidé que ce n'était pas bien pour l'un comme pour l'autre. Que ce serait plus facile de retourner à nos anciennes vis. Que je trouverais une autre façon de faire l'école de médecine.

— N'y pensons pas maintenant. On aura le temps plus tard.

— Je ne peux pas ne pas y penser.

— Pense à autre chose : comme… à quel point c'est bon quand je fais des bisous sur ton torse.

Je fis cela, ma bouche glissant sur tous ses muscles durs, le goûtant partout.

Il poussa un long soupir, profitant clairement du moment, et je fis très attention à chaque détail, à chaque colline solide et à chaque vallée creusée. Il s'éclaircit la gorge.

— C'est effectivement très agréable d'y penser.

Il essaya de se redresser, tentant de prendre le contrôle de la situation, mais je le fis se rallonger et il sourit.

— Tu es sur le point de me violer, n'est-ce pas ?

Je déposai des baisers le long de son ventre, sur ses abdos parfaits.

— Peut-on violer quelqu'un qui le veut bien ?

— Ah, ce n'est pas faux, dit-il en riant.

Son caleçon se tendit sur son érection et je caressai la crête dure avant de passer la main dans ses sous-vêtements.

— Il semble y avoir un très gros problème ici.

Ses lèvres étaient sur mon sein lorsqu'il se mit à rire.

Je frottai encore.

— Oui. Un très, *très* gros problème.

— Que prescrit le médecin ?

— De la friction. Beaucoup de friction, cela réduira le gonflement.

Ses yeux s'assombrirent.

— Ce traitement me convient.

Je ris.

— Je n'en doute pas.

Je tirai sur son caleçon et il prit un moment pour l'enlever.

— Toi aussi, tu les enlèves, dit-il.

Je m'assis, retirant mon tee-shirt et ma culotte. Ses mains attrapèrent mes hanches puis remontèrent jusqu'à ma taille, se dirigeant tout droit vers son endroit préféré.

Je retirai ses mains.

— Il me semble que j'étais au milieu d'une prescription de traitement.

Il sourit et il s'allongea.

— Comme le docteur le désire.

Je me penchai à nouveau en avant et je l'embrassai sur le torse, rapidement cette fois. Je descendis sur son ventre plat et musclé. Ensuite, rassemblant mon courage, je descendis plus bas.

Ma main entoura la base de sa verge et rapidement, furtivement, je touchai sa peau douce avec la bouche.

Il inspira brusquement et il s'assit immédiatement. Je ne m'écartai pas.

— Ne fais pas ça.

D'un air de défi, j'abaissai la bouche, prenant tout le bout de son érection entre mes lèvres.

— Emilia… dit-il en tremblant. Tu n'es pas obligée de faire ça.

J'écartai la tête.

— Je sais que je ne suis pas obligée. J'en ai envie. C'est juste… quoi que tu fasses, s'il te plaît, ne mets pas les mains dans mes cheveux.

Il ne bougea pas pendant un moment, et je le serrai toujours avec les doigts. Il se détendit lentement et s'allongea. Je lui dis :

— Contente-toi de profiter.

— Oh, tu n'as vraiment pas besoin de me dire de faire *ça*, souffla-t-il.

En hésitant, j'abaissai à nouveau la bouche, essayant d'ignorer mon pouls rapide. Cette peur, c'était une barrière, un obstacle que je devais dépasser. Je devais me perdre dans l'instant et oublier le passé, me rendre compte que je donnais du plaisir à quelqu'un qui comptait pour moi et que je n'avais pas besoin d'avoir peur.

Mais l'effroi était bien présent lorsque des morceaux de cette scène du passé me revinrent en mémoire : des souvenirs de haut-le-cœur et de sanglots. Je fermai les yeux, chassant ces pensées, me concentrant, respirant à travers la panique qui menaçait de monter du fond de ma conscience. Ma psy m'avait appris des techniques que j'utilisais rarement, sauf dans des moments déclencheurs. Ceci pouvait en être un.

La peur était un obstacle : un mur dont le plus grand pouvoir était de me garder enfermée dans un endroit, un moment du temps. Je me concentrai sur les côtés positifs de cette situation particulière, sur les grognements rauques de mon partenaire, qui prenait manifestement du plaisir. Sur la sensation de puissance, de savoir que je lui faisais ressentir tout cela. Que j'étais au sommet et que je contrôlais la situation. Je pouvais m'arrêter quand je le voulais.

Ma bouche descendit bientôt plus bas, prenant plus de lui en moi, ma langue courant sur sa longueur. Il serra les draps, ses jambes se raidirent. Ma main l'entoura avec plus de force. J'hésitai en me demandant comment serait la culmination… allait-il me prévenir ? Serais-je capable de m'écarter à temps… le voulais-je ? Je n'avais même pas encore décidé.

Au lieu de m'inquiéter des réponses à toutes ces questions, je me concentrai sur l'instant, me perdant dans le moment afin de ne pas avoir conscience du temps qui passait, de la durée qu'il avait fallu pour le conduire jusqu'à ce point. Tout ce que je vis, c'était que ses respirations profondes et ses murmures rauques évoquant mon nom creusèrent des sillons de désir en moi, chacun étant comme un caillou jeté dans les eaux profondes, mon âme ondoyant depuis le centre.

Je bougeai la bouche de haut en bas jusqu'à ce qu'il se raidisse soudain en s'asseyant. Il écarta ma tête et il se saisit. Il jouit sur mes seins et mon ventre et non dans ma bouche. Son côté protecteur me réchauffa le cœur. Et je repensai à son comportement depuis le début, depuis l'étrange moment sur la terrasse de la suite à Amsterdam. Il avait été comme cela depuis le début, même lorsqu'il ne me connaissait pas très bien.

Quelques minutes plus tard, sous la douche, je lui dis :

— Tu es un homme très spécial, Adam Drake.

Il me regarda un instant, hésitant en se lavant les cheveux.

— Qu'est-ce que j'ai fait de mal cette fois ?

Je ris.

— Non. Je veux dire… juste… merci d'être toi. Je sais que ça fait ringard, mais c'est exactement ce que je voulais dire.

Je m'avançai vers lui et je l'embrassai fermement avant de m'écarter. Il reprit son shampoing en me regardant, un sourire sur ses lèvres sexy.

On s'embrassa avant de se quitter, moi, dans mon maillot de bain et mes habits de plage, prête pour ma journée de tourisme, et lui dans son costume de travail, sans le veston. Avant qu'il sorte par la porte, j'essuyai de la transpiration sur son front.

— Merci, ma chère, marmonna-t-il sur le ton de la parodie avant de m'embrasser en partant.

Je profitai de ma journée, visitant les plages blanches comme la neige et faisant même un peu de plongée. Mon guide me conduisit jusqu'aux magnifiques chutes de Diamond Falls, une cascade merveilleuse qui tombait sur des rochers multicolores et brillait au soleil de début d'après-midi. Je savourai les paysages époustouflants de cette île caribéenne intacte, même si la chaleur était considérable.

Je retournai dans ma suite vers quatre heures de l'après-midi environ. Sachant qu'Adam allait revenir se changer pour le dîner, je voulais être prête. J'enfilai la jolie petite robe de Londres, je me brossai les cheveux et j'appliquai un peu de maquillage pour accompagner mon tout nouveau bronzage de l'après-midi.

J'étais en train de finir dans la salle de bains lorsqu'il entra. Je me dépêchai de mettre la dernière touche de gloss et je sautillai en descendant les marches pour l'accueillir.

Le premier élément qui m'indiqua que quelque chose n'allait pas fut la raideur de ses épaules, ses mouvements brusques lorsqu'il posa le sac de son ordinateur sur le bureau, déboutonna sa veste et défit sa cravate. J'hésitai derrière lui, certaine qu'il m'avait entendue. Mais il ne fit aucun signe.

J'inspirai profondément.

— Dure journée ?

Il ne me regarda pas, mais sa main s'arrêta un instant avant de continuer.

— Les réunions ont été agréables et faciles. En fait, la journée a été très bonne.

Mais le ton de sa voix indiquait le contraire.

— Les choses se passaient très bien, jusqu'à ce que je vérifie mes mails.

Je restai perplexe.

— De mauvaises nouvelles de la maison ?

Il continua à éviter mon regard, enroulant sa cravate afin qu'elle ne se froisse pas avant de la poser soigneusement sur le côté.

— En fait, c'était un e-mail de Heath Bowman.

J'avalai la boule dans ma gorge, le cœur battant d'inquiétude soudaine.

— Il va bien ? A-t-il essayé de me joindre ?

Adam déboutonna ses manches et les premiers boutons de sa chemise. Lorsqu'il se tourna vers moi, son visage était sévère... il ressemblait beaucoup au crétin que j'avais rencontré pour la première fois dans cet hôtel de Costa Mesa, plus d'un mois auparavant.

— Il va très bien. Mais il avait beaucoup de choses à me dire, des coups de gueule au sujet de choses dont je n'avais même pas conscience. Et je ne suis pas du genre à apprécier de ne pas être tenu au courant.

J'essayai de penser à ce que Heath avait pu écrire pour énerver Adam à ce point. Puis, avec un sentiment d'abattement, je me souvins de ma dernière conversation avec Heath : je lui avais demandé de refuser l'argent. Bon sang, Heath. Son timing était pourri.

Je croisai les bras sur ma poitrine d'un air défensif.

— Qu'a-t-il dit pour t'énerver à ce point ?

Il haussa les épaules avec raideur.

— À toi de me le dire. Tu sembles beaucoup mieux savoir ce qu'il se passe entre nous que moi.

Un sombre pressentiment me tomba dessus comme une couverture. Je changeai de position.

— Oui, il y a... sûrement plus d'une chose qui pourrait t'énerver.

Son regard se durcit.

— Merci, Emilia, dit-il sèchement avant de partir et de disparaître dans la salle de bains.

Merde. Je courus vers mon sac et je sortis mon téléphone, ouvrant frénétiquement mes messages avant son retour. Heath m'avait peut-être mis son message en copie, ou au moins expliqué ce qu'il voulait accomplir en envoyant un mail à Adam. C'était la première fois depuis mon arrivée que je regardais mon fichu téléphone. Mais la réception de ce côté de l'hôtel était très mauvaise et mon petit symbole de chargement tourna et tourna sans jamais se mettre à jour. Lorsque je l'entendis derrière moi, je sursautai et je laissai tomber le téléphone sur une chaise à côté.

Je me tournai, passant une mèche de cheveux derrière mon oreille. Il avait enlevé sa veste et mes yeux étaient attirés par son cou solide et son torse à l'endroit où sa chemise était ouverte. Je déglutis. Je ne voulais pas cette confrontation. Pas maintenant. Bon sang. Je ne la voulais jamais, en réalité. J'avais juste voulu disparaître discrètement, laisser mon conte de fées se dissiper et retourner à ma vie normale sans jamais devoir gérer les moments désagréables.

Je m'éclaircis la gorge.

— D'accord, tout d'abord, au sujet de l'argent…

Il me regarda, dans l'expectative, mais il ne dit rien en attendant que je continue.

— Après notre conversation de la nuit où j'ai dormi chez toi, j'ai décidé… je veux dire, je me suis dit que nous n'allions pas conclure ce marché, n'est-ce pas ? Alors… alors j'ai pensé qu'il valait mieux renvoyer l'argent sur ton compte. J'ai demandé à Heath de le faire. Pas… pas de service rendu, pas de paiement. Et puis toute cette connerie peut disparaître et nous ne sommes pas obligés de…

Il serra la mâchoire.

— Je ne veux pas récupérer cet argent.

Je serrai le poing. Son regard se fixa dessus.

— Eh bien, dommage pour toi. Tu le récupères.

Il soupira et il détourna la tête, regardant la baie.

— Ce n'est pas de la prostitution si nous ne couchons pas ensemble.

Je secouai la tête.

— Euh, non. C'est faux. Tu m'as envoyé de l'argent. Nous avons batifolé. C'est de la prostitution. Je n'ai clairement pas le même problème avec ça que toi, alors, n'inverse pas la situation. Je te fais une faveur en annulant tout ça.

Il cligna des paupières.

— Les enchères, c'était pour ta virginité.

— C'est un argument très clair, si tu veux couper les cheveux en quatre.

Je levai la main et je pointai un doigt vers son torse solide.

— Tu dis sans cesse que c'est toi qui contrôles cette situation et pourtant tu perds le contrôle depuis le début et c'est la véritable raison pour laquelle tu es énervé.

Il serra la mâchoire, mais il resta absolument immobile. Un pressentiment étrangla ma poitrine. Il affichait cette expression de visage étrangement calculatrice... celle qui signifiait qu'il réfléchissait à dix autres choses en même temps que la conversation qu'il menait.

Lorsqu'il parla, ce fut d'une voix calme et monocorde malgré la colère dans ses yeux.

— Si tu as renvoyé l'argent, il n'y a plus d'accord.

Je m'agitai, me sentant comme une libellule sur le point d'être attirée dans la toile d'une araignée.

— Effectivement. Le marché est annulé.

Il me jeta un regard dur comme le silex.

— Alors, qu'en est-il de ces conneries de ne pas se revoir après notre retour à la maison ?

Je soupirai.

— Cela a toujours fait partie de l'accord...

Il fit un geste brusque de la main.

— Mais tu viens de dire qu'il n'y avait plus d'accord.

Je secouai la tête.

— Il n'y a pas d'avenir pour nous. Je veux dire, étant donné la façon dont nous nous sommes rencontrés et l'arrangement et tout ce qui a suivi. Heath avait raison, mais je l'ai ignoré pendant si longtemps. C'est malsain. Cette situation est malsaine.

La rougeur monta de ses mâchoires jusqu'à ses joues biseautées.

— Et que peut bien savoir Heath sur nous ? Au sujet de ce qu'il se passe réellement ? Il ne sait rien. Alors pourquoi laisses-tu son opinion t'influencer ? Pourquoi l'écoutes-tu lui, et pas moi ?

Je baissai le visage, posant la main sur mon front. Je ne pouvais pas dire les mots qui étaient presque sur mes lèvres. *Parce que je ne peux pas te faire confiance.* C'était désormais à mon tour de rester silencieuse. Car honnêtement, je n'avais pas les mots et je sentais son agitation monter alors qu'il luttait pour paraître calme.

— Tout ce qui s'est passé entre nous est *malsain* ? Ce qui s'est passé ce matin dans ce lit était *malsain* ?

Il parlait d'une voix calme qui était tendue, tranchante. Une veine palpitait sur sa tempe.

Je secouai la tête.

— Non.

— Alors que se passe-t-il ? Tu veux tout finir ?

— Je ne sais même pas ce qu'est ce 'tout' ! Qu'y a-t-il à finir ? dis-je enfin.

Puis je m'éclaircis la gorge, mes bras se raidissant d'indignation.

— C'était toi… toi qui as misé sur les enchères pour une raison inconnue, des enchères dans lesquelles tu ne peux fondamentalement pas croire. Et tu as retardé le résultat aussi longtemps que possible. Tu as tout manipulé et maintenant tu me demandes de te faire confiance ? De t'écouter ? Tu aurais dû me laisser partir dès le début afin que je puisse le faire avec quelqu'un d'autre.

Il déglutit.

— Ce n'est pas trop tard, dit-il enfin.

On aurait dit que les mots avaient été arrachés de sa gorge.

Je levai le menton et je croisai les bras sur la poitrine, ses mots me blessant comme une volée de cailloux tranchants.

— Tu as raison. Ce n'est pas trop tard.

Mais j'avais le cœur serré. Car je le voulais, *lui*, maintenant. Je voulais que cette expérience se fasse avec lui et je ne savais pas dire pourquoi. L'idée de partir et de trouver quelqu'un d'autre, peut-être M. New York ou un cheik d'Arabie ou autre me rendait malade.

Si je ne pouvais pas l'utiliser pour l'argent, alors peut-être pouvais-je l'utiliser pour l'expérience que mon corps réclamait depuis qu'il m'avait touchée pour la première fois.

Il s'avança alors vers moi, les yeux durs et la posture raide, une main s'agitant à ses côtés. Il me regarda dans les yeux, d'abord dans un œil, puis dans l'autre.

— Emilia, souffla-t-il.

Je fermai les paupières.

— Regarde-moi.

J'ouvris les yeux et j'inclinai le visage vers lui. Je voulais qu'il m'embrasse. Je voulais que cette tension entre nous se dissipe. Et le désir féroce qui montait au cœur de mon être me disait que je voulais ses mains, son corps sur le mien. Plus de discussions. Plus de disputes. Plus d'histoire de 'marché'.

Comme s'il avait lu dans mes pensées, sa bouche plongea sur la mienne, sa main se posant dans mon cou autour de la peau nue que j'avais là. J'eus la chair de poule tout le long de mes bras et de mes jambes.

Son baiser fut si puissant qu'il m'absorba en lui, comme si j'étais au milieu d'un ouragan en furie, enveloppée dans cette force de la nature nommée Adam sans pouvoir trouver la sortie. Lorsqu'il se redressa, nous haletions tous les deux.

— Voilà, dit-il d'une voix rauque. Veux-tu bien me dire ce qu'il y a de 'malsain' là-dedans ?

Je luttai pour reprendre mon souffle et il m'attira à nouveau contre lui, pour un autre baiser puissant et dévorant. Je frissonnai dans ses bras et ses mains se posèrent sur mes épaules. Avec deux mouvements rapides, il glissa ma robe de mes épaules et elle tomba sur le sol. Sa bouche se posa dans mon cou, faisant courir sa langue et ses lèvres le long de la peau sensible. Le contact créa des étincelles en fusion dans tout mon corps. Je passai les bras autour de sa nuque. Un de ses bras se verrouilla autour de ma taille. L'autre fit le tour à l'arrière de mon soutien-gorge, qu'il décrocha facilement.

— J'ai besoin de toi, dit-il.

Je fermai les yeux et mon corps entendit son appel.

— Nous ne devrions pas...

Mais ma voix était faible, hésitante, car je ne pouvais pas la soutenir par la force de mes croyances. Sa bouche, ses mains et sa langue étaient bien trop convaincantes.

Il leva la tête, prenant mon oreille entre ses lèvres, caressant le lobe avec sa langue. Mon corps se mit à brûler.

— Peux-tu nier ceci ? dit-il en chuchotant durement. Peux-tu simplement tourner le dos à ce qu'il se passe entre nous ?

Puis il recula vers le lit, me traînant avec lui. J'ôtai mes chaussures. Mes nerfs étaient tendus comme des cordes de harpe. Ses yeux passaient des flammes au gel d'un instant à l'autre, la colère, la passion, le désir pur.

— Je vais te montrer ce que nous pouvons être ensemble.

Il m'attira à nouveau contre lui et nous nous embrassâmes et mon corps répondit à la promesse sensuelle de ses mains. Je tremblai.

— Tu vas te détester si tu le fais.

— Je me détesterais encore plus si je ne le fais pas, dit-il en serrant les dents.

Il se tourna et il me posa doucement sur le lit. Je ne portais rien d'autre qu'une culotte et je levai la tête vers lui, me sentant vulnérable tandis que ses yeux ardents me dévisageaient. Ils me brûlaient comme des braises tombées d'un feu de joie et il déboutonna rapidement sa chemise qu'il jeta en même temps que son pantalon.

Il libéra son érection de ses sous-vêtements et il fut nu. Ma respiration ralentit. Il était magnifique : chaque creux développé, chaque courbe de ses muscles fermes et solides. Sa verge prête, un rappel puissant de sa virilité.

— Enlève ta culotte, dit-il.

Je le fis lentement, en soutenant son regard. Quelque part au fond de mon esprit, j'avais des doutes quant à la direction que prenaient les choses. Nous avions déjà atteint ce point – plusieurs fois – et il s'était toujours écarté, s'était toujours arrêté avec un très grand contrôle de lui-même. Cela allait recommencer, malgré la sauvagerie que je voyais au fond de ses yeux noirs. Il allait lutter pour obtenir le contrôle et il allait gagner. Et il ne ferait rien qu'il regretterait.

Sous son regard, mes tétons devinrent deux points durs et une chaleur humide s'étala entre mes jambes. Il se baissa lentement pour s'asseoir sur le bord du lit, passant une main presque révérencieuse sur mes seins, mon ventre, mes cuisses, mon sexe.

— Tu es tellement belle, Emilia. Tellement, tellement belle.

Je fermai les yeux. Je m'étais justement dit quelque chose de similaire à son sujet.

— Merci.

Il inspira profondément et il parla de façon hésitante, comme si une part de lui se battait et luttait encore pour garder les mots en lui.

— Si tu me dis maintenant que tu ne le veux pas, nous ne le ferons pas.

Résolue, je le regardai dans les yeux. Il était temps de dire la vérité. Au diable les conséquences.

— Je veux ceci, Adam. Pas à cause de l'argent, et pas parce que quelqu'un m'y oblige. Je le veux parce que *je* le veux.

Il bougea si vite qu'il en fut presque flou. Il fut sur moi en quelques secondes, tenant mes bras contre le matelas et coinçant mon corps avec le sien. Sa bouche se retrouva sur la mienne, mais à ce moment-là, je me rendis compte que cela n'allait pas prendre longtemps. Il n'allait pas passer une autre seconde sur les préliminaires, car cela faisait un mois que nous jouions à faire des préliminaires terriblement frustrants.

Il poussa mes genoux et je les écartai pour lui. Il me regarda dans les yeux, comme il l'avait dit. *Je vais regarder ton visage quand tu me prendras en toi.* Et d'un geste sûr et confiant, sans autre hésitation, il se poussa en moi et il n'y eut rien de lent. Son corps était tellement chaud, comme s'il était en feu.

J'essayai de ne pas me raidir à cause de la douleur brutale que je ressentis lorsqu'il me pénétra. Il vit mon visage, mes yeux écarquillés. Il me sentit me contracter sous lui, mais il ne s'écarta pas. Il continua à s'enfoncer sans relâche, comme si une fois qu'il avait décidé de prendre ce chemin, il n'allait plus s'en détourner.

Il se fut bientôt enfoncé jusqu'au bout et il s'arrêta en m'examinant toujours de près.

— Ça va ?

Je ne parlai pas, me contentant de hocher la tête. Ses mains attrapèrent les miennes et nos doigts s'entrelacèrent. Sa bouche se posa sur mes lèvres, nos langues s'entortillant. Et il se mit à bouger. Je dus admettre que ce fut plus qu'un peu douloureux. Il paraissait très grand en moi, mon corps était étiré autour de lui. Mais alors qu'il maintenait son rythme doux, je sentis autre chose. Un plaisir profond et satisfaisant. Un sentiment de connexion totale. Pas juste à l'endroit où nos corps étaient joints, mais au niveau de nos mains, de nos bouches. Je ne m'étais encore jamais sentie physiquement liée à quelqu'un autant qu'à ce moment-là.

Et le glissement érotique au fond de moi, avec chaque poussée, évoquait la possession et l'appartenance. Il me possédait et il m'appartenait. Et c'était pareil pour moi.

Ses mouvements devinrent plus rapides, plus urgents, il ferma les yeux sous la concentration. Il lâcha mes mains, se relevant sur ses coudes, et il se remit à me regarder. L'angle modifié souleva une partie de la pression et un plaisir brutal à couper le souffle me traversa, effaçant l'inconfort.

Je me surpris à dire à Adam de continuer ce qu'il faisait, à quel point c'était bon. Lorsque je gémis son nom, cela sembla le faire basculer. Il plongea en moi, poussant ses hanches contre les miennes, me pénétrant plus profondément qu'avant. Je retins mon souffle, à la limite du plaisir et de la douleur. Il s'arrêta, respirant si vite qu'il eut du mal à parler.

— Je ne vais pas jouir avant toi.

Il se redressa de sorte à se trouver à genoux et il continua. Je poussai un petit gémissement. Son va-et-vient fut rapide et régulier lorsqu'il s'aperçut que j'étais proche. Je fermai les yeux, me concentrant sur la vague d'extase qui gonflait en moi. La seule chose dont j'eus conscience à ce moment-là, ce fut la sensation de la verge d'Adam qui glissait en moi.

Mon dos se cambra et je jouis en vagues convulsives de pur bonheur. Quelques va-et-vient supplémentaires et Adam jouit lui aussi, s'enfonçant aussi loin qu'il le pouvait. Son orgasme me traversa comme si c'était le mien.

Il resta allongé sur moi pendant une minute ou deux. J'enroulai mes jambes autour de lui, profitant maintenant de la sensation de l'avoir en moi. Lorsqu'il ouvrit enfin les yeux, il regarda dans les miens et baissa sa bouche jusqu'à mes lèvres, m'embrassant encore.

On resta longtemps dans les bras l'un de l'autre, en silence, avant que je finisse par me racler la gorge.

— Je crois que je devrais me lever et me doucher.

Il hocha la tête et il se poussa sur le côté pour me permettre de me lever. Lorsque nous quittâmes le lit, je remarquai qu'il s'était arrêté, le regard fixé sur le couvre-lit. En regardant en arrière, j'y vis une petite tache de sang. Il eut un regard étrange et se passa la main dans les cheveux, puis il enleva le dessus-de-lit et le jeta dans un coin. Quelques minutes plus tard, il me rejoignit dans la douche. Il était toujours étrangement silencieux et nous étions tous les deux dans notre propre monde. On ne s'amusa pas à se laver l'un l'autre, cette fois.

Nous avions franchi une barrière et nous ne pouvions plus jamais revenir en arrière. Nous avions fait un pas et il était impossible de reculer : la petite preuve d'un changement permanent de mon corps était également la preuve d'un changement en nous. En qui nous étions, à la fois pour nous-mêmes et l'un pour l'autre.

Adam se lava rapidement et il sortit en enveloppant une serviette autour de sa taille, quittant la salle de bains. De mon côté, je m'attardai en me savonnant lentement, me concentrant sur la gêne entre mes jambes, examinant mes propres sentiments. J'étais différente à présent. C'était juste un morceau de chair, comme je l'avais pensé. Mais quand j'avais imaginé la scène, j'avais toujours cru que rien ne changerait. Que les sentiments ne changeraient pas.

Mais ceci, c'était différent. Les sentiments grandissants pour Adam en étaient la raison principale. *Non, Mia.* Espèce d'idiote. Je ravalai un sanglot dans la douche en me rendant compte de cela. Je pouvais aimer Adam. Mais je ne pouvais pas me le permettre, car cela allait à l'encontre de tout ce que j'étais depuis si longtemps. J'étais Mia, la fille qui restait célibataire par choix. La femme qui prenait toujours soin d'elle-même, car elle n'avait besoin de personne pour être sauvée. Je me sauvais moi-même.

L'idée de ne plus jamais le revoir après ce week-end creusa un profond sillon douloureux en moi. Mais je savais qu'il le fallait, et il le fallait avant que ces sentiments me rendent dépendante de lui. Une vague de douleur soudaine me traversa comme un éclair. Les sentiments passeraient. Ils étaient fugaces, me rappelai-je. J'allais rester ferme quant à ma décision.

Et après tout, que faisions-nous ici ? Il ne le voulait pas plus que moi ! Je n'avais aucune raison de me sentir coupable. Il était un accro au travail vide et sans amour qui satisfaisait ses besoins grâce à des copines de baise. Mon cœur s'accéléra encore. Je quittai la douche avec les jambes tremblantes, et seulement parce que mes doigts et mes orteils commençaient à se friper.

Tu ne vas pas coucher avec lui à Sainte-Lucie, n'est-ce pas ? Les mots de Heath me revinrent en tête comme une gifle. Je me figeai, ajoutant ma propre suite à l'avertissement de Heath... *car ce serait une grosse erreur.* Je secouai la tête, car il était trop tard pour m'en vouloir.

Il me restait encore un choix. Nous pouvions profiter de notre dernière journée et demie ici et puis tout arrêter ensuite. Je n'étais plus payée pour le travail, mais il m'avait plu malgré tout. Il n'y avait rien de mal à en profiter encore un jour de plus.

Je m'habillai et lorsque je sortis dans la chambre principale, redoutant presque de le revoir, je vis par son attitude silencieuse que des pensées similaires lui traversaient la tête. Il était vêtu d'un bermuda et d'un tee-shirt rouge avec un logo *Star Trek* et le mot 'remplaçable' imprimé sur son torse. Ses pieds étaient nus et il était assis devant son ordinateur, tapant terriblement vite sur son clavier, la lumière de son écran tombant sur ses beaux traits.

Sans lever la tête, il demanda :

— As-tu faim ? Je vais commander auprès du room service.

Je ne répondis pas, mais je m'avançai vers le menu pour l'examiner. Rien ne me paraissait appétissant, mais je savais, j'étais certaine, que si je ne commandais pas, il allait croire que j'étais triste ou que j'avais des regrets. L'important, c'était d'agir avec naturel. D'agir comme s'il ne s'était rien passé.

Putain. Comme si c'était possible.

— Tout a l'air très prout prout, dis-je en guise d'excuse.

Il leva la tête. Peut-être se sentait-il insulté. Après tout, il était un des propriétaires.

— Tu peux commander tout ce que tu veux. Pas obligé de le trouver sur le menu. Tu veux un steak par exemple ? C'est sûrement ce que je vais commander. Je suis affamé.

Je haussai les épaules.

— Pourquoi pas ?

Mais l'idée d'un steak lourd dans mon estomac me donnait des haut-le-cœur.

Il se remit à taper au clavier.

— Je vais envoyer la commande maintenant par leur page Web.

J'hésitai, frappée par une vague d'irritation.

— Tu travailles ?

Il ne leva pas la tête.

— Oui. Je me suis dit que j'allais jeter un coup d'œil à ce qu'il se passait par rapport au futur lancement en Europe.

Je fronçai les sourcils. Le travail n'avait pas été prévu sur l'emploi du temps de cette soirée. Pourtant, il s'était connecté dès qu'il l'avait pu après que nous… après…

Quel était ce sentiment pesant dans ma poitrine ? Je lui jetai un regard noir. Il s'éloignait de moi, et il utilisait le travail pour le faire. Comme il l'avait fait avec tous les autres dans sa vie : ses amis, les membres de sa famille. Pourquoi avais-je cru être exemptée de ce traitement ?

Son comportement me blessa. Il se remit à taper au clavier, faisant cliquer les touches, sans jamais détourner la tête de son travail, lui accordant toute son attention. Je n'étais pas le genre de personne qui avait besoin d'être tout le temps au centre de l'attention de quelqu'un. En fait, comme je n'avais jamais désiré de relation, j'étais assez facile à vivre de ce côté-là.

Mais étant donné ce qui venait de se passer entre nous pour la première fois, ma toute première fois, j'avais cru qu'il serait plus attentionné. Du moins, c'était ce que j'aurais aimé. À la place, il y eut un mur de silence. C'était une tortue qui rentrait dans la protection dure et impénétrable qu'était son travail.

Le pire eut lieu quelques minutes plus tard, lorsque le dîner arriva. Le majordome installa tout sur notre table, juste au bord de la terrasse surplombant la baie. Adam nous ignora tous les deux en continuant à travailler. Je m'occupai en essayant d'ouvrir mes mails sur mon téléphone. Il n'y avait absolument rien de la part de Heath.

Lorsque le majordome partit, je m'assis à la table et je regardai Adam.

— La nourriture se refroidit.

Il continua à taper au clavier une minute de plus, puis il s'approcha de la table.

— Je suis mort de faim, marmonna-t-il.

Il attrapa l'assiette et les couverts et il les ramena à son bureau, me laissant manger seule.

Je restai bouche bée, mais il ne le remarqua pas, car il coupa un morceau de steak, le mit à la bouche et retourna à son travail. De là où j'étais, je ne voyais qu'un tas de symboles et de commandes incompréhensibles sur son écran. Il travaillait sur une espèce de programme.

Mon ventre bouillonnait. J'essayais de comprendre les raisons derrière ma colère. Je me sentais poussée sur le côté, utilisée. Il avait eu ce qu'il voulait et il était passé à autre chose. Je n'étais plus une personne. Ne pouvais-je pas au moins être une amie ? Pourquoi me consacrer toute cette attention avant de m'ignorer dès l'instant où nous avions vécu quelque chose d'intime ? Je me demandai si cela avait été ainsi entre ma mère et le donneur de sperme biologique. Lui aussi, il s'était servi d'elle. Et puis il l'avait mise de côté comme si elle n'avait jamais existé quand il n'avait plus eu besoin d'elle.

Avec un sursaut de fureur, je me levai, quittant l'assiette que je n'avais presque pas touchée, ne souhaitant pas ressasser tout cela en silence et en regardant son étrange façon de ruminer. Je me rendis à la salle de bains et j'attrapai mon maillot.

Lorsque je revins, il leva les yeux de l'écran d'un air interrogateur, mais il ne dit rien. Je fis semblant de ne pas le remarquer.

Je pataugeai dans la piscine qui était vraiment trop courte pour faire des longueurs, mais je ne savais pas comment me débarrasser de toute mon énergie agitée sans quitter la chambre. En faisant cela, je lui aurais envoyé un signal. Comme quoi je regrettais ou n'appréciais pas ce qu'il s'était passé entre nous. Et ce n'était pas le cas. En revanche, je n'appréciais pas du tout son comportement. S'il voulait m'ignorer, très bien. Je pouvais faire exactement la même chose.

Je songeai à tout cela en continuant mes courtes longueurs : quatre brassées, respiration, quatre brassées, retour. Répétez autant de fois que nécessaire. Je commençais à avoir le tournis et je ne savais pas du tout depuis combien de temps je le faisais lorsque je sentis une main forte entourer mon bras, m'obligeant à m'arrêter. J'émergeai en crachant. Il était debout à côté de moi dans la piscine.

— Qu'est-ce que tu fous ? dis-je.

— Je t'ai appelée plusieurs fois et tu ne t'es pas arrêtée. Combien de temps as-tu l'intention de continuer ?

Je haussai les épaules.

— Je ne sais pas. Combien de temps as-tu l'intention de faire comme si je n'existais pas ?

Il me jeta un regard abrupt.

— Je fais comme si tu n'existais pas ? Pourquoi penses-tu cela ?

J'essuyai l'eau de mon visage.

— Peut-être parce que tu t'es connecté à la seconde où tu as pu et que tu manges ton repas au-dessus de ton clavier. Tu le fais sans doute tout le temps quand tu es tout seul, mais quand tu as de la compagnie, c'est considéré comme très impoli. Et parce que tu ne parles pas et que je ne sais pas du tout ce qu'il te passe par la tête.

Il détourna le regard, mais pas avant que je remarque l'irritation sur son visage.

Je poursuivis.

— S'il te plaît, ne me dis pas que tu traitais tes autres copines de baise de cette façon.

— Tu n'es *pas* une copine de baise.

J'arrachai mon bras à son emprise, je me tournai et je nageai jusqu'au bord de la piscine à débordement, au-dessus de la baie sombre. Le bruit distant de l'océan et l'odeur de sel s'élevèrent avec la brise. Derrière moi, il soupira.

— Je suis désolé que tu aies cru que je t'ignorais.

Mon visage devint rouge de colère.

— Ce ne sont pas des excuses. Ne perds pas ton souffle avec ces conneries. As-tu la moindre idée de ce que je ressens alors que tu m'ignores de cette façon juste après que... après ce qu'il s'est passé entre nous ? Comme les ordures oubliées de la veille.

Il s'avança derrière moi, passant ses bras musclés au-dessus du bord, évitant de me toucher. Il regarda mon visage, je continuai à fixer la baie.

— Je suis désolé, dit-il après un long moment intense. Je ne t'ignorais pas volontairement. C'est une chose que je fais quand… quand je réfléchis.

J'inspirai profondément, ma colère ne s'estompant qu'un tout petit peu. Je le regardai alors. Il avait jeté son tee-shirt et son short sur le côté et il semblait avoir sauté dans l'eau en sous-vêtements.

— Alors, parle-moi. Dis-moi à quoi tu penses.

Il marqua une pause.

— Je pensais que je n'avais jamais eu l'intention d'aller aussi loin.

Ma poitrine se serra.

— Tu as donc des regrets. Tu te sens coupable que cela soit arrivé.

— Non, dit-il en se tournant vers moi. J'ai des regrets et je me sens coupable d'avoir tellement aimé ça que je veux recommencer.

Une nouvelle tension s'épaissit entre nous. Je luttai pour respirer, car je ressentais exactement la même chose.

— Mais tu ne le feras pas ?

Il regarda l'horizon.

— Les choses ne devaient pas aller aussi loin, répéta-t-il.

Même si je détestais sa façon de gérer son conflit intérieur en m'excluant, je découvris que ce conflit intérieur était simplement un reflet de sa bonté. Il ne se servait pas de moi. Il avait *peur* de se servir de moi. Il ne me méprisait pas. Il avait une si haute opinion de mes propres sentiments qu'il niait les siens. Comment pouvais-je lui en vouloir pour cela ?

— Mais c'est ce qui est arrivé. Et il n'y a rien à regretter. Il n'y avait pas de 'marché'. Pas de principe bafoué. L'argent…

— Rien à foutre de l'argent, Emilia. Je me fous complètement de l'argent.

Je me tournai vers lui en m'éclaircissant la gorge.

— Voilà la situation, Adam. Tu agis comme si tu avais fait quelque chose de mal, comme si tu m'avais pris quelque chose ou comme si tu m'avais gâchée d'une certaine façon. Tu sais quoi ? C'est notre culture qui conduit les hommes à penser de cette façon… que la pureté d'une femme est le prix ultime.

Il grimaça.

— Tu parles comme ton Manifeste, maintenant.

Je secouai la tête.

— Je n'ai pas seulement écrit ces mots pour m'amuser. J'y ai cru. Ma pureté ne valait pas plus que la tienne ou celle de n'importe qui. Il se trouve juste que j'étais plus âgée que la plupart quand je l'ai enfin…

— Abandonnée ?

— *Donnée.* Et cela ne signifie rien de plus. Tu m'as rendu service.

Il grinça des dents jusqu'à faire gonfler les muscles de ses mâchoires.

Je poursuivis.

— Je me suis amusée. Tu as dit que tu t'étais amusé. Pourquoi avoir des regrets ou culpabiliser ?

— À cause de ce qui suit, dit-il simplement. C'est la façon dont je pense. Je suis un programmeur informatique avant tout. Dans la programmation, tout est question de causes et d'effets. Quelles sont les possibilités découlant de chaque ligne de code ? Quelles seront les conséquences de ceci ?

— Arrête de penser avec cinquante étapes d'avance. Pense seulement à ce qui vient ensuite. De quoi s'agit-il, à ton avis ?

Ses yeux parcoururent mon visage.

— Si je pouvais choisir ? Ce serait te baiser encore une fois.

Son regard se posa sur mes lèvres.

Je m'arrêtai de respirer, le cœur battant d'excitation. Nous nous regardâmes en silence pendant un long moment avant que je parle :

— Je crois que c'est une très bonne étape.

Il passa un bras autour de ma taille et il me colla contre lui. Mon corps s'anima en sentant sa dureté. On se tint longtemps l'un contre l'autre. Puis il commença lentement et sensuellement à m'embrasser dans le cou.

— Bon sang, Emilia, souffla-t-il. Comment as-tu fait pour me dévoiler si vite ?

Je posai mes mains sur son visage rugueux et nous nous embrassâmes.

Il m'embrassa longtemps, tendrement. Nos langues jouèrent lentement l'une contre l'autre. Le désir crépita en moi comme la foudre dans un ciel de montagne. C'était coupant, brûlant. Ses mains se posèrent sur mon dos, défaisant le haut de mon bikini, glissant jusqu'à mes seins.

— Comment est-il possible que je te désire plus maintenant que cet après-midi ? grogna-t-il dans mon cou.

Je me hissai en accrochant mes jambes autour de sa taille et nous continuâmes à nous embrasser. Les muscles compacts dans son dos roulèrent sous mes mains.

— Nous étions tous les deux très impatients.

Il s'écarta pour me regarder.

— Je ne sais pas tellement à quel point tu étais impatiente, souffla-t-il avec un petit sourire. J'ai l'impression que tu étais allongée en pensant à l'école de médecine.

Je ris.

— Pas vraiment.

— J'ai dû me battre avec moi-même pour ne pas recommencer juste après avoir fini. Je te désirais tellement que je savais qu'une fois ne suffirait pas.

Ses mots me coupèrent le souffle. Mon corps réagit en s'embrasant, augmentant encore la tension entre nous.

— Je vais recommencer, Emilia. Et recommencer encore.

Il avait les mains sur mes hanches et je libérai mes jambes afin qu'il puisse enlever mon bas de maillot de bain. Allions-nous prendre la peine de quitter la piscine ? Ses doigts frottèrent mon sexe pendant qu'il suçait mes tétons. Je tombai mollement dans ses bras, concentrée sur le plaisir ardent qui commandait tous mes sens. Le goût de sa peau mouillée, la sensation de ses muscles tendus, son odeur. Il continua à me caresser et je commençai l'ascension inévitable vers l'orgasme. Mes mains agrippèrent ses épaules et je jetai la tête en arrière en disant son nom.

Il s'arrêta. Je retins un cri de frustration. Il dit :

— Tourne-toi et pose les mains sur le bord.

Je fis un pas en arrière et je regardai son visage. Une faim animale que je n'avais encore jamais vue dans ses yeux y brillait.

— Fais-le.

L'excitation de l'anticipation augmenta de plusieurs crans. Je me tournai et je posai les mains sur le bord de la piscine, me sentant très exposée. J'étais nue, surplombant le vide. Personne ne pouvait nous voir. Nous étions dans l'intimité totale. Adam se pencha et embrassa ma nuque, mes oreilles, mon dos, ses mains venant se poser autour de mes seins en les massant doucement, faisant rouler mes tétons dans ses mains. Je poussai un soupir et je me cambrai contre lui, passant mes bras derrière moi en les accrochant à son cou.

— Sur le bord, Emilia. Laisse tes mains sur le bord.

Lentement. Très lentement. J'obéis. Il attrapa mes hanches et il les tira contre lui. Il était nu désormais, et son érection s'appuya contre moi. Je retins ma respiration.

Mais lorsque je pensai qu'il allait me pénétrer, il ne le fit pas. Il fit glisser sa verge le long du pli de mon sexe, faisant passer une main devant moi pour appuyer sur ma chair gonflée, maintenant tout à fait excitée. Il se mit à me caresser à la fois depuis l'avant et l'arrière.

La sensation fut exquise et la tension entre mes jambes augmenta rapidement, s'accumulant dans mon ventre, chauffant mes entrailles. J'étais sur le point de jouir... l'orgasme se situant juste hors de portée.

Il s'arrêta encore.

— Adam ! criai-je.

— Quoi ? chuchota-t-il d'une voix rauque à mon oreille.

— Arrête de t'amuser, putain.

— Dis-moi ce que tu veux. Exactement ce que tu veux.

Il ponctua son ordre en appuyant encore sur mon clitoris, comme pour me rappeler son existence. Je me raidis contre lui.

— Je veux ta queue. Je la veux en moi.

— Et puis ?

— Je veux que tu la fasses glisser en avant et en arrière jusqu'à me faire jouir, haletai-je.

Je m'arrêtai de respirer lorsque je sentis son bout contre ma fente.

— Demande-le-moi gentiment.

— Baise-moi.

— Gentiment, Emilia.

— Baise-moi, *s'il te plaît.*

Sans un mot de plus, il me pénétra, entrant si rapidement que tout mon corps se figea. L'eau clapota et déborda de la piscine à cause de la force de son mouvement et l'air quitta mes poumons. Son torse poussa contre moi jusqu'à ce que je sois penchée en avant et il se mit à bouger, son menton posé sur le haut de ma tête.

Il attrapa une de mes mains et il la pressa contre mon sexe, sous la sienne.

— Touche-toi ici.

C'est ce que je fis, et l'assemblage de ces deux sensations – lui qui glissait en moi depuis l'arrière et la pression sur la boule de nerfs à l'avant – me fit très vite haleter.

J'étais encore un peu endolorie à cause de la fois précédente, mais cela ne me détourna pas du plaisir incroyable qui montait en moi. Ce plaisir enfla plus vite, plus intensément qu'avant. Je poussai un cri. Il me pilonna par-derrière, de plus en plus vite, l'eau éclaboussant tout autour de nous.

Et je jouis. Et cette fois, ce furent des pulsations brûlantes, urgentes, qui m'empêchèrent temporairement de respirer. Il se poussa profondément en moi et il émit un grognement sourd et il jouit, lui aussi.

Lorsqu'il se retira, j'étais penchée par-dessus le bord de la piscine, cherchant à reprendre mon souffle. Il m'attira contre lui, me tenant de derrière.

— Tu as avalé de l'eau ?

Je lui jetai un faux regard irrité.

— Je suppose que je n'ai pas besoin de marcher pendant quelques jours, de toute façon.

Son torse se secoua de rire contre mon dos.

— Je peux te porter partout.

Sur ces mots, il me souleva et il me porta hors de la piscine. Nous dégoulinâmes partout lorsqu'il contourna le lit pour se diriger tout droit vers la salle de bains.

C'était un rêve. Et je ne voulais jamais me réveiller. Ses bras étaient comme un havre de paix autour de moi, m'apaisant, me donnant le sentiment que j'étais en sécurité. Mais mon cœur ne pouvait s'empêcher de se rebeller, de rejeter la nouvelle maison qui lui était proposée. Il avait vécu enfermé dans sa propre forteresse pendant trop longtemps. J'avais jeté la clé de cette serrure depuis des années. Même si je le voulais, je n'étais pas certaine d'avoir la force de la retrouver.

Plus tard, je dévorai mon steak froid. J'étais tellement affamée que je mangeai à toute vitesse.

— Tu sais, ils peuvent te le réchauffer ou t'en faire cuire un autre, dit-il en s'approchant, vêtu de son peignoir en éponge blanc, son torse magnifique visible par l'ouverture.

— J'ai simplement fait un sandwich de steak froid avec mon pain.

Je le levai afin qu'il l'examine et il prit une bouchée, hochant la tête au bout d'une minute.

— Pas mal.

— Trouve-toi le tien.

— Je n'ai plus faim. De nourriture, en tout cas.

Il me jeta un regard appuyé.

— Si tu as faim d'autre chose, il me faudra un moment pour me recharger.

Il regarda l'horloge.

— Il n'est pas trop tard pour sortir. Veux-tu aller sur la terrasse pour le dessert ou un verre de vin ?

Je regardai le lit avec envie.

— Je suis épuisée. Je vais aller me coucher, je crois. Mais vas-y toi, si tu veux.

Il me regarda alors.

— Je vais libérer ma journée de demain.

Je souris. Avais-je réussi à le convaincre ?

— Merci.

— Il y a beaucoup d'attractions locales que je ne connais pas, car je ne joue généralement pas au touriste quand je viens. Pourtant je sais qu'il y a beaucoup de beaux endroits à visiter.

— D'après le peu que j'ai vu aujourd'hui, c'est le cas. Ce sera fabuleux de passer enfin un peu de temps avec toi.

Au point où j'en étais, il m'importait peu que cela soit dans le lit ou en dehors.

Il grimaça d'un air de regret.

— Oui, je suis désolé. Mais c'était un voyage d'affaires et je ne viens ici qu'une fois par an au maximum.

Peut-être ne l'avais-je pas convaincu, finalement. Je luttai pour cacher ma déception.

— Bien sûr, dis-je en hochant la tête d'un air beaucoup trop enthousiaste. Je comprends.

Le travail passait toujours en premier. C'était son message indirect et je repensai à la question de Lindsay : *t'a-t-il déjà posé un lapin pour le travail ?* Comme si n'importe quelle femme dans la vie d'Adam devait accepter cela pour avoir le privilège de vivre avec lui. Eh bien, pas moi.

— Je crois que je vais faire une petite promenade.

Il s'habilla et j'enfilai mon tee-shirt avant de me brosser les dents et de me laisser tomber sur le lit. Je savais très bien qu'il n'allait pas se promener. Il avait pris une clé USB et il l'avait mise dans sa poche quand il pensait que je ne le voyais pas. Il allait se rendre au centre d'affaires du complexe et se connecter là-bas. Si j'étais du genre à aimer les jeux d'argent, j'aurais parié dessus.

Plusieurs heures plus tard, j'eus vaguement conscience de son retour dans le lit. Au bout d'un moment, je sentis sa respiration chaude près de mon cou. Il posa un baiser sur ma joue avant de se tourner pour dormir.

CHAPITRE QUATORZE

SAINTE-LUCIE FUT ENCORE PLUS BELLE LE LENDEMAIN, lorsque je la visitai avec Adam. Nous passâmes du temps sur une plage secrète connue seulement des habitants. Je proposai que nous retournions aux chutes de Diamond Falls afin qu'il puisse les voir, lui aussi.

Il me dit que nous ferions mieux d'aller ailleurs, car j'avais déjà vu les chutes la veille. Mais j'avais insisté. Et finalement, pendant que nous regardions les magnifiques eaux blanches de la cataracte tomber sur les rochers jaunes, bleus et ocres de la falaise, il passa un bras autour de ma taille et il m'embrassa sur la joue en me remerciant de l'avoir conduit là.

L'eau de la côte était d'une teinte turquoise éclatante sur le sable blanc comme le talc. Et elle était si chaude, contrairement à l'eau de la côte californienne qui était vraiment seulement tolérable – voire assez fraîche – au plus fort de l'été.

Nous retournâmes à l'hôtel en fin d'après-midi et je me rendis immédiatement à la salle de bains pour laver le sable. Je pris mon temps, laissant tranquillement l'eau couler sur mon corps, me donnant des forces après une journée remplie de soleil et de visites touristiques. J'avais les yeux fermés et je rinçai mes cheveux lorsque je sentis un courant d'air près de moi.

La douche était ouverte sur le reste de la salle de bains, posée dans un coin coloré de carrelage bleu éclatant. Je sentis sa présence derrière moi longtemps avant qu'il me touche, et il me poussa hors du jet d'eau !

— Tu as suffisamment monopolisé l'eau, dit-il en riant.

Je fis un pas de côté, mais je ne quittai pas la douche, le regardant se frotter, laver ses cheveux et rincer le sable, le sel et le savon. La dureté masculine de son corps était à couper le souffle. Je voulais tendre la main et le toucher, tracer le contour des vallées et des collines des muscles fermes sous sa peau. Je ne croyais pas pouvoir un jour m'en lasser. Lorsque je regardai son visage, je le vis m'observer. Il sourit et il soutint mon regard, baissant les mains qui rinçaient ses cheveux, m'attirant contre lui.

— Tu ferais mieux de te méfier, murmurai-je contre ses lèvres en posant les mains contre son torse dur. Tu pourrais accidentellement bronzer pendant ton séjour ici.

Il rit.

— Vous moquez-vous de moi, mademoiselle Strong ?

— Si tu bronzais, tu perdrais certainement ta carte de geek.

Il posa sa bouche sur la mienne et nous nous embrassâmes pendant que l'eau chaude ruisselait sur nous depuis le grand pommeau de la douche, comme une averse tropicale tiède. J'embrassai les gouttes d'eau sur sa mâchoire et un léger grondement s'éleva dans sa poitrine.

— C'est la quatrième fois que je me douche avec toi et chaque fois, j'ai voulu te coller contre le mur et te baiser, grogna-t-il.

— Et cette fois ? dis-je, le souffle coupé.

Il m'embrassa encore, forçant cette fois ma bouche à s'ouvrir et à accepter sa langue invasive. Il posa les mains sur mes hanches et il nous déplaça vers le coin de la douche. Lorsqu'il retira sa bouche, j'étais à bout de souffle.

— Cette fois, je vais enfin le faire, dit-il d'une voix rauque.

Il me souleva de quelques centimètres du sol et coinça mon corps entre le sien et le carrelage froid et lisse de la douche. Il m'embrassa encore et inséra un genou entre mes jambes, me faisant signe de les ouvrir pour lui. Je les verrouillai autour de ses hanches et il souffla contre ma bouche.

— Je ne crois pas pouvoir un jour me lasser de toi, murmura-t-il.

Je serrai les bras autour de son cou pendant qu'il manœuvrait nos membres inférieurs afin de les aligner correctement.

— De même, dis-je.

Il entra en moi d'une poussée rapide et je retins mon souffle. Le passage était serré et tout était encore endolori par la nouveauté de ce contact intime. Je posai les mains sur ses épaules et avec un grognement, il se mit à bouger contre moi.

Nos corps humides glissèrent dans un abandon sensuel alors qu'il entrait en moi, encore et encore. Sa bouche se posa sur ma tempe et il balança son bassin contre le mien. Le plaisir m'embrasa.

— Je ne sais pas comment j'ai fait pour ne pas te toucher tout ce temps, grogna-t-il dans mes cheveux sans rater une mesure de son rythme.

— Adam, chuchotai-je. C'est si bon de te sentir en moi. Fais-moi jouir.

Il retira ma jambe droite de sa taille afin que je puisse me tenir sur la pointe du pied. Ma jambe gauche resta calée autour de sa hanche. Il s'enfouit en moi par des poussées plus longues et plus féroces.

— Tu es tellement serrée. Si sacrément serrée. C'est si bon. Comme si tu avais été faite sur mesure pour moi.

Il m'embrassa sur le front et le sommet de l'orgasme menaça d'arriver pendant qu'il continuait.

En quelques poussées féroces supplémentaires, je jouis en haletant son nom. Mais il ne s'arrêta pas, n'attendit pas que je reprenne mon souffle. Ses mouvements devinrent plus urgents, plus précipités, jusqu'à ce qu'il jouisse en se raidissant avec un long grognement, son bassin s'écrasant contre le mien.

Après un long moment silencieux, son corps se relâcha et il enfouit son visage dans mon cou.

— Putain, souffla-t-il, serrant mes hanches avec ses doigts. C'était incroyable.

Sa bouche trouva la mienne et nous nous embrassâmes. Il accrocha ses bras autour de ma taille et il me serra contre lui. J'écartai la bouche en riant.

— Je crois que nous venons de gaspiller deux cents litres d'eau.

Il me fit un sourire en coin.

— C'est de ta faute, parce que tu es trop irrésistible.

Il m'embrassa encore, une caresse étourdissante de ses lèvres sur les miennes qui refit naître un désir tout aussi féroce pour lui. Je m'écartai en sachant que si nous n'arrêtions pas tout de suite, nous ne pourrions jamais manger le dîner.

Je profitai du bref moment sans lui pour penser à nous en silence. Dès que j'étais en sa présence, cette force de la nature fonçait sur moi, me déchirait, me donnait envie d'abandonner mes principes et de me laisser emporter, soulevée par des bourrasques qui m'arrachaient au sol dans lequel je m'ancrais.

Il y avait des choses que je devais faire. Une personne que je devais devenir : cette vision de moi-même en vêtements chirurgicaux, qui avait été si importante pour moi pendant la plus grande partie de ma jeunesse. J'étais celle qui allait sauver les autres, me sauver moi-même. Je ne pouvais pas me laisser emporter par la volonté de quelqu'un d'autre. Malgré mes échecs passés – je fermai les yeux et je serrai les poings avec détermination –, je *devais* m'accrocher à cette vision sans lui permettre de s'échapper.

Lors de notre dernière nuit ensemble à Sainte-Lucie, nous mangeâmes à la Place, le restaurant du complexe qui offrait une cuisine goûteuse inspirée par les Caraïbes. Adam était vêtu d'un costume noir et je portais la robe couleur crème que j'avais mise pour la fête chez Adam, me sentant encore une fois comme Cendrillon sur le point de dîner avec son beau prince.

Son regard glissa admirativement sur moi lorsque nous nous assîmes. Je secouai la tête en riant.

— Tu es incroyable.

Il sourit.

— Quoi ? J'allais te dire à quel point tu es belle.

— Et à quel point il te tarde de m'enlever cette robe !

— Je gardais ça pour plus tard, mais comme tu m'as ôté les mots de la bouche… disons que le dessert ne fait pas partie du menu. La dernière fois que tu as porté cette robe, j'ai arraché ta culotte. Je ne peux pas être tenu pour responsable de mes actes plus tard dans la soirée.

Il fit un grand sourire diabolique.

— Incroyable, répétai-je. Tu rattrapes le temps perdu.

Et je détournai le regard. J'essayai de ne pas penser à l'horrible déception qui suivrait la descente de l'avion à Los Angeles. Quelque chose se serra dans ma poitrine et contrairement à tout ce que ma tête m'avait dit, mon cœur se mit à chercher s'il n'y avait pas un moyen d'échapper à la décision que j'avais prise de terminer notre relation après cette nuit.

Et si nous acceptions de nous voir de temps en temps pour du sexe... et peut-être pour dîner quelques fois ? Le voudrait-il ? Je l'observai alors qu'il coupait son vivaneau aux noix de pécan.

Il était si terriblement beau dans ce costume. Enfin, de qui me moquais-je, il était beau dans tout ce qu'il portait, et encore plus quand il était nu. Et il était gentil la plupart du temps, lorsqu'il choisissait d'agir comme un être humain et non comme un robot.

J'étais prête à conclure un marché pour passer plus de temps avec lui, selon mes conditions.

On s'attarda autour de notre dessert de crème brûlée, qui apparemment était quand même au menu. Il me jeta un regard insistant en gardant la tête baissée et en cherchant à racler la dernière cuillerée de sa crème. Je repoussai le dessert que j'avais à peine touché et je pliai nerveusement mes mains sur la table. Il était temps de ne plus être lâche.

J'inspirai profondément.

— Je pense que je n'aurais pas pu choisir une soirée plus parfaite pour notre dernière nuit ensemble.

Il ne leva pas la tête, mais son visage se figea. Il reposa son assiette vide et il la fixa longuement.

— Ce n'est pas obligatoire, dit-il d'une voix calme et posée.

Peut-être avait-il pensé à la même chose que moi. Peut-être était-il prêt à marchander pour un peu de temps supplémentaire, lui aussi. Il leva la tête et il me fixa de son regard sombre et intense. La pression de l'air s'épaissit entre nous, faisant monter le baromètre pendant que je luttais pour trouver mon souffle, pour trouver ma volonté. Le fait que je veuille tellement être avec lui m'effrayait. Si cela se produisait, il fallait que ce soit selon mes conditions, pas les siennes.

— Il le faut, dis-je faiblement.

Ses sourcils descendirent un tout petit peu au-dessus de ses yeux perçants. Il ne fit rien de plus que de prendre une de mes mains entre les siennes en caressant mon poignet avec son pouce d'un geste possessif et sensuel. Je déglutis, luttant pour ignorer les battements désespérés de mon pouls.

Il sembla lutter intérieurement, prenant une décision inconnue. Je me préparai à la myriade de possibilités. Parmi toutes, je n'aurais jamais pu prédire ce qui allait sortir de sa bouche.

— Nous représentons plus l'un pour l'autre que tu ne le crois, tu sais, dit-il.

Mon poignet trembla dans sa main, je me sentais si vulnérable, si délicate, prise au piège. Une peur glaciale étrangla ma gorge. Était-il sur le point d'admettre ses sentiments pour moi ? Il était temps de le repousser. Très loin.

— Adam, nous nous sommes beaucoup amusés ensemble et j'ai passé des moments incroyables. Mais nous nous connaissons à peine. Cela ne fait qu'un mois…

Il déglutit.

— Non, ce n'est pas le cas.

Je fermai la bouche et j'attendis qu'il s'explique. Il haussa brièvement la tête et puis il détourna le regard pendant une fraction de seconde, sa main entourant mon poignet.

— Tu m'as un jour demandé pourquoi j'avais misé aux enchères. Je ne t'ai jamais répondu, mais je suppose que tu veux toujours le savoir.

Je hochai la tête.

— Je peux te dire le moment exact où j'ai su que j'allais gagner ces enchères. Les gagner, pas seulement miser dessus. Tu m'avais envoyé le premier jet de ton Manifeste et nous en avions discuté dans le tchat du jeu jusqu'à plus de deux heures du matin. J'ai passé la majeure partie de ce temps à essayer de te convaincre d'arrêter tout, mais tu n'as pas voulu changer d'avis et j'ai laissé tomber le sujet quand tu as commencé à t'énerver. C'était le moment où j'ai su que j'allais l'empêcher d'une autre façon, parce que je le pouvais.

Je sentis mon sang se glacer et ma tête se mit à tourner. De quoi parlait-il ? Je n'avais jamais eu cette conversation avec lui. C'était des mois avant notre rencontre ! J'avais passé la nuit à parler avec… ma mâchoire tomba. Je secouai la tête.

— Que… ? soufflai-je.

Il me regarda intensément, comme un enfant pourrait regarder un pétard peu après l'avoir allumé, en attendant qu'il explose.

Je secouai encore la tête.

— Ce n'était pas toi. C'était…

Putain. Non. *Non.* Ce n'était pas possible.

Je me souvenais de cette conversation. Il avait été si violemment opposé aux enchères. Il avait essayé de démonter chaque argument que j'avais exprimé dans le Manifeste et cela m'avait blessé. Nous avions échangé des messages dans le jeu pendant des heures, à tel point que j'avais eu mal aux poignets à force de taper au clavier.

Et je repensai aux autres fois. Lorsque j'avais ouvert mon cœur au sujet de ma mère et de sa maladie. Au sujet de mon impuissance parce que j'habitais trop loin pour m'occuper elle, pour la conduire à tous les rendez-vous. Il m'avait consolé alors. Il m'avait dit que je la rendais fière en restant à l'école. Que j'étais tout près d'y arriver et qu'il croyait en moi.

Je tremblais, toute pâle, l'électricité statique crépitant derrière mes oreilles, la seule autre sensation étant l'endroit où ses doigts serrèrent mon poignet. Je luttai pour respirer, comme si j'avais été sous l'eau pendant une centaine d'années.

— Tu es FallenOne.

Il hocha la tête, presque imperceptiblement, ses yeux d'obsidienne ne me quittant jamais. Je ne pus pas respirer. Je fermai les yeux. Je retirai mon bras et je ne sentis qu'une minuscule résistance de sa part avant qu'il le lâche.

Je fixai la table entre nous, repassant furieusement dans ma tête tout ce qu'il savait. Toutes les expériences que nous avions partagées. Nous nous étions toujours beaucoup amusés à jouer tous les quatre, au sein de notre groupe de jeu régulier, mais Fallen et moi avions passé des heures et des heures tous les deux à jouer sans les autres. Sur le tchat en ligne, à faire des quêtes personnelles dans le jeu, à partager des notes de quête et des objets. D'une certaine façon, c'était un ami aussi proche que l'était Heath.

J'étais proche de Fallen... *d'Adam*, me corrigeai-je.

— Cela n'a aucun sens. Fallen vit sur la côte est, c'est un étudiant... dis-je d'une voix tremblante, ne pouvant pas encore le regarder.

Il s'agita sur sa chaise.

— C'était en partie pour t'induire en erreur. Le reste, ce sont des choses que je ne t'ai jamais vraiment dites, mais que je t'ai laissées croire. Parfois, j'étais sur la côte est pour le travail quand je me connectais.

Il savait tant de choses sur moi et je ne savais presque rien en comparaison. Le jour où ma mère m'avait parlé de son diagnostic, je m'étais tournée vers lui, car Heath était parti camper avec son petit ami d'alors. Fallen et moi avions discuté toute la nuit et nous nous étions déconnectés à six heures du matin. J'avais pleuré devant lui. Sangloté à cause de la possibilité très réelle de la perdre. Je luttai pour respirer.

— Comment… comment est-ce arrivé ? Pourquoi ne me l'as-tu pas dit ?

Il détourna le regard et il croisa les mains sur la table devant lui.

— Je t'ai dit que je rentrais dans le jeu pour jouer de temps en temps. Je teste mon propre produit, je ne mentais pas à ce sujet-là. Je rentre dans des groupes et j'aide les gens à finir des quêtes et à obtenir les récompenses dont ils ont besoin. C'est amusant de les voir profiter autant du jeu.

Il hésita, puis il s'éclaircit la gorge, mais il ne me regarda pas.

— Un soir, j'ai rejoint ce mercenaire barbare et cette enchanteresse spirituelle et leur amie, Persephone. Je pouvais écouter votre tchat vocal même si je participais seulement par texte. Je crois que nous travaillions sur une des quêtes pour débutants. Ce dernier morceau d'armure de quête pour Fragged… pour Heath, je veux dire. Je me suis amusé dans d'autres groupes, mais jamais comme cette nuit-là. J'ai ri si fort en entendant les plaisanteries qui volaient dans tous les sens alors que nous traversions ce donjon ennuyeux. Et puis Heath m'a parlé de ton blog, m'a conseillé de le lire. Je l'ai donc fait.

Il jeta un regard hésitant dans ma direction, mais je fixais ma propre petite bulle sur la table.

— J'ai adoré le blog… et alors, j'ai rompu ma règle de ne jamais rejoindre les mêmes personnes plus d'une fois. Ce soir-là, quand je me suis connecté après le travail, j'ai encore cherché votre groupe. J'ai rarement quitté le bureau cette semaine-là. Il me tardait de me connecter avec vous chaque soir. Cela paraît sans doute pathétique…

Je ne pouvais toujours pas le regarder.

— Pas plus pathétique que moi, à qui il tardait de me connecter pour te rejoindre tous les week-ends.

Il marqua une pause, agita ses doigts pendant un moment.

— Entre la lecture de ton blog et le jeu avec toi et puis tout ce temps passé à apprendre à nous connaître par l'intermédiaire de messages. J'ai appris à te connaître. Je me suis… attaché.

Un étau invisible se serra autour de ma poitrine et mes yeux et ma gorge se mirent à piquer. Cette même peur froide était de retour et cette fois, elle m'engourdissait. Je clignai des paupières, j'agitai les mains sur la table devant moi, j'essayai de ne pas entendre les bruits irritants des couverts et les bavardages des tables près de là. Mon regard se posa sur la flamme de la chandelle qui brillait dans une lampe tempête sur la table. Que signifiait tout cela ? Nous représentions effectivement plus l'un pour l'autre que je ne l'avais cru… mais cela n'avait jamais été plus que ce qu'il pensait, lui. Depuis le début, nous n'avions pas été égaux. Il avait tout su et il m'avait volontairement maintenue dans l'ignorance. Et à présent, il disait s'être attaché à moi.

Je respirai avec un sanglot. Moi aussi, j'étais attachée à lui. Mais à présent, j'étais déterminée : il n'y aurait pas d'avenir pour nous. Cela risquait trop de changer nos vies. Cette séparation allait m'entailler deux fois plus profondément. Le lendemain, j'allais perdre à la fois Adam et FallenOne d'un même coup dévastateur.

Je me repoussai de la table et je me levai de ma chaise.

— Nous devrions partir, dis-je doucement.

Il écarquilla les yeux et il se leva. On se fit face de part et d'autre de la table pendant un long moment. Le tourbillon de chaos en moi m'indiqua qu'il me fallait des heures – sans doute plutôt des jours ou des semaines – de réflexion pour démêler tout et comprendre. Mais je n'avais pas besoin qu'il me dise être attaché à moi. Je n'avais pas besoin de son influence perturbante et impétueuse qui risquait de m'arracher tout contrôle.

Je ne dis rien d'autre en me tournant pour partir et il me suivit de près. Nous naviguâmes à travers de longs couloirs et nous montâmes deux escaliers jusqu'à notre suite. Après plusieurs longues minutes de silence, Adam posa une main légère au creux de mon dos, marchant à côté de moi dans l'obscurité pendant que l'air chaud des Caraïbes tournait autour de nous. Comme ma robe était à dos nu, j'avais très conscience de cette main et de l'empreinte brûlante qu'elle posait sur ma peau, de la façon dont son pouce bougeait en une minuscule caresse. J'étais si concentrée sur ce contact que je faillis trébucher et tomber avec mes talons hauts, me ridiculisant complètement.

De retour dans notre suite, l'ambiance fut tendue, nous étions mal à l'aise. Je regardai dans la pièce, où des bougies étaient allumées et le lit refait, la moustiquaire blanche relâchée et dansant dans la brise comme un voile de mariée perdu. Mon cœur se mit à battre à toute vitesse. Comment pouvais-je éviter la conversation, les déclarations qui allaient venir, qui planaient dans l'air comme des nuages noirs menaçant de faire tomber un déluge à n'importe quel moment ?

Il s'était approché de la commode et après avoir enlevé sa veste, il défaisait à présent sa cravate. Il me regarda, le visage indéchiffrable, mais il ne dit rien.

Je partis chercher mon tee-shirt, qui était dans la commode à côté de laquelle il se trouvait. Je voulais me changer pour dormir, car je ne savais pas quoi faire d'autre. Je n'étais pas vraiment fatiguée et je savais que je n'avais pas le courage de me concentrer sur un manuel de révision.

Je sortis le tee-shirt du tiroir du milieu de la commode pendant qu'il me fixait avec des yeux énigmatiques. Il avait déboutonné sa chemise et je me sentais bizarre, tendue et timide. Je ne le regardai pas.

Je m'approchai du lit, enlevant mes chaussures et laissant le tissu transparent de ma robe flotter autour de mes jambes. Parmi les trois robes, c'était celle-ci qui me donnait le plus l'impression d'être une princesse de conte de fées. Sauf que minuit allait sonner et que je sentais le silence pesant dans notre chambre à chaque regard tendu que nous échangions.

Et mon beau prince… eh bien, il n'était pas non plus celui que je croyais être. Je songeai à cela. Il savait tant de choses à mon sujet et pourtant il était toujours resté un mystère pour moi. Il se cachait encore, derrière son personnage, derrière tout cet arrangement. Une colère brûlante s'anima dans ma poitrine. J'étais presque fâchée contre moi-même, de ne pas avoir su, de ne pas avoir compris. Alors que j'avais trouvé qu'il était remarquablement facile et agréable de passer du temps avec Adam, je ne l'avais pas une seule fois associé à FallenOne. Comment avais-je pu être aveugle à ce point ?

Je faillis partir me changer dans la salle de bains, mais cela me sembla bête après que nous nous soyons vus sans vêtements. Je posai le tee-shirt sur le lit et j'essayai de ne pas me concentrer sur l'endroit où il se trouvait dans la pièce ni sur le fait qu'il avait enlevé sa chemise et son maillot de corps et ne portait plus que son pantalon et ses chaussettes. Je n'allais pas le regarder. Non, pas question. Que je sois perturbée ou pas, mon corps voulait toujours le sien. Avec une envie dévorante. Probablement plus maintenant qu'avant que nous commencions à coucher ensemble.

Je passai les mains dans le dos et je décrochai ma jupe avant de défaire la bretelle autour du cou et de faire glisser la robe, sentant la brise fraîche sur mes seins, faisant immédiatement durcir mes tétons. Je dézippai le bas de la robe et je la retirai.

Ses mains se posèrent soudain sur mes hanches. Il était arrivé derrière moi pendant que je me concentrais sur le fait de ne pas le remarquer. Je me figeai et il m'attira doucement contre lui.

— Bonjour, beauté, chuchota-t-il dans mes cheveux.

Je fermai les yeux, des frissons cascadant le long de ma colonne vertébrale. Quelques mots chuchotés et le contact le plus léger de cet homme et j'étais anéantie, prête à m'abandonner à lui.

Je ne dis rien, le laissant seulement me tenir un moment, la sensation de son torse chaud et musclé contre mon dos éveillant mon désir.

— Emilia, je suis désolé de ne pas te l'avoir dit plus tôt.

Je retins mon souffle. Ses mains entourèrent mes épaules, descendirent le long de mes bras. Je ne voulais pas parler. Je voulais nos corps l'un contre l'autre, collés par la sueur et la passion. Je voulais un dernier souvenir avant que nous nous disions adieu.

Je me tournai dans ses bras et je me serrai contre lui.

— Je te veux. Tout de suite.

Il hésita, me regardant longuement dans les yeux avant de se pencher pour m'embrasser. Je désirais la tempête. Je l'accueillis avec plaisir. Je voulais qu'il se déchaîne sur moi, qu'il me submerge, qu'il m'aspire afin que je ne puisse plus penser ni sentir rien d'autre que ses mains, sa bouche, son corps.

Je me jetai dans ce baiser, je m'ouvris à lui, je coinçai les bras autour de son cou pour le tirer vers moi. C'était notre dernière nuit ensemble. Une minuscule part de moi se sentit soulagée. Au fond de moi, la plus grande partie de mon être protestait.

Ses yeux s'assombrirent et ses mains se posèrent sur mes seins, caressant doucement les tétons pointus, envoyant des étincelles de plaisir à travers mon corps. Il m'indiqua le lit et j'acquiesçai, absorbée par sa présence.

— Emilia… dit-il.

— Chut, dis-je en posant la main sur sa bouche. On ne parle pas.

Il écarta ma main et attrapa mes deux poignets, se penchant contre moi afin de me faire descendre sur le lit avec lui. Il coinça mes bras au-dessus de ma tête, maintenant mes poignets d'une seule main.

Il se mit alors à m'embrasser passionnément. Son autre main caressa doucement mes seins, mon ventre, avant de se poser en haut de mes cuisses.

Il leva la tête et il me regarda dans les yeux, avec une multitude de questions non posées. Je n'allais pas le laisser les articuler. Je ne le pouvais pas. Je gigotai sous son emprise, poussant ma poitrine vers lui.

— Arrête, dit-il.

Je m'immobilisai et je le regardai avec la question qu'il n'attendit pas que je pose.

— Tu utilises le sexe pour éviter de parler de la situation.

Je fermai les yeux et je me débattis. Il réagit en me serrant plus fort et mon pouls bondit. Tout mon corps brûlait de désir pour lui.

— S'il te plaît, Adam. Je te veux en moi.

Sa main revint se poser sur ma culotte et il entama des caresses fermes, mais langoureuses. Je le regardai brusquement et il avait cet air calculateur dont j'avais appris à me méfier.

— Tu veux ça ? demanda-t-il en plongeant la bouche sur mon téton, le prenant entre ses lèvres, ses dents.

Je haletai, rejetant la tête en arrière, me cambrant contre lui.

— Oui. Maintenant. Je te veux maintenant.

Il écarta sa bouche presque violemment, me faisant pousser un autre cri. La pression de sa main sur mon sexe augmenta.

— Et demain ? Me voudras-tu demain également ?

Je me figeai et je regardai ailleurs. Je compris enfin. Si j'utilisais le sexe pour fuir, il s'en servait pour forcer la conversation. Sa main s'immobilisa, puis elle glissa sous ma culotte. Il me toucha doucement, mais je frissonnai de partout, désirant davantage.

— Ne parle pas de demain, chuchotai-je en fermant les yeux.

Il glissa ses doigts en moi et il s'arrêta encore.

— Je veux te parler de demain. Et du lendemain. Et du jour d'après…

Je luttai contre sa prise sur mes mains. J'ouvris brusquement les yeux et je lui jetai un regard féroce.

— *Non.*

Il recommença à bouger les doigts, effectuant un va-et-vient, et mes yeux roulèrent dans leurs orbites, je me sentis prise d'un vertige ensorcelant. Essayer de se concentrer sur autre chose, c'était comme avaler trois verres de whisky à la suite avant de marcher sur un fil.

— Baise-moi, chuchotai-je.

Sa main n'interrompit pas son mouvement de torture en moi. La tension s'accumula dans mon ventre. Je gémis.

— Je ne veux pas, dit-il en se raidissant. Pas si je ne peux pas le faire demain également. Et le jour d'après. Pas s'il s'agit de la dernière fois.

Malgré mon irritation contre lui, ses mains m'ensorcelaient. J'étais si près du point culminant et il le savait. Il retira sa main, puis il fit rouler ses hanches sur les miennes, me coinçant contre le matelas.

— Est-ce que ce sera la dernière fois, Emilia ? demanda-t-il d'une voix rauque.

Son érection appuya contre mon sexe.

C'était le moment où je pouvais prendre l'avantage. J'allais dicter mes conditions. Il n'aurait pas d'autre choix que de les suivre. Je n'aurais pas pu mieux le planifier.

— Je coucherai encore avec toi, soufflai-je lorsqu'il bougea sur moi en s'installant entre mes jambes. Je peux être ta copine de baise.

Il se poussa encore contre moi, la main serrant toujours mes poignets.

— Mais je ne veux pas de copine de baise.

J'hésitai, fronçant les sourcils. La plupart des hommes n'auraient-ils pas été ravis de ce genre d'arrangement ? Il semblait plus irrité qu'autre chose. Je ne savais plus quoi penser. La confusion menaçait de monter et de noyer les autres sensations plus agréables.

— Nous pourrions nous voir...

Il me jeta un regard vide et parla d'une voix neutre.

— Je veux plus que du sexe rapide au rabais.

Je serrai la mâchoire et je plissai les paupières, l'irritation se mêlant à l'excitation et menaçant de la supplanter.

— Alors tu pourras me payer le resto de temps en temps, dis-je en serrant les dents.

Nos regards s'affrontèrent en une lutte silencieuse. Il relâcha mes poignets et je posai immédiatement les mains sur ses épaules solides pour le pousser. Il ne bougea pas.

— Je sais ce que je veux, dit-il d'une voix ferme et puissante teintée de colère. Et quand je décide quelque chose, j'ai tendance à l'obtenir.

Mes joues se mirent à brûler et je détournai les yeux de son regard sombre et pénétrant.

— Je déteste te décevoir, mais dans ce cas précis, ça n'arrivera pas, répondis-je.

Il m'observa longtemps et je ne pus supporter son examen une minute de plus. Je repoussai encore ses épaules et il glissa, me soulageant de son poids. Je m'assis et je passai une main dans les cheveux pendant qu'il roulait sur le côté afin de me regarder.

— De quoi as-tu peur ?

Je serrai les dents.

— Qui a dit que j'avais peur ?

— C'est *moi* qui le dis.

Je me raidis et je me penchai pour attraper mon tee-shirt que j'enfilai par-dessus la tête en lui tournant le dos.

— Nous sommes deux à parler ici et il n'y a qu'un seul menteur avéré. J'arrêterais de parler si j'étais toi.

Je bondis sur mes pieds et je me mis à faire les cent pas devant le lit. Adam me regarda avec ses yeux mystérieux couleur de nuit.

— En réalité, il n'y en a qu'un seul qui parle vraiment. C'est moi.

Je ricanai en le désignant d'un geste vif.

— Le menteur avéré. C'est fabuleux.

Il haussa les épaules. Le mouvement était raide, comme s'il faisait semblant.

— C'est toi qui es en train de mentir en ce moment.

Je m'arrêtai, me tournant vers lui en croisant les bras sur ma poitrine.

— Ah bon ? À quel sujet suis-je en train de mentir ?

— Au sujet de tes sentiments. En prétendant que ceci ne t'ennuie pas. Tu ne veux pas parler parce que tu as peur de ce que la situation va déclencher.

La colère monta en moi, s'installa dans mes articulations, les coinça.

— Je suis fâchée que tu ne m'aies pas dit la vérité. Ça te va ? Je me suis peut-être préparée à te perdre demain, mais pas à perdre Fallen.

— Tu n'es pas obligée de nous perdre, dit-il doucement.

Je posai les mains sur mon front. Tout cela me donnait mal à la tête.

— Tu es encore deux personnes séparées dans ma tête. Je n'ai même pas encore eu le temps de traiter toutes ces informations et tu demandes à connaître mes sentiments ? Je ne les connais pas moi-même, putain.

Il se leva et il marcha lentement vers moi, comme si j'étais un lapin effrayé qui pouvait s'enfuir en bondissant au moindre mouvement brusque. La lumière ambiante brilla sur son torse musclé, son pantalon était posé bas sur ses hanches. Il était si affreusement sexy qu'il m'en coupait le souffle, même si cela m'irritait au plus haut point. Il se tenait tout près, mais il ne me toucha pas.

— Alors, donne-toi du temps pour comprendre. Donne-nous le temps.

Je soupirai et je détournai les yeux en regardant sur le côté, n'importe où sauf lui.

— Non.

Il leva les mains et il attrapa doucement mes épaules. Lorsqu'il parla, sa voix était marquée par le désespoir.

— Emilia...

— Non ! grognai-je en le regardant enfin dans les yeux. Parle-moi de ce conte de fées que tu proposes. Comment est censé fonctionner quelque chose de ce genre, même sans parler des problèmes de confiance qui sont monumentaux au point où nous en sommes ? Avec mes deux jobs et la préparation de l'école de médecine, et tes semaines de travail de cent heures, comment cela peut-il fonctionner ? Nous ne sortons même pas avec le sexe opposé, ni l'un ni l'autre.

— Ce n'est pas un conte de fées. C'est la vraie vie, une relation honnête et adulte dans laquelle deux personnes travaillent sur leurs différences une fois qu'elles ont décidé qu'elles voulaient se fréquenter...

Je luttai contre sa prise sur mes épaules et il laissa tomber les bras. Je continuai à reculer.

— Tout ceci, est-ce parce que tu te sens coupable que nous avons couché ensemble alors que tu n'avais jamais eu l'intention d'aller si loin ?

Il secoua la tête en passant la main dans ses cheveux.

— Non, dit-il en serrant le poing.

— Moi, je pense que si.

Il leva brusquement la tête en me jetant un regard colérique.

— Eh bien, tu as tort. Tu n'as pas la moindre idée de ce qu'il me passe par la tête, alors arrête de déformer les choses dans le but de confirmer ta vision cynique et tordue du monde.

Je m'immobilisai, stupéfaite. Je ne l'avais jamais vu en colère. Je levai la main en signe de capitulation.

— Très bien. Je suis désolée d'avoir fait ça. Je déteste que les gens me le fassent.

Il fixa son regard impassible sur moi.

— Pourquoi ne veux-tu pas nous donner une chance ?

J'inspirai profondément.

— Parce que je ne veux pas de relation. Pas avec toi. Avec personne.

— Pourquoi ?

La frustration remonta le long de ma colonne, serrant le nœud entre mes épaules. Je posai les mains sur mes tempes et je fermai les yeux.

— Tu me rends folle, Adam.

— Parce que je force cette conversation quand tu veux l'éviter ? Cela fait des jours que nous tournons autour du pot, des semaines, désormais, et je ne vais pas parler d'autre chose plus longtemps, même si cela te met mal à l'aise. Quand nous reviendrons en Californie, je veux savoir où nous en sommes. *Exactement* où nous en sommes.

Je pinçai les lèvres, l'irritation brûlant comme de la lave en fusion.

— Tu seras dans ton bureau quelque part à Irvine et je serai dans mon appartement à Orange.

Il croisa les bras sur sa poitrine et il inclina la tête en m'examinant.

— Cela ne m'amuse pas.

— Arrête d'essayer de me sauver. Je n'ai pas besoin que tu me sauves.

Il cligna des paupières.

— Emilia, je te dis que je te veux dans ma vie. Je veux une relation avec toi – sur un pied d'égalité – et toi, tu déformes ça comme si j'étais un chevalier protecteur sauvant une fragile jeune femme ?

Je soupirai en me sentant soudain très fatiguée.

— N'est-ce pas ce que c'est ?

Il secoua la tête.

— Cet enfoiré t'a vraiment foutue en l'air. Il t'a bousillée parce que pour chaque décision que tu prendras pendant le restant de ta vie, tu n'envisageras jamais d'avoir suffisamment confiance en quelqu'un pour t'ouvrir à lui.

Je me tendis.

— J'ai suivi une thérapie. Je vais bien. Ce petit connard n'a aucun lien avec les décisions que je prends…

Il poussa un soupir exaspéré.

— Je parlais de ton père.

Ses mots me frappèrent comme un coup de poing, me coupant le souffle. Je levai la main pour me protéger d'autres paroles qu'il envisagerait de jeter vers moi. Ça faisait mal, comme des flèches qui s'enfonçaient dans ma peau.

Je luttai pour respirer. Des souvenirs de provocations à la récréation de la part de mes amis d'autrefois : *Mia n'a pas de papa. Elle n'a jamais eu de papa.* Au moins, leur papa venait les voir le week-end, ou les emmenait en vacances de temps en temps. Le mien souhaitait seulement ne jamais m'avoir eue, s'il lui arrivait de penser à moi.

Je n'étais pas la seule à être issue d'une famille brisée. Enfin, cela impliquait d'avoir eu une famille entière pour commencer… mais au moins connaissaient-ils leur père, leurs grands-parents paternels, leurs frères et sœurs, leur héritage. Leur *nom*. Tard dans la nuit, j'entendais parfois ma mère pleurer. Elle fouillait dans un carton de lettres qu'il lui avait envoyé. Un carton de lettres que j'aurais aimé pouvoir brûler en son absence.

Elle avait essayé de me dire qui il était, une seule fois. Elle avait désespérément voulu me parler de lui… troublée que je n'entende que la version négative de sa part et de ma grand-mère en grandissant. Mais j'avais crié contre elle. J'avais jeté un vase contre le mur et j'avais hurlé que je ne voulais plus jamais entendre parler de cette ordure. J'étais sortie en trombe de la maison.

Il ne s'était pas soucié de moi. Pourquoi me soucierais-je de lui ? J'essayai de respirer, instantanément consciente de la vérité derrière l'accusation d'Adam. Cela me brûlait comme les incendies qui traversaient les collines sèches en automne.

— N'essaie même pas… dis-je en découvrant les dents.

Il ne grimaça pas, ne bougea pas.

— J'ai touché un point sensible, hein ?

— Je t'emmerde, chuchotai-je en luttant pour contenir mes larmes.

Elles bloquaient ma gorge. Cela faisait très longtemps que je n'avais pas pleuré. J'étais une femme forte. Mais Adam avait déchiqueté mes défenses en moins de cinq minutes. Il en savait trop. Je fis un pas en arrière et je le montrai du doigt d'un geste brusque.

— Tu ne sais absolument rien de mon père.

Son visage était sombre, son regard concentré sur moi comme deux lasers.

— Je sais qu'il t'a transformée en lâche. Je sais que chaque homme que tu regarderas pendant le restant de ta vie sera contaminé par lui. Et je sais que tu as peur et que tu fuis, pas seulement à cause de cette situation, mais par rapport à ton avenir entier. Combien de fois t'ai-je dit de repasser ce foutu test ? Tu aurais pu le passer une douzaine de fois, mais tu ne l'as toujours pas fait. Tu n'arrêtes pas de réviser et de réviser en espérant le moment parfait où tu sauras *tout*, parce que tu as peur d'échouer. Dans ton éducation, dans ta *vie*. Alors tu te protèges dans ce petit cocon isolé que tu as construit. Tu es *lâche*, dit-il d'un ton dédaigneux.

— Quoi… tu es devenu un putain de psy, maintenant ?

Et je détestai le son de ma voix, le sanglot étranglé qui s'échappa de mes lèvres au dernier mot. Il l'entendit, car son visage changea immédiatement, s'adoucissant pendant une fraction de seconde avant que je l'affronte. Je m'avançai vers lui et je le repoussai. Ce que je voulais vraiment faire, c'était lui mettre mon meilleur crochet du droit sur sa mâchoire parfaite, mais comme ma tentative pour le repousser, cela ne lui aurait rien fait.

Il attrapa mes poignets et il ne lâcha pas quand je cherchai à les retirer. Il serra plus fort, les maintenant facilement. Je parlai en serrant les dents.

— Sors de ma tête ! Tu n'as pas le droit de me jeter tes théories d'amateur au visage juste parce que je prends une décision avec laquelle tu n'es pas d'accord. En particulier quand tu es tellement perturbé toi-même !

Un avertissement se mit à briller dans ses yeux noirs comme le charbon.

— *Moi*, je suis perturbé ?

Je hochai la tête. La fureur monta en moi comme une soupape de sécurité prête à sauter. Je voulais le faire souffrir comme il m'avait fait souffrir. L'attaquer. Le blesser profondément. Et j'en savais suffisamment sur lui pour causer ces dégâts.

— Je sais que tu l'es, dis-je en inspirant profondément. Tu as payé les enchères parce que tu essayais de me sauver de moi-même. Tu dis que tu n'es pas mon chevalier protecteur, mais tu veux l'être. Je ne suis pas *elle*, Adam. Je ne suis pas Sabrina et tu ne peux pas la sauver en me sauvant. C'est trop tard.

Il ferma les yeux, puis il les rouvrit et sa prise sur mes poignets se referma légèrement.

— Tu crois que je ne le sais pas ?

Je secouai la tête.

— Tu es tout aussi dépendant qu'elle l'était… ainsi que ta mère. Tu ne touches pas l'alcool ou les drogues, mais tu t'abrutis chaque jour jusqu'à l'épuisement avec ton travail.

Il ouvrit la bouche pour protester, mais je l'interrompis en levant la voix.

— Parce que tu es intelligent. Tu as choisi une addiction qui était socialement acceptable. Dans notre culture, c'est une bonne chose d'être très travailleur. Les gens ne soupçonnent pas la véritable raison derrière le travail, tant que tu réussis.

Il pâlit, mais je ne pus pas m'arrêter. J'avais plongé ce couteau en lui et maintenant je devais le tourner dans sa plaie.

— Admets-le. Le travail remplit exactement le même besoin que les drogues ou l'alcool ou la nourriture. Ça t'engourdit, ça maintient ta vie à distance. Ça exclut tous les gens qui t'aiment. Ton oncle, tes cousins. Tes amis.

Il lâcha mes mains et il fit un pas en arrière comme si je venais de le brûler. J'insistai, ne souhaitant pas céder mon avantage. Je le pointai du doigt.

— Je sais exactement ce qu'il se passerait si nous étions dans une relation. Je serais peut-être une diversion pour toi pendant un petit moment, jusqu'à ce que tu t'ennuies ou jusqu'à ce que tu aies besoin de satisfaire ton addiction. Je suis certaine que cela ne durerait pas longtemps. Tout comme je sais que tu t'es rendu au centre d'affaires la nuit dernière après que nous ayons baisé dans la piscine.

Il cligna des paupières comme si je venais de le gifler. Je serrai les dents et je lâchai les derniers mots avec tout le venin dont j'étais capable, toujours blessée par ses accusations.

— Toi-même, tu n'as pas de cœur et pourtant tu essaies de me convaincre de t'ouvrir le mien ? Non, Adam. Pas question.

Les tendons dans son cou se raidirent et il serra les poings. Il secoua la tête.

— Incroyable, chuchota-t-il.

Nous nous regardâmes longuement, avec une grande tension, mes ongles griffant les paumes de mes mains. J'étais rouge. Il était pâle. J'étais pleine de rage fulminante. Il bouillonnait de fureur silencieuse. Nous formions un contraste étrange.

Il pinça les lèvres et il secoua la tête. Il se détourna et partit chercher son tee-shirt à l'endroit où il l'avait accroché sur le dos d'une chaise, près du bureau. Il l'enfila et la boutonna avec des gestes vifs et secs.

J'étais enracinée sur place, incapable de bouger, incapable de parler. Je ne pouvais faire rien d'autre que ressentir : sentir la vague d'agonie passer sur moi quand il s'éloigna, les mots blessants saturant encore l'air entre nous.

Il attrapa ses chaussures, s'assit et les enfila. Je le regardai faire, muette et impuissante. Ces mots étaient comme la barrière que nous avions franchie plus tôt : quelque chose qui pendait pour l'éternité entre nous, qui nous liait et nous séparait. On ne pouvait pas revenir en arrière.

— Adam, chuchotai-je en craignant soudain davantage ce qu'il ne dirait pas que ce qu'il avait dit.

Il me regarda avec des yeux vides et froids.

— Tu avais raison. Qu'est-ce que je croyais ? J'avais enfin décidé que je voulais une *femme* dans ma vie. Toi, tu n'es qu'une petite fille effrayée et triste.

Il se leva et il tourna les talons, se dirigeant vers la salle de bains. J'étais toujours paralysée, incapable de bouger, de respirer, de réfléchir. Incapable de me concentrer sur autre chose que la douleur qui s'épanouissait en moi.

Il revint quelques minutes plus tard. Je m'étais assise sur le canapé, les genoux contre la poitrine, cherchant désespérément quoi faire, quoi dire. Il marcha jusqu'à la porte et il se tourna vers moi juste avant de sortir.

— Je vais loger dans une autre chambre pour la nuit. J'ai soudain perdu mon désir de dormir ici.

Je posai le front sur mes genoux et il attendit une minute avant d'ouvrir brusquement la porte et de la claquer derrière lui. J'étais glacée de l'intérieur. J'aurais pu pleurer si je me l'étais permis, mais les larmes ne vinrent pas. Je serrai mes genoux contre moi en me demandant ce que tout cela signifiait. À quoi allait ressembler le trajet de retour dans l'avion, assise à côté de lui, silencieux et fulminant ?

Et après cela, quand il m'aurait déposée chez moi ? Allions-nous ne plus jamais nous revoir ? Cela avait été mon mécanisme de sûreté intelligent, clairement défini et structuré depuis le départ. Mais il n'y avait plus eu de marché à conclure. Alors que pouvait être notre conclusion ? La séparation complète et totale, comme si le conte de fées n'avait jamais existé ?

Un minuscule éclat de verre transperça le centre de ma poitrine et mon âme se mit à saigner. Je ne voulais pas y penser. Je finis par revenir sur le lit et je me roulai en boule avant de tomber dans un sommeil agité et sans rêves.

Chapitre Quinze

JE N'AURAIS PAS DU M'INQUIETER DU RETOUR EN AVION, CAR IL ne rentra pas avec moi. Le matin, le majordome m'apporta un mot avec le petit-déjeuner. C'était une carte impersonnelle, griffonnée rapidement et signée par Adam, disant qu'il avait du travail qui le gardait dans la région une semaine de plus et qu'il allait s'organiser afin que je puisse rentrer en sécurité à la maison.

Je la déchiquetai furieusement, frustrée par son incapacité à faire des compromis. C'était tout ou rien avec lui. Nous allions redevenir des inconnus l'un pour l'autre, car il avait décidé que nous devions l'être. Ma poitrine se serra encore en me souvenant de notre confrontation de la veille. Nous avions lancé des paroles tranchantes comme des poignards et les blessures étaient encore fraîches. Peut-être ne guériraient-elles jamais.

Chaque fois que je regardais la place vide à côté de moi dans l'avion, mon cœur se pinçait. L'espace qu'il avait occupé dans mes pensées et mes rêveries ressemblait déjà à une pièce vide avec un écho.

Et puis il y avait le fait irritant que dès que je bougeais sur mon siège, le pincement physique que je ressentais était un rappel de tout ce qu'il s'était passé entre nous. Je revivais alors chaque contact, chaque chuchotement fiévreux, chaque baiser. Je souffrais intérieurement et extérieurement.

***

Dans des circonstances normales, je me serais rendue à la maison de Heath en passant sans doute par un supermarché pour acheter de la glace menthe-chocolat et j'aurais déprimé en sa compagnie. Mais j'étais encore fâchée contre lui au sujet de l'e-mail qu'il avait envoyé à Adam, celui qui nous avait fait spiraler dans cette folie.

À la place, je me douchai, je fermai tous les rideaux et je dormis pendant le restant de la journée jusqu'au lendemain. Je ne pris pas la peine d'allumer mon téléphone jusqu'au moment où je me réveillai à midi.

Et bien sûr, il y avait un message de ma mère qui me demandait de l'appeler dès la fin du week-end. Comme il était lundi matin, j'obéis, culpabilisant de l'avoir autant négligée depuis le début des enchères.

J'essayai d'ignorer la sensation douloureuse de vide dans ma poitrine dès que je pensais à Adam. J'essayai autant que possible de ne pas penser à lui. Je ne réussissais pas très souvent. Mes pensées étaient attirées vers lui, comme des globules blancs affluant vers une infection. La comparaison me fit rire. Comme c'était approprié. Mon obsession pour Adam, cette douleur persistante, n'était pas très différente d'une infection.

— Comment se sont passées tes révisions ? demanda ma mère lorsque je finis par la rappeler.

— Oh, très bien. J'ai fait beaucoup de choses.

Dommage qu'il n'ait pas été question de révisions, cependant je m'étais beaucoup plus amusée.

— Est-ce que je te ramène à la maison après la remise de diplôme ?

Je soupirai. Merde. La remise de diplôme avait lieu à la fin de la semaine. J'avais eu un semestre de libre, mais je défilais avec ma classe et je n'avais presque rien préparé pour la cérémonie.

— Je préfère te suivre. Je voudrais avoir ma propre voiture là-bas.

J'essayai de trouver comment ne pas rester toute la semaine. J'avais déjà pris bien trop de vacances de mon travail et je risquais de le perdre.

— J'ai des surprises pour toi quand tu reviendras à la maison. Il me tarde.

Je serrai les dents, mais l'idée de fuir tout ceci pendant quelques jours et de retourner au confort de ma tranquille petite ville du désert était étrangement rassurant.

Après la fin de l'appel, je rassemblai tout ce qu'Adam m'avait 'prêté' ou donné dans un carton. Les quatre robes et les accessoires, le Smartphone et l'ordinateur portable. Je jetai les sous-vêtements à la poubelle, ne voulant pas du souvenir qu'ils évoquaient.

À chacun de mes mouvements, j'entendais la voix au fond de moi. *Malsain. Malsain. Malsain.* Malgré ma répugnance à l'admettre, Heath avait raison. Toute la situation entre Adam et moi avait été malsaine. Rien de bon n'aurait pu sortir de ce début. Toute notre interaction avait été contaminée par les enchères désormais célèbres.

J'étais apathique lorsque je me rendis au travail le lendemain matin. Ma chef me fit venir dans son bureau, me reprocha d'avoir autant manqué le travail et m'avertit formellement. Dans des circonstances différentes, cela m'aurait beaucoup marqué. Perdre ce travail signifiait que je ne pouvais plus vivre seule, sans parler de sa valeur sur mon CV. Mais j'étais gelée à l'intérieur. Morte. Et rien ne semblait pouvoir traverser cette douleur distante et constante. La sensation qu'il me manquait quelque chose de vital.

Lorsque je rentrai du travail, Heath était garé devant mon immeuble, jouant sur son iPad. Je passai à côté de sa voiture, faisant semblant de ne pas le voir en serrant la sangle de mon sac à dos.

Je continuai à marcher lorsque j'entendis la portière s'ouvrir et claquer, puis ses pas précipités derrière moi. Je montai les marches et je ne me tournai pas avant d'avoir sorti ma clé pour déverrouiller la porte.

— Salut, Mia, dit Heath.

Le ton de sa voix donnait l'impression qu'il se forçait à être décontracté. Je me tournai et je levai la tête vers lui avant d'ouvrir brusquement la porte et de rentrer sans prendre la peine de la fermer derrière moi.

— Mia… commença-t-il .

Je laissai tomber mon sac à dos sur la chaise de la cuisine et je me tournai vers lui en croisant les bras.

— Je suppose que ça signifie qu'il t'a parlé de mon e-mail, hein ?

J'inclinai la tête vers lui.

— Que veux-tu, Heath ?

Il écarquilla les yeux à cause de mes manières brusques.

— Je… je voulais voir si tu allais bien.

— Tu veux dire que tu voulais voir si j'avais survécu à la nouvelle que tu as décidé de lâcher comme une bombe au milieu de notre voyage ?

Son visage se déforma d'inquiétude.

— Mia… je suis désolé, d'accord ? Je pensais agir pour le mieux.

— Le mieux de qui ? Le mien ? Ou ta conscience ?

Il marqua une pause et il se balança d'une jambe sur l'autre.

— Je suppose qu'il était énervé. Il ne m'a jamais répondu.

Je serrai les dents et je marchai vers le carton que j'avais préparé plus tôt. J'attrapai le rouleau de ruban adhésif dans mon sac à dos et je commençai à le fermer.

— Oui. Il était énervé. Peu importe. C'est terminé.

Heath m'observa longuement et j'attrapai un marqueur afin d'écrire le nom d'Adam sur le côté de la boîte.

— Je suis désolé, Mia, répéta-t-il en posant les mains sur son cœur.

Je secouai la tête.

— Ne le sois pas. C'est ainsi que je l'avais prévu depuis le début.

— Que s'est-il passé là-bas ?

Je serrai les dents.

— Je ne veux pas en parler.

— D'accord.

Il me jeta un regard hésitant avant de désigner le colis.

— Tu veux que je le dépose pour toi ?

— Il n'est pas encore rentré. Tu n'auras pas ta visite guidée.

Son visage s'assombrit.

— Il t'a renvoyée seule à la maison ?

Je haussai les épaules.

— Il avait encore du travail dans les Caraïbes. Il fallait que je revienne travailler.

— Je me fous complètement de la visite guidée. Tu ne vas pas bien, Mia.

Je levai une main vers lui et il écarquilla les yeux.

— Je. Vais. Très. *Bien.*

Il leva les mains en signe de capitulation.

— D'accord. D'accord. Tu vas bien. Mais j'aimerais quand même déposer ça pour toi, ou au moins te conduire ?

Je soupirai. Le soutien moral pour entrer dans le bâtiment n'allait pas être de trop, même si je savais qu'Adam n'y était pas. Je n'avais même pas eu le courage de me connecter au jeu depuis que j'étais rentrée.

Heath me dit qu'il me fallait ouvrir le carton sinon il ne passerait jamais la sécurité, alors j'attrapai un couteau de cuisine et je le rouvris. C'était le début de l'après-midi lorsque nous prîmes la route sans avoir véritablement fait la paix. Je n'avais pas accepté ces excuses, mais au fond je savais – même si ce n'était pas son cas – que les différences entre Adam et moi n'étaient pas de la faute de Heath.

Heath me demanda des détails au sujet de la cérémonie de remise de diplôme et il dit avoir prévu d'être présent et de s'asseoir avec ma mère. Pendant le trajet, mon cœur gelé qui voulait s'accrocher à son ressentiment se mit à fondre.

Quinze minutes plus tard, nous sortîmes de l'autoroute 405 et nous longeâmes les grandes rues parfaitement planifiées pour lesquelles la ville d'Irvine était connue. Heath tourna dans un parc industriel qui abritait le campus de Draco Multimedia Entertainment.

Nous approchâmes du bâtiment central du campus. Il était conçu comme un château moderne avec des tourelles complexes de verre brillant et d'acier. Les vitres réfléchissaient le soleil du début de l'après-midi et tout le bâtiment scintillait comme s'il était le légendaire lieu de Camelot. Ainsi, le chevalier protecteur passait ses journées à ruminer dans son château. Pourquoi n'étais-je pas surprise ?

On entra dans un énorme vestibule avec un bureau d'accueil circulaire. À l'intérieur, tout était fait de chrome et de granite et c'était aussi lumineux qu'à l'extérieur, grâce à toutes les fenêtres. Heath et moi restâmes bouche bée d'admiration. Il y avait partout des maquettes et des illustrations des différents jeux produits par la compagnie et je ne parvins pas à décider où regarder en premier.

En fait, j'étais si bouche bée en regardant la réplique exacte en un quart de 'Le Repaire de la Maîtresse' – une maquette en trois dimensions d'un palais de glace – que j'oubliai de m'adresser au type de la sécurité.

— Oh ! Je viens déposer un paquet pour monsieur Drake.

Le garde ne sembla pas impressionné.

J'ouvris le carton et il examina rapidement le contenu, puis il écrivit mon nom sur un badge temporaire et il me demanda de déposer le paquet au bureau de son assistante. Ensuite, il appela le bureau pour prévenir l'assistante de ma venue.

Je hochai la tête et je haussai les épaules.

— D'accord.

Heath était encore en train de regarder en bas de la mezzanine où se trouvaient des maquettes de jeux encore plus élaborées.

— Oh, bon sang, descends et va regarder ! Je suis désolée que tu n'aies pas ta visite guidée.

— Ça ira pour toi ?

Je haussai les épaules.

— Ce n'est pas très loin et ce n'est qu'une de ses assistantes. Il n'est pas encore revenu. Je vais juste poser le carton et je reviens.

Heath ne me regardait pas. Une maquette avait attiré son regard.

Je me raclai la gorge.

— Waouh, est-ce un extraterrestre derrière toi, prêt à te bondir dessus avec une sonde anale ?

Pas de réaction.

Je ris et il partit en me saluant de la main. Avec mon carton dans les bras, je suivis les directions de l'homme de la sécurité, traversant de grandes doubles portes, passant devant des salles encerclées de verre avec des bureaux en open-space. Apparemment, il n'y avait pas de box chez Draco Multimedia. Les gens travaillaient sur de beaux ordinateurs, collaboraient en se penchant au-dessus de tablettes et se concentraient sur leur travail. C'était une ruche de chaos organisé. Au fond du couloir central, je passai devant une cour entourée de verre et une terrasse avec de l'herbe et des pots de fleurs et des tables savamment disposées qui étaient vides désormais, car c'était juste après l'heure du déjeuner.

Je parvins enfin dans le secteur d'Adam. Le garde m'avait donné l'impression que c'était beaucoup plus près. Le bureau d'Adam – et celui des autres directeurs de l'entreprise, car leurs noms se trouvaient tous sur leur porte – était précédé par un grand atrium avec une réceptionniste et plusieurs assistants qui semblaient très occupés.

Je m'avançai vers la plus proche.

— Je viens déposer un colis pour monsieur Drake. La sécurité m'a dit de l'apporter ici ?

La réceptionniste montra un assistant à son bureau un peu plus loin. L'assistant, un gamin à lunettes en chemise et cravate de l'âge d'un étudiant regarda dans notre direction, se levant lorsque je m'approchai.

— Mademoiselle Strong ?

— Oui. Ils vous ont parlé de ce colis que j'apportais ?

Il me jeta un regard curieux avant d'observer le carton.

— Oui. Je dois inspecter le contenu avant de pouvoir vous en débarrasser.

— Oui, bien sûr. Ce sont juste quelques… effets personnels.

Il hocha la tête.

— Il m'a demandé de vous dire qu'il allait sortir dans un instant.

Je fronçai les sourcils en levant la tête.

— Qui ça ?

L'assistant parut perplexe.

— Monsieur Drake.

— *Quoi ?* Mais… mais il n'est pas rentré.

L'assistant me jeta un regard inquiet.

— Si, il est revenu hier. Il est là.

Je levai les yeux, cessant de regarder ce que l'assistant inspectait et je vis de lourdes portes couvertes de chrome brillant qui menaient au centre secret du bâtiment – sans doute des bureaux. Elles s'ouvrirent à ce moment-là.

Je fis un bond en arrière.

— Je dois partir, dis-je d'une voix étranglée.

Mais je m'enracinai sur place en voyant un homme et une femme émerger. L'homme était vêtu d'un costume impeccable, mortellement beau. Ma poitrine se serra, prise dans un étau. Adam.

S'il y avait eu le moindre risque de le voir ici, je ne serais jamais venue. Il se pencha pour parler à la femme au bureau le plus proche des portes, lui donnant des instructions. La femme dit quelque chose à Adam et puis, horriblement, il regarda dans ma direction.

Avant que je puisse reculer, avant que je puisse tourner les talons et fuir, lâche que j'étais, mon regard se posa sur la personne qui l'accompagnait. Je la connaissais, elle aussi. Ses cheveux blond platine étaient élégamment arrangés autour d'un visage magnifique et glamour. Lindsay. Ils se tenaient si près l'un de l'autre que l'on aurait dit un couple.

Je fus si stupéfaite que je ne pus pas bouger, même lorsque Adam se redressa et qu'il plongea son regard dans le mien. Chaque muscle de mon corps se transforma en gelée et j'eus du mal à respirer. L'assistant continuait à fouiller dans le carton, ignorant ma détresse. Il sortit l'ordinateur portable et il le posa sur la table devant lui. Adam le vit et ses traits se durcirent.

Il détourna alors le regard et à mon grand étonnement – était-il encore possible de l'être plus ? – il passa un bras autour de la taille de Lindsay, se pencha et chuchota quelque chose à son oreille. Quelque chose qui la fit rire et chanceler contre lui.

Je ne restai pas pour en voir davantage. Je courus. L'assistant m'appela, mais je ne m'arrêtai pas. Je courus aussi vite et aussi loin que possible. Les larmes surgirent enfin. Elles m'aveuglaient. Et je pouvais entendre sa voix dans ma tête. C'était tout ce que j'entendais. *J'ai décidé que je voulais une femme dans ma vie. Toi, tu n'es qu'une petite fille effrayée et triste.*

Une petite. Fille. Effrayée. Et triste. Et par rapport à moi, Lindsay était une vraie femme : elle avait réussi, elle était mûre, elle avait de l'expérience sexuelle et elle était très attirée par Adam.

Je courus à travers les couloirs jusqu'au parking, cherchant à reprendre mon souffle. Et puis je courus encore. Je courus jusqu'à ne plus pouvoir respirer. Puis je m'appuyai contre la voiture la plus proche, pliée en deux.

Cinq minutes plus tard, quelqu'un vint se tenir à côté de moi. Je faillis bondir lorsqu'il parla.

— Mia, qu'est-ce que… ? dit Heath. Tu as traversé cette porte comme une chauve-souris des enfers. Qu'est-ce qui se passe ? Tu *pleures* ?

J'avalai de grandes bouffées d'air, le visage couvert de larmes et de morve, et pour couronner le tout, j'eus le hoquet.

— Heath, fais-moi sortir d'ici, s'il te plaît.

Sans un autre mot, il glissa un bras autour de mes épaules et il me guida jusqu'à la voiture. Je ne me retournai pas vers le bâtiment. Je ne voulais pas risquer de le revoir. Chaque fois que je pensais à son regard dur, de nouvelles larmes coulaient et quand nous sortîmes enfin du complexe, je n'étais plus qu'une flaque dégoulinante.

Le visage de Heath était sombre.

— Je suppose que tu l'as vu ? Il n'est donc pas resté pour travailler une semaine de plus ?

J'avais le visage enfoui dans mes mains, ma voix fut donc étouffée.

— Il a dû mentir.

Il n'avait simplement pas voulu faire le vol de retour à côté de moi.

Heath s'inquiétait beaucoup. Je le sentais. Il insista pour commander à manger après notre retour et il s'assit en face de moi à ma petite table déglinguée pendant que je picorais mon poulet Mandarin.

— Ça te ferait peut-être du bien de t'éloigner un moment.

— Je viens juste de revenir.

— Non, je veux dire que tu passes un peu plus de temps avec ta mère. Que tu restes avec elle pour l'été. Elle aura bien besoin de ton aide maintenant qu'elle retape l'endroit pour les clients. Je pourrais déménager tes affaires ici et les déposer dans un garde-meuble. En dehors de ton misérable petit boulot d'aide-soignante, rien ne te retient ici pour l'année qui vient. Pourquoi ne pas économiser l'argent que tu dépenserais en loyer et autres ?

Je soupirai.

— Parce que retourner à Anza, c'est faire un pas en arrière.

— Penses-y. Éloigne-toi seulement pour une semaine ou deux peut-être ? Cela ferait plaisir à ta mère et elle arrêterait de me harceler, pour une fois.

— Si je demande plus de temps libre, ils vont me virer.

— Bon débarras, alors. Il y a d'autres boulots que tu peux faire. Ou bien tu pourrais passer plus de temps à écrire ton blog et gagner davantage d'argent. J'ai un nouveau modèle de site qui permet plus d'espaces publicitaires. De cette façon, tu pourrais vendre plus de publicité. Ou nous pourrions chercher le soutien d'une entreprise. Je sais que tu as été réticente à le faire, mais…

J'avais le menton posé sur la poitrine et je reniflai misérablement.

— Je vais y réfléchir.

Et je le fis. J'y réfléchis toute la nuit. Pas nécessairement par rapport au retour à Anza, mais toute la séquence bizarre avec Adam. L'action calculée par laquelle il avait glissé le bras autour de la taille de Lindsay en sachant que je le regardais, me faisant manifestement savoir que la *femme* qu'il avait sélectionnée pour remplacer la petite fille effrayée était Lindsay.

Après avoir pleuré toutes mes larmes, il ne resta plus qu'une sensation engourdie. Il fallait que je me rende au travail à midi le lendemain, mais je n'enfilai pas mes vêtements de travail. À la place, je me rendis au bureau de ma chef en jean et je démissionnai immédiatement.

Elle ne fut pas agréable, mais elle vit à mes cernes et à mes yeux gonflés que je n'étais pas heureuse. Elle prit soin de me dire que j'avais été une bonne travailleuse jusqu'au mois précédent, et j'étais d'accord avec elle. Cela se passait très bien avant que tout s'écroule. Avant Adam. Je n'avais donc plus de travail. Pas d'argent à la banque et plus la moindre dignité.

***

La veille de la remise de diplôme, Alex et Jenna passèrent me voir pour m'offrir un cadeau de fin d'année et me supplier de passer l'été à OC avec elles. Elles avaient de *super projets* ! Et elles avaient des tickets pour le Comic-Con de San Diego ! Et… elles avaient des costumes de cosplay et avaient besoin d'une autre 'fille canon' pour compléter leur déguisement de 'Sherlock steampunk et ses drôles de dames'. La mère d'Alex leur cousait les costumes.

Elles voulurent également savoir si je pouvais convaincre Heath de se déguiser en Sherlock Holmes parce qu'il était grand, mais il fallait qu'il teigne ses cheveux en noir.

— Allez, Mia, ce sera *tellement génial* ! Imagine : des corsets cuivrés, des bas résille et des bottes qui déchirent, dit Alex d'une traite. Si Heath ne veut pas le faire, tu pourrais peut-être le demander à ton homme à croquer… il a déjà les cheveux bruns et il est largement assez grand.

Jenna dressa les oreilles en entendant cela.

— Oui, quand puis-je rencontrer ce bel homme, d'ailleurs ? J'en ai marre d'entendre Alejandra radoter à son sujet et j'ai seulement vu la photo qu'elle a prise de loin avec son téléphone…

— Quoi ? dis-je en frappant le bras d'Alex. Tu l'as pris en photo ?

Alex haussa les épaules.

— Que peut faire d'autre une pauvre *chismosa* désespérée quand tu ne lui donnes pas d'autres informations ?

Je soupirai profondément.

— Je ne le vois plus et je préférerais ne pas parler de lui.

Alex leva les sourcils.

— Ce n'est quand même pas à cause de ton concours, hein ? Tu n'as pas rompu avec lui parce que tu dois réviser ou quelque chose d'aussi bête que ça ?

Je lui jetai un regard furieux, mais Jenna l'interrompit en m'observant de près.

— Alejandra ! Tu exagères.

— Non, ce n'était pas à cause du concours.

Mon cœur se serra. Quelque chose dans cette supposition m'ennuyait. Cela me rappelait que j'avais choisi de donner des excuses stupides pour ne pas sortir, pour ne pas socialiser dans les fêtes. Pendant mes quatre années d'université, je m'étais blottie dans ma zone de confort, passant le temps libre qui n'était pas occupé par les révisions ou le travail ou le blog à me connecter à des jeux vidéo afin de m'y perdre. Parce que c'était un endroit sûr, connu. Parce qu'il n'y avait que peu de surprises et que j'étais prête à tout ce qui pouvait y arriver.

Je laissai tomber ma tête contre le dossier du canapé déchiré et je regardai le plafond. Adam avait raison. J'étais vraiment lâche.

Chapitre Seize

QUAND LES CHOSES DEVIENNENT DIFFICILES, ON retourne se réfugier chez maman. Et c'est exactement ce que je fis après la remise de diplôme. Je remplis mes bagages de ce que je pouvais et je pris la route pour Anza. C'était un trajet de deux heures sur une partie des autoroutes les plus reculées de tout l'Inland Empire et au-delà. Ma voiture parcourut la route sinueuse vers les montagnes de Cahuilla qui surplombaient la ville balnéaire californienne bien plus célèbre de Palm Springs.

En serpentant sur cette autoroute étroite à deux voies dans les collines, je sentis un certain calme s'installer en moi. J'eus soudain la certitude que tout finirait bien. Que cette douleur était temporaire et que comme la lumière du soleil qui mourait en cette fin de journée, la douleur s'estomperait. Un jour. Plus tard.

Mais cela ne me donnait pas l'impression d'être temporaire. Je me sentais transformée, comme si ma vie et mon cœur ne pouvaient jamais redevenir comme avant. Il paraît que les expériences de la vie vous changent : que votre cerveau crée de nouveaux chemins neuraux en réponse aux traumatismes et aux nouvelles leçons apprises. Je me demandai combien de nouveaux chemins j'allais obtenir de cette histoire. Si j'allais apprendre à les contourner un jour. Et à ce moment-là, je me sentis plus décidée que jamais à me protéger, à ne dépendre que de moi-même. Car j'étais la seule personne en ce monde dont je pouvais être sûre. Je pouvais compter sur Heath, jusqu'à ce qu'il rencontre quelqu'un de nouveau et que je ne puisse plus m'attendre à ce qu'il résolve ma liste éternelle de problèmes. Je pouvais dépendre de ma mère, mais comme me l'avaient montré les expériences des années précédentes, elle ne serait peut-être pas toujours là. J'avais été très secouée par sa maladie qui m'avait appris que rien n'était permanent.

Mais il y avait bien une chose de permanente. Moi. Mon ambition. Ma volonté. Le mur de forteresse que j'avais construit autour de mon cœur et que je surveillais avec vigilance. Et je passai ce temps à le renforcer, à réparer les faiblesses qui avaient permis à Adam d'entrer et de causer des dégâts.

Je ne savais pas du tout ce que Heath avait dit à ma mère pendant qu'ils étaient assis ensemble à la remise de diplôme. Je savais qu'elle n'était pas au courant des enchères, mais Heath pouvait avoir décrit le temps que j'avais passé avec Adam comme une relation sans expliquer en quoi c'était malsain et tordu entre nous. Maman savait que je fréquentais quelqu'un, mais elle n'avait pas de détails, par exemple le fait que sa fille avait volontairement cherché une façon de se prostituer.

Notre petit ranch était installé sur six hectares de broussailles du désert. La maison principale, que ma mère appelait la ferme, avait de nombreuses chambres à louer à l'étage supérieur. Il y avait également trois petits chalets autour de la maison pour les clients qui souhaitaient davantage d'intimité. La salle à manger principale de la maison était immense, afin de pouvoir accueillir les gens du B&B. Avant sa maladie, l'affaire de ma mère était assez prospère, avec de nombreux clients réguliers qui venaient passer du temps loin de la civilisation, faire de la randonnée ou monter nos chevaux. Je me détendis en regardant notre ranch dans la lumière pâle du début de soirée sous la lune dorée du désert.

Maman ne me posa pas trop de questions lorsque je rentrai. Elle me fit un énorme câlin et elle avait préparé mon dîner préféré : des brochettes et du houmous et du baklava pour le dessert. Elle me dit d'aller me coucher tôt et elle m'avertit qu'il y aurait beaucoup de choses à se raconter le lendemain matin. Soulagée, je me laissai tomber épuisée sur mon lit.

Le lendemain matin, je sortis à l'étable pour dire bonjour à mes amis à quatre pattes préférés. Mon cheval, Snowball, me salua d'un hennissement excité. C'était mon meilleur ami depuis le CM1 et son museau devenait vieux et gris, mais il attrapa les carottes que je lui tendis avec tout l'enthousiasme requis.

Au déjeuner, je mâchai mon sandwich aux concombres et tomates tout frais du jardin sur du pain complet pendant que ma mère me jetait des regards furtifs. Je savais qu'elle mourait d'envie de me poser des questions sur le statut de ma relation avec l'homme mystère et qu'elle cherchait des façons de l'aborder. Je décidai donc de la faire partir dans une autre direction.

— Alors, tu m'as dit que tu avais des surprises pour moi. Ont-elles un rapport avec la restauration des chalets ?

Ma mère me jeta un regard attentif.

— Tu as donc remarqué ?

— Il faudrait que je sois aveugle pour ne pas le voir. As-tu gagné au loto sans me le dire ?

Elle rit.

— En quelque sorte. Si le cancer peut être considéré comme un gain de loto.

Je redevins sérieuse. Soudain, mon pouls s'accéléra de peur et je sentis le sang quitter mon visage.

— Quoi ? C'est revenu ?

La mâchoire de maman tomba et elle tendit la main pour la poser sur la mienne.

— Oh non. Non, ma puce. Je suis désolée. Ce n'est pas ce que je voulais dire.

Elle se leva et elle se rendit au bureau où elle gardait ses lettres et ses papiers administratifs. Elle sortit une chemise marron de l'étagère qu'elle la posa sur la table à côté de mon assiette.

— Plus tôt, cette année, j'ai reçu ça par courrier. Je n'ai rien dit, car je n'étais pas certaine de ce que je devais en penser. Cela paraissait trop beau pour être vrai.

J'ouvris le dossier et je lus rapidement la lettre, qui était imprimée sur du papier à lettres générique. Cela venait d'une institution caritative qui aidait les patients adultes atteints de cancer qui avaient des problèmes financiers à cause de la maladie. Cela semblait effectivement trop beau pour être vrai, comme la Fondation Make-A-Wish pour les adultes. L'institution, qui s'appelait The Golden Shield Group, avait généreusement proposé de payer la moitié du crédit de ma mère et de financer l'autre moitié sous forme de prêt à taux zéro qu'elle rembourserait au cours des vingt prochaines années.

Je n'arrivais pas à en croire mes yeux : je parcourus la lettre et je la retournai pour lire les papiers au-dessous.

— C'est...

— Incroyable, je sais. Moi non plus je n'y croyais pas. Mais je les ai cherchés en ligne et je me suis rendue au cabinet d'avocats de Pohlman en ville et je l'ai fait travailler avec leurs avocats. Il m'a assuré que tout était valable.

— Bon sang, maman. C'est mieux que la loterie.

Elle sourit.

— Oui, tu vois ? Voici les papiers de mon avocat. Mais il y a mieux. Un des entrepreneurs dans ce groupe, lorsqu'il a découvert mon installation, a proposé d'avancer de l'argent en tant que bailleur de fonds. Nous avons élaboré un plan d'affaires et un partage des bénéfices...

Je lui pris les papiers.

— Waouh ! Alors c'est ça que tu utilises pour payer les rénovations ?

— C'est presque fait. Et je travaille déjà avec Heath pour refaire le site internet et le mettre à jour. Il vient le week-end prochain pour prendre de nouvelles photos. N'est-ce pas excitant ?

Je m'adossai à ma chaise en m'émerveillant de voir ma mère aussi lumineuse et animée. Cela faisait des années qu'elle n'avait pas été ainsi, depuis avant son cancer. Elle avait de la couleur sur les joues et elle avait pris un peu de poids et pour la première fois depuis le moment où elle avait commencé la chimio, elle semblait en bonne santé.

Ma mère remarqua que je la fixais. Son sourire s'estompa.

— Quoi ?

Je secouai la tête.

— Tu t'en sors super bien, maman. Je suis contente.

Je souris, heureuse pour elle, essayant toujours d'ignorer la douleur à l'arrière de toutes mes pensées conscientes. Essayant d'effacer l'image d'Adam avec son bras autour de la taille de Lindsay. J'étais traversée d'une crampe brutale lorsque j'y pensais... et il me semblait que c'était tout le temps.

Maman, perspicace comme toujours, le remarqua tout de suite. Elle rassembla les papiers sur la table et elle les rangea.

— À présent, parlons de ce qu'il se passe avec toi.

Je secouai la tête.

— Il n'y a rien à en dire.

Elle me jeta un regard curieux et elle passa son index sur sa lèvre inférieure comme elle le faisait toujours lorsqu'elle hésitait.

— Tu sortais avec quelqu'un.

Je détournai le regard, m'agitant sur ma chaise. J'allais lui permettre cinq minutes de pression supplémentaire avant de partir.

— C'était le cas. Ce n'était rien. C'est terminé.

Tout était vrai. Ce n'était simplement pas toute la vérité. Mais je n'avais pas le cœur de lui dire que tant de choses avaient changé en cours de route. Que j'avais perdu quelque chose : une partie vitale de moi qui ressemblait à un trou béant au centre de mon être. Et qu'il me faudrait sans doute un moment pour apprendre comment le remplir.

— Que s'est-il passé ? demanda-t-elle d'une voix douce, comme si elle risquait de me tirer de ma franchise inhabituelle en parlant plus fort.

Je haussai les épaules.

— Je devais étudier et j'avais le travail. Il devait travailler. Il n'y avait pas de temps.

— Veux-tu parler de lui ?

Je me penchai en avant en me frottant les tempes.

— Non. Pas vraiment.

Elle resta silencieuse pendant plusieurs minutes et je fermai les yeux, me préparant à trouver une excuse pour partir. Elle me surprit en laissant tomber le sujet et elle tendit la main vers mon assiette à moitié vide avant de se lever pour la ramener à l'évier.

— Maman…

Je l'arrêtai. Elle s'immobilisa en me regardant.

— Le donneur de sperme biologique… commençai-je en tremblant. Je crois que je suis prête à en savoir plus à son sujet.

Ma mère se rassit sur la chaise en face de moi et elle posa les assiettes. Je l'examinai un instant. C'était une femme très belle. Elle avait une peau d'olive et les couleurs sombres de ses ancêtres grecs et elle avait été une femme magnifique dans sa jeunesse, ayant même fait un peu de mannequinat. À quarante ans et quelques, elle était toujours très belle et avant le cancer, elle avait paru faire dix ans de moins que son âge. Mais cette épreuve terrible avait creusé des lignes autour de sa bouche et sur son front.

On se regarda dans les yeux pendant un long moment de silence. Elle se redressa en se préparant psychologiquement.

— D'accord, dit-elle en hochant la tête. Que veux-tu savoir ?

— Quel est son nom ? Qui est-il ?

Elle me le dit donc. Patiemment, calmement, elle répondit à toutes mes questions. Je ne demandai rien qui concernait les détails privés de sa vie avec lui. Je savais déjà qu'il l'avait entièrement conquise au début avant de la jeter comme une vieille chaussette. Je n'avais besoin de rien savoir de plus à ce sujet. Mais il avait un nom désormais. C'était une personne. Pas simplement un personnage anonyme sur lequel je pouvais concentrer toute ma haine. Il s'appelait Gerard Dempsey. Il était d'origine irlandaise et anglaise. C'était un entrepreneur immobilier prospère et il avait gagné ses premiers millions de cette façon. Il avait une sœur, pas de frère, et trois autres enfants, tous plus âgés que moi.

J'appris également qu'il n'avait jamais contacté ma mère après ma naissance. Ne lui avait jamais écrit une lettre ni passé un appel, alors qu'il savait exactement où elle vivait. Elle me dit que j'avais les mêmes yeux et les mêmes cheveux qu'elle, mais que ma peau, ma mâchoire et mon nez venaient de lui.

Elle proposa de me montrer une photo – l'unique photo qu'elle avait de lui – sur laquelle ils étaient ensemble, mais je refusai. Je ne voulais pas les voir heureux ensemble. Son visage jeune plein de beaux idéaux, ne sachant pas encore qu'il accumulait mensonge après mensonge sur leur relation comme un château de cartes.

— L'aimais-tu ? finis-je par demander.

Elle détourna les yeux pour regarder dans le vide. Elle eut un air rêveur.

— Oui. Ou plutôt... j'aimais celui que je pensais qu'il était, quand je croyais tout savoir à son sujet.

J'inspirai lentement et je secouai la tête.

— L'amour est dangereux. Trompeur. Sans vouloir t'offenser, je crois que c'est pour les imbéciles.

Lorsqu'elle reporta son regard sur moi, ses yeux étaient durs.

— Mia, tu es bien trop jeune pour parler de cette façon. Tu parles comme une vieille dame aigrie et solitaire.

Je serrai les dents. Je l'étais sans doute, au fond de moi. Plus vieille que mon âge, n'était-ce pas ce que l'on disait ?

Ma mère se remit à parler.

— Il y a des hommes bien. Beaucoup. La plupart. Ne perds pas ton temps à être amère et fâchée à cause de l'unique type pour lequel ta mère s'est plantée.

Je me figeai un instant, ses paroles m'évoquant étrangement celles d'Adam. *Chaque homme que tu regarderas pendant le restant de ta vie sera contaminé par lui.* Je secouai la tête pour m'éclaircir les idées.

— Pourquoi n'es-tu plus jamais sortie avec quelqu'un ?

Elle haussa les épaules.

— Tu étais la chose la plus importante de ma vie et je n'avais pas assez confiance en mon jugement pour ramener un looser potentiel dans ta vie. Alors je me suis abstenue.

— Et maintenant ? Cela fait quatre ans que je suis partie de la maison.

Elle hocha la tête.

— Oui. J'y travaille, dit-elle d'un ton énigmatique avant de se lever, rassemblant les assiettes et partant à la cuisine pendant que je la suivais pensivement du regard.

Je remplaçai ma mère aux soins des chevaux et elle put ainsi continuer à réparer la maison et à préparer à rouvrir le B&B. Au bout d'une semaine, j'appelai Heath pour lui faire savoir que je restais à Anza quelque temps. Il vida mon appartement pour moi. C'était le meilleur ami au monde... mais je pensais aussi qu'il l'avait fait en partie parce qu'il culpabilisait à propos de ce qui était arrivé entre Adam et moi.

Je m'installai dans une routine ordinaire, mais réconfortante : je me levais tôt, je nourrissais les chevaux et je nettoyais les box, faisant tout le travail à l'extérieur et entraînant les chevaux pendant les heures fraîches de la matinée.

Ensuite, après la douche, je travaillais sur le blog pendant quelques heures. Malgré la connexion internet pourrie du ranch et mon vieil ordi qui parvenait à peine à maintenir le rythme, je réussis à poster du contenu tous les jours.

Mais je restai prudente dans mes articles. Beaucoup plus prudente qu'avant. J'avais toujours fait attention à ne pas révéler d'informations géographiques ou personnelles à mon sujet, mais malgré cela, chaque fois que je m'asseyais pour écrire, le spectre d'Adam regardait par-dessus mon épaule. Je savais qu'il me lisait.

Ou peut-être ne s'y intéressait-il plus. Peut-être était-il trop occupé par sa nouvelle relation satisfaisante avec la 'vraie femme' qu'était Lindsay.

Tous les jours, ma mère et moi nous rejoignions au déjeuner et nous échangions des histoires et des actualités locales et nationales, devenant plus proches que nous ne l'avions été depuis longtemps.

Les heures les plus chaudes de l'après-midi me servaient à réviser, assise à côté du refroidisseur à évaporation de la cuisine avec mes manuels de médecine autour de moi.

Oui. C'était ma vie excitante à Anza, mais à mesure que les semaines passaient et que la date de mon gros concours approchait, je m'aperçus que je me sentais plus forte, plus autonome et que je découvrais de nouvelles choses à mon sujet que je n'avais encore jamais explorées. Je cherchai également sur Google des alternatives pour les gens avec des diplômes de classes préparatoires en médecine qui ne faisaient pas l'école de médecine. Tout n'était pas mauvais : la recherche, le travail d'infirmière, de consultante... mais cela ne correspondait pas à mon rêve. Et je savais que j'allais devoir puiser dans mes ressources pour trouver le courage de repasser ce test et d'affronter un nouvel échec potentiel, ou alors je pouvais dire au revoir à jamais à mon rêve.

Le plus surprenant, ce fut qu'un beau jour j'écrivis une lettre au donneur de sperme biologique – *Gerard*, me corrigeai-je. À partir de ce moment-là, je décidai de parler de lui par son nom. Je savais que je n'enverrais jamais la lettre. Mais j'avais fait des recherches et j'avais découvert plus de choses sur lui à partir des informations données par ma mère. J'essayai également de trouver tout ce que je pouvais au sujet de mes trois demi-frères et sœurs qui avaient presque vingt ans de plus que moi. J'avais un demi-frère, Glenn, qui avait treize ans de plus que moi et deux demi-sœurs ayant presque quarante ans.

J'écrivis cette lettre à Gerard, mon père, et j'y déversai tout mon chagrin d'avoir perdu un parent que je n'avais jamais connu. Je lui en voulais, mais je voulais également le connaître. Et je me permis enfin de l'admettre. Je le voulais, mais pas assez. Je voulais que ma haine pour lui disparaisse afin d'être libérée. Car toute ma vie j'avais considéré ces sentiments comme une forteresse qui me protégeait des blessures et des souffrances potentielles. Au lieu d'une forteresse, ils avaient été une cage qui m'empêchait d'avancer.

Peut-être pourrais-je un jour enfin ouvrir mon cœur à quelqu'un, quand il aurait guéri.

Heath vint le week-end suivant et logea dans sa vieille chambre. Il avait vécu avec nous pendant les trois dernières années de lycée quand ses propres parents l'avaient jeté de la maison après son coming-out.

On sortit à différents moments de la journée pour capter la bonne lumière pour ses photos. Ce fut lors d'une séance au coucher du soleil qu'il aborda le sujet interdit.

— Tu as des nouvelles de Drake ? demanda-t-il nonchalamment en tournant son appareil photo sur son trépied dans le but d'avoir un meilleur angle de la ferme et des trois chalets joliment alignés à côté.

Je secouai la tête, en suivant des yeux son point de vue sur la longue pente de notre allée.

— Ça fait des semaines que tu ne t'es pas connectée au jeu. Je te cherche tout le temps. Tu vas l'abandonner ?

Je haussai les épaules.

— Il existe beaucoup de jeux. Je peux en faire un qu'il n'a pas conçu.

— C'est nul que tu le laisses t'éloigner d'un jeu que tu aimes tout comme tous tes amis en ligne. J'ai reçu des messages de Persephone et de FallenOne disant qu'ils étaient inquiets à ton sujet.

Mon estomac se noua et je déglutis.

— Ah bon, vraiment ? Fallen a demandé de mes nouvelles ?

— Oui, il y a quelques jours. Il a dit qu'il était inquiet. Je lui ai dit que tu étais chez ta mère.

— Merde, dis-je en fermant les yeux et lui tournant le dos pour poser les bras sur la clôture du ranch qui entourait notre propriété. C'est tout ce qu'il t'a dit ? Il ne t'a pas dit son nom ou autre chose ?

Heath hésita.

— Pourquoi l'aurait-il fait ? Il ne nous a jamais dit son vrai nom.

Je serrai les dents en regardant le soleil se coucher.

— Oui, il avait une bonne raison.

— Quoi... que c'est une fille ? Ou quelqu'un de célèbre ? Tu te souviens quand nous cherchions tous à deviner quelles star du cinéma ou sportif célèbre il était ?

J'inspirai et je bloquai ma respiration. Je voulais que ma voix paraisse aussi calme que possible. Elle n'allait pas trembler ni se briser... elle serait forte, claire.

— FallenOne est Adam.

Merde. Elle avait tremblé. À l'instant où j'avais dit son nom, j'avais entendu un léger tremblement à la fin de la deuxième syllabe.

Il y eut un long silence.

— Sans déconner ? dit-il sombrement.

Je hochai la tête. J'aurais aimé que ce soit une plaisanterie.

— Ben… putain… je suppose que ça explique beaucoup de choses.

— Comme quoi ?

— Drake m'a toujours paru un peu familier. Pas toi ?

Il m'avait submergée. Complètement. Comme la tempête à laquelle je le comparais souvent, il avait oblitéré tout ce qui l'entourait. Je haussai les épaules.

Heath me jeta un regard inquiet.

— Ça n'a vraiment pas bien fini entre vous, hein ?

— Je ne veux pas en parler.

Il soupira.

— Mia, je m'inquiète. Tu n'as pas l'air bien. Ta mère dit que tu ne manges pas grand-chose et que tu t'épuises à travailler tous les jours.

— C'est bon pour moi.

— Ce n'est pas bon de te raccrocher à ta colère et ton ressentiment.

Je soupirai.

— Tu as beaucoup trop traîné avec ma mère.

— Qu'est-ce qu'il t'a fait ?

Je clignai des paupières et je détournai le regard.

— Rien que je ne voulais pas qu'il fasse.

Ses sourcils tremblèrent.

— Ah.

Puis il se racla la gorge.

— Ce n'est pas ce que je voulais dire. Je veux dire : pourquoi es-tu ainsi ? Cela fait dix ans que je te connais et je ne t'ai encore jamais vue pleurer comme ce jour-là à Irvine. Tu ne manges pas, tu n'agis pas normalement. Vas-tu au moins repasser ton MCAT ?

Je regardai ailleurs.

— Cette décision n'a pas encore été prise.

Il me jeta un regard noir.

— J'espère que tu n'abandonnes pas ton rêve juste parce qu'un crétin s'est joué de toi.

— Si je ne le repasse pas, ce n'est pas à cause de lui, dis-je en serrant les dents.

— D'accord. S'il te plaît, ne me tape pas pour cette question…

Je lui jetai un regard d'avertissement.

— Si tu dois commencer de cette façon, alors il vaut mieux que tu ne poses pas la question.

— Mia… es-tu tombée amoureuse de lui ?

— Non, aboyai-je en croisant les bras. Et même si c'était le cas, cela ne changerait rien, d'accord ? C'est lui qui est parti.

Il parut énervé.

— Je vois.

Je levai un doigt et je le pointai sur son visage.

— On ne parle plus de ces conneries, d'accord ? C'est fini. C'est le passé. J'ai une vie à mener. Inutile de remettre ça sur le tapis.

Il me fixa longuement avant de hocher simplement la tête et de reporter son attention sur son appareil photo, ajustant le trépied.

Lorsque Heath rentra chez lui, le retour à ma routine normale me réconforta. Et une semaine plus tard, ma mère annonça joyeusement à l'heure du déjeuner :

— Mes premières réservations par internet sont arrivées !

Je fus agréablement surprise. Heath venait de refaire son site la semaine précédente, mais il n'y avait pas eu beaucoup de fréquentations.

— Oui, il y a des gens qui viennent dans les chambres normales à partir de la semaine prochaine et la semaine d'après, quelqu'un a réservé la meilleure chambre de la maison : Roy Rogers.

C'était le chalet le plus grand, la 'suite de luxe' de notre ranch. Chaque chambre était nommée d'après un cow-boy ou une cow-girl célèbre. J'avais secrètement nommé ma chambre Annie Oakley parce qu'il n'y avait pas assez de cow-girls fabuleuses sur notre liste.

J'avais laissé tomber mon identité de cow-girl quand j'étais partie à la fac, pourtant je recommençais à sentir le réconfort que j'avais eu dans ma jeunesse en présence des animaux. C'était une expérience réparatrice. Je n'avais pas besoin de m'inquiéter de mensonges ou de conneries de la part des animaux. Je n'avais pas besoin de craindre la trahison. Tant qu'ils étaient nourris, qu'on les faisait bouger et qu'ils recevaient de temps en temps de l'affection humaine, ils étaient heureux.

Une semaine plus tard, maman et moi nous dépêchâmes de faire les dernières retouches pour nos invités avant de les accueillir. Nous nous étions rendues à Temecula pour faire les magasins de décoration et acheter de nouveaux draps correspondants au thème des chalets.

Dans la chambre Roy Rogers, l'odeur de peinture s'était estompée, car nous l'ouvrions pour l'aérer tous les matins et tous les soirs et nous faisions quotidiennement la poussière… car au ranch, ça ne manquait pas de poussière. Ce n'était pas la suite de l'Amstel Amsterdam, ni la chambre VIP du complexe Emerald Sky Luxury, mais c'était quelque chose.

Parce que j'avais aidé ma mère lorsque nos premiers invités étaient venus payer au terme de leur séjour, je ne pus travailler avec les chevaux qu'en milieu d'après-midi. J'avais décidé de leur donner leur journée, car les faire travailler au moment le plus chaud – et le mois de juillet à Anza n'était pas facile – aurait été trop cruel. Mais il restait encore du travail. Comme la crotte. Car qu'il fasse chaud ou froid, soleil ou pluie, les chevaux faisaient de la crotte. Et je devais la nettoyer.

J'étais dans l'étable, puis dans la grange, à lutter contre les mouches et un cheval qui s'ennuyait : Snowball n'avait pas spécialement envie que je sorte la crotte, mais il voulait l'attention de sa personne préférée. Je n'allais pas résister. Cependant, après vingt-cinq minutes de cela, je devins impatiente, le poussant sur le côté pour atteindre les crottes dans la sciure.

J'avais chaud, je transpirais, j'étais ébouriffée, je puais la merde de cheval et j'étais couverte de sciure. Alors bien entendu, ce fut le moment que ma mère choisit pour passer entre les granges avec le nouveau client de la suite – qui venait apparemment tout juste de se présenter à l'accueil – en lui faisant visiter les installations.

— Snowball, bouge ton gros cul, grognai-je contre le cheval en lui donnant une tape sur le derrière.

— Mia, es-tu là ?

— Non, dis-je en serrant les dents.

À quoi jouait-elle ? Elle venait de m'entendre crier contre le cheval.

— Notre nouveau client est ici. Allez, viens, je veux juste te présenter.

Je soupirai. Snowball allait devoir vivre un jour de plus avec les crottes restantes. Je sortis en soufflant du box et je posai le râteau contre la porte sans retirer mes gants de jardinage géants. J'allais faire vite, lui sourire, quelques mots de bienvenue et un hochement de tête avant d'aller travailler. Je m'approchai de ma mère qui se tenait derrière un grand homme. Comme ils étaient éclairés dans le dos par le soleil de l'après-midi, je ne pus pas bien l'observer avant d'être trop près pour m'échapper.

Lorsque je vis enfin son visage, mes pieds s'enracinèrent dans le sol et je faillis tomber à plat sur le ventre à cause de mon élan. Car Adam surplombait ma mère avec un sourire effacé.

Il portait un jean, des tennis et une chemise décontractée, et il était beau comme d'habitude. Cela faisait plus d'un mois que je ne lui avais pas parlé. Depuis cette dernière nuit agitée à Sainte-Lucie. J'avais cru ne plus jamais le revoir. Pourtant, voilà qu'il était ici et qu'il me regardait avec des yeux chaleureux qui ne rataient rien. Pas même la sciure qui tombait de mes cheveux.

Mon cœur se mit à battre au fond de ma gorge et je déglutis, ayant soudain du mal à respirer. Que faisait-il ici ? Prétendait-il être le nouveau client de ma mère ? Une panique glaciale s'éleva de mon estomac noué. Comment allais-je pouvoir cacher cette réaction à ma mère ? Le sang quittait mon visage... je le savais. Était-il ici pour me tourmenter de regret à cause de toutes les choses que je lui avais dites ? Était-il ici pour essayer de se faire pardonner ?

Je ne savais pas quoi ressentir. Tant d'émotions tourbillonnaient en moi. Je ne voulais pas admettre que l'une d'entre elles était une profonde excitation à l'idée de le revoir.

Une autre était la crainte, la peur. Allait-il tout révéler à ma mère ? Lui parler des enchères… dire à quel point j'étais une personne terrible, aigrie et immature ?

La voix de ma mère interrompit mes pensées.

— La voici : c'est ma fille, Mia.

Le regard d'Adam me traversa comme la foudre et je me sentis soudain transpirer. La chaleur s'accumula si vite en moi que j'eus l'impression d'être sur le point de brûler de l'intérieur.

— Salut, Mia, dit Adam.

Et je lui fus au moins reconnaissante de ne pas faire semblant de ne pas me connaître. Pas de faux 'ravi de vous rencontrer'. J'arrachai mon regard au sien et je regardai le sol devant mes pieds.

Ma mère continua, n'ayant pas du tout conscience de la tension qui crépitait entre nous.

— Voici monsieur Drake. Il restera avec nous pendant une semaine. Il se prépare à faire une randonnée sur les crêtes du Pacifique d'ici à Yosemite.

Le sentier de Pacific Crest – 'Pacific Crest Trail', ou PCT – s'étirait depuis la frontière mexicaine jusqu'au Canada, reliant les sommets de toutes les montagnes des trois états : Californie, Oregon et Washington. Les gens vigoureux qui faisaient cette randonnée faisaient soit tout le trajet d'une seule traite en sept mois environ, soit ils faisaient des segments, découpant la piste en petits morceaux et faisant un petit bout à chaque fois, parfois sur une période de plusieurs années.

C'était donc l'histoire qu'Adam avait servie à ma mère. Il allait faire un segment de la PCT ? N'importe quoi. Je regardai Adam dont le sourire s'était estompé, mais dont le visage affichait une autosatisfaction certaine.

L'air que je venais d'inspirer quitta brusquement mes poumons. Je me déplaçai, posant les mains sur mes hanches, car je ne savais pas du tout quoi en faire.

— Salut, monsieur Drake, articulai-je. Bienvenue.

Ma mère fronça les sourcils. Elle avait enfin remarqué ma réaction étrange et j'étais certaine qu'elle poserait des questions plus tard. Mais je craignais beaucoup moins de me retrouver seule avec elle qu'avec lui, alors je décidai de rester près de ma mère toute la soirée et de trouver des excuses pour me rendre à Anza ou même à la montagne pendant les jours qui suivaient.

— Le repas est dans deux heures et j'ai demandé à monsieur Drake de se joindre à nous, dit ma mère en jetant un regard appuyé à mes vêtements sales.

Je me contentai de hocher la tête. Je n'avais rien à dire. Je ne regardai plus Adam, car je n'en avais pas le courage. Et lorsque je suivis ma mère hors de la grange, il jeta un dernier regard dans ma direction avant de disparaître de ma vue.

Dès qu'il eut disparu, je m'écroulai contre la porte du box le plus proche, mon dos glissant jusqu'à ce que je me retrouve assise par terre. Mon cœur battait comme si j'avais couru un marathon et je tremblais, mon âme durcie par un froid glacial. Le cheval le plus proche, Whiskey, passa la tête hors de son box et la frotta contre moi. Ce nouveau développement m'avait coupé les jambes.

Je venais de commencer à passer à autre chose... du moins était-ce ce que j'avais cru. Pourtant je me sentis tout aussi tremblante et vulnérable que la fille qui était sortie précipitamment du complexe de Draco Multimedia en sanglotant le mois précédent.

Une pointe de douleur me traversa lorsque je me souvins des circonstances de la dernière fois que je l'avais vu, avec son bras autour de son ancienne amante. Lindsay allait peut-être venir le rejoindre ici ? Peut-être avait-il organisé ceci pour me la montrer encore, car le jour à son bureau n'avait pas suffi ? Allais-je pouvoir supporter de les voir ici, ensemble ?

Si ma mère n'avait pas eu autant besoin de moi cette semaine-là, j'aurais appelé Heath pour demander si je pouvais loger sur son canapé jusqu'au départ d'Adam. Il était inévitable que nous allions devoir interagir l'un avec l'autre, mais je décidai de faire de mon mieux pour éviter la confrontation qu'il cherchait. Avec ce nœud d'émotions indésirables en moi, je continuai rageusement le reste de ma chasse aux crottes.

Chapitre Dix-sept

Il me fallut une heure pour me remettre du choc de l'avoir revu si soudainement... et en cet endroit. Il était évident qu'il était venu me voir, et après avoir vérifié le cahier de réservations que ma mère gardait sur son bureau, je fus rassurée de savoir qu'il était seul. La seule raison pour laquelle il pouvait abandonner sa petite amie et venir ici, c'était pour m'affronter. Mais pourquoi ? Qu'y avait-il de plus à dire ?

Adam ne semblait pas être du genre à remuer le couteau dans la plaie. En tout cas, c'était ce que j'avais cru avant son petit spectacle au bureau. Il avait bien remué le couteau ce jour-là. Je brûlai de colère en pensant à la raison de sa venue. Quoi qu'il arrive, il fallait que j'empêche ma mère d'être impliquée là-dedans. Avec un peu de chance, il partirait sans qu'elle sache jamais qu'il y avait quelque chose entre nous.

Je ne voulais pas lui parler et je décidai de ne pas le faire, hormis quelques platitudes pour faire plaisir à ma mère. Je n'avais aucune envie de découvrir où il en était dans ses relations et s'il avait recommencé à coucher avec Lindsay. Cette seule pensée me faisait un mal de chien.

Après m'être douchée et coiffée, j'aidai ma mère à mettre la touche finale au dîner en mélangeant la salade bio cueillie à la main. C'était une excellente cuisinière et ce talent faisait partie intégrante de son travail. Elle préparait tous les jours des petits-déjeuners pour ses clients, préparant de nouveaux repas spéciaux avec beaucoup de créativité. Le petit-déjeuner était sa spécialité, mais ses dîners étaient très bons, eux aussi. Quand j'étais petite, elle avait fait l'école culinaire pendant mes vacances d'été afin de s'améliorer.

Ce fut un moment très embarrassant. La seule personne qui n'ait pas été affectée par le malaise silencieux était ma mère. Adam et moi ne nous parlions pas. Toute la conversation fut conduite par ma mère.

— Mia est étudiante en médecine.

— Pas encore, rectifiai-je.

— Eh bien, elle le sera quand elle réussira brillamment le gros test qui arrive.

Au moins, Adam ne me posa pas de questions auxquelles il connaissait déjà les réponses, contrairement à ce qu'il avait fait les quelques premières fois où nous nous étions rencontrés. Il mentionna cependant que l'Université d'Irvine avait une bonne école de médecine et que je pouvais envisager d'y postuler. Elle était déjà sur ma liste. Même si l'idée d'aller à la fac dans la même ville que son entreprise avait fait baisser celle-ci dans ma liste des meilleures écoles. UC Davis, en Californie du Nord, avait de plus en plus d'attrait.

— J'ai cru comprendre que vous aviez un magnifique arrière-pays ici, même hors de la Piste, dit Adam à ma mère.

— Oui, c'est fabuleux pour la randonnée ou l'équitation. Montez-vous à cheval, monsieur Drake ? demanda ma mère.

Il rit.

— Non, pas du tout. Je pense pouvoir compter sur une main le nombre de fois où je suis monté à cheval.

S'il cherchait à obtenir une visite guidée à cheval de ma part, j'allais devoir me dépêcher de contrer cette requête. Je cherchai rapidement des excuses. Mal à la gorge ? Je devais étudier ? Un cheval m'avait marché sur le pied ?

Ma mère dit :

— Si cela vous intéresse, nous avons de très bons chevaux pour débutants et Mia avait pour habitude d'emmener les invités se promener à cheval au coucher du soleil. Je pourrais peut-être la convaincre de le faire pour vous, si cela vous tente.

Merde, merde, merde. *Tais-toi*, maman.

Adam posa son regard sombre sur moi pendant un instant et mes yeux restèrent rivés sur mon assiette. J'avalai ma nourriture aussi vite que possible.

— Cela me paraît merveilleux, mais pourquoi pas une randonnée ce soir, Mia ? Faites-vous de la randonnée ?

Il me fallut un long moment pour répondre, mon esprit énumérant encore une demi-douzaine d'autres excuses – toutes nulles – avant que je sorte la plus nulle de toutes :

— Je cours.

— Parfait, moi aussi.

Merde. J'aurais dû savoir qu'il allait dire ça. Comme d'habitude, il avait réfléchi avec quelques étapes d'avance et il avait été prêt.

— Je ne ferais que vous ralentir, dis-je en voulant à tout prix éviter cette situation.

Adam sourit en me regardant dans les yeux.

— Ce serait amusant. Connaissez-vous de beaux points de vue ?

Ma mère, évidemment, se sentit obligée de mettre son grain de sel.

— Pourquoi ne le conduirais-tu pas jusqu'à ce point de vue que tu aimes tant ?

J'aurais aimé pouvoir lui dire de la fermer. Je serrai les dents et je jetai un regard meurtrier à Adam. Il sembla extrêmement satisfait, comme un ours qui venait de vider un panier à pique-nique.

Une heure plus tard, j'étais dans ma chambre en train de mettre mes vêtements pour courir lorsque ma mère frappa à la porte et entra.

— Est-ce que je t'ai mise dans l'embarras tout à l'heure ? Ça ne te gêne pas de l'emmener courir ?

J'hésitai. C'était le moment ou jamais d'annuler. Je pouvais lui dire que je trouvais Adam suspect, comme si je n'étais pas à l'aise à l'idée d'être seule avec lui. Cette deuxième partie était vraie. Mais cela risquait de mettre la puce à l'oreille de ma mère et je préférais qu'elle ne découvre pas la vérité. En outre, Adam allait savoir pourquoi j'avais annulé et il m'avait déjà traité de lâche une fois. Ma fierté était en jeu. Pour finir, ma curiosité monstrueuse rongeait mes pensées, posant des questions incessantes. J'allais sans doute pouvoir obtenir quelques réponses quand nous serions seuls. Je haussai les épaules de manière évasive.

— Ça va.

— Mia, je ne sais pas ce qu'il t'arrive dernièrement, mais puis-je te demander de faire quelques efforts supplémentaires avec ce client. ? C'est le PDG d'une entreprise dans le comté d'Orange et il a mentionné la possibilité de faire faire des retraites à ses employés. Je sais que tu n'aimes pas faire du relationnel, mais si tu pouvais juste… montrer ton côté joyeux. Je sais qu'il est quelque part.

— Oui, d'accord, grognai-je, déjà préoccupée par ce que cette course allait impliquer.

Il m'était impossible de courir plus vite que lui. Je l'avais vu bouger, après tout, et il était comme un guépard humain. Je pouvais éventuellement le perdre sur un des sentiers en hauteur, mais ma mère risquait de s'énerver en découvrant que son premier client de chalet depuis la rénovation était mort de déshydratation en errant dans les montagnes de Cahuilla à la recherche d'une oasis. Je pouvais certainement m'en sortir en me contentant de le pousser dans un parterre de cactus.

Je me résignai au fait d'être coincée avec lui pour courir, mais cela ne signifiait pas que je doive être sympa.

Nous longeâmes les limites de notre propriété dans les longues ombres du début de soirée estivale. J'avais un kit anti-venin dans un sac banane accroché à la taille et une ombre de plus d'un mètre quatre-vingts et quatre-vingt-dix kilos sur les talons. Je me décalai sur le côté droit du sentier en espérant qu'il me contourne et passe devant. Ses jambes étaient plus longues et ses foulées beaucoup plus grandes que les miennes, il serait donc libre de courir à sa vitesse s'il était devant.

Cependant, devoir observer son dos et son derrière musclé, ses jambes magnifiques dans son short de course, ce n'était pas non plus mon premier choix. J'avais simplement besoin qu'il ne me suive pas d'aussi près.

Au bout de quelques pas, il commença à me contourner, mais dans le but de courir à côté de moi. J'avançais bien, pourtant cela semblait très facile pour lui. Il ne transpirait même pas.

Dès que nous fûmes hors de vue de la maison, je m'arrêtai, pliée en deux, les mains sur les genoux. Il s'arrêta lui aussi, et bien sûr il n'était même pas essoufflé. Enfoiré.

— Qu'est-ce qui ne va pas ? dit-il.

Je me redressai en lui jetant un regard assassin.

— Ce qui ne va pas ? Parlons de ta présence ici, par exemple.

Il me tendit sa bouteille d'eau que je refusai et ses yeux prirent cet air espiègle et calculateur.

— Je suppose que tu ne crois pas qu'il s'agit d'une coïncidence ?

Je secouai la tête.

— Pourquoi es-tu ici ?

Il but une longue gorgée de sa bouteille d'eau.

— Ne pouvons-nous pas au moins marcher pendant que nous parlons ?

Je fis un geste théâtral des bras vers le sentier devant nous comme pour dire sarcastiquement 'Après vous'.

Il se mit à marcher et encore une fois, il adapta son pas au mien de façon à marcher à côté de moi.

— J'ai parlé à Heath la semaine dernière, dit-il en réponse à ma question.

Je serrai les poings.

— Il faut qu'il arrête de se mêler des affaires des autres.

Adam me jeta un regard avant de se concentrer sur la piste. Nous prenions un peu de hauteur en avançant vers un point de vue élevé d'où nous allions pouvoir observer la petite vallée contenant le ranch de ma mère et les propriétés voisines. Au coucher du soleil, le ciel était incomparable, tout de magenta et de pourpre au-dessus du sable rouge du désert. Je montais souvent ici à cette heure de la journée pour me calmer, pour essayer d'apaiser mes pensées troublées de la journée. Cela faisait des années. Et à présent, je conduisais Adam jusqu'à mon endroit spécial. Les flammes de l'irritation me consumèrent de l'intérieur.

— Peut-être agissait-il en bon ami. En ami inquiet.

— Qu'est-ce qui l'inquiète tant ? S'il t'a dit que je me laissais dépérir ici en me languissant de toi, alors c'est un foutu menteur, dis-je avec un peu plus de colère et de véhémence que voulu.

Il avança de quelques pas sans me regarder.

— Pas du tout.

— Alors que t'a-t-il dit ?

Il a dit que tu avais déménagé. Que tu envisageais de laisser tomber ton concours.

Je mordis l'intérieur de ma joue. Putain de Heath. Il avait forcé cette confrontation en jouant sur la mauvaise conscience d'Adam. Adam ne serait même pas venu s'il ne s'était pas senti responsable.

— En quoi est-ce que cela t'importe que je passe le concours ou pas ? Je croyais que tu en avais fini avec moi.

Il hésita.

— Il se peut que je me sente responsable si tes projets n'aboutissent pas.

Je lui jetai un regard perçant.

— Eh bien, ne le sois pas. C'est ma vie, ma décision.

— Tu vas donc passer le concours ?

J'hésitai, jouant la montre en toussant.

— Bien sûr. J'ai déjà payé ce foutu test et ce n'était pas donné.

C'était vrai, après tout. Je n'avais pas arrêté de repousser le moment, mais j'avais enfin décidé de m'engager en envoyant le formulaire d'inscription. La date approchait et je ne savais toujours pas si j'allais m'y rendre.

— Bien, dit-il doucement.

Je levai le menton.

— Oui, alors maintenant que ta culpabilité est soulagée, tu peux retourner à ta vie là-bas.

Il resta silencieux, mais je ne pus pas m'arrêter. Bon sang, j'aurais aimé pouvoir me taire.

— Je veux dire, ton acte de contrition est touchant, mais j'ai d'autres choses à faire par ici au lieu de m'occuper d'un faux client faisant espérer à ma mère que les gens ont à nouveau envie de venir ici.

Il s'arrêta de marcher et il se tourna vers moi, se sentant clairement insulté.

— J'étais vraiment intéressé par un séjour ici et j'ai l'intention de faire un morceau de la piste.

Je secouai la tête.

— *Toi*, tu vas prendre un mois de congé sans travail et sans ordinateur pour le faire ?

Il haussa les épaules.

— Peut-être plus.

Je me mis à rire, incrédule.

— Et peut-être que je suis la reine d'Angleterre.

Il me jeta un regard fâché et nous marchâmes en silence jusqu'au sommet du sentier : un rebord qui surplombait la vallée au-dessous de nous. Nous n'étions pas vraiment très haut, mais suffisamment pour avoir une belle vue du coucher du soleil sur le paysage du désert baigné de rouge et d'orange vifs.

Adam se tint immobile, plissant les yeux en regardant le canyon. Je levai la tête vers lui, mémorisant son beau visage. Un vent sec du désert soufflait ici, agitant nos vêtements et nos cheveux. Il parla d'une voix basse, presque révérencieuse.

— Puisque nous allons nous trouver ensemble au cours des prochains jours, et pour le bien-être de ta mère, pouvons-nous faire une trêve ?

Je croisai les bras.

— Je serai très agréable avec toi. Mais arrête d'essayer de me voir seule, car nous n'avons vraiment plus rien à nous dire.

— Vraiment. Rien du tout ? dit-il avec douceur.

Je m'agitai, détestant ma mesquinerie. Je m'éclaircis la gorge et je baissai les yeux.

— Sauf que j'espère sincèrement que ta famille et toi allez bien.

Il me jeta un coup d'œil avant de continuer à admirer la vue.

— Merci. Ils vont bien.

J'inspirai profondément avant de souffler.

— Et… j'espère que tu trouveras le bonheur. Je… je ne l'ai encore jamais dit avant, mais j'en ai eu envie. J'espère…

Et ma voix se brisa. Je n'allais pas lui souhaiter le bonheur avec Lindsay, car, soyons francs, je n'étais pas mère Teresa. Je ne pouvais pas aller aussi loin.

Il se tourna vers moi en attendant que j'en dise plus et lorsque je n'en fis rien, il se mit à parler :

— Il se pourrait que je sois déjà heureux.

Je fus transpercée de douleur. Je ne pouvais pas le regarder.

— Très bien alors, dis-je d'une toute petite voix.

Il se tourna et il me regarda de près.

— Et toi ?

Je haussai les épaules.

— Un jour.

Une autre longue pause, puis je me raclai la gorge.

— Nous ferions mieux de rentrer. Il fera bientôt nuit.

Je me tournai pour partir, mais je fus surprise lorsqu'il tendit le bras afin de m'arrêter. Son contact brûla ma peau et je grimaçai. Je me retournai vers lui et il dit :

— J'étais sérieux. J'ai pris un congé.

Dire que j'étais choquée aurait été un euphémisme. J'ouvris la bouche avant de la refermer.

— Pour combien de temps ?

Il haussa les épaules.

— Le temps qu'il faudra pour me prouver que je peux le faire.

— Et comment cela se passe-t-il ? As-tu déjà des symptômes de manque ?

Il ne sembla pas amusé et je me rendis compte du côté inapproprié de ma plaisanterie. Je détournai le regard.

— C'est reparti, Mia, dis-je. Tu remets les pieds dans le plat, comme d'habitude.

Il passa la main dans ses cheveux et il me regarda. La vulnérabilité enfantine que j'y vis faillit arracher mon cœur toujours battant de ma poitrine.

— Je suis contente que tu l'aies fait, finis-je par dire. Et je suis contente que tu sois heureux. Et...

Grande inspiration, poings serrés.

— Je suis contente que tu aies trouvé quelqu'un.

Sur ces mots, je tournai les talons et je me mis à courir. Peut-être que si je le surprenais... Peut-être qu'en descente j'allais pouvoir prendre assez d'avance sur lui pour l'éviter le restant de la soirée. J'entendis bientôt ses pas derrière moi, battant d'un rythme régulier qui se calait sur le mien.

Lorsque l'on atteignit enfin le pied de la colline et le terrain plat, il m'arrêta encore. Nous étions tous les deux très essoufflés.

— L'es-tu ?

— Quoi ?

— Es-tu vraiment contente que j'aie trouvé quelqu'un ?

Carrément pas. Je haussai les épaules. Il n'existait aucune façon de répondre à cette question tout en préservant ma dignité.

— Emilia, je ne suis avec personne.

J'eus le souffle coupé.

— Pardon ?

— Il n'y a eu personne après toi. Je ne suis pas avec Lindsay.

J'eus la tête qui tournait.

— Mais…

— Je sais que c'est difficile à croire à cause de ce que tu as vu. Mais j'étais énervé, d'accord ? Lindsay était venue déjeuner avec moi, mais lorsque mon assistante a dit que tu étais là, j'étais en train de me débarrasser d'elle. Je croyais que tu étais venue parler. Quand j'ai vu ce carton sur la table, eh bien, je n'ai pas réfléchi. J'ai fait ça à Lindsay pour te blesser volontairement.

Ma respiration devint difficile.

— Mission accomplie, alors, dis-je d'une voix faussement joyeuse.

Cependant, j'étais étourdie par la vague de soulagement qui me submergea à cette nouvelle. Je faillis tomber à la renverse. D'abord le soulagement, puis une colère fulgurante. Combien de fois avais-je rejoué cette scène dans ma tête ? Combien de fois les avais-je imaginés ensemble, enfonçant chaque fois un couteau plus profondément dans mon cœur ? Je luttai pour respirer, me sentant encore une fois proche des larmes, à ma grande humiliation.

— Je suis désolé, souffla-t-il en fronçant les sourcils devant ma réaction.

Je ne répondis pas. Je ne l'aurais sans doute pas pu de toute façon.

— Emilia…

Il tendit le bras vers le mien, mais je m'éloignai et je courus jusqu'à la maison, suivie de près. Je courus de toutes mes forces, pourtant il resta facilement sur mes talons.

Lorsque nous nous arrêtâmes, je ne courus pas jusqu'à la porte. Mia la lâche aurait fait quelque chose de ce genre. À la place, je traînai sur le porche, observant la lumière qui passait à travers les stores de la fenêtre. Il ne faisait pas encore assez sombre afin que ma mère allume la lumière du porche, nous étions donc cachés dans l'obscurité violette du crépuscule.

Je ne dis rien, mais je ne bougeai pas non plus, respirant toujours laborieusement. Malgré le tourbillon d'émotions, j'appréciais sa présence. C'était carrément mieux que cette douleur distante du vide. La douleur était plus perçante, plus vive, mais il était ici. Assez près afin que je sente la chaleur irradier de son tee-shirt mouillé de sueur.

Il fit un pas hésitant vers moi. Mon Dieu, comme j'eus envie qu'il me touche. Je voulais le toucher. Je tournai le visage sur le côté, ne souhaitant pas voir ses yeux intenses.

— Te blesser n'a pas été la seule raison de mon acte, dit-il enfin d'une voix rauque.

La douleur s'étalait dans ma poitrine chaque fois que je respirais.

— Ah bon ?

— Je voulais prouver à moi-même – et à toi – que je comptais à tes yeux.

Il fit un pas de plus, traçant le contour de ma mâchoire avec son pouce, puis il inclina ma tête vers lui. Je reculai d'un pas et il me suivit jusqu'à ce que je me retrouve contre un pilier soutenant l'avancée du toit. Son visage ne se trouvait qu'à quelques centimètres du mien et mon cœur battait sur chaque millimètre de ma peau.

— Je compte, n'est-ce pas, Emilia ?

Je fermai les yeux et je déglutis, essayant d'invoquer toute la colère et l'irritation que je ressentais pour cet homme. Mais son pouce... ce minuscule contact le long de ma mâchoire qui se mit à glisser sur mes lèvres, me rendant folle, éveillant une faim profonde en moi. Il comptait. Bien sûr qu'il comptait, putain. Je n'avais pas été capable de penser à autre chose au cours du mois que nous avions passé loin l'un de l'autre. Il était la première chose à laquelle je pensais chaque matin, la dernière chaque soir et il se glissait facilement dans la plupart de mes pensées éveillées entre les deux.

— Je n'ai jamais dit que tu ne comptais pas, dis-je enfin, maladroitement.

— Tu n'as pas non plus dit que je comptais.

Je le regardai dans les yeux, je frissonnai et il écarta sa main.

— Tu comptes, chuchotai-je.

Sa tête parcourut la distance entre nous et il fit reculer la mienne par la force de son contact. Nos bouches se rejoignirent, se goûtant avidement. Mon corps s'éleva pour rejoindre le sien, mes mains s'accrochant autour de son cou pour le tenir contre moi. Il plongea sa langue dans ma bouche en poussant un grognement et nos langues dansèrent ensemble. Je fus parcourue de désir, jusqu'au plus profond de mon être. Je voulais sentir sa bouche, ses mains, son corps. Je voulais les mots qui les accompagnaient. Je voulais savoir que je comptais pour *lui*.

Lorsqu'il voulut poser la main sur ma taille, j'écartai la tête alors que tout mon corps protestait. Je posai les mains sur son torse humide et dur. Je n'étais pas prête pour davantage. Pas encore. Peut-être jamais. J'avais besoin de temps pour réfléchir. De temps pour respirer.

Il avait recommencé à respirer fort et son érection appuya contre moi. Je tremblais. Mon corps voulut répondre à ce signal. Avant, j'avais seulement imaginé comment cela pouvait être entre nous. Mais désormais, je savais exactement quel genre de plaisir je pouvais attendre dans ses bras, son lit. Il me fallut toute ma volonté pour résister.

— Tu es seulement venu parce que tu te sentais coupable que je ne passe pas le concours, dis-je.

Il hésita.

— Non. Mais cela m'a donné une excuse.

— Depuis quand as-tu besoin d'excuses ?

Il secoua la tête.

— Je n'ai encore jamais fait ça.

Je soutins son regard.

— Je vois ça.

— Emilia… je te dois des excuses pour ce qui est arrivé à mon bureau. J'ai vraiment agi comme un connard et je l'ai su dès l'instant où je l'ai fait. Et je suis vraiment affreusement désolé.

Je respirai en tremblant. J'étais tellement perdue. Comme d'habitude, l'ouragan Adam agitait cette force de la nature tourbillonnante autour de moi, me prenant dans ses vents violents et ses courants dangereux. Je devais réfléchir à ce qu'il me disait. J'avais besoin de calme, d'être seule. Je tremblai et il serra les bras autour de moi lorsqu'il le sentit.

— Bonne nuit, Adam, dis-je dans l'obscurité grandissante.

Il marqua une pause, puis il me relâcha en faisant un pas en arrière, très clairement réticent.

— Bonne nuit, dit-il dans un soupir presque inaudible.

J'entrai maladroitement par la porte, les jambes chancelantes en évitant les questions de ma mère au sujet de la course par quelques grognements et 'très bien'. Puis je partis m'installer sur mon lit avec un livre de cours sous une lampe de lecture à la lumière blanche très vive. Je ne fis même pas semblant d'étudier. C'était impossible. Je jetai immédiatement le livre sur le sol et je posai les paumes de mes mains contre mes yeux, incapable de sortir les paroles d'Adam de ma tête.

Il comptait pour moi. C'était vrai. Et il le savait très bien. Mais à quel point ? Et à quel point comptais-je pour lui ?

Qu'y avait-il entre nous ? Était-ce… ?

Non. Non, c'était impossible, car j'avais refusé cela. Il m'avait blessée. Cette histoire avec Lindsay m'avait abattue et c'était ce que je craignais le plus. Je lui avais donné le pouvoir de me le faire. Aimer quelqu'un signifiait lui donner le pouvoir de vous écraser, placer la partie la plus tendre, la plus délicate de vous-même dans la main de quelqu'un d'autre.

J'accumulai les larmes non versées sous mes paupières, maudissant la pleureuse que j'étais devenue depuis le début de toute cette histoire. Il n'avait aucun droit de débarquer et de perturber mes émotions de cette façon. Juste au moment où je pensais que j'allais pouvoir m'en sortir. Alors que j'essayais de remettre de l'ordre dans ma vie, de devenir plus forte.

Il semblait faire la même chose avec sa vie : se forcer à quitter le travail avait dû être douloureux. J'avais des difficultés à l'imaginer sans son portable ou son ordinateur. Pourquoi avait-il fait cela ? Avait-il été aussi affecté par le temps que nous avions passé ensemble que moi ? Ces changements, les faisait-il en réaction à ce que je lui avais dit ?

Je fermai les yeux, détestant le chaos qui tournait en moi, me raccrochant au moindre semblant d'ordre. Il n'avait aucun droit de me faire subir cela. Et comment devais-je supporter les six prochains jours de sa présence ?

Je décidai que la solution était d'être cordiale, mais distante. Le garder à distance allait me protéger. Je l'avais laissé s'approcher ce soir-là, mais je n'avais pas l'intention de commettre encore cette erreur. Je ne pouvais plus jamais autoriser quiconque à avoir ce genre de pouvoir sur moi.

Ma détermination se renforça et j'éteignis la lumière en soupirant, puis je me tournai sur le côté et je restai allongée sans pouvoir dormir pendant les trois heures qui suivirent.

CHAPITRE DIX-HUIT

APRES LE PETIT-DEJEUNER – AU COURS DUQUEL, heureusement, nous ne parlâmes pas beaucoup –, Adam monta dans sa nouvelle petite voiture hybride et partit à Anza en disant qu'il voulait explorer la ville.

Anza était une petite communauté perchée au bord de la réserve indienne de Cahuilla. En dehors de la nature sauvage et du sentier de Pacific Crest qui coupait la ville en deux, Anza n'avait pas grand-chose d'autre à proposer aux touristes. J'allais peut-être encourager ma mère à suggérer une visite au parc national d'Anza-Borrego le lendemain. Cela le maintiendrait à distance pendant la journée entière s'il partait après le petit-déjeuner.

J'aidai ma mère à débarrasser la table. Elle avait un étrange sourire sur le visage. Je lui demandai à quoi elle pensait.

— Monsieur Drake est très beau, dit-elle pour réponse.

Je lui jetai un regard méfiant. Avait-elle vu ce qui était arrivé sur le porche la nuit précédente ?

— Oui, je suppose.

— Tu supposes ? Tu es aveugle, ou quoi ? Il a quoi, environ trente ans ? S'il avait quelques années de plus…

Berk. Ma mère avait-elle un faible pour Adam ? C'était dégoûtant.

— Maman…

— Je dis juste que si un type pareil ne te fait aucun effet, tu devrais peut-être retourner parler au docteur Marbrow pendant quelques séances, afin de découvrir ce qu'il se passe avec tes besoins naturels.

Je poussai un soupir de dégoût.

— Je refuse de parler de 'besoins naturels' avec toi. Et ne t'avise pas de te transformer en cougar, s'il te plaît !

Elle haussa les épaules en riant. Je secouai la tête et je quittai la cuisine pour me rendre à l'étable, prête à me jeter dans le travail de la journée.

Il fut absent toute la matinée et ne revint qu'après le déjeuner. Non pas que je le surveillais ou quoi que ce soit. Cependant, je devais avouer avoir jeté un coup d'œil à la route quelques milliers de fois pendant que je travaillais avec les chevaux à la carrière.

À son retour, vers quatorze heures, il prit le chemin le plus long jusqu'à son chalet, passant près de la carrière où je faisais travailler Tate. Je portais mon jean, des bottes et mon vieux chapeau.

Il sourit et me salua.

— Salut, cow-girl.

Je le saluai de la main.

Quelques heures plus tard, ma mère me dit qu'elle l'avait vu partir sur un sentier et elle me demanda d'apporter des serviettes propres au chalet. En général, ma mère s'en occupait et j'aurais vraiment, vraiment aimé qu'elle le fasse ce jour-là. L'idée d'entrer dans son chalet... de pouvoir être vu en entrant dans sa chambre...

Je courus donc aussi vite que possible avec la pile de serviettes, je frappai à la porte, j'attendis et je frappai encore.

Lorsque je n'entendis pas de réponse, j'utilisai le passe-partout avec soulagement et j'entrai.

Je posai les serviettes propres sur le comptoir de la salle de bains avant de ramasser les sales et de les poser sur mon bras.

Je rassemblai quelques bouteilles vides sur le bureau afin de les jeter au recyclage et je me dis que je pouvais aussi bien ranger un petit peu. En attrapant une des bouteilles, je heurtai par inadvertance une pile de papiers qui tomba sur le sol. Je poussai un juron et je jetai les serviettes et les bouteilles devant la porte d'entrée avant de revenir ramasser les papiers.

Je les rassemblai et je les remis dans l'ordre en me forçant à ne pas violer son intimité. Il s'agissait essentiellement de guides de randonnée et d'informations locales, de quelques prospectus et menus des rares restaurants en ville.

Mais je sursautai lorsque je vis une pile de papiers avec l'en-tête du cabinet d'avocats de Pohlman, dont je reconnaissais le nom. J'avais lu des papiers similaires pour ma mère peu de temps auparavant. C'était l'en-tête de l'avocat de ma mère.

Le même avocat – un des deux seuls avocats de la ville – qui avait validé les papiers pour le bienfaiteur anonyme de ma mère. Celui qui avait investi dans le ranch en tant que bailleur de fonds, prenant seulement vingt pour cent de tous les bénéfices, si nous faisions un jour des bénéfices.

Mes mains se mirent à trembler. Il fallait maintenant que je découvre pourquoi Adam possédait les papiers de ma mère. Mais en lisant, je découvris qu'il ne s'agissait pas de la paperasse de ma mère. C'était celle d'Adam. Car Adam était le bienfaiteur de ma mère. Et en bas de la page, sa signature le confirmait, et la date montrait qu'il avait signé ces papiers le jour même.

Mon cœur se mit à battre si fort que ce fut douloureux. Cet accord avait été initié avant les enchères. Des semaines avant que nous nous rencontrions en personne. Je me sentais comme le coyote dans ce vieux cartoon à qui l'on avait découpé la terre sous les pieds. Il restait là à attendre... à attendre la chute. Désorientée, je sentis la pièce tourner autour de moi et mes mains tremblèrent.

Je laissai tomber les papiers sur le bureau et je me précipitai hors de la chambre, me baissant pour attraper les serviettes et les bouteilles. Mais je ne fus pas assez rapide, car Adam arriva à ce moment précis et je sursautai si fort que je laissai tout retomber. Les serviettes volèrent et les bouteilles rebondirent.

— Attends, laisse-moi-les attraper, dit-il.

— Non ! hurlai-je en tremblant toujours. Non. C'est bon.

Et je m'agitai comme une folle à essayer de tout ramasser pendant qu'il me regardait d'un air tout à fait perplexe.

— Emilia, qu'est-ce qui ne va pas ?

— Mia...

Ma mère était apparue juste derrière moi.

— Je prends les serviettes.

Et avec un soupir de frustration, tremblant toujours comme s'il faisait quarante degrés au-dessous de zéro et non pas trente-cinq, je les déposai dans les bras de ma mère et je partis.

— Je dois... j'ai besoin d'être seule pendant un moment, soufflai-je avant de me diriger vers la maison. Ce que je voulais vraiment, c'était monter dans ma voiture et foncer en faisant crisser les pneus, mais je n'allais pas interrompre ma fuite pour entrer dans la maison et chercher les clés de ma voiture. Je me dirigeai donc vers l'autoroute à pied.

Je marchais depuis environ dix minutes lorsque je remarquai une longue ombre s'avancer derrière moi. La façon dont elle bougeait, la façon dont elle me rattrapait alors même que j'accélérais, m'indiqua exactement de qui il s'agissait.

Je m'arrêtai si brutalement qu'il faillit me rentrer dedans. Nous nous trouvions au bord de la route, à côté d'un emplacement vide. Je me baissai pour passer entre les barrières de bois qui entouraient le champ. Bien sûr, il me suivit.

— Qu'est-ce qui t'a fait paniquer à ce point, Emilia ?

Je continuai à marcher, n'essayant pas cette fois de le semer, mais les mots tournaient en rond dans ma tête et je n'arrivais pas à les regrouper pour former une phrase cohérente.

Je me tournai alors vers lui.

— À toi de me le dire, grognai-je.

Il secoua la tête, complètement perplexe.

— Pourquoi as-tu des papiers là-dedans qui affirment que tu es l'investisseur secret de ma mère ?

Il serra la mâchoire.

— Tu as fouillé dans mes papiers ?

— Je les ai fait tomber par terre parce que je suis une putain de femme de ménage maladroite. Si tu ne voulais pas que je les trouve, tu n'aurais pas dû les laisser en évidence. Ce n'est pas comme s'ils étaient rangés dans un coffre-fort.

Il changea de position et détourna les yeux. Je vis qu'il était énervé. Son secret était révélé... et alors, putain ? Ce n'était qu'un secret parmi une longue série.

— Je les ai posés là parce que je viens de les recevoir aujourd'hui, en ville, de l'avocat. Je ne savais pas que tu allais entrer dans ma chambre.

Il me regarda en plissant les yeux.

— Tu n'étais pas censée les voir.

J'essayai de respirer en agitant follement les bras.

— Je ne comprends pas… pourquoi as-tu… comment as-tu pu savoir… quand… ?

J'aurais continué ainsi s'il n'avait pas posé les mains sur mes épaules en me faisant pivoter vers lui.

— Respire profondément et calme-toi. Tu trembles comme si tu venais de voir ton propre fantôme.

C'était vrai. Et malgré mes efforts, je ne pouvais pas me contrôler.

— Emilia, dit-il encore, doucement cette fois, et je le regardai dans les yeux.

Puis je lui jetai un regard noir et je frappai son torse du dos de la main.

— Tu me dis tout maintenant, Adam Drake, sinon… sinon je te casse la gueule.

Il attrapa mes mains et il les serra facilement dans les siennes. Puis, il monta un de mes poings jusqu'à sa bouche pour y déposer un baiser.

Je m'écartai brusquement de lui, les larmes coulant immédiatement de mes yeux.

— Je vais tout te dire, dit-il d'une voix calme. Si tu promets de ne pas piquer une crise.

Ma voix tremblait autant que le reste de mon corps. Je serrai l'intérieur de mes coudes.

— Je ne peux pas te le promettre.

Il déglutit et il détourna la tête, l'air effrayé. C'était une émotion que je n'avais encore jamais vue sur son visage. Il soupira et il passa la main dans ses cheveux.

— Même si nous nous sommes rencontrés physiquement il y a deux mois seulement, je te connais depuis plus d'un an. Je t'ai dit à Sainte-Lucie que... que tu étais importante pour moi. Je lisais tout le temps ton blog. Tes articles et tes points de vue me plaisaient. Tu es très drôle et il me tardait de voir tes nouveaux articles, même quand tu te moquais de mon jeu ou que tu chantais les louanges de la concurrence.

Il secoua la tête en se souvenant d'une ancienne frustration.

— Parfois, tu m'énervais vraiment et d'autres fois je riais si fort que j'en avais mal au ventre. Mais... plus que cela, j'avais vraiment l'impression de te connaître. En particulier quand tu as commencé à passer autant de temps avec moi dans le jeu. Il me tardait ces moments-là. C'était comme un moment lumineux dans une journée sombre, écrasé sous le travail et les responsabilités. J'étais impatient de me connecter et de partager les rires avec le groupe. Je m'amusais avec tout le monde, mais avec toi...

Il inspira profondément, puis il souffla.

— C'était différent.

Il me jeta un regard.

— Mais ensuite, tu as écrit ton Manifeste. Tu sais déjà à quel point je le détestais, car j'ai débattu de chaque point avec toi pendant des heures. Toute l'idée des enchères me mettait hors de moi. Tu sais pour quelle raison je ne supporte pas que les femmes vendent leur corps.

Je regardai ailleurs et il hésita. Il lâcha mes mains en s'éclaircissant la gorge.

— Et il fallait simplement que je sache, tu vois ? Qu'est-ce qui pouvait te conduire à le faire ? J'avais cette image de toi dans ma tête : tu étais cette femme indépendante, drôle, mature, très intelligente, moderne et puis tu as posté ce Manifeste et j'ai juste…

Il souffla en secouant la tête.

— Je savais instinctivement qu'il devait s'agir d'autre chose… que tu étais désespérée pour une raison précise, même si tu ne m'avais jamais dit qu'il y avait des problèmes financiers en dehors du coût de l'école de médecine.

Son regard devint perçant.

— J'ai donc enquêté sur toi.

Ces mots me frappèrent comme un coup de poing.

— Comment ça, 'enquêté' ? Tu veux dire qu'il y avait un détective privé qui se baladait avec ma photo et qui posait des questions sur mon passé ?

Il me regarda longuement.

— Non. J'ai juste demandé à un copain de trouver ton historique financier. Et celui de ta mère. Et j'ai compris. J'ai donc entamé les démarches pour qu'une organisation caritative avec laquelle je suis associé, le Golden Shield Group, l'aide d'une façon qui n'aurait rien à voir avec les enchères.

Les pensées tourbillonnaient dans ma tête. Mes entrailles s'étaient transformées en un vent violent qui menaçait de déchirer mon âme. J'avalai un sanglot, je tournai les talons et je commençai à marcher.

Il me laissa faire deux pas avant de me suivre.

— Emilia…

Je m'arrêtai en me prenant la tête entre les mains et je commençai à faire les cent pas devant lui.

— Combien d'autres secrets y a-t-il, Adam ? On dirait que tu es un putain d'oignon avec couche après couche de mensonges. D'abord, tu gagnes les enchères, mais tu ne prends pas la peine de me dire que tu ne veux pas coucher avec moi, alors tu fais durer les choses, me conduisant à penser que cela va se produire alors même que tu n'avais aucune intention d'aller jusqu'au bout. Puis je découvre que nous nous connaissons depuis beaucoup plus longtemps que je ne le pensais, et maintenant *ça* !

Je parvins à peine à tout dire. Le sentiment de trahison menaçait de m'étrangler.

Adam suivit mes mouvements, le regard assombri par l'inquiétude.

— C'est tout. Tu sais tout maintenant.

Je secouai la tête.

— Pourquoi as-tu pris la peine de monter toute cette mascarade ?

Il se frotta la mâchoire.

— Parce que je n'ai pas pu m'en empêcher. Je n'ai jamais voulu que tu ailles jusqu'au bout. Je te l'ai dit... je n'avais pas l'intention que ça aille aussi loin. Mais...

Il hésita et il fit un pas en avant, mais je vis qu'il ne voulait vraiment pas en dire plus.

— Mais quoi ?

Il prit sur lui et lorsqu'il parla, ce fut à voix basse.

— Mais j'ai perdu le contrôle. Je n'ai pas pu m'en empêcher.

Il ferma les yeux.

— Je n'en suis pas fier. Mais ce qu'il y a entre nous est très rapidement devenu plus grand que moi. Je ne pouvais plus m'empêcher de penser à toi et je me promettais de tout interrompre la fois suivante, mais la fois suivante n'arrivait jamais, car dès que j'étais avec toi, je découvrais que je voulais te voir davantage. Et pas seulement dans mon lit, Emilia, même si cette partie-là me rendait fou.

J'arrêtai de faire les cent pas, les bras croisés sur ma poitrine. Je l'écoutais, mais je ne pouvais pas le regarder. Il se remit à parler.

— Je voulais plus et je n'ai jamais voulu cela de la part d'aucune autre femme. Je voulais passer toute la nuit à regarder des films avec toi ou te provoquer avec des indices inutiles dans le jeu ou discuter de la meilleure version de la première trilogie Star Wars ou que tu te moques de moi en disant que mes goûts musicaux sont les mêmes que ceux de ta mère.

Il s'arrêta et je le regardai enfin. Ce que je regrettai. L'émotion était inscrite sur tout son visage. Ses yeux soutenaient mon regard, me défiant de regarder ailleurs.

— Chaque minute que je passais avec toi me donnait envie de cent minutes de plus.

Je dégageai mon regard du sien. J'avais mal aux yeux et les émotions menaçaient de remonter depuis ma poitrine. Je n'arrivais pas à reprendre mon souffle. Il vint se placer devant moi et lentement, avec précaution, il posa les mains sur mes épaules.

— Je vais te dire quelque chose maintenant et je sais que ça va te faire mourir de peur parce que ça me fait mourir de peur. Mais je dois le dire.

Il marqua une pause, attendant que je le regarde. Je savais ce qu'il allait dire. Et je ne voulais pas l'entendre. Mon regard finit par croiser le sien.

— S'il te plaît, ne le fais pas, chuchotai-je.

Il ferma les yeux, manifestement déçu. Lorsqu'il parla, ce fut d'une voix tremblante.

— Je t'aime, Emilia. Je t'aime tellement que je ne peux pas respirer quand je ne sais pas où tu es ni comment tu vas. Ce dernier mois a été une torture. Je me demande s'il est possible d'avoir de la place dans mon cœur pour autre chose que ce sentiment.

Je ne pus pas répondre, je me contentai de secouer la tête. Je voulais qu'il arrête de parler et je voulais qu'il ne s'arrête jamais.

Il se racla la gorge et il poursuivit.

— Si ce dernier mois sans toi m'a appris quelque chose, c'est ce que je veux. Je veux – j'ai besoin – de toi dans ma vie. Si nécessaire, j'attendrai aussi longtemps qu'il le faut pour l'obtenir.

Je posai la main sur mon front, les joues couvertes de larmes. Je n'avais encore jamais pleuré devant lui avant, mais mes barrières étaient maintenant si friables, si fragiles, que j'étais tout le temps au bord des larmes.

La colère me brûla les joues, le fond de ma gorge. J'étais si énervée par ce qu'il me faisait. Avec ses mots, il avait repris le contrôle – comme il le faisait toujours – en déclarant ce que me réservait l'avenir. Il allait attendre aussi longtemps que nécessaire, mais à la fin, il affirmait recevoir ce qu'il voulait. Et c'était un homme qui ne se contentait jamais du minimum.

Je reculai en serrant les poings.

— Je t'emmerde, Adam Drake, sifflai-je. Je ne t'ai jamais demandé de venir dans ma vie et d'arranger les choses. Je n'avais pas besoin que tu me sauves !

Il inclina la tête de cette façon qu'il avait de m'étudier, les yeux calculateurs. Il n'avait pas été surpris par mon emportement. Il déglutit, redressant le dos.

— Non. Probablement pas, dit-il si doucement que je parvins à peine à l'entendre par-dessus le cyclone enragé d'émotions qui tournaient en moi. Mais moi, j'avais vraiment besoin que tu me sauves.

Et sur ces mots, il tourna les talons et il s'éloigna. Et tout mon corps voulut se lancer à sa poursuite, voulut le prendre dans mes bras de toutes mes forces, et tirer son corps contre le mien.

À la place, je me pliai en deux et je sanglotai, accablée de douleur de la tête aux pieds. Je sanglotai si fort que j'eus l'impression que ma tête allait se briser en deux. Je sanglotai si fort que je n'arrivais pas à reprendre ma respiration, hoquetant comme un plongeur avec des bouteilles d'oxygène vides. La souffrance était trop vive, trop intense.

Ces mots. Les mots que chaque femme rêvait d'entendre de la part d'un homme merveilleux comme Adam m'avaient fait pleurer à la place. Car je ne pensais pas avoir ce qu'il fallait pour les mériter. Être un jour capable de retourner ces sentiments. Car Adam n'était pas celui qui était vide à l'intérieur. C'était *moi*.

***

Lorsque je rentrai à la maison, il faisait déjà nuit depuis longtemps. La voiture d'Adam était toujours dans l'allée. Ma mère avait préparé et servi le dîner... pour lequel elle l'avait apparemment invité, car ils étaient assis à table devant leurs assiettes vides, en train de parler et de boire du vin.

J'essayai de passer devant la salle à manger sans me faire remarquer, mais ma mère m'arrêta.

— Mia, je t'ai fait une assiette. Viens manger !

Je restai debout dans l'embrasure de la porte, consciente de ma mine affreuse. J'avais de la poussière et des traces de larmes sur mes joues, les yeux et le nez gonflés et de la morve séchée sur le devant de mon tee-shirt. Je refusai de regarder Adam, qui était apparemment fasciné par sa propre assiette vide.

— Je vais aller me doucher et me coucher.

Ma mère fronça les sourcils.

— Est-ce que ça... ?

— Oui, ça va, l'interrompis-je en jetant un regard insistant en direction de la tête baissée d'Adam.

Elle ne sembla pas convaincue.

— Ah, d'accord. Eh bien, monsieur Drake m'a fait savoir qu'il avait une affaire à régler au travail. Il va devoir partir tôt demain matin.

Je fixai Adam et on se regarda longuement dans les yeux. Les battements de mon cœur s'accompagnèrent de pincements de plus en plus violents.

Je chuchotai d'une façon à peine audible :

— Désolée de l'apprendre.

Je me raclai la gorge.

— Excusez-moi.

Et je disparus, me dirigeant tout droit vers la douche.

Je montai la température de l'eau jusqu'à la limite du supportable. Il fallait que j'évacue mon engourdissement, le vide douloureux en moi. Il partait le lendemain et cette fois, je n'allais sans doute plus le revoir. En le rejetant, en lui permettant de partir, il comprendrait que je voulais qu'il passe à autre chose. Sans moi.

Je réfléchis à ses accusations, aux raisons pour lesquelles je ne pouvais pas le laisser franchir mes défenses. Je savais que c'était parce que je pensais qu'il allait me blesser. Il allait me quitter. Tous les hommes partent. Lui aussi. Exactement comme le do... exactement comme Gerard. *Chaque homme que tu regarderas pendant le restant de ta vie sera contaminé par lui.* J'avais terriblement conscience de la vérité de ces mots. Adam n'était pas Gerard. Adam n'était pas marié, il ne se servait pas de moi. Adam voulait davantage. Il venait de me dire qu'il était amoureux de moi et je pensais sincèrement qu'il le croyait.

Adam n'était pas Gerard. Et il y avait beaucoup d'hommes dans le monde qui n'étaient pas lui. Et je devais arrêter de croire de façon puérile que parce qu'il ne me voulait pas – parce que Gerard m'avait rejetée avant même ma naissance – j'allais être rejetée par les autres également. Je devais trouver le courage de le croire et de suivre le chemin du bonheur construit à partir de cette nouvelle croyance.

Je restai sous l'eau brûlante jusqu'à ce qu'elle devienne tiède et que ma mère frappe à la porte, protestant parce qu'il n'y avait plus d'eau chaude pour faire la vaisselle.

— Mia, dit-elle lorsque je sortis en passant un peignoir sur mon corps dégoulinant.

— Ça va, maman.

— Notre invité… Monsieur Drake…

Je paniquai, le cœur battant à toute vitesse.

— Est-il déjà parti ?

Je lui pris le bras dans mon besoin urgent d'avoir une réponse.

Ma mère l'arracha de mon emprise et fronça les sourcils.

— Non. Je te l'ai dit : demain matin. Vous deux, vous vous connaissiez déjà, n'est-ce pas ?

Je m'écartai et je retournai dans ma chambre. Bien sûr, elle me suivit.

— Mia, est-il l'homme que tu fréquentais ?

Je m'arrêtai et le même vieux muscle se noua entre mes omoplates. Je soupirai.

— Oui.

— Tu sais que je ne suis pas un très bon juge de caractère, alors tu ne devrais pas me faire confiance, mais…

Je me tournai.

— Arrête de t'en vouloir, maman. Arrête de douter de toi. Tu as fait une erreur et tu ne devrais pas t'en vouloir pendant le reste de ta vie.

Son visage devint sévère.

— Ce sont des paroles sages et tu ferais bien de les suivre. Tu ne devrais pas toi non plus baser toute ta vie sur mon erreur.

Je m'effondrai sur le lit et je la regardai. J'inspirai en tremblant.

— J'ai peur.

Elle s'assit sur le lit à côté de moi et elle posa les bras autour de mes épaules.

— Grandir fait peur. Je pense savoir pourquoi il est venu ici et je crois savoir quelle décision tu as peur de prendre. Et la seule chose que je peux te dire, c'est que cette décision t'appartient, à toi seule. Mais regarde-moi. Je suis longtemps restée seule par choix et je préférerais que tu trouves quelqu'un qui te rende heureuse. Mia, si tu l'aimes, ne choisis pas de rester seule.

Si tu l'aimes… Je posai la tête contre son épaule et je fermai les yeux, cette douleur se remettant à battre au fond de moi. Je soupirai en sachant qu'elle avait raison.

*****

Ne portant rien de plus que ma chemise de nuit et mes sous-vêtements, je me trouvai sur le seuil de sa porte dans la nuit fraîche du désert, en tremblant, mais pas à cause du froid. Au loin, j'entendis un groupe de coyotes s'appeler, ainsi que les crissements toujours présents des criquets.

Il n'y avait pas de lumière sous sa porte et je m'en inquiétai, car il n'était pas très tard. D'après les nuits que nous avions passées ensemble, il n'était pas du genre à se coucher tôt. Peut-être était-il fatigué ce soir-là ?

Eh bien, dommage pour lui, j'allais le réveiller. Ceci ne pouvait pas attendre. Je levai la main et je frappai bruyamment à la porte, écoutant attentivement ses pas s'approcher de l'autre côté. Mais il n'y eut qu'un silence complet.

Je jetai un coup d'œil à la fenêtre. Les rideaux n'avaient pas été entièrement fermés, donc je collai mon visage contre la vitre en posant les mains de chaque côté pour regarder à l'intérieur. Et je ne pus rien voir, car il faisait trop sombre.

— Adam ? appelai-je à travers la vitre en y donnant un coup et en attendant. Rien.

Je refusai longtemps de croire qu'il ne se trouvait pas de l'autre côté de la porte. Je frappai encore. J'appelai encore. Mon estomac se retourna au point de me donner la nausée. Oh, mon Dieu… oh mon Dieu ! Il était parti. Je luttai pour respirer. Il avait emballé ses affaires et il était parti alors qu'il avait dit à ma mère qu'il ne partait pas avant le matin. Il était parti pendant que j'étais sous la douche. *Putain.*

Il fallait que je le rattrape. Il n'y avait aucun autre moyen. Je pouvais le rejoindre à OC le matin même, mais comment savoir s'il y était et comment le trouver ? Je n'avais pas son numéro, car il se trouvait dans les contacts du fichu téléphone que je lui avais rendu. J'avais son adresse mail, mais il venait de me dire qu'il allait se passer d'e-mails pendant son congé.

Je savais où il vivait et je pouvais me rendre chez lui, mais s'il avait l'intention de partir en vacances, il m'était impossible de savoir où il allait se rendre… peut-être très loin en avion ?

Des larmes menacèrent de couler lorsque je me rendis compte qu'il était parti. Une minuscule voix au fond de moi demanda ce qu'il se passerait si je ne le voyais plus jamais. Et si je n'entendais plus jamais sa voix ? Si je ne sentais plus ses bras se serrer autour de moi ? Et si je ne pouvais plus jamais connaître un amour identique ?

Presque paralysée de chagrin, je tournai les talons et je collai mon dos contre sa porte, le cerveau en émoi, à la recherche de solutions. J'allais courir attraper un jean et mes clés. J'allais descendre de la montagne cette nuit même. Il se trouvait à deux heures de là. J'allais frapper à sa porte à une heure du matin si nécessaire.

Merde. Je luttai pour respirer, les joues couvertes de larmes. Comment avais-je pu faire ça ? Mon dos glissa le long de la porte jusqu'à ce que je sois assise sur le seuil. J'appuyai mon visage contre mes genoux, impuissante devant cette perte. Je venais tout juste de parvenir à admettre que je pouvais avoir ces sentiments, que le monde n'allait pas imploser si je me permettais d'aimer un homme. Cet homme. Cet homme merveilleux. Il était parti et j'avais chèrement payé mon entêtement. Cet amour m'avait coûté plus que trois quarts de millions de dollars. Il avait coûté mon cœur.

Et je ne pouvais pas le racheter, quel que soit le prix. Il lui appartenait. Pour *toujours*.

S'il le voulait encore alors que je l'avais rejeté. Espèce d'idiote, Mia. *Lâche.*

Je sanglotai dans mes mains, incapable de trouver la force d'agir. Toute ma volonté était en train de s'échapper de moi et menaçait de me laisser dans une flaque misérable ici sur le porche de cette cabane. Mes épaules furent secouées et j'étais ravie qu'il n'y ait personne pour m'entendre pleurer comme un bébé.

Dieu seul sait combien de temps je serais restée assise là, à pleurer pathétiquement, si je n'avais pas entendu le bruit de chaussures qui s'arrêtèrent juste à côté de moi. Je baissai les yeux et je vis une paire de grands pieds en tennis : les mêmes chaussures qu'Adam avait portées quand nous étions allés courir quelques nuits auparavant.

Je me figeai, mais je gardai le visage caché dans mes mains. Il ne bougea pas pendant un moment, puis il posa un genou à terre pour me regarder.

— Ne crois-tu pas avoir déjà assez pleuré pour aujourd'hui ?

Respirer me faisait mal et ma tête rebondit contre la porte derrière moi. Je le regardai à travers mes yeux gonflés, laissant échapper un hoquet humiliant.

— Je croyais que tu étais parti.

Il fronça les sourcils.

— Demain. Je me sentais agité ce soir. Je suis allé marcher un peu.

Je le regardai bêtement, incapable de trouver les mots pour décrire le méli-mélo d'émotions en moi. Elles étaient toutes emmêlées, comme des toiles d'araignées collantes dans ma poitrine.

Nous nous regardâmes pendant un long moment de tension et je m'aperçus que je respirais à peine. Mon torse se levait juste assez pour attraper une bouffée d'air avant de tout faire ressortir. Son regard s'intensifia.

— Veux-tu entrer ou préfères-tu rester assise ici ?

Sans rien dire, je reniflai et je me levai maladroitement. Adam se releva et ouvrit la porte qui n'avait en fait pas été fermée à clé. Il alluma une lampe et il tint la porte pour moi, comme s'il ne voulait pas me tourner le dos de peur que je puisse fuir encore une fois dans la nuit.

Eh oui, j'aurais pu en avoir le désir, sauf qu'il bloquait mon échappatoire facile. J'entrai donc lentement dans le chalet.

Je jetai un coup d'œil autour de la pièce, où je vis une pile de livres sur la table de nuit dont un était ouvert et posé sur le lit : *Guide du randonneur du sentier de Pacific Crest*. Mon regard se posa à l'endroit où il attendait, devant la porte fermée.

Tout mon corps se mit à trembler, un tremblotement frissonnant pas du tout beau à voir. Il me regarda depuis la porte, attentif à tous mes gestes, mais se tenant immobile, raide.

Ses yeux sombres ne révélèrent pas ses sentiments. Il attendait que je parle. Après tout, c'était moi qui sanglotais comme une idiote devant sa porte.

Je n'avais toujours aucune idée de ce que j'allais dire. J'inspirai profondément et je lui posai une question à la place.

— Pourquoi ? Pourquoi es-tu venu dans ma vie et as-tu complètement démoli tout ce que je savais ? Je croyais être heureuse. Je croyais n'avoir besoin de personne...

Ma voix s'estompa.

Ses lèvres ébauchèrent un sourire sans humour.

— Je pourrais te poser exactement la même question.

Je m'essuyai les joues du dos de la main.

— J'ai plus pleuré aujourd'hui que je ne l'ai fait au cours des dix dernières années. Je ne suis pas une idiote qui sanglote tout le temps à ce point... je te le jure.

Je cachai mon visage dans mes mains.

— C'est juste… que je ne sais pas quoi faire.

Il marqua une pause, changeant de position de façon à appuyer une épaule solide contre la porte.

— Si, tu le sais.

Je laissai tomber les mains et je secouai la tête sans rien dire.

— Viens là, Emilia.

Et je le fis. Je partis me blottir tout droit dans ses bras. Et il m'attira contre lui et les larmes reprirent. Il embrassa mes cheveux, me serrant plus fort.

Ma tête tomba contre son épaule et je glissai mes bras autour de sa taille. Et je le respirai, prise de sentiments de désir et d'appartenance. Ses bras étaient tellement agréables autour de moi, si solides, si réels.

Ma voix trembla lorsque j'inspirai profondément avant de dire :

— J'ai besoin de toi.

Sa bouche s'avança vers mon cou et m'embrassa là, en voyant des éclairs le long de chaque nerf relié à cet endroit. Il m'avait fallu tout mon courage pour l'admettre… car j'avais mené toute ma vie jusqu'à cette dernière seconde en croyant fermement n'avoir besoin de personne, absolument personne. Croyant que Mia Strong était une ville, une forteresse.

Mais j'avais besoin d'Adam Drake. J'avais besoin de lui autant que j'avais besoin de respirer, de manger ou de boire. Mon cerveau permettait enfin à mon cœur de l'admettre.

— J'ai tellement besoin de toi, répétai-je. Je t'aime.

Il prit mon visage entre ses mains. Il leva la tête afin de pouvoir me regarder dans les yeux.

— Je ne peux pas te promettre que tout sera parfait, Emilia. Mais je peux te promettre que je ne te laisserai jamais tomber. Car je ne pense pas avoir su comment vivre avant que tu arrives dans ma vie.

Il repoussa les cheveux de mon visage, mais il ne me quitta jamais du regard. Je reniflai, les larmes coulant toujours, et je tremblai entre ses mains.

— Je mentirais en disant que je n'avais pas peur au point de risquer de me faire dessus. Mais je ne le nierais jamais plus. Je t'ai aimé depuis plus longtemps que je ne le sais. J'ai lutté, mais je ne peux plus. Je ne lutterai plus. Je t'aime, Adam.

Et nous nous embrassâmes. Et ce fut comme la première fois… cette connexion qui grandit entre nous, se renforçant. Dans ses bras, je trouvais le réconfort, la proximité. Et lorsque le baiser devint plus intense, présageant d'autres choses, je sus également que j'étais prête pour cela. Adam nous poussa doucement vers le lit et je l'accompagnai… et que ce soit pour faire l'amour ou juste pour m'allonger à côté de lui pendant que nous parlions toute la nuit, je savais que quoi qu'il arrive, tout irait bien. Car tout ceci était parfait.

~~~
~~~

Brenna Aubrey est une auteure Best sellers USA TODAY d'histoires d'amour contemporaines qui se concentrent sur la culture geek.

Elle a depuis toujours cherché le réconfort dans de bons livres et les longues histoires compliquées qu'elle tisse dans sa tête. Brenna est une fille de la ville avec le cœur d'une amoureuse de la nature. Elle se retrouve donc dans des espaces verts dès qu'elle le peut. Elle est aussi une maman, professeur, fille geek, francophile, une joueuse de jeux vidéo décomplexée et une lectrice compulsive.

Elle réside actuellement sur la côte ouest avec son mari, deux enfants, deux adorables chiots golden retriever, un oiseau et quelques poissons.

Pour en savoir davantage des livres de Brenna Aubrey, veuillez visiter le site web: www.BrennaAubrey.fr